LA MALEDIZIONE DEL DRAGO

LA MALEDIZIONE DEL DRAGO

LIZ FLANAGAN

EDICART

EDICART è un marchio EDICART Style
Via Jucker, 28 - Legnano (MI) - Italia
Titolo originale: *Dragon Daughter*

Traduzione dall'inglese di *Daniela Marchiotti*

www.edicart.it

Alle mie figlie,
con amore e ammirazione.

ARCOSI
e i mari circostanti
sartola
ARCOSI
Palazzo
Striscia d'Ombra
Giardini
Sala del Drago
Cortile
Cancelli del palazzo
Casa Gialla
Via principale
Orti
Mura della città
Magazzini
Porte della città
Piazza del mercato
Muraglione
Moli
Tempio in riva al mare
Porto
N
W
E
S

Parte Prima

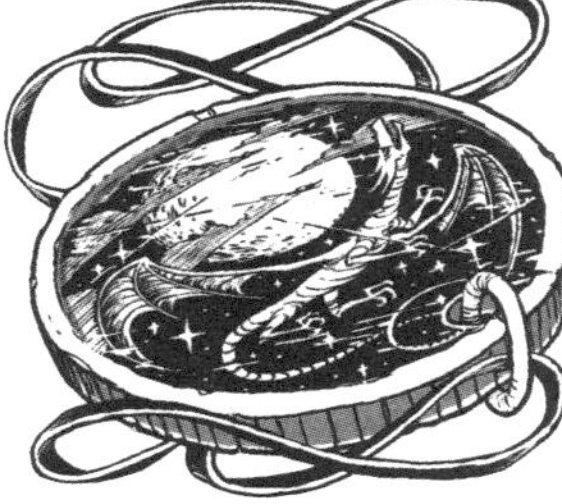

CAPITOLO UNO

Milla era nascosta tra i rami di un arancio il giorno in cui i draghi fecero ritorno ad Arcosi. Era decisa a ignorare chiunque l'avesse chiamata, con la stessa ostinazione con cui stava ignorando i rametti che le si infilzavano nella schiena, le graffiavano le braccia e le si impigliavano nei riccioli neri. Era abbastanza minuta perché il fogliame la coprisse completamente, fornendole il nascondiglio ideale, proprio nel bel mezzo del cortile, tra l'edificio principale della Casa Gialla e quello delle cucine.

Girando la testa, poteva far spaziare lo sguardo al di là delle mura del giardino, sui tetti della città che si stendeva ai suoi piedi, e contare le navi che si avvicinavano al porto. Inspirò gli odori caldi e intensi di Arcosi, la città che amava: odori di pietra polverosa, scarichi maleodoranti, pesce marcio, sale, spezie e piante in fiore.

Nascondersi significava per Milla prendersi la prima pausa della giornata. Si sentiva le gambe molli, e una vaga sensazione di debolezza le ricordava di avere saltato il pranzo. Allungò la mano e prese un'arancia, scaldata dal sole, la sbucciò con le dita sporche e ne assaporò il succo, fino a farselo colare dal mento; poi gettò la buccia al di là del muro.

Cominciò a sentirsi meglio. Era sicura che non facessero apposta a sommergerla di cose da fare. Era solo che, non appena qualcuno si imbatteva nella servetta più giovane, se ne usciva con un "Milla! Ho del lavoro per te", senza pensare che magari altre dieci persone avevano già fatto lo stesso. Si era fatta un punto d'onore di non dire mai di no, non dire mai che era troppo stanca.

Si rendeva utile. Indispensabile. Non sarebbe finita in mezzo a una strada come un gatto randagio.

In quei tempi strani, con i soldati del duca che scorrazzavano per le strade giorno e notte e le voci che filavano più veloci di un falco in picchiata sulla preda, l'intera città era come un grosso animale che si svegliava affamato dopo un lungo sonno. A dodici anni, Milla aveva già imparato che tutti avevano bisogno di un posto sicuro, di un luogo a cui appartenere.

D'un tratto, udì delle voci che si avvicinavano. Una volta tanto, non stavano chiamando lei.

Due figure si fermarono quasi sotto di lei. Vide Lanys, l'altra domestica, e uno strano uomo avvolto in un mantello blu scuro, segnato dalla salsedine, con il cappuccio calato sul volto. Probabilmente, Lanys stava sostituendo le guardie al cancello, mentre quelle si riposavano al pozzo.

«Aspettate qui, signore. Vado a chiamare il padrone. Potete darmi un segno di riconoscimento?» Lanys era prudente. Tutti sapevano che non si apriva la porta della propria casa a viandanti sconosciuti, non di quei tempi.

«Prendila. Dalla solo a Nestan.» La voce profonda dello straniero tremò appena. E l'accento? Milla non lo riconobbe, il che per lei era strano. Aveva un che di desueto, non avvezzo alle lunghe vocali del Norlandish, la lingua ufficiale dell'isola di Arcosi.

«Vi prego, sedete» Lanys indicò la panca in pietra vicino alla fontana. «Al mio ritorno, vi porterò qualcosa da mangiare.»

Ma lo straniero non si sedette.

Milla quasi si lasciò scappare un grido quando l'uomo allungò il braccio tra i rami fino a sfiorarle il piede sinistro. La sua mano era di un'intensa tonalità di bruno, rugosa come il nocciolo di una pesca, e reggeva una borsa dalla forma bizzarra, simile a una bisaccia doppia per un mulo, solo più piccola. A tentoni, l'uomo l'appese allo stesso ramo su cui stava seduta lei ma, poiché continuava a guardarsi alle spalle, non si accorse che c'era una ragazzina appollaiata nel luogo che aveva scelto come nascondiglio.

Milla fissò la borsa: aveva quattro profonde tasche di seta, due che pendevano da ciascun lato del ramo. Erano tondeggianti, come se contenessero delle brocche. Era la cosa più bella che avesse mai visto e ne fu attratta come una falena alla fiamma di una candela. Pungolò con il dito una delle tasche con molta cautela – era compatta e ben imbottita – e provò a indovinare cosa ci fosse dentro. Cosa doveva essere nascosto con tanta urgenza? Rubini? Veleno? Polvere da sparo? Scostò svelta la mano, prima che la borsa cadesse e riducesse lei e l'albero a un mucchio di ossa e cenere.

Al suono di un'altra voce sotto di lei, Milla quasi perse l'equilibrio. Era famosa per avere un orecchio finissimo, ma l'uomo che era appena arrivato doveva muoversi leggero come una piuma per essersi avvicinato tanto silenziosamente.

«Dov'è?» sibilò la voce, così bassa e minacciosa che Milla a stento distinse le parole. «Dammela.»

Chi era? Provò a sbirciare attraverso il fogliame.

Una mano avvolta in un guanto puntò un coltello alla gola dell'uomo con il mantello.

«Adesso!» intimò il nuovo arrivato. Era vestito completamente di nero, con una maschera nera e oro che gli copriva la faccia, come se fosse in procinto di andare alla festa a palazzo di quella sera.

Il primo uomo non parlò. Sferrò una gomitata nelle costole al suo assalitore e cercò di liberarsi. Milla notò per un attimo uno strano tatuaggio impresso sull'incavo del suo polso: un cerchio e qualcosa come un uccello.

L'uomo mascherato fu più veloce. Gli affondò il coltello nel collo. Un rivolo di sangue scese lungo la lama.

Milla si riscosse, preparandosi a saltare giù – se si fosse dondolata e fosse piombata su di loro con i piedi, li avrebbe spediti a terra tutti e due – quando udì in lontananza la voce del padrone. Sembrava arrabbiato. «... e mia figlia sa benissimo che siamo attesi a palazzo dopo il tramonto!»

Milla si strinse così forte al ramo che le nocche delle mani sbiancarono. Doveva andare via di lì, subito. Ma nessuna parte del suo corpo le obbedì.

«Signore, lasciate che vada io a cercare lady Tarya, mentre voi vi incontrate con...» stava dicendo Lanys, quando le parole le morirono in gola. Lei e Nestan dovevano aver raggiunto il passaggio ad arco da cui si scendeva in cortile.

Milla udì il sibilo dell'acciaio quando Nestan sguainò la spada. Le ferite di guerra potevano anche rallentarlo, ma Milla non avrebbe voluto trovarselo davanti in uno scontro. Allungò il collo, cercando di vedere tra le foglie.

L'uomo mascherato si voltò per affrontarli, trascinando con sé il corpo inerme dell'altro che, con la gola schiacciata dalla lama, riuscì a dire in un rantolo: «Mai!»

Fu la sua ultima parola.

In seguito, Milla fu felice che le avessero dato le spalle.

Vide comunque lo spruzzo improvviso di rosso vivo su un vaso di terracotta. Udì il tonfo sordo del corpo che cadeva a terra. Vide la sagoma scura dell'assassino che fuggiva.

Lanys urlò, un grido acuto che richiamò le guardie dal cortile delle cucine.

«Prendetelo! Un uomo in nero, mascherato, con un coltello!» Nestan diede l'allarme e scese di corsa dalla scalinata. «Presto! Sta scappando!»

Milla udì il rumore dei pesanti stivali delle guardie che si lanciavano all'inseguimento. Sentì Nestan avvicinarsi e il rumore metallico della spada che veniva riposta nel fodero.

Chiuse forte gli occhi. Si tenne stretta al ramo, concentrandosi sul respiro e cercando di non vomitare: due cose che richiedevano tutta la sua attenzione. Aveva assistito a molte scaramucce al molo, aveva visto gente venire trascinata via dai soldati del duca. Ma non aveva mai visto uccidere nessuno. Avrebbe potuto impedirlo. Perché non aveva fatto niente quando ne aveva avuto la possibilità? Si era nascosta come un topo. E ora un uomo era morto.

Aprì gli occhi e tirò un lungo, lento respiro, rabbrividendo.

«Lo sapeva» disse Nestan, quasi tra sé e sé.

Milla lo osservò tra le foglie.

Era intento a fissare la pozza di rosso cremisi che si stava spandendo ai suoi piedi, girando e rigirando una moneta tra le dita della mano sinistra. «Sapeva che, se mi avesse fatto avere questa moneta, io sarei venuto. Ora non saprò mai qual era il messaggio per cui è valsa la pena morire.»

«Lui... lui... conosceva la parola d'ordine» balbettò Lanys. «È per questo che... che ho aperto il cancello.» Si piegò su se stessa. I suoi capelli castani luccicarono al sole mentre cadeva in ginocchio e si portava le mani al viso. «Non lo so come ha fatto a entrare l'uomo mascherato...» mormorò. «Mi dispiace.»

«Sì, è questo il vero mistero. L'assassino sapeva esattamente quando le mie guardie avrebbero fatto una pausa, oggi. *Mi chiedo...*» la voce di Nestan si spense.

Milla era una domestica leale: avrebbe dovuto dire al padrone cosa aveva nascosto lo straniero tra le fronde dell'albero. Qualcosa per cui era valsa la pena uccidere. Qualcosa per cui era valsa la pena morire. Invece, per una volta, non disse niente. Si sentiva la bocca secca e amara per lo shock. Aveva lo stomaco sottosopra. Rimase là seduta, aggrappata tremante al ramo.

Una delle guardie tornò correndo. «Signore, l'abbiamo perso. In quella folla, non c'è nessuna speranza di trovarlo.»

Quanto era stato furbo, l'assassino! Quella sera si sarebbe tenuto il Ballo per il cinquantesimo compleanno del duca: le strade erano invase da gente abbigliata di tutto punto, tutti mascherati. Sarebbe stato impossibile riconoscerlo, rifletté Milla.

Nestan si ridestò bruscamente dai suoi pensieri. Schioccò le dita a Lanys e alla guardia. «Pulite tutto, prima che i gemelli vedano. E raddoppiate le guardie al cancello.» Se ne andò zoppicante, sbraitando: «E, a proposito, dove sono i miei figli? Isak? Qualcuno ha visto lady Tarya?»

Lanys si alzò e seguì barcollando il padrone. Svanirono entrambi nei freddi corridoi della casa. La guardia si chinò e sollevò il cadavere dell'uomo incappucciato prendendolo sotto le braccia. Lo trascinò via, lasciando una scia di sangue sulle lastre di pietra.

Come poteva essere più importante il ballo del duca della

vita di un uomo che si spegneva sotto i loro occhi? Milla si sentì intontita.

La strana bisaccia era ancora appesa là. Ne sentiva il richiamo, come una canzone dolce e invitante. Tremando, sfiorò la seta con un dito. Non l'avrebbe tirata giù, non subito, non con la casa in subbuglio. Lanys gliel'avrebbe portata via in un battibaleno.

«Torno da te più tardi» disse prima di saltare giù dall'albero. Con le ginocchia malferme, fece qualche passo incerto, poi si ricompose, sbattendo gli occhi per schiarire la vista.

Si prese un lungo momento per guardare il sangue, fissarlo e diventarne testimone. Era reale. Era successo. Si chiese chi avrebbe ricordato la morte di quel forestiero. Le tornò la nausea e si rese conto di quanto limitata fosse la sua vita: i suoi doveri incombevano su di lei come una trappola.

Fece l'unica cosa che era in suo potere fare: «Mi dispiace. Mi prenderò cura della vostra borsa, lo prometto» sussurrò al sangue dell'uomo.

Poi corse ad avvertire i gemelli che dovevano sbrigarsi.

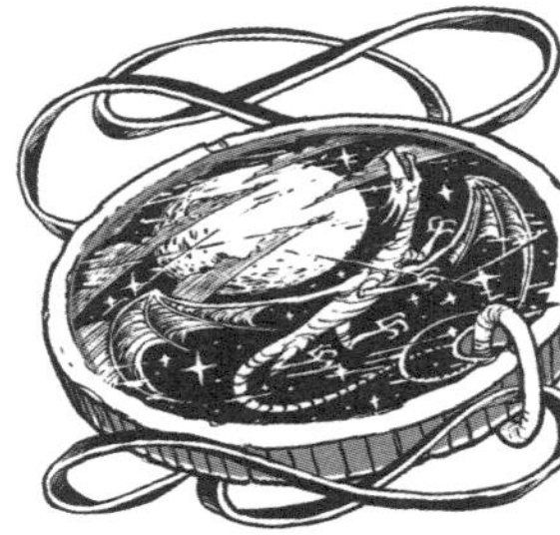

CAPITOLO DUE

Una sola occhiata a occidente fu sufficiente perché Milla capisse di non avere molto tempo. Il sole al tramonto rubò il colore al mare, fino a farlo sbiadire in un azzurro pallido, come le uova di un merlo.

Se i gemelli fossero arrivati in ritardo al ballo del duca... Se Nestan avesse pensato che fosse tutta colpa sua...

Milla corse, anche se le gambe le tremavano ancora. Sfrecciò sul pavimento lucido della stanza preferita del padrone, con le enormi finestre ad arco rivolte a sud-ovest per dargli la possibilità di osservare le sue navi e i suoi magazzini più in basso.

Lanys stava portando fuori una grossa brocca d'acqua e degli stracci. Milla rivide nel suo viso, bianco come latte rancido, il suo stesso terrore.

«*Dove sei stata*?» sbottò, con più cattiveria del solito. «I gemelli devono prepararsi, ma io devo fare un lavoro urgente per il padrone, quindi meglio se ti dai una mossa.» Anche in quell'orrore, Lanys era riuscita a farne una questione di competizione tra loro. «Ricordami un po' perché ti tiene?»

«Li sto cercando proprio ora, i gemelli!» Milla era abituata a ignorare le sue cattiverie. Si sentì rivoltare lo stomaco al pensiero di quale lavoro Lanys fosse stata mandata a fare. «Li hai visti?»

«Bè, pensavo che Isak fosse nel cortile per l'addestramento» Lanys inclinò la testa, in ascolto. «Ma allora... con chi sta urlando il padrone di sopra?»

Milla non aspettò di sentire il resto. Attraversò di corsa l'atrio e salì i gradini due alla volta, seguendo il suono delle voci sempre più forti. Si appiattì contro la parete fuori dalla camera di Isak e sbirciò dalla porta aperta.

«E me lo dici adesso?» la voce di Isak era quasi irriconoscibile, roca a furia di trattenere le lacrime. «Non puoi semplicemente...»

Milla lo sentì soffocare un singhiozzo. Stava piangendo per l'uomo ucciso? Si avvicinò.

Isak era in piedi accanto alla finestra, con le spalle al padre, tutto rigido e ingobbito. Era stato ammalato l'anno prima e aveva il respiro ancora affannoso. Gli occhiali gli stavano scivolando di traverso. Se li tolse: erano due piccoli cerchi di vetro legati da un filo metallico appoggiati sul naso. Nestan aveva riportato quel raro strumento da un lungo viaggio, e Isak li portava sempre. Lo vide buttare giù d'un colpo la medicina contenuta in una piccola fiala di vetro, sfregarsi la faccia con le nocche e poi rimettersi gli occhiali.

Con il cuore che le saltava ancora in petto per lo spavento, Milla decise di fare quello che le riusciva meglio: ascoltare.

«Passato?» Nestan osservò suo figlio, seguendone il respiro faticoso che si faceva gradualmente più regolare. «Ma te l'ho detto non appena è stato deciso. E sì, *posso*. È così e basta.»

Nestan aveva alzato la voce. Allungò la mano, come per

afferrargli il braccio, poi cambiò idea e si sfregò, invece, la barba ruvida.

Milla sentì improvvisamente freddo, anche nel corridoio afoso, e strinse le braccia al petto. Che cosa aveva deciso? Qualcosa di così importante da scuotere perfino Nestan, un uomo che riusciva a guardare un morto con calma distaccata. Tornò con la mente all'uomo assassinato, alla sua borsa misteriosa. Se la immaginò, appesa là, che la aspettava. Scacciò via quei pensieri, cogliendo le ultime parole del discorso del padrone.

«Voglio darti quello che io non ho avuto. Quello per cui io ho dovuto lavorare. Perché non lo capisci?»

«Forse perché non sono te?» Isak parlava a scatti, con affanno. «Perché voglio qualcos'altro? E tu lo sapresti, se ti fossi degnato anche solo una volta di parlare con me.»

Milla trasalì, ma era vero. Nestan era sempre in viaggio, o comunque immerso nel lavoro, e raramente vedeva i gemelli. La loro mamma, Vianna, era morta dieci anni prima. Da allora, erano cresciuti sempre più allo stato brado, più di qualsiasi altro figlio di mercante, finché Nestan infine se ne era accorto e aveva imposto un nuovo regime di lezioni, che loro odiavano.

«Come ho fatto a ritrovarmi con un figlio tanto viziato? Non capisci la fortuna che hai? Non è una punizione, Isak!» ruggì Nestan.

«Sicuro? Perché è esattamente quello che sembra. Una punizione per non essere il figlio che volevi!» Isak si voltò di scatto, ma era in controluce e Milla non riuscì a mettere a fuoco la sua espressione. «Lo vedo come ci guardi: il figlio debole, la figlia in gamba. Ti piacerebbe che facessimo scambio, eh?»

Nestan trasalì, come se avesse ricevuto un colpo.

Milla si coprì la bocca con le dita umidicce, per impedirsi di fare altrettanto. Isak non urlava mai. Era tranquillo. Ironico. Buffo. Gentile. Sentirlo alzare la voce non faceva altro che peggiorare l'orrore e il senso di irrealtà di quella giornata.

Padre e figlio si fronteggiavano. A tredici anni, Isak era già alto come Nestan.

«E quando dirai a Tarya cosa hai in serbo per *lei*, si sentirà esattamente allo stesso modo. Non siamo più bambini. Non siamo dei polli, da allevare o barattare. Meglio se stai attento, papà. O uno di questi giorni potresti svegliarti e scoprire che abbiamo lasciato il nido.»

No, no, no! Tarya e Isak non potevano lasciare il nido! Di cosa stava parlando? Milla scosse la testa, cercando, senza riuscirci, di mettere insieme i pezzi del litigio.

«Mi stai minacciando?» la voce di Nestan si abbassò in un sussurro. Si avvicinò ancora di più al figlio, e con una mano sfiorò la spada alla cinta.

«Non ti credo.» Isak scosse la testa, disgustato. «Cosa vuoi fare? Alzare la spada contro di me? Tanto è così che funziona in questa città.» La sua voce era carica di amarezza. «Non sei nemmeno un soldato, non più. Abbiamo solo la tua parola che lo sei stato. Probabilmente eri ubriaco e la gamba te la sei ferita cadendo fuori da una taverna.»

Nestan lo fissò.

«Oh, lascia perdere. Me ne vado.»

«Non puoi. Ci aspettano a palazzo. Sai cosa significa... Non puoi rischiare!»

Isak superò suo padre con una spallata, e uscì a grandi passi dalla stanza.

Milla lo prese per una manica, sussurrando: «Aspetta!»

Ma lui corse giù dalle scale senza una parola, lasciandola con la mano tesa verso di lui.

Un rumore la fece voltare. Vide Nestan fare qualche passo incerto all'indietro e accasciarsi sulla sedia di Isak. Si prese la gamba sinistra con entrambe le mani, soffocando un gemito mentre si massaggiava la vecchia ferita per alleviare il dolore.

Milla si precipitò giù dalle scale. Non c'era segno di Isak. Lanys, invece, era là, con gli occhi sbarrati; aveva in mano la brocca e gli stracci macchiati da cui ora gocciolava dell'acqua tinta di rosso.

«Che cosa succede? Cos'hai combinato adesso?»

«Dove è andato?» sbottò Milla. L'odore dell'acqua insanguinata le riempì le narici, provocandole dei conati di vomito. Si sforzò di trattenersi, per non stare male proprio lì.

«Fuori» Lanys indicò il cancello principale, protetto ora da quattro guardie. «Ma...?»

Milla non aveva tempo di darle spiegazioni. Invece di inseguirlo, girò i tacchi e prese una scorciatoia attraverso le cucine, tanto che Josi, la cuoca, imprecò come un marinaio.

«Scusa, Josi» disse Milla in affanno. «Dopo ti racconto!» Avrebbe voluto stringersi a quel suo petto largo e raccontarle tra i singhiozzi tutto quello che aveva visto e sentito in quell'ultima ora. L'immagine del morto le riempiva ancora la mente: quella pozza di sangue rosso, denso, che si allargava e si allargava e si allargava.

Invece, ordinò ai propri piedi di continuare a muoversi, attraversò il cortile delle cucine, superò con un balzo il gattone Skalla, ignorando il suo sibilo. Le galline si sparpagliarono al suo passaggio, rimproverandola con uno schiamazzo indignato. Verso ovest, su ripidi terrazzamenti, si stendevano i frutteti, dove le capre al pascolo smisero di brucare per fissarla stranite con i loro occhi gialli. Milla usò un vecchio ulivo nodoso come scala per arrampicarsi sul muro del cortile per l'addestramento. Aveva troppo buon senso per aprire il cancello senza preavviso, ci si poteva rimettere le dita in quel modo.

Si fermò a riprendere fiato. Ancora una volta, l'immagine dell'uomo morto le si parò davanti, e l'ondata di nausea ebbe la meglio. Si voltò e vomitò giù dal muro. Dopo sputò, ansimando, e si pulì la bocca con la manica della tunica. Sperò che nessuno avrebbe notato quella macchia umidiccia e chiazzata d'arancia, poi si concentrò sul suo compito.

Due persone stavano combattendo nel cortile. Le loro spade fischiavano e cozzavano; i loro piedi danzavano e strisciavano sul terreno sabbioso. Indossavano entrambi gli elmi e delle protezioni in cuoio sul torace e le cosce. Richal Finn, il capo delle guardie di Nestan, stava duellando con il suo allievo migliore. L'allievo era quasi bravo quanto il maestro. Milla lo sapeva, perché l'avevano convinta a fare da sostituta a Finn ogni volta che lui non era disponibile. E aveva i lividi che lo provavano. Milla guardò come i colpi di Finn venissero bloccati, schivati e restituiti con altrettanta abilità.

Mosse leggermente la mano, inclinando la testa all'indietro, per attirare l'attenzione di Finn e ricordargli dove avrebbe dovuto essere il suo allievo in quel momento. Funzionò.

Finn strinse gli occhi, concentrandosi. Vide un'opportunità e la colse, affondando più rapidamente e deviando la spada del suo avversario e mandandola a sbattere contro il muro di pietra.

«Per oggi basta» disse. «Il padrone ha bisogno di me. *Signore.*» Si tolse l'elmo, scoprendo la testa calva e abbronzata, e si inchinò brevemente, prima di allontanarsi. Nel passare, sollevò i suoi intensi occhi azzurri e incrociò lo sguardo di Milla. Sembrò soppesarla, come per accertarsi di qualcosa.

Milla lo ringraziò con un cenno della testa. Finn non era uno stupido. Faceva da maestro a tutti e due i gemelli da più di dieci anni. Sapeva con esattezza quello che stava succedendo. Il nuovo regime di lezioni permetteva solo a Isak di imparare a combattere. Così, per lealtà e affetto verso di loro, stava al gioco, fingendo di fare da insegnate solo al ragazzo. Se Nestan gli avesse fatto delle domande, avrebbe sempre potuto dire di essere stato all'oscuro di tutto.

Finn ricambiò il cenno e se ne andò.

«Cosa? Ma abbiamo appena iniziato, Finn! Eri in ritardo!» L'allievo lo chiamò, allargando le braccia, confuso dalla brusca interruzione della sessione. Notò Milla, accucciata sul muro come un gatto. «Cosa fai, lassù?»

«È ora, dobbiamo sbrigarci!» Milla saltò giù per aiutarlo a slacciare la pettorina. Concentrarsi su qualcosa l'aiutò a calmarsi. Riuscì quasi a ignorare il tremolio nelle gambe. Riuscì quasi a ignorare il modo in cui la borsa di seta la stava chiamando. «Devo vestirti per il ballo! Cosa ci fai tu qui, proprio oggi?»

Il guerriero si tolse l'elmo in cuoio. Una cascata di riccioli biondi arruffati incorniciavano il bellissimo viso di Tarya Thornsen, negli abiti di suo fratello Isak.

«Mi dispiace. So quanto è importante oggi, davvero! Ho solo perso la cognizione del tempo. Non volevo metterti nei pasticci. Ma se devo comportarmi da perfetta signora per tutta la sera, dovevo sfogarmi un po', prima. Adesso puoi agghindarmi con perle e seta, e farò la brava, promesso!»

«Il fatto è che Isak è scappato. Ha litigato con tuo padre.»

«Isak? Sei sicura?» chiese Tarya. E poi, più dolcemente.

«Ehi, cos'hai che non va? Hai un aspetto orribile.»

«Niente» mentì Milla, e abbassò la testa, trafficando con una borchia difficile da allentare. Non avevano tempo. In più, aveva fatto una promessa al sangue di un uomo morto. Nella sua mente, le promesse erano vincolanti.

«Va bene, ma lascia perdere l'armatura, riesco a correre lo stesso. Dobbiamo sbrigarci se vogliamo trovare Isak in tempo.»

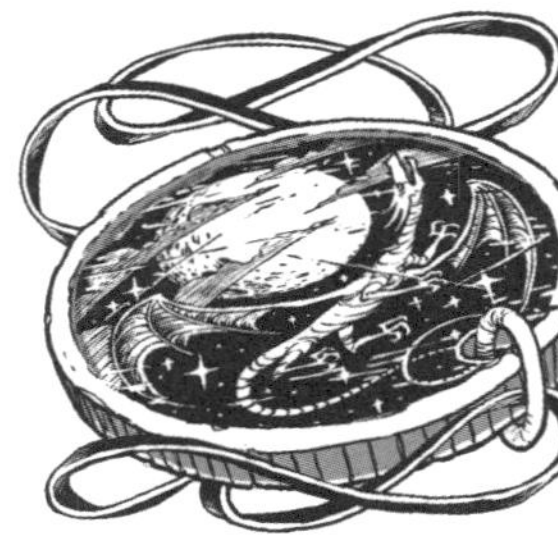

CAPITOLO TRE

«Accidenti» imprecò Tarya. «Perché proprio adesso? Ha proprio un bel tempismo, mio fratello!» Testarda, era come Nestan descriveva sua figlia. Cocciuta, la chiamava Isak. I domestici si spingevano fino a una furia, alzando gli occhi al cielo. Milla avrebbe usato parole diverse: avrebbe detto leale. Avrebbe detto coraggiosa.

Gli occhi di Tarya erano dello stesso azzurro del cielo che si stava oscurando sopra di loro, segno di quanto fossero in ritardo. «Sarà al solito posto, che dici?»

Milla annuì. Sapevano entrambe che Isak si sentiva davvero felice solo a bordo di una nave o, in mancanza di quello, al porto.

«Posso andarci e tornare prima del tramonto. Forse. Se non arriviamo in tempo a quella stupida cerimonia del duca, finiamo tutti sulla lista nera.»

«Tu non vieni» si affrettò a precisare Milla. «Vado io. Tu devi prepararti. Ti ho messo il vestito di seta rosa sul letto...» Milla si sentì esausta al solo pensiero di correre al porto e tornare indietro, ma strinse i denti. «E poi, ci saranno delle pattuglie. Tu non sai quali scorciatoie prendere.» Milla conosceva Arcosi come un gatto, con tutte le sue strade tortuose, i suoi pertugi e i passaggi segreti.

«No. Ci vado io!» ribatté Tarya. «È il mio fratello gemello. È la reputazione della mia famiglia a essere in gioco. In più, tu stai tremando come una foglia e hai del vomito sulla tunica. Stai male?»

«No, tutto a posto. E questo è solo succo d'arancia» mentì ancora Milla. Non voleva che la lasciassero a casa, quella sera. Si tirò ben dritta sulla schiena, implorando le sue gambe di smetterla di tremare.

«E va bene!» sbuffò Tarya. «Non dirmelo, cos'hai che non va! Ma almeno fammi venire con te. Io e la mia fidata lama?» batté la mano sul pomolo della spada e la guardò alzando le sopracciglia. Era ancora carica di energia dopo il combattimento interrotto con Finn.

«E va bene!» le fece eco Milla. «Seguimi». Condusse Tarya in cima al muro del cortile e, quando furono abbastanza lontane dalla casa, le indicò su quali sporgenze mettere i piedi per scendere di due piani fino alla strada. «Ma dobbiamo prendere la via più veloce.»

«Com'è che non conoscevo questo passaggio segreto per entrare e uscire da casa mia?» chiese Tarya.

Non era un percorso difficile, ma Milla aveva le gambe che tremavano ancora e finì per scivolare con il piede sinistro, restando penzoloni, aggrappata all'ultimo tratto di muro con i polpastrelli. «Adesso la conosci. Dai, dobbiamo sbrigarci.» Si lasciò cadere e si lanciò di corsa lungo il vicolo.

Milla si tenne sulle viuzze più in ombra. Senza l'elmo di Isak, Tarya era troppo riconoscibile come la figlia di suo padre. Quasi mezza città aveva lavorato per lui, in un momento o nell'altro, e Nestan aveva amici leali in ogni quartiere, che avrebbero potuto fermarle e chiedere perché Tarya stesse andando nella direzione opposta a quella del palazzo.

«Aspetta!» disse Milla, quando furono vicine alla via principale che percorreva l'isola come un serpente attorcigliato. «Dobbiamo attraversare qui» disse a Tarya. Le prese la mano e imboccò l'ampia strada lastricata, sentendosi allo scoperto. Si unirono alla gente vestita a festa, alcuni diretti a palazzo per il ballo, altri ai moli per la festa in strada.

«È tutto a posto. Abbiamo tutto il diritto di fare una passeggiata» disse Tarya buttando la testa all'indietro. «Due amiche che escono a godersi l'aria della sera… cosa c'è di male?»

Milla le gettò un'occhiata. Ci credeva davvero? Rimase in silenzio, sperando che la beata illusione di Tarya non stesse per andare in frantumi.

Una voce maschile gridò le parole che Milla aveva temuto di sentire: «Pattuglia! Tornate indietro!»

Il passo dei soldati in marcia rimbombò tra le case che fiancheggiavano la strada.

Milla si appiattì contro il muro, trascinando Tarya con sé. Vicino a lei, una giovane mamma raggiunse di slancio la sua bambina e la tirò via dalla carreggiata, stringendola forte al petto, sollevata: «Non allontanarti più. Se vedi i soldati, mi devi stare vicino. Va bene?»

La bambina cominciò a piagnucolare.

I soldati marciavano verso di loro a passo costante, regolando l'andatura alla ripida pendenza della collina. Puntavano dritto davanti a loro, in completo silenzio a parte il tonfo sordo degli stivali e il rumore metallico delle spade e degli scudi.

Milla li guardò avvicinarsi. Sapeva che erano solo persone – c'era quel giovane con il collo abbronzato e quell'altro, più vecchio e robusto, con la barba incolta – ma in massa sembravano qualcos'altro, qualcosa di più potente e terrificante.

Le avevano quasi raggiunte. Ancora un momento, uno solo, e le avrebbero superate. Se nessuna di loro due si fosse mossa, o avesse dato loro ragione di...

«Alt!» ordinò il capitano. «Formazione da posto di controllo.» Gli uomini si fermarono all'unisono. Si girarono, fecero un passo di lato e si girarono di nuovo, bloccando la strada appena sopra di loro. «Cittadini! Mostrate i lasciapassare!»

Milla imprecò sottovoce, sperando con tutto il cuore che le venisse presto un'ispirazione. Erano in trappola, a meno che non avesse trovato in fretta una soluzione.

La donna vicino a lei sospirò e si frugò sotto il mantello. «Ancora. È la terza volta oggi. Come se avessi il tempo di fare una mossa falsa, con loro che ci controllando di continuo.»

Come una barriera umana, i soldati percorrevano lentamente la via principale, controllando al loro passaggio i lasciapassare e chiedendo a ciascuno di dare prova della propria identità, indirizzo e origine familiare.

«Cosa facciamo? Non ho preso con me il lasciapassare» sibilò Tarya, impugnando l'elsa della spada. «Non sapevo che sarei uscita di casa. Se ci arrestano adesso, non arriverò mai in tempo per il ballo e la mia famiglia finirà sulla lista nera di sicuro.»

«Dei Norlander in lista nera? Non succederà mai...» replicò Milla, maledicendosi per essere uscita così di corsa. Non dimenticava mai il lasciapassare.

«Succede, eccome se succede!» ribatté Tarya. «La famiglia

della mia amica Anna ha perso tutto.»

«Lasciatemi andare! Toglietemi le mani di dosso. Non ho fatto niente di male!» protestò un giovane mentre due soldati lo prendevano per le braccia. Sembrava a malapena più vecchio di Isak, con una zazzera arruffata di capelli castani che gli ricadevano sugli occhi.

«Nessuna prova di identità? Secondo la legge del duca questo è un reato, come voi ben sapete. Signore.» Il capitano aggiunse l'appellativo per scherno.

«Ce l'avevo in tasca. Deve essermi caduto...» cominciando a capire a cosa stava andando incontro, il giovane iniziò a implorare. «Vi posso far vedere dove abito. Potete chiedere ai miei genitori! Non possono permettersi la tassa di scarcerazione. *Per favore!*»

«Portatelo dentro.» Il capitano non stette nemmeno a guardare mentre i suoi uomini trascinavano via il ragazzo che si dimenava e protestava la sua innocenza. Si era già voltato verso uno degli altri cittadini terrorizzati, con la mano tesa per reclamare il lasciapassare.

Milla gettò uno sguardo oltre la spalla della donna. Rimanevano solo quattro persone da controllare prima che i soldati arrivassero a loro. Guardò in tutte le direzioni, in cerca di una via di fuga. Eccola! Tra le case. C'era un'apertura larga a malapena perché potessero passarci attraverso. Ancora una volta, Milla benedisse i primi abitanti di Arcosi, che avevano disseminato la città di segreti da contrabbandieri e passaggi nascosti.

«Di qua!» Milla prese Tarya per il braccio e la tirò all'indietro, verso il punto da cui uno strettissimo vicolo scendeva zigzagando verso una ripida scalinata in pietra, schiacciata tra le case. «Se siamo veloci, possiamo anticipare la pattuglia e aggirarla al ritorno.» E, scendendo da quei gradini consunti, si precipitarono a rotta di collo verso il porto.

«Eccolo là!» Tarya scattò in avanti, superando Milla.

Come avevano previsto, Isak era appoggiato al parapetto del porto e fissava l'ultima nave arrivata, ancorata davanti a lui: una goletta sottile, a due alberi, ancora da scaricare. I gabbiani si azzuffavano stridendo su un barile di scarti di pesce, residui dei banchi del mercato che si snodava sulla banchina superiore.

«Isak, a che gioco stai giocando?» Tarya non perse tempo in convenevoli. La sua rabbia divenne preoccupazione quando lui non rispose. «Ehi, cosa c'è che non va? Stai bene?»

Isak si voltò e squadrò la sorella, mentre il tramonto si rifletteva sui suoi occhiali. «E tu da cosa saresti vestita? Da spaventapasseri guerriera? Farai un figurone al ballo del duca.»

Alle spalle di Isak, le braccia protettive del molo frangiflutti tenevano al sicuro decine di barche: la flotta di pescherecci di Arcosi e le più imponenti navi dei mercanti. Attraverso l'imboccatura del porto, Milla vide l'ultimo sprazzo di sole tuffarsi sul mare oltre l'orizzonte, come una moneta scomparsa in una tasca. «È il tramonto. Bisogna far presto!»

«Oh, allora non ti è passato di mente?» gli disse Tarya, facendosi passare le dita tra i riccioli per scuotere via le foglie secche e i rametti. «Perché io non ho passato tutto il mese a provare e riprovare passi di danza e ad aiutare te a imparare il giuramento per niente. Adesso sbrigati, o arriveremo in ritardo e passeremo il resto della vita a rimpiangere l'offesa che abbiamo fatto al duca.»

«Da quando in qua ti interessa?» sbottò Isak. «Tu cosa ci guadagni? Non è che ti abbia visto rispettare qualche regola di recente, a meno che non faccia comodo a te.»

«Smettetela! Cosa vi prende?» Milla si infrappose tra i gemelli. Loro non facevano mai così. Prendevano sempre le difese dell'altro. Sempre. Avrebbe tanto desiderato raccontare loro tutto quello a cui aveva assistito, ma erano già abbastanza sconvolti e il tempo stava passando in fretta. «Guardate. Il tramonto. Non abbiamo tempo da perdere!»

«Vengo» disse Isak. «Bel lavoro, care le mie pecoraie...»

Quello la ferì. «Non eravamo tenute a venirti a cercare.»

«Scusa» mormorò il ragazzo, evitando il suo sguardo.

Tarya gli prese la mano. «Stammi vicino.» Si voltò e si diresse a grandi passi verso la scalinata dei contrabbandieri. «Una pattuglia sta venendo da questa parte, e direi che è meglio evitarla.»

Mentre si affrettava a seguirli, passando accanto alla nave ormeggiata lì accanto, Milla si fermò e tirò per la manica uno dei mozzi che stavano scaricando le casse. «Ehi, avete trasportato un passeggero?» sussurrò. «Un vecchio con un mantello blu scuro che portava una grossa borsa di seta?»

«Sì. E meno male che si sono levati di torno, quei due! Iettatori. Hanno portato un vento dall'est. Nervosi come gatti per tutta la traversata, e mica c'è da stupirsene» borbottò il ragazzo, scostandosi da lei.

Quei *due*?, si chiese Milla. Con chi aveva viaggiato l'uomo assassinato? E dov'era, adesso, quella persona?

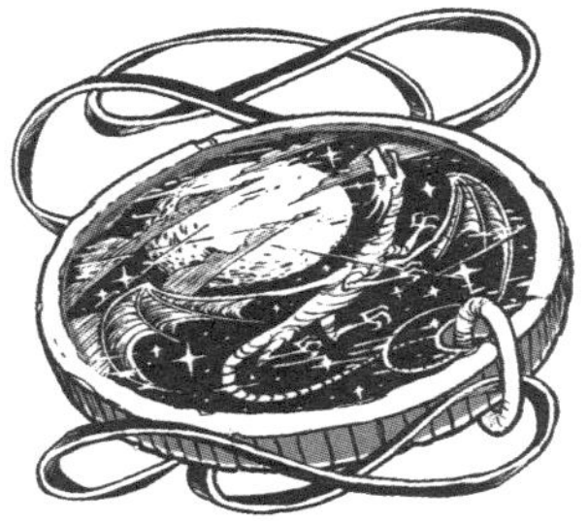

CAPITOLO QUATTRO

Milla ricondusse a casa i gemelli lungo la scalinata dei contrabbandieri e li spedì di sopra a cambiarsi. Nestan stava camminando avanti e indietro davanti al cancello, appoggiato a un bastone da passeggio finemente intagliato, dal manico in argento. Si voltò di scatto quando Milla e i suoi figli finalmente arrivarono, vestiti con i loro abiti migliori. Richal Finn li aspettava vicino alle mura, vestito nella tenuta formale del portatore di spade, i capelli rasati umidi e lucidi, come se avesse appena immerso la testa nel pozzo.

«Si può sapere dove siete stati?» chiese Nestan senza alzare la voce.

Milla conosceva quel tono. Nessuno rispose. Stettero tutti e tre immobili in cima alla scalinata, reggendo la maschera e cercando di respirare normalmente.

Lo sguardo indagatore di Nestan li passò in rassegna uno dopo l'altro. Tarya indossava il suo abito più bello, di seta rosa. Milla le aveva arrangiato in fretta e furia i riccioli biondi in una crocchia alta, ornata con fili di perline di vetro e le aveva legato al collo la collana di perle di sua madre.

Isak se ne stava impettito e rassegnato, bello ma a disagio nel completo elegante con la camicia di seta color crema. In una mano, teneva stretta un'altra fiala della sua medicina.

Milla si sistemò con le mani il semplice vestito viola. Anche le domestiche dovevano apparire al meglio quella sera, così aveva preso in prestito uno degli abiti dismessi da Tarya. Era la cosa più bella che avesse mai indossato, anche se le scarpe le stavano strette. Accarezzò sognante il tessuto.

Milla osservò di sottecchi Nestan, pregando che passassero tutti l'esame. Isak e Tarya dovevano andare al ballo per forza. Lei no. Con uno schiocco delle dita, il padrone avrebbe potuto scegliere Lanys al posto suo.

Lanys non avrebbe desiderato altro. Stava sempre a flirtare con Richal Finn.

«Stai molto bene, Tarya» disse infine Nestan. «Le perle ti donano.»

Isak si tirò più dritto, aspettando una parola di approvazione.

«Isak, non metterci in imbarazzo, quando saremo là.»

Accanto a lui, Milla lo sentì afflosciarsi per la delusione.

«La tua fiducia in me è *così* rassicurante» borbottò tra i denti.

«Sssh!» sussurrò Tarya in risposta. «Non è questo che voleva dire.»

«A me sembrava di sì.» Isak aveva un'espressione triste e abbattuta, ma Nestan parve non accorgersene. Teneva la mascella serrata. Portava la solita spada alla cinta, mentre una non altrettanto solita lama di riserva spuntava leggermente sotto il suo mantello migliore, di velluto color blu notte.

Al vedere Nestan così armato, Milla si sentì di nuovo rivoltare lo stomaco. Ma se lui aveva deciso di non far preoccupare i gemelli quella sera, raccontando loro dell'omicidio, allora anche lei avrebbe dovuto essere coraggiosa e seguire il suo esempio.

Si toccò distrattamente il medaglione d'oro che portava al collo, come faceva sempre quando era in ansia. Era l'unica cosa che fosse davvero sua. Seguì con le dita il profilo di un drago in volo sotto la luna piena, impresso sul metallo usurato.

«Siamo in ritardo!» disse brusco Nestan, voltandosi.

Avevano superato l'esame! Milla sarebbe davvero andata a palazzo. Un sorriso le increspò le labbra, per poi sparire di nuovo al ricordo dell'uomo morto. Giurò a se stessa di restare vicina ai gemelli quella sera e rimanere in guardia, per il loro bene.

«Pronti?» Tarya scese i gradini quasi danzando e strinse il braccio libero di suo padre, fingendo eccitazione per mascherare il fatto di essere senza fiato.

«Io è un po' che sono pronto» rispose asciutto il padre. «Adesso, mettetevi le maschere e andiamo.» Nestan fece cenno alle guardie di aprire il cancello.

Era buio e la luna era bassa sull'orizzonte, quasi piena e tonda come una perla. Non c'era bisogno di lanterne quella sera: l'intera città risplendeva come una torta di compleanno, tra fari accesi, torce e falò, dalle abitazioni più povere, ricavate nel muraglione inferiore, fino al palazzo dei quattro venti, sul punto più alto di Arcosi. Milla fece correre lo sguardo sulle strade illuminate, chiedendosi dove fossero in quel momento gli altri suoi amici. Probabilmente radunati ai moli, pensò. Thom sarebbe stato appollaiato sul molo frangiflutti, ad aspettare i fuochi d'artificio. Rosa aveva preparato dei dolci speziati e aveva in mente di *prendere in prestito* una bottiglia di vino dolce di Sartolan dai suoi genitori per la festa in strada.

E Milla era là, insieme alle tante famiglie in vista di Arcosi, con i loro vestiti di seta e velluto, agghindati con ori e gioielli e maschere con lustrini e piume. Si guardò attorno finché non si sentì intontita da tutto quel luccichio e quello splendore. Poi sentì le scarpe strette sfregare dolorosamente sui talloni e si ricordò di non essere che un passero che cercava di mascherarsi tra i pavoni.

«Stai bene?» le chiese Isak, accorgendosene. «È successo qualcosa?» Le offrì la mano, guardandola con aria gentile e preoccupata.

E se avesse sputato il rospo? *Qualcuno è stato ucciso, proprio sotto il mio naso. Io non l'ho impedito e ora un uomo è morto. Ha nascosto qualcosa di prezioso e io non ho detto niente a tuo padre.*

Non voleva farlo preoccupare. Lui aveva bisogno di stare tranquillo e fare bene la sua parte al ballo del duca. «No» rispose calma, ma si appoggiò con gratitudine al suo braccio per smettere di zoppicare, solo per pochi passi.

Una corpulenta signora Norlander si voltò a guardarla accigliata, squadrandola da capo a piedi: dai riccioli corti neri, alla carnagione bruna, al vestito porpora – di qualche stagione addietro, ma sempre di ottima qualità – fino alle scarpe prese in prestito.

Milla era consapevole di essere diventata una strana creatura, un miscuglio che spesso confondeva chi non la conosceva. Tenendo compagnia a Tarya, aveva imparato un po' di tutto: a combattere, a ballare, a parlare come una signora, strascicando le vocali nell'elegante parlata Norlander. Ma ci sarebbe stato sempre chi l'avrebbe giudicata in base alla prima impressione.

Colse l'occhiata di disapprovazione della signora e si preparò all'inevitabile commento.

«Il duca fa entrare proprio tutti, stasera?» chiese quella ad alta voce. «Pensavo che l'ingresso fosse riservato ai Norlander.»

Nestan non disse niente, ma si infrappose deliberatamente tra lei e Milla, impedendole la vista.

Con le guance in fiamme, Milla si staccò in fretta dall'amico, indicando davanti a lei: «Guardate! Siamo arrivati.»

La gente sollevò la testa, spalancando la bocca e sbarrando gli occhi, in soggezione di fronte alle mura di mattoni levigati che svettavano di fronte a loro: una cosa che vedevano tutti i giorni era diventata maestosa vista da vicino. La folla procedette, a file di dieci, sotto l'imponente arco di pietra fiancheggiato da torri di guardia. Milla studiò gli invitati attorno a lei, fissando chiunque avesse un mantello nero, concentrandosi su ogni maschera nera e oro, cercando una somiglianza con l'assassino del giardino. Era inutile. Ce ne erano troppi. Non l'avrebbe mai riconosciuto e comunque era probabile che si fosse cambiato d'abito già da un pezzo. Ma non riusciva a rilassarsi, sapendo che tra di loro si aggirava un omicida.

Nei giardini del palazzo, un chiacchiericcio eccitato si levò dalla folla, come il mormorio di mille storni.

«E dai, voi due. Non è bellissimo?» Tarya li prese per mano, trascinandoli lungo i larghi viali fiancheggiati da alberi di lime, a cui erano appese lanterne a olio. Camminarono sotto gli eleganti pergolati, ricoperti da gelsomini. Da ciascun lato, si aprivano giardini ornamentali di rose e l'aria tiepida della sera era impregnata del loro profumo.

«Oh, guardate, eccolo là!» esclamò Milla, dimenticando per un attimo la circospezione. Illuminato da fili di lanterne, come fossero stelle cadute, il palazzo dei quattro venti era più splendido di quanto avesse immaginato.

L'edificio principale era sostenuto da arcate di pietra, come la cassa toracica di un enorme animale. Su ogni angolo un'alta torre – una rivolta a nord, una a est, una a sud e una a ovest – svettava nel cielo notturno, con la luce che trapelava da decine di finestre. Un cortile piastrellato con l'immagine di un gigantesco drago nero che sputava fuoco, conduceva alla scalinata di ingresso del palazzo.

Milla si fermò; faticava a credere di essere davvero là. Arcosi era disseminata di rappresentazioni di draghi – ce n'era una su quasi ogni architrave di ogni singola casa – ma non aveva mai visto niente di quelle dimensioni prima di allora.

Furono tutti introdotti nell'edificio adiacente al palazzo.

«È la Sala del Drago degli antichi re, deve essere così!» mormorò Isak mentre seguivano Nestan e Finn attraverso l'enorme portone a due battenti. Arricciò il naso per tenere gli occhiali al loro posto e fissò gli alti soffitti a volta rivestiti di piastrelle.

«Come una stalla, ma per draghi, vuoi dire?» chiese Tarya, guardandosi attorno meravigliata.

«La stalla più bella che abbia mai visto!» esclamò Milla, attratta dai dipinti murali e dagli antichi arazzi appesi alle pareti curve. «Guardate!» Indicò quello più vicino: un drago in volo, cavalcato da una ragazza dai lunghi capelli neri che fluttuavano nell'aria.

«È una donna!» esclamò trionfante Tarya. «Sembra che alcune cose le facessero come si deve a quei tempi, chiunque fossero...»

«È solo una storia...» fece Isak dubbioso.

«Erano reali! Vivevano proprio qui, nella nostra città»

Milla conosceva le vecchie canzoni e le leggende, aveva visto i nidi ricavati nelle mura decrepite della piazza principale, ma quello era diverso, era una prova vivida. Rimpianse per la centesima volta di non aver vissuto a quei tempi, nei giorni dei draghi.

Si guardò attorno, cercando di immaginare dei veri draghi vivere lì, ma la sala era stata trasformata in una sala da ballo riscaldata, quella sera, da decine di bracieri fumanti e profumata da gigli sistemati in alti vasi di cristallo. Lungo un lato erano stati disposti tavoli apparecchiati con pietanze dal profumo invitante. C'erano agnello arrosto, olive nere grandi e lucide, insalata di cereali con chicchi di melograno, coriandolo e uvetta, pesce affumicato, pagnotte fresche appena sfornate, e il suo piatto preferito: succose pesche al forno. Milla si sentì l'acquolina in bocca; era passato un bel po' di tempo dall'ultima volta che aveva mangiato.

In quel momento, ci fu uno squillo di trombe e un araldo annunciò: «Fate largo a Sua Grazia, il duca Olvar Refarson!»

Per prime sfilarono le guardie, tutte vestite nella livrea nera di gala. Il profondo, cupo rumore dei passi riempì le orecchie di Milla, soffocando i suoi pensieri. Vacillò, perdendo improvvisamente l'equilibrio, e si aggrappò alla mano di Tarya.

Le guardie si fermarono sull'attenti, facendo ala. Tutti si voltarono, in attesa.

Milla sbatté le palpebre per far passare il capogiro, ansiosa di vedere il duca di cui aveva tanto sentito parlare.

Tre persone avanzarono tra le file di soldati, attirando gli sguardi di tutti: il duca, la duchessa e loro figlio.

Il duca portava i capelli ispidi e canuti ritti in testa, come una corona che lo faceva sembrare ancora più alto. Sorrideva, e Milla udì dei sospiri attorno a lei. Il duca aveva gli occhi azzurri più chiari che avesse mai visto e il suo viso, anche se segnato dalle rughe, era ancora bello.

Salirono su un piccolo palco delimitato da cordoni dorati e illuminato da torce in ottone.

«Benvenuti al Ballo per i miei cinquant'anni.» Il duca sembrava risplendere d'oro, in quel cerchio di luce. Annuì alla folla come se tutti, e non solo il giovane alto e moro al suo fianco, fossero suoi figli.

«Quello deve essere Vigo, suo figlio» sussurrò Tarya a Milla, coprendosi la bocca con la mano.

«È bello come dicono?» la stuzzicò Milla. Si sentiva come se fosse entrata in una storia o in un sogno al vedere finalmente quelle persone con i suoi occhi.

«Forse...» annuì Tarya, poco convinta.

«Uhm, io direi di sì» disse Isak dall'altro lato, come se fosse un'equazione insidiosa da risolvere.

Come se li avesse sentiti, lo guardo curioso di Vigo si posò sui gemelli.

Tarya e Isak, le teste vicine, scoppiarono in risolini e furono zittiti severamente da Nestan.

Accanto a Vigo, sua madre, sentendo le risate, rivolse loro un sorriso. Era molto popolare nella città bassa. Tutti sapevano che la duchessa Serina aveva un patrimonio personale, che spendeva in guaritori e levatrici in tutta la città. Si diceva perfino che fosse una guaritrice lei stessa. La luce tremolante delle fiamme illuminò la sua crocchia di trecce color dell'ebano e il giglio bianco che portava all'orecchio. Nel vestito arancione, Serina era uno spruzzo di colore nel mare di uniformi nere attorno a loro.

Un araldo avanzò e si schiarì nervosamente la voce: «Per celebrare il suo cinquantesimo compleanno, Sua Grazia sarà, d'ora innanzi, conosciuto come il Primo Duca del Drago di Arcosi» fu l'annuncio.

«Il Duca del Drago?»

«Ha detto *drago*?»

Un mormorio si levò la folla, come il ronzio di uno sciame di api.

Milla si infilzò le unghie nei palmi sudati, cercando di combattere il caldo e una fame violenta che la stava opprimendo. Troppo tardi. La vista le si frantumò in un mare di punti colorati e lei afferrò la mano di Tarya come se stesse affogando.

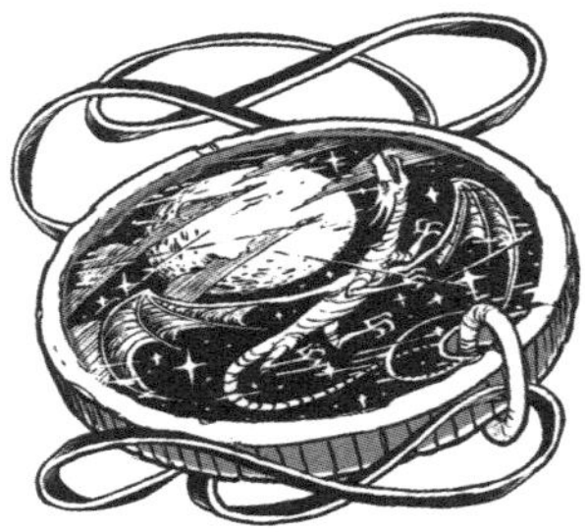

CAPITOLO CINQUE

«Milla! Cos'hai?» Tarya la sostenne. «Ti senti bene?» Non poteva svenire lì, al ballo del duca. Era venuta per aiutare Tarya, non il contrario. Milla cercò di contrastare le vertigini, piegandosi su se stessa e scuotendo la testa per allontanare la nebbia. «Sto bene» sussurrò a Tarya. «Ho solo caldo.» Aveva la faccia e il collo sudaticci, il vestito se lo sentiva pesante e umido. Fece dei respiri lunghi e profondi e si sforzò di concentrarsi sulle parole del duca.

«Oggi non è solo il mio compleanno...» stava dicendo in quel momento. «Stanotte celebriamo i cinquant'anni ad Arcosi. Cinquant'anni da quando i nostri padri e i nostri nonni fuggirono dalla carestia e dalla pestilenza nelle Norland e approdarono sani e salvi su queste rive. Cinquant'anni da quando le nostre preghiere furono esaudite e noi trovammo Arcosi ad aspettarci: il nostro rifugio, vuota come una nuova conchiglia in attesa del granchio eremita...»

Conoscevano tutti quella storia: la favola personale di Arcosi.

Tarya si voltò verso Milla. «Scommetto che le parti

interessanti le salta... tipo come ha fatto la sua famiglia a finire a palazzo!»

«Sssh!» fece Milla, guardandosi attorno per accertarsi che nessuno avesse sentito. Quelle erano chiacchiere da città bassa, del genere per cui si poteva venire arrestati. Lo sapevano tutti che non c'erano duchi su quelle navi malconce, flagellate dal vento, arrivate cinquant'anni prima. Gli antenati del duca Olvar erano stati semplicemente quelli con la voce più grossa e la spada più pronta, e si erano presi la parte migliore dell'isola.

«Che c'è? Lo sanno tutti che non è nobile, non come la duchessa» sibilò Tarya in risposta. «Lei lo ha dovuto sposare solo per sancire la pace.»

«Non è questo il tempo né il luogo...» disse Isak a denti stretti alla sua gemella. «Le guardie ci stanno guardando!»

«E allora?» ripeté Tarya. «È la verità!»

Milla le strizzò ancora la mano, sperando che capisse il messaggio. C'era una linea sottile tra l'essere impavidi e l'essere avventati, e lei era abituata a vedere Tarya attraversarla di continuo con perfetta noncuranza, ma quella sera la posta in gioco era più alta.

Nestan si voltò e lanciò un'occhiataccia ai gemelli; con quella sua maschera scura, aveva quasi l'aspetto di un falco.

«Abbiamo riempito nuovamente la città di vita» stava dicendo il duca. «E i nostri sforzi sono stati premiati. La nostra flotta aumenta e noi prosperiamo. I nostri figli crescono senza paura.»

Alcuni di loro. Milla si sentì a disagio a contraddire nella mente quel personaggio così importante, mentre guardava Tarya soffocare uno sbadiglio.

«Per celebrare questo giorno – il mio compleanno e il

giorno in cui i nostri padri arrivarono qui – adotto ora il simbolo di Arcosi, luogo di nascita dei draghi.»

A quella parola magica, ci fu un assoluto silenzio. Milla trattenne il fiato per ascoltare.

«Assumo come mio emblema questa superba immagine del passato della città. I draghi sono morti, come i precedenti abitanti di questi luoghi, periti nel mistero...» La città era piena di rappresentazioni dei draghi perduti: intagli, statue. Nessuna delle incisioni consunte dalle intemperie dava alcuna indicazione di dove fossero andati.

«Noi li ricordiamo. Li onoriamo» il duca fece un'espressione addolorata. «Ma ora siamo i figli di questa città.» Si illuminò. «Siamo i figli del drago. E io sono il Duca del Drago.»

Al che, ci fu uno squillo di trombe ed entrarono sfilando degli attori che portavano su pali di legno quattro enormi draghi di carta, illuminati all'interno, tanto che ognuno di essi sembrava vivo. La folla mormorò incantata.

I colori erano abbaglianti. Uno era blu come una piuma di pavone, uno giallo come il tuorlo di un uovo, uno rosso come il sangue che Milla aveva visto versare quel giorno, uno verde come una foglia appena nata. I draghi di carta spalancarono le ali e danzarono attorno al duca in movimenti sinuosi e aggraziati, gettando le loro ombre sulle alte pareti. Milla vide i giovani burattinai contrarre i muscoli delle braccia dallo sforzo.

Infine, il duca batté le mani e i danzatori si fermarono e si radunarono attorno a lui. «Vi prego...» comandò Olvar, «Godetevi il divertimento e i fuochi d'artificio. Poi riceverò il giuramento di fedeltà dei nostri giovani uomini. Infine, vi invito a prendere parte alla festa, a bere e a ballare, qui, in casa mia. Questa sera le mie porte sono aperte al popolo di Arcosi!»

Dopo un momento di silenzio, la gente sorrise e alzò le mani, pronta ad applaudire.

In quell'attimo, si levò uno strano rumore: un lamento acuto, cantilenante.

Faceva parte dello spettacolo?

Il sorriso sulla bocca del duca si spense.

«Tu non sei il duca del drago» fece stridula una voce di donna, acuta come il verso di un gatto nella notte.

Chi era che parlava? Milla si guardò attorno e la folla trattenne il fiato.

A un cenno del duca, le sue guardie si allontanarono svelte da lui, avanzando silenziose tra la gente, in cerca della sconosciuta.

«Siete dei ladri! Degli usurpatori. Questa non è la vostra città!»

Fu come se gli astanti, tutti quei nobili Norlander radunati là, fossero stati tramutati in pietra.

«Tenetevi i vostri draghi di carta! È tutto quello che avrete!»

Nessuno osava muoversi.

«Siamo noi i figli dei draghi. Questa città era nostra...» La donna parlava con lo stesso accento desueto dell'uomo assassinato. «Il nostro popolo è stato ridotto in schiavitù. Morirono durante la fuga. Il nostro sangue è su queste pietre. I nostri spiriti infestano i vostri letti. Non ci sentite?»

«Trovatela!» ruggì il duca. Il suo volto si era fatto più pallido che mai, fatto salvo per una chiazza rossa su ciascuna guancia.

Milla si fece largo tra la gente, ignorando i gemelli, per

vedere più da vicino. Vide chi stava parlando: una vecchia in mezzo alla folla.

La donna aprì le braccia e fece una giravolta sul posto, senza mostrare segni di paura. Aveva i capelli grigi striati d'argento, raccolti in una crocchia larga, che metteva in luce i cerchi d'oro alle orecchie. La sua pelle era di un bruno intenso, il viso grinzoso come un pezzo di legno trasportato dalla corrente. Il suo portamento era fiero ed eretto, nonostante le guardie che si avvicinavano dandole la caccia.

Milla vide lo stesso tatuaggio nero impresso sull'incavo del braccio che aveva visto sull'uomo con il mantello blu prima che morisse. E il tessuto della sua tunica? Era uguale a quella del morto. Avevano viaggiato insieme fino a lì, sulla nave ormeggiata da poco?

Mentre le guardie sgomitavano per raggiungerla, la donna parlò più in fretta: «Siamo stati strappati da questa terra. Ma io sono tornata a casa. E non sono la sola. I vostri giorni volgono al termine, vedrete...»

La sua voce si alzò ancora, forte e chiara, così che nessuno perse una sola parola: «Stiamo tornando a casa. I draghi di Arcosi torneranno! E non apparterranno *mai* a voi!»

Poi la donna si calò il cappuccio sulla testa e prese a muoversi verso il fondo della sala.

«Una ricompensa per la cattura di quella donna!» urlò il duca. «Da che parte è andata?»

Milla osservò le guardie che la cercavano, e non disse niente.

Quando la vecchia le passò davanti, i loro sguardi si incrociarono. Gli occhi marroni, piccoli e luccicanti di lei si fissarono su quelli di Milla, che non riuscì a distogliere lo sguardo.

È morto! Qualcuno ha ucciso il tuo amico. Non sei al sicuro! pensò. Milla avrebbe voluto afferrarla e dirle quello che aveva visto, ma si sentiva la bocca impastata e non le uscì neanche una parola.

Lo sguardo della donna si abbassò solo per un momento, soffermandosi sul medaglione d'oro al collo di Milla. La donna restò a bocca aperta e spalancò gli occhi. Sorpresa, gioia, paura si succedettero rapidamente sul suo viso, come le ombre delle nuvole sul mare.

Sotto la maschera, il viso di Milla era in fiamme.

La donna si ritrasse, ma mantenne gli occhi fissi sulla ragazza, come se cercasse di dirle qualcosa.

Le persone lì vicino si girarono verso Milla, curiosi di vedere cosa stesse fissando la donna. Milla abbassò la testa, grata per la maschera viola che le copriva il viso. Iniziò a indietreggiare. Poi si voltò e se la tolse, infilandosela nella tasca del vestito, per non essere riconosciuta. Raggiunse il palco dove stavano il duca e la duchessa. Ci girò attorno furtiva, sperando di passare inosservata.

La duchessa Serina parlò a bassa voce a suo marito. Anche con la fronte aggrottata era incredibilmente bella, con la carnagione bronzea, gli zigomi alti e gli occhi espressivi che, alla luce soffusa, parevano neri.

«Richiama le guardie» chiese Serina al duca. «Quella donna sembrava anziana. Sola. Non è una minaccia per noi.»

«Mia cara.» Il tono del duca Olvar era perfettamente controllato e a malapena udibile. Abbassò lo sguardo su di lei. «Lascia stare. Lascia che se ne occupino loro...»

Dietro il palco, Milla era abbastanza vicina da vedere le nocche del duca diventare bianche mentre la sua mano afferrava il braccio della moglie.

Un movimento fugace richiamò la sua attenzione. Mentre tutti erano distratti a osservare le guardie che cercavano tra la folla, la vecchia aveva raggiunto il fondo della sala. Il suo mantello blu scuro era quasi invisibile nell'ombra. Scostò leggermente un arazzo appeso alla parete e scomparve dietro al tessuto.

Nessun altro la vide andar via.

Milla sentì le parole salirle alle labbra. È lì. Sta scappando. Ma poi ricordò il barlume nei suoi occhi marroni, come se si conoscessero, e rimase in silenzio.

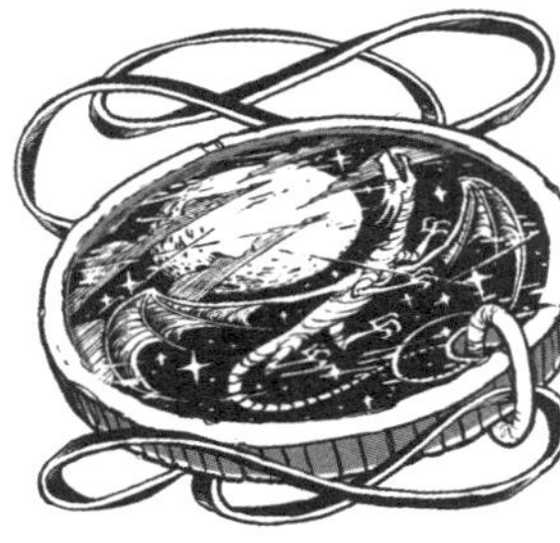

CAPITOLO SEI

L'interruzione aveva scombinato il programma della festa. I fuochi d'artificio iniziarono a esplodere fuori dalla sala. Milla ne sentiva i fischi e i sibili prima degli scoppi nel cielo. La gente uscì a frotte dal portone per godersi lo spettacolo: bagliori dorati nell'aria che ricadevano scintillanti sull'isola. Milla incespicò, trasportata dalla folla che si riversava nel giardino.

Per vedere meglio, le persone alzarono le maschere, rivelando sorrisi rigidi su facce esterrefatte, rese più inquietanti dai riverberi d'oro, verdi e rosa della luce dei fuochi. Il viso del duca Olvar sembrava scolpito nella pietra. Era calata un'atmosfera tesa, da incubo.

Milla trovò Tarya e Isak.

«Chi era quella vecchia?» sussurrò Tarya sotto il rumore dei fuochi. «Ha detto *draghi*?»

«Non può intendere quelli veri. Stava parlando per simboli, come il duca. Non è vero?» Milla si sentiva ancora stordita dal calore e dalla fame.

«Cosa ha voluto dire, sulle persone che vivevano qui una

volta?» Isak sembrava inorridito all'idea. Si aggiustò gli occhiali sul naso. «Non può essere vero che stanno tornando!» Aveva di nuovo il respiro rapido e affannato.

«Respira insieme a me, Isak. Forza, sediamoci qui.» Tarya gli mise la mano sulla schiena e fece dei respiri lenti e profondi insieme a lui. «Così va meglio» gli disse con espressione assorta e preoccupata.

«Bè, qualcuno la città deve averla costruita. E poi sono svaniti nel nulla» rispose Milla. «Cosa pensavi?»

«Era arrabbiata. Ma non è stata colpa nostra!» disse Isak ansimante. «Come potrebbe esserlo? La città era deserta quando è arrivato il nostro popolo. E noi siamo *nati* qui.» Si piegò in avanti, aggiustandosi gli occhiali per non farli cadere. Infine, il suo respiro si stabilizzò, mentre fissava lo sguardo oltre i giardini del palazzo, giù fino al mare, dove gli ultimi fuochi d'artificio si riflettevano in piccoli punti di luce. «Questa è casa nostra. Qualsiasi cosa sia successa prima, non è colpa nostra.»

«Bè, dove sono queste persone?» disse Tarya, sempre cingendo suo fratello con un braccio. «Se l'isola appartiene a loro, perché non tornano a riprendersela?»

«Non ha detto che era colpa nostra» si intromise Milla. «Solo che delle persone sono morte. Non stava incolpando noi...»

«Chi se ne importa della colpa, che mi dite dei *draghi*?» la interruppe Tarya. «Ha detto che stanno tornando! Li si è cercati per anni...»

A Milla furono risparmiate altre domande da un nuovo annuncio da parte di un altro araldo dall'aria tesa.

«I giovani uomini di Arcosi pronunceranno il giuramento di fronte al Duca del Drago!»

«Adesso?» chiese Isak. «Non sono pronto, Tarya.» Il duca si era inventato un giuramento molto elaborato in occasione del suo compleanno, e tutti quanti sarebbero stati a sentire.

Tarya aiutò suo fratello ad alzarsi, gli prese la maschera, gli raddrizzò gli occhiali e gli rassettò la camicia. «Ce la puoi fare. Conosci le parole. Le conosciamo tutti a menadito, le potresti recitare mentre dormi. Giusto?»

Isak riuscì a fare un debole sorriso. «Giusto.»

«Buona fortuna!» disse Milla.

Lui annuì, poco convinto, e andò a prendere posto nella fila.

Milla si spostò in fondo alla sala con la servitù. Le domestiche Norlander si scostarono e la guardarono dall'alto in basso, ma lei ignorò i loro bisbigli, tenendo gli occhi fissi su Isak con apprensione.

Lui recitò il giuramento alla perfezione. Rimase perfino sul palco un po' di più, a parlare con il duca Olvar. Infine tornò al suo posto, con al collo una catena con un medaglione di peltro sui cui era inciso il profilo nero smaltato di un drago; il colloquio con il duca sembrò averlo rinvigorito. Era il talento di Olvar: attraeva le persone. Era il loro sole e tutti si voltavano verso la sua luce.

Milla si affrettò a riempire dei piatti da portare ai gemelli, rubandone discretamente qualche boccone lungo la strada, così da poter raccontare a Josi che il cibo non era buono quanto quello che cucinava lei. Era delizioso, e cominciò a sentirsi di nuovo in forze. Dopo che gli ospiti ebbero mangiato, i musici del palazzo presero posto, e ben presto la Sala del Drago fu inondata di musica.

«È ora di ballare...» Tarya guardò con desiderio la pista da ballo di legno lucido, decorata con un altro drago nero che sputava fuoco. «Ma meglio che tu non rischi, Isak. Dovresti riposare. Staremo a guardare.»

«Sto bene adesso. Farò solo questo ballo» ripose lui, con un singulto. «È il ballo del duca. Glielo devo. È stato così gentile quando mi ha parlato. Ti ho detto che mi ha chiesto di andare per mare insieme a lui?»

«Sì, già tre volte» Tarya alzò gli occhi al cielo, ma stava sorridendo.

«Ecco, puoi tenermi gli occhiali, Milla?»

Così fu Milla a stare a guardare, con in mano gli occhiali di Isak e lo scialle e il ventaglio di Tarya, tenendo furtivamente il ritmo con un piede. I gemelli ballavano meglio di tutti, constatò Milla con orgoglio. Guardò Isak danzare con una ragazza dall'abito color argento, lunghi capelli biondi e dei diamanti che le luccicavano al collo. Lui si muoveva con grazia, ritmo e controllo perfetti e, qualsiasi cosa stesse dicendo alla ragazza, la stava facendo ridere. Non lasciava trapelare la fatica che gli costava.

In quel momento, Tarya le fluttuò davanti: affrontava la danza con la stessa grinta che metteva in tutto il resto e Milla non poté trattenersi dal sorridere, guardandola.

«È bellissima» le disse una voce all'orecchio, facendola sussultare. Era un giovane alto che indossava una maschera verde con piume e una giubba della stessa tonalità, ricamata con fili d'argento.

«Sì, e non solo questo...» ribatté protettiva Milla.

«Così ho sentito.» Le era molto vicino e parlava in modo che solo lei potesse sentirlo. «È una buona cosa. Una sfida mi farebbe bene.» Strascicava le lunghe, regali vocali del Norlandish, nella stessa parlata del duca.

«L'avrete, ballando con Tarya Thornsen.» Doveva essere il

prossimo sul carnet di Tarya, ma a Milla non piacque il modo in cui lo sguardo avido di quell'estraneo seguiva la sua amica sulla pista da ballo. «Non è una semplice figlia di mercante, sapete? Parla tre lingue, padroneggia il tiro con l'arco, è un'eccellente spadaccina e lancia un pugnale meglio di suo padre. Sa preparare una pozione di guarigione, disegnare una mappa in scala ed è più divertente di chiunque altro in questa sala!» Prese fiato, sentendosi le guance bollenti. Non avrebbe voluto dire tutto quello che aveva detto.

«Sempre meglio.» Il giovane si alzò la maschera sulla fronte, abbassò lo sguardo e le sorrise.

Milla spalancò la bocca. Era Vigo, il figlio del duca. Proprio come Skalla, il gatto delle cucine, aveva un'aria apatica e viziata e una grazia languida e innata. Era più alto di Milla, aveva i riccioli scuri e occhi verdissimi, che contribuivano al suo aspetto da gatto.

«E tu fai parte del pacchetto, piccola lince?»

Milla pensò in fretta e decise di fingere che lui fosse esattamente come tutti gli altri. Se no, avrebbe finito per starsene là a bocca aperta come un pesce e le guardie sarebbero arrivate e l'avrebbero allontanata.

«No» rispose secca, prima di ricordarsi di aggiungere: «Vostra Grazia.» Sapeva, dai pettegolezzi in città, che a Vigo piacevano le ragazze carine e che loro tendevano a ricambiare l'interesse.

Alzò gli occhi per guardarlo, cercando di decifrare le sue parole e la sua espressione. Vedeva un sincero interesse in quegli occhi verdi, e qualcos'altro, quasi un'aria di superiorità. Pensava che Tarya gli fosse inferiore? Poi notò una cosa. «Perché non indossate il medaglione del drago, come gli altri?»

«Mi hai sentito giurare fedeltà a mio padre?»

«No, Vostra Grazia.» Milla notò il duca Olvar tra la folla. Isak aveva smesso di ballare ed era impegnato con lui in una fitta conversazione.

Vigo passò al Sartolan, abbassando la voce: «Posso anche avere avuto la sfortuna di nascere suo figlio, ma non vuol dire che mi debba piacere. Anche se qualche idea buona, ce l'ha» mormorò tenendo lo sguardo fisso su Tarya. «Ti prego di scusarmi» disse a Milla, sgusciando tra la folla verso la pista da ballo.

Vigo diede un colpetto sulla spalla al compagno di Tarya. Si scusò, galante, prese la ragazza per mano e le fece un inchino. Milla era troppo lontana per sentire cosa le avesse chiesto, ma vide Tarya annuire in risposta.

Vigo e Tarya iniziarono a ballare.

Le altre coppie notarono la nuova aggiunta e fecero spazio attorno a loro. Quel brano si addiceva a entrambi: veloce e complicato, che richiedeva un controllo serrato. Volteggiarono, prendendo velocità, in perfetta armonia.

Milla li osservò con una sgradevole premonizione che cominciò a pesarle sul petto. Senza perdere i passi tradizionali della danza, Vigo inserì nuove mosse per sorprendere Tarya. Lei lo seguì, tenendo il ritmo e aggiungendo infiorettature a sua volta. Quel ballo era già in origine una danza guerriera, ma ora si trasformò in una specie di duello, come se entrambi i ballerini spingessero al limite estremo lo schema ufficiale.

Tarya tenne la schiena dritta. Seguendo perfettamente la musica, faceva scattare la testa da una parte e dall'altra a ogni cambio di direzione, poi diede un calcio in aria, in alto quanto glielo permise il vestito.

Vigo la spinse di scatto all'indietro e per un momento lei

fece resistenza, quasi cadendo, prima di arrendersi e permettergli di sostenerla con il braccio.

Milla non riuscì a staccare lo sguardo.

Tarya stava guardando Vigo con aria truce. Lui le sorrise, con le labbra arricciate in quel suo modo da gatto.

Una donna grassoccia con le guance arrossate dal vino commentò: «Bè, se sceglie lei, almeno è una Norlander.» Abbassò la voce in un sussurro: «Non come sua madre...»

«Sssh! Non puoi dire così!»

«Perché no?» replicò la donna. «È quello che pensiamo tutti. Comunque, è ora che si fidanzi. E porterà una bella dote, la figlia di Nestan.»

Nestan non avrebbe promesso Tarya a Vigo, non senza prima dirglielo! Ma, a quelle parole, il suo senso di vuoto divenne profondo come l'oceano. La donna aveva ragione. Se il duca voleva finanziare il suo esercito in espansione, chi era più ricco di Nestan? Milla sapeva cosa si diceva in giro. Nestan aveva salvato la vita a Olvar nell'ultima guerra, quasi a costo della propria. In seguito, Olvar lo aveva ripagato generosamente. Nestan aveva usato quell'oro per comprare le prime navi, e ora il suo patrimonio era senza eguali.

Ma un fidanzamento? Dava un senso alle parole di rabbia che Isak aveva rivolto a suo padre.

Milla doveva avvertire Tarya, in fretta, prima che lo facesse qualcun altro. Fece un passo in avanti, pronta a gettarsi nella mischia con qualche scusa.

Troppo tardi.

Tarya e Vigo erano al centro della pista, perfettamente immobili, faccia a faccia. Lui stava muovendo le labbra.

Tarya si scostò da lui e tirò via le mani.

Dalla folla si levò un impercettibile respiro.

Tarya sembrava furiosa. Notando gli sguardi fissi su di lei, si sforzò di sorridere e si fece vento con la mano: «Scusate, perdonatemi, Vostra Grazia, ho bisogno d'aria.» E uscì veloce dalla stanza.

Nel voltarsi per correrle dietro, Milla vide Nestan. Lui incrociò il suo sguardo e per un attimo sembrò avere un'aria colpevole. Che cosa aveva fatto?

Milla raggiunse Tarya in giardino. Le mise una mano sulla spalla, sentendo la sua pelle calda sotto la sottile manica di seta.

«Lasciami in pace...» cominciò Tarya, voltandosi. «Oh, sei tu. Non intendevo te.» Il suo viso si intristì. «Milla...»

Milla vide le lacrime sulle guance dell'amica, argentee alla luce della luna. Allargò le braccia.

Tarya la tirò a sé, affondò la faccia tra i suoi capelli e scoppiò in singhiozzi. «Mio padre mi ha promessa in sposa... a lui!» Alzò il viso e si asciugò gli occhi con rabbia. «E Vigo si è divertito un mondo a dirmelo. Arrogante, compiaciuto, viziato...»

Così era vero. Ecco qual era il piano di Nestan per sua figlia... quello per cui avevano litigato lui e Isak poco prima! «Va tutto bene, sssh...» Milla l'abbracciò, cercando qualche parola di conforto, anche se non ci credeva nemmeno lei. «Troveremo una via d'uscita. Andrà tutto bene.»

«Non lo farò.» La rabbia sembrò prendere il sopravvento. «Mi dici sempre che ci sono delle scelte, Milla, e questa è la mia.»

«Cosa vuoi dire? Quale scelta?»

«Anche a costo di saltar giù le mura del palazzo nel giorno del matrimonio, non... mi sposerò... con *lui.*»

Milla la tenne abbracciata, guardando la luna perlacea

sopra di loro, chiedendosi come il suo mondo potesse essere cambiato così tanto in un solo giorno. Il suo segreto le bruciava dentro, ma decise di non dire niente, per il momento.

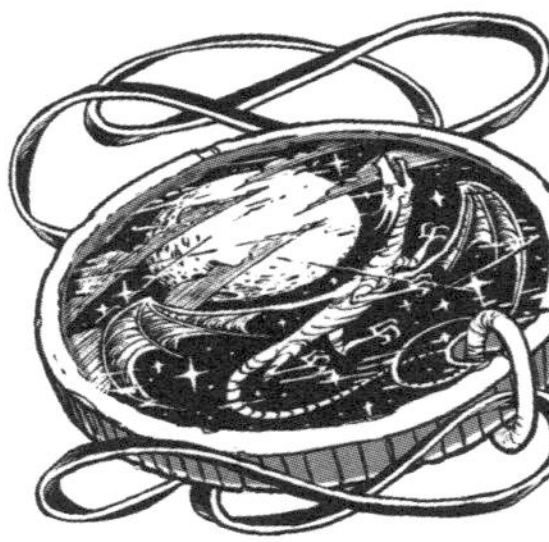

CAPITOLO SETTE

Tornarono a casa poco prima dell'alba. Il colore del cielo stava sfumando in un azzurro velato e perfino Tarya stava sbadigliando e inciampando mentre procedevano verso il cancello della Casa Gialla. Milla l'aveva convinta a tornare sulla pista da ballo. «Forza, Tarya. Faglielo vedere. Fa' vedere a lui e a tutti gli altri di che pasta sei fatta!» e lei c'era rimasta tutta la notte, evitando lo sguardo di Vigo.

Anche se era esausta, Milla rimase sveglia, aspettando che tutti gli altri si addormentassero. Il paglericcio che le fungeva da letto era infilato in un angolo dell'atrio del primo piano, nel caso Tarya avesse bisogno di lei durante la notte. Si rimise la sua solita tunica e le ghette, cercando di non fare il minimo rumore. Poi scese silenziosamente dalla scala principale, sforzandosi di ascoltare. Si fermò nell'atrio, accanto al mosaico che ritraeva Vianna, cercando di non sentirsi come se la stesse guardando con disapprovazione. Non udì niente se non respiri pesanti e un russare roco, e della musica in lontananza, da qualche festa nella città bassa.

Solo allora tornò di soppiatto in giardino.

Era ora di scoprire la verità sulla borsa nascosta. Sembrava strano, fare qualcosa solamente per se stessa, qualcosa di cui solo lei era a conoscenza. Ma se la borsa conteneva qualcosa di pericoloso, meglio che rimanesse ferita una persona sola. E se avesse contenuto rubini, bè, ci sarebbe stata una via d'uscita, per Tarya, per Isak e per lei.

Si issò nuovamente sull'arancio, facendosi largo tra le foglie e i rami fino a quel piccolo incavo di vegetazione, con la sensazione che sarebbe stata l'ultima volta. Quello non sembrava più un posto sicuro.

Slacciò la bisaccia e se la mise al collo facendo molta attenzione. Due delle tasche imbottite le sfioravano le scapole, le altre due le appoggiavano sul torace. Erano più leggere di quanto si aspettasse, e non c'era rumore di movimento di liquidi mentre si muoveva, solo una consistenza strana e densa al centro di ciascuna tasca. La borsa era bellissima, con un motivo di foglie e fiamme ricamato in filo d'oro sulla cinghia. Ciascuna tasca era di un colore diverso: il rosso del tramonto, il blu del martin pescatore, il giallo della primula e il verde del muschio, ornati di pietre preziose. La borsa da sola valeva più di qualsiasi cosa avesse mai posseduto, senza contare quello che c'era dentro.

Allungò la mano e scostò alcuni rami di arancio, facendo filtrare più luce. Poi, con le dita che tremavano, cercò di sfilare uno dei ganci in avorio dalla piccola asola. Infine, aprì la tasca blu. In quel preciso momento, i primi raggi del sole la inondarono di chiazze di luce.

Milla trattenne il fiato. Come faceva ad accendersi la polvere da sparo? Levò una preghiera al pallido mattino e guardò dentro.

La sacca di velluto era liscia e luccicante. Al suo interno, era contenuta una forma tondeggiante di color turchese, punteggiata da chiazze dorate, come le prime gocce di pioggia sulla pietra. Delicatamente, fece scorrere le dita lungo le pareti di quella piccola cupola e la tirò fuori.

Era liscia e aveva la forma di un uovo. Era più grande delle sue mani; la tenne tra i palmi e la fissò. Era vero? Di certo, era troppo grosso per essere un uovo di uccello. Poteva essere un soprammobile?

Diede dei colpetti leggeri sulla superficie con un'unghia: non sembrava né vuoto, né solido, una via di mezzo. Poteva essere di un uccello raro: un'aquila con cui il duca sarebbe andato a caccia, magari.

Si chinò e lo sfiorò con le labbra, trovandolo sorprendentemente caldo e un poco umido. Non era fatto di pietra. Lo sentiva pieno di potenzialità. Vivo e vitale. Un fremito di eccitazione le percorse la schiena, mentre un'incredibile idea prendeva forma.

La vecchia al ballo aveva parlato del ritorno dei draghi ad Arcosi. Un uomo era stato ucciso. Se quelle fossero state uova di drago, tutto avrebbe avuto una spiegazione.

Uova di drago?

Impossibile. Era stanca. Stava sognando. Non glielo diceva sempre Josi, che aveva un'immaginazione troppo sfrenata?

Degli uomini avevano combattuto, erano morti e avevano fatto vela fino ai confini della terra per cercare uova di drago. Nessuno di loro ne aveva mai riportato indietro uno, né aveva detto di averne mai viste.

Doveva essere un oggetto prezioso. Una gemma, magari un lapislazzulo o un quarzo?

Ma il suo cuore le diceva qualcos'altro.

«Ciao» sussurrò, sentendosi ridicola a parlarci insieme.

Ma sentiva di esserne attratta, in un modo che non riusciva a spiegare. Rimase là a lungo, mentre l'alba diventava giorno, cullandolo al petto, come se fosse il cuore pulsante della sua vita.

Infine, vinta dalla fatica, finì quasi per cadere dal ramo. Con riluttanza, rimise l'uovo blu al sicuro nella sua tasca, per paura di farlo cadere. Aprì le altre tasche e controllò: altre tre uova, ognuna di una sfumatura diversa, proprio come le sacche: giallo, rosso e verde.

Sapeva che sarebbe dovuta andare dritta da Nestan a raccontargli quello che aveva trovato. Era quello che una brava domestica avrebbe fatto. Lui avrebbe saputo cos'erano quelle uova. Avrebbe saputo cosa fare. Ma in quel caso, lei avrebbe dovuto ammettere che era stata lì, che aveva assistito all'omicidio senza fare nulla. E se l'avesse ritenuta responsabile? Si sentiva la mente, già intorpidita dal sonno, frastornata e confusa.

Avrebbe chiesto ai gemelli, decise sbadigliando. Non appena fosse arrivato il momento giusto. Quando Tarya si fosse calmata, le avrebbe chiesto consiglio.

Per il momento, Milla aveva una promessa a un uomo morto da mantenere e un nuovo, profondo, istinto di protezione crebbe dentro di lei. «Mi prenderò cura di voi!» sussurrò. Qualunque cosa fossero, non avrebbe potuto abbandonarli. Ne era sicura come lo era del proprio nome.

Proteggendo le uova come se fossero un bambino appena nato, con un braccio che cingeva le tasche davanti, scese con cautela, con una mano sola, cercando di non far sobbalzare la bisaccia. Con il cuore che le martellava sotto il tessuto imbottito, Milla attraversò furtiva il cortile. Aggirò l'edificio delle cucine, muovendosi in silenzio come Skalla quando dava la caccia ai topi. La camera di affumicatura si ergeva sul retro del camino del forno principale. Scostò la tenda in cuoio che chiudeva la porta di legno e sgattaiolò dentro.

Il fumo le salì immediatamente alla gola: denso, pungente e leggermente acre, portando l'aroma del pesce e del formaggio messi a stagionare. Procedette a tentoni nel buio, superando i pesanti tranci di pesce, fino al grosso fascio di foglie di salvia che aveva appeso il giorno prima. Lo tirò giù, agganciò la borsa in alto e poi rimise a posto le erbe.

«Qui, sarete al sicuro.» Non c'era ragione che qualcuno entrasse lì dentro e guardasse in alto tra il fumo e l'oscurità. E anche se lo avessero fatto, la borsa si vedeva a malapena.

Raggiunse vacillando il suo pagliericcio. Rimase sveglia per un po' a fissare il soffitto, cercando di decidere cosa fare, finché la fatica non la vinse e cadde in un sonno leggero.

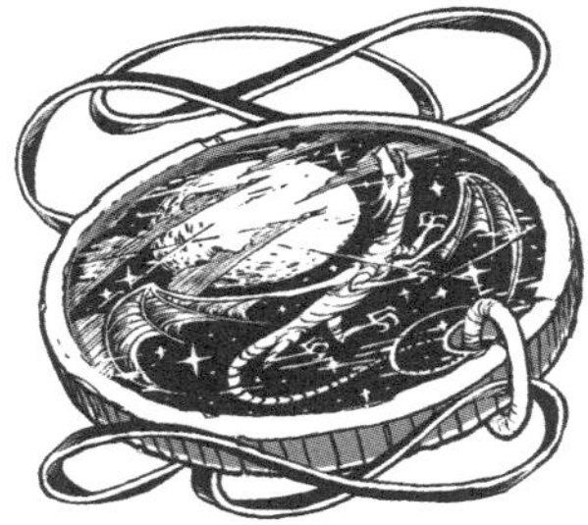

CAPITOLO OTTO

Il sogno di Milla era tinto di blu. Un blu infinito, profondo come il mare. Nel sogno, Milla si levava sul blu dell'acqua. Volava attraverso il blu etereo della foschia. Il blu era ciò che la sollevava e la sosteneva. C'era anche la musica. Si unì al canto, con voce forte e chiara. Le stesse note ripetute, che andavano su e poi giù ancora. La melodia le ritornava in un'eco. E nel sogno era più felice di quanto non lo fosse mai stata. Era inondata di gioia, come di caldi raggi di sole. Ed era tutto perché...

«Milla! Dov'è finita? È in ritardo!» le parole di rabbia di Lanys salirono dalla scala principale, facendosi più vicine.

Lì vicino, sentì Isak cantare, per la prima volta da giorni. Forse era quella la spiegazione alla musica del suo sogno.

Milla si tirò in piedi e scese di volata dalla ripida scala di servizio. Andò dritta a controllare le uova, ancora mezza addormentata. Sbatté le palpebre verso il cielo azzurro, cercando di avvolgersi nel sogno e stringere a sé quella sensazione perfetta un po' più a lungo. Arricciò le labbra e fischiò, per catturare la melodia prima che svanisse. Quelle cinque, malinconiche note… Troppo tardi, l'aveva persa.

Nell'oscurità della camera di affumicatura, rimosse ciascun uovo dalla sua tasca. Li salutò a turno, soffermandosi su quello blu, assicurandosi che non fosse danneggiato, e poi li nascose di nuovo. Uscì, strizzando gli occhi sotto il sole del mattino, mentre un turbinio di pensieri le vorticava nella mente.

Il suo sguardo cadde sulla finestra della cucina, e quello che vide la svegliò del tutto. All'interno, Nestan e Josi si stavano abbracciando. Mentre li guardava, lui si scostò e asciugò teneramente la guancia di Josi.

«Dove sei stata?» chiese Lanys.

Colta da senso di colpa, Milla sussultò e si voltò. «Ho solo controllato i nuovi formaggi» mentì, bloccando l'entrata alla camera di affumicatura.

«Ecco, prendi questo. La colazione è compito tuo. Non metterti in testa strane idee solo perché ti hanno portata a palazzo» fece accigliata Lanys, ficcandole in mano un vassoio di piatti sporchi.

Milla lo prese, troppo istupidita per rispondere.

A Lanys diede sui nervi perfino il suo silenzio.

«Va' avanti allora, stattene a poltrire quanto ti pare. Lo sai cosa vuol dire la notizia di ieri sera? Dopo che i gemelli se ne saranno andati, non avranno più bisogno di due domestiche. Ti hanno trovato per strada ed è esattamente lì che ti scaricheranno. Aspetta e vedrai!» Lanys pronunciò quelle ultime parole in un sibilo prima di tornare in casa a grandi passi.

Stordita, Milla si avviò incespicando verso la cucina, reggendo il pesante vassoio.

«Tutto bene, Milla?» Nestan uscì dalla porta, sembrando tanto sconvolto quando lei. «Hai dormito almeno un po'?»

Milla biascicò qualcosa di incomprensibile, ormai a corto di parole.

«Meglio che entri...» Nestan le diede delle leggere pacche sul braccio e se ne andò.

Milla entrò e appoggiò il vassoio.

In piedi al banco di lavoro, Josi le stava dando le spalle, con i capelli corti e neri dietro le orecchie. Stava facendo a pezzi con una mannaia un pezzo di carne di agnello che non aveva davvero bisogno di un trattamento così brutale. Sopra la sua testa, erano appese le padelle, due lepri in attesa di essere scuoiate, una treccia di cipolle e del basilico fresco, appena colto, che riempiva l'aria con il suo profumo.

Solo l'essere in cucina fu un toccasana per Milla. Se la Casa Gialla era la sua casa, la cucina ne era il cuore. Tutti, prima o poi, finivano per entrarci, attratti dal calore e dagli aromi irresistibili che fuoriuscivano senza sosta dalle finestre. Le sfuriate di Josi potevano anche essere leggendarie, ma la sua cucina e i suoi consigli lo erano altrettanto.

«Josi?» disse Milla, facendo attenzione a non spaventarla. Parlavano sempre Sartolan tra di loro, pronte a passare al Norlandish nel momento in cui fosse entrato qualcuno.

Con un colpo secco, la mannaia si infilzò nel tagliere di legno.

«Cosa c'è che non va?» Milla si accorse con sgomento delle lacrime che le stavano scendendo lungo le guance. Non l'aveva mai vista piangere, prima di allora. Non aveva mai visto Nestan e Josi insieme così. Si sentì il terreno mancare sotto i piedi.

«Niente... sono solo le cipolle!» rispose seccamente Josi, gettando la carne nella padella e richiudendola sbattendoci sopra il coperchio.

Non era vero. Milla gettò un'occhiata alle cipolle, tutte ben cotte con timo e aglio, non avrebbero più potuto far lacrimare nessuno.

«Cosa ci fai sveglia?» chiese Josi. «Ho mandato Lanys a servire la colazione, così tu potevi riposarti». Si asciugò il viso con il grembiule.

«Lo so.»

«Penso tu voglia dire grazie» ribatté aspra Josi, ma i suoi occhi scuri erano di nuovo caldi e vivaci. Poi notò l'espressione di Milla. «Che c'è?» La raggiunse e le mise le mani sulle spalle, scrutandola con sguardo acuto e intelligente.

«Oh, Josi...» iniziò Milla, sentendo un fiume di parole minacciava di traboccare: sull'omicidio, sulle uova, sul ballo del duca la sera prima. Desiderava tanto chiederle consiglio: aveva il discorso sulla punta della lingua. Josi doveva sapere dell'uomo che era stato ucciso, proprio fuori dalla cucina.

Poi si bloccò. Se Josi adesso stava con Nestan, quello cambiava tutto. Non sarebbero più state eguali. Josi sarebbe diventata la signora della casa. La gente si sposava in continuazione con persone fuori dalla propria comunità: lo aveva fatto perfino il duca. E la madre del suo amico Thom era una Sartolan, mentre suo padre era un Norlander. Ma Nestan e Josi... Milla non se l'era proprio aspettato. Così Milla si morse le labbra e stette zitta. Se l'avesse detto a Josi, lei lo avrebbe raccontato a Nestan, Nestan al duca, e in men che non si dica, la borsa con il suo prezioso contenuto sarebbe finita nelle sue mani.

«Va tutto bene, cucciola...» Josi la strinse in un abbraccio. «A me puoi dirlo.»

Ma Milla si divincolò. Non era più sicura di niente. Si sedette sullo sgabellino vicino al fuoco. Skalla il gatto delle cucine arrivò e miagolò forte, finché non gli permise di saltarle in braccio. Gli accarezzò distrattamente il pelo nero.

«Ecco qui.» Josi le passò un tozzo di pane spalmato di formaggio di capra, insieme a una tazza di latte caldo in cui aveva mischiato noce moscata e miele.

Milla fissò le fiamme e intinse il pane nel latte, trovando conforto nel buon cibo e nelle fusa di Skalla, che con il suo peso le dava un senso di stabilità.

«Allora, me lo dici cosa c'è che non va?» provò ancora a indagare Josi. «È per il fidanzamento di lady Tarya?»

Milla annuì. Era un punto sicuro da cui partire. «Lanys dice che non avranno più bisogno di due domestiche quando Tarya se ne andrà dal palazzo. Che cosa mi succederà? Nestan...» continuò in un sussurro «...si libererà di me?»

«C'è Lanys a capo di questa casa?» ribatté secca Josi.

«No.»

«Allora perché l'ascolti? Lanys è solo gelosa. Tu e Tarya siete amiche fin dal giorno in cui sei arrivata, e questo niente potrà cambiarlo. Tu avrai sempre una casa, qui.»

Le parole di Josi la scaldarono come il calore del focolare. Lasciò che Skalla le leccasse le briciole di formaggio dalle dita, sorridendo alla sensazione che le dava la sua linguetta ruvida.

«Cosa succederà?» stava dicendo Josi. «Onestamente... non lo so.»

«Probabilmente, non vorranno una come me a palazzo, no?» chiese Milla. «Ma se Tarya si sposa, avrà bisogno ancora di me.»

«Certo che sì, tesoro!» convenne Josi. «Ma tra l'avere bisogno e l'ottenere ce ne passa, come tu e io ben sappiamo.» Cominciò ad agitare della farina di frumento in una ciotola.

Milla si sentì stupida per non aver capito che sarebbe

successo, un giorno. «Ma... ma se Tarya se ne va, me ne dovrò andare anch'io? Non voglio lasciarti, Josi!» Tutto stava cambiando così rapidamente che si sentiva le vertigini.

Vivere lì, lavorare lì, era l'unica cosa che Milla avesse mai conosciuto. Per i gemelli era diverso: i loro ricordi della madre svanivano gradualmente, come il bellissimo dipinto murale che ritraeva Vianna e che adornava una parete dell'atrio. E proprio come il ritratto veniva ritoccato con vernice fresca per tenerlo vivido, così le storie su Vianna tenevano in vita il suo ricordo.

Milla non aveva ricordi di nient'altro. Nessuna storia. Nessuna madre.

Con un sussulto, si ricordò di come la vecchia l'aveva fissata la sera prima. Sollevò il medaglione, caldo per il contatto con la sua pelle, e lo sfiorò con le labbra, sentendo il sottile profilo del drago e della luna. Le parole di Lanys le risuonavano ancora nella mente. «Josi, dove mi ha trovato la madre dei gemelli?»

La voce di Josi si ammorbidì. «Mi dispiace, cucciola, non lo sappiamo. Con Vianna, è morta anche la tua storia» rispose, occupata ora a impastare del grasso con la farina.

«Allora quando è successo? Quanti anni ho?»

«Questo lo sai!» rispose Josi, senza guardarla negli occhi. «Abbiamo dedotto che avessi due anni allora, quindi adesso ne hai dodici. Tredici la prossima primavera.»

«Non è un vero compleanno, però, vero? Ve lo siete inventato.»

«Sembrava giusto» disse Josi, abbassando deliberatamente lo sguardo.

Milla la guardò intensamente. Che cose non le stava raccontando? «Quindi i miei genitori potrebbero essere chiunque?»

Ci aveva pensato molto. Si era immaginata una famiglia ricca di Sartola, con fratelli e sorelle dagli occhi scuri che le somigliavano. Oppure una famiglia di marinai, per mare con qualsiasi condizione del tempo. Oppure ancora il clan di un commerciante, che se ne andava in giro per il mondo, barattando, riportando spezie, seta e ceramiche.

«Potrebbero» rispose Josi. «Ma che bisogno hai di saperlo? Hai un posto dove dormire e delle persone che si prendono cura di te. È più di quello che hanno tanti altri. Non ti basta?»

Un tempo, Milla aveva amato sentire quelle storie, credendo che la legassero a Josi, ai gemelli e a Nestan. Ma in quella mattina luminosa, il giorno dopo che tutto era cambiato, improvvisamente non le bastarono.

Doveva saperne di più.

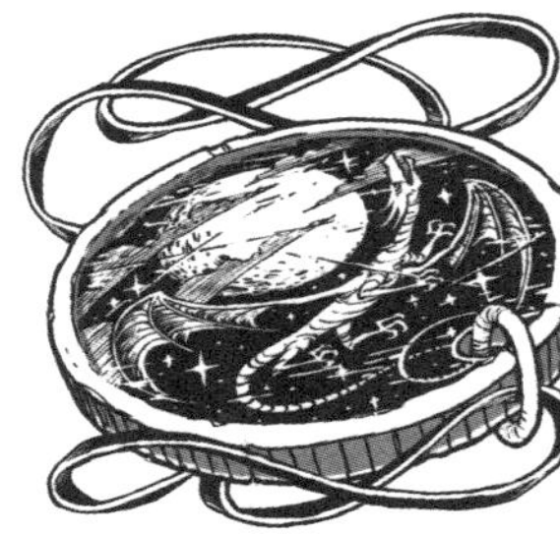

CAPITOLO NOVE

Quando Josi le disse di andare al mercato, Milla avrebbe voluto disobbedire. *No!* quasi gridò. *Non posso abbandonare le uova!* Non essere ridicola, si rimproverò. Chi sei, una mamma chioccia? Non sono tuoi, e potrebbero anche non schiudersi affatto. Ma mentre se ne stava lì, riluttante, il pensiero delle quattro uova le diede un tuffo al cuore.

Sulle mensole della dispensa, Milla trovò due cestini e i due fogli consunti di pergamena che l'avrebbero identificata. Iniziò ad avvolgersi una sciarpa sulla testa per proteggersi gli occhi, doloranti e asciutti per lo sfinimento.

Un'ombra oscurò la soglia, e Milla sobbalzò con un grido, nell'improvvisa convinzione che fosse l'assassino del giorno prima che era tornato in cerca di lei.

«Calmati, Milla» disse Richal Finn. «Cosa c'è che non va?» Occupava tutto lo spazio della porta, massiccio e sicuro come sempre.

«Scusa! Oggi sono un po' nervosa.» Gli mise la mano sul braccio, sollevata che fosse solo lui. «Sono solo stanca, dopo ieri notte.»

«Strana serata» convenne lui. «Ma non preoccuparti. Sei al sicuro, adesso.» Poi, con tono quasi pettegolo, le chiese: «E che mi dici di lady Tarya e del figlio del duca?»

Milla lo guardò incuriosita. Quello non era da Finn. Si stava informando su di lei o su Tarya? «Starà bene. Ha solo bisogno di tempo, vedrai.» Si voltò e attraversò il cortile, con Finn al suo fianco.

Lanys era sulla soglia e la guardava chiacchierare tranquillamente con lui, con uno sguardo di invidia e di rabbia. Decise di ignorarla.

«Scenderà per l'allenamento, più tardi, secondo te?» chiese. «Meglio che mi scelga un'armatura più spessa se vorrà sfogare la sua frustrazione, eh?»

«Tieniti pronto a prenderle, Finn.» A dispetto di se stessa, Milla sorrise al pensiero. «Meglio te di me. Ti lascio una fiasca di birra a raffreddare nel pozzo per dopo, va bene?»

«Grazie, Milla. Vai in città? Vengo con te, vado da quella parte» disse Finn, aprendo il cancello.

«Certo.» Era contenta di avere Finn al suo fianco: alto, calmo e rassicurante. Si avviarono lungo la via principale e si imbatterono quasi subito in una pattuglia.

«Lasciapassare!» gridò la prima guardia quando raggiunse Milla. Notando Finn, moderò lievemente il tono. «Hai il permesso di camminare nella città alta?»

Milla notò quanto fosse diverso il trattamento riservato a Richal Finn, un Norlander. Bè, poteva anche non sapere chi fossero i suoi genitori, ma era chiaro a tutti che Norlander non era di certo, e si preparò a subire un altro interrogatorio.

«Sì.» Esibì i suoi documenti e sciorinò stancamente le

informazioni: «Lavoro per la famiglia Thornsen. Norlander di seconda generazione. Casa Gialla.» Era un tormento all'ordine del giorno, ma Milla si sentiva fuori di sé per la stanchezza. Ebbe l'improvviso, sconsiderato impulso di gridare a squarciagola il proprio sospetto: *Ho trovato delle uova di drago! I draghi stanno tornando! Sono già qui!*

La gente si sarebbe messa a urlare, sarebbe arrivata a frotte: *Dove? Voglio vedere i draghi!* L'avrebbero schiacciata, smaniosi di vederli. Le guardie l'avrebbero trascinata via, per essere interrogata dal duca in persona.

Sbatté le palpebre e il sogno a occhi aperti svanì. Non era nient'altro che questo: un sogno. Un miraggio. Un desiderio, niente di più.

La guardia le fece cenno di procedere e Milla salutò Finn quando presero strade diverse, uno per i moli affollati e l'altra per il mercato.

I commercianti gridavano i loro prezzi migliori. La loro tiritera riempiva l'aria come il canto degli uccelli. Milla sentiva gente bisticciare e barattare in Norlandish, in Sartolan, in dialetti che poteva solo indovinare. C'era chi proveniva dalle Isole della Seta con le loro belle giubbe e le gonne dai colori vivaci; mercanti dal lontano sud, con spessi bracciali d'oro che luccicavano pigramente alla luce del sole. Arcosi era un gioiello di isola, dove si intersecavano tutte le rotte commerciali, per questo i suoi mercati erano sempre colmi di ogni ben di dio: elaborati gioielli in oro, spezie fragranti, preziosa ceramica invetriata, e pregiati manufatti in pelle. Un marinaio portava sulla spalla un uccello addomesticato, dalle piume rosse come il sangue e un occhio giallo, piccolo e brillante, che osservò Milla mentre gli passava silenziosamente accanto.

Milla raggiunse il mercato principale e inspirò profondamente, socchiudendo gli occhi, godendo degli odori familiari: ciambelle alla cannella che friggevano in una grossa padella alla sua sinistra, caffè nero e forte in infusione in un alto boccale di metallo su un banco alla sua destra, il puzzo dei muli da soma che aspettavano pazientemente all'ombra. Ma quando li riaprì, sbattendo le palpebre, Milla vide che c'era qualcosa che non andava. La gente era riunita in gruppetti e si guardava attorno a disagio.

C'erano troppe guardie, che si spargevano per il mercato come una macchia di sporco. Le loro uniformi nere superavano in numero l'accozzaglia di colori dei vestiti comuni.

Milla andò più veloce, diretta al banco della sua amica Rosa. Mentre si faceva largo tra la folla, una guardia si voltò e si rivolse a lei in torno di scherno: «Cos'hai da andare tanto in fretta?» Mise apposta un piede avanti.

Troppo tardi per evitarlo, Milla inciampò. Cadde in avanti, sbucciandosi i palmi sulla ghiaia e facendo volare via i cestini. Accaldata e umiliata, sputò la polvere e si tirò faticosamente in piedi.

«Ehi! Prepotente che non sei altro. Non hai niente di meglio da fare?»

Rosa era là, ad aiutarla ad alzarsi e a spolverarsi la tunica.

La guardia stava sogghignando, ancora divertito dalla caduta di Milla.

«Lascia stare, Rosa, non ne vale la pena» sussurrò Milla. Aveva visto gente venire picchiata e arrestata per molto meno.

Ma Rosa fece una sfuriata, tanto forte che si fermarono tutti a guardarla. «Oh, aspetta, non me lo dire, è l'unico modo in cui riesci a farti notare da una ragazza?»

Delle risatine si levarono dalla folla.

Milla vide il soldato diventare paonazzo. I suoi occhi si strinsero mentre fissavano adirati Rosa.

Con orrore, vide la sua mano correre all'elsa della spada.

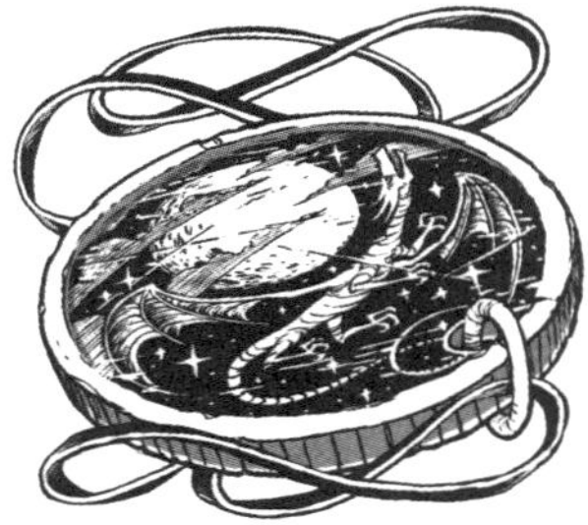

CAPITOLO DIECI

Pensando velocemente, Milla allungò la mano e, con la maniglia ruvida del suo cestino, solleticò la zampa posteriore di uno dei muli legati lì vicino. Il mulo scalciò, rovesciando una grossa giara di vino che si sversò nella polvere come sangue. I commercianti cominciarono a litigare, alzando la voce e agitando le mani. Nella baraonda, nessuno stava guardando le ragazze.

Milla trascinò via in fretta Rosa attraverso la folla, fino al banco della sua famiglia. «Non devi inimicarteli.» Sapeva che la famiglia di Rosa non si sarebbe potuta permettere la tassa di scarcerazione se lei fosse stata arrestata.

«Sono stufa marcia! Chi pensano di essere? Non si sognerebbe mai di far inciampare una cameriera Norlander. Ti sei fatta male?»

«Sto bene, davvero.» Ignorò il dolore alle mani e si guardò alle spalle per assicurarsi che nessuno le avesse seguite. «Ma grazie.»

Ora che erano al sicuro, si voltarono l'una verso l'altra e si abbracciarono forte.

«Come stai? Come è andata ieri sera?» chiese Milla.

Rosa fece un largo sorriso e si issò sulle assi di legno del banco, su cui erano disposti frutta, formaggi e vino di Sartolan importato dalla terraferma. «Saresti dovuta venire... ci sei mancata alla festa in strada...»

«Te lo sei portata *davvero* il vino!» sussurrò Milla. «Lo sapevo!»

«L'ho diviso con gli altri» ribatté Rosa, un po' per scherzo un po' a sua discolpa. «Mi ha fatto trovare dei nuovi amici, quella bottiglia. E non tutti erano noiosi.» Raccontò a Milla della serata, facendola ridere per la prima volta quel giorno.

«Vorrei esserci stata...»

«Ti hanno lasciato indietro un'altra volta?» Un'ombra di preoccupazione passò sul bellissimo viso a forma di cuore di Rosa. Aveva grandi occhi marroni, di solito traboccanti di vivacità, e le strette trecce nere spuntavano dai lati da sotto la sciarpa rossa.

«Prima dimmi...» disse Milla. «Che cosa significa tutto questo?» Inclinò furtivamente la testa verso i soldati del duca. «Cosa si dice in giro? Cosa sta succedendo?» I pettegolezzi correvano dall'alto verso il basso ad Arcosi, come l'acqua di sorgente, acquistando velocità nella corsa. Rosa sapeva sempre quelli più recenti.

«Non hai sentito? Si dice che il duca abbia avuto un'ospite inaspettata al suo gran ballo, un brutto presagio.» Riferì una versione esagerata della sfuriata della donna a palazzo. «È la maledizione di Arcosi, dice papà, proprio come nei tempi antichi.»

«Quale maledizione di Arcosi? Sono stupidaggini! Nessuno hai mai detto che la città era maledetta prima di ieri sera.» Milla rabbrividì. Non voleva sentir parlare di maledizioni, non quel giorno.

«Lo sai... l'eredità del duca pazzo, Rufus? L'ultimo duca dell'Antica Arcosi? Quello che ha vinto la guerra contro Sartola sul suo drago, e poi è scomparso?» chiese Rosa. «Tutti i bambini la conoscono, quella storia.»

«Io lavoro per i Norlander. Loro hanno storie diverse.» Milla osservò i soldati che passavano da un banco all'altro. «Allora, è lei che stanno cercando? La vecchia signora del ballo?» Si ricordò che il duca aveva offerto una ricompensa per la sua cattura.

«No, no, guardarli. Stanno cercando qualcosa di piccolo, qualcosa che potrebbe stare in quelle casse.»

Milla sentì il sangue salirle al viso. Stavano cercando le uova.

Con il cuore che le martellava in protesta, Milla li guardò rovistare sul banco di fronte a loro. Avevano già perquisito la Casa Gialla? Strinse forte i suoi cestini, resistendo all'impulso di correre a casa a controllare. Sperò che il rossore non si notasse.

«Vedi come sono gentili con i commercianti Norlander?» Rosa li insultò sottovoce. «Ma a noi tocca la parte peggiore. È sempre così per i Sartolan, anche quando siamo più numerosi. Specialmente quando siamo più numerosi...»

«Resto con te» disse Milla. «E, per rispondere alla tua domanda, no, non mi hanno lasciata indietro. Io c'ero...»

«Cosa? Hai visto il duca?» Rosa quasi cadde dal banco. «Che aspetto ha? E suo figlio... non è favoloso?» Mise una mano sul braccio di Milla, sorridendo al ricordo. «L'ho visto, l'anno scorso. Occhi incantevoli...»

Milla distolse per un attimo lo sguardo dai soldati pensando a Vigo e, immediatamente, a Tarya. Se il fidanzamento fosse avvenuto, avrebbero parlato così anche della sua amica. Ogni vestito, ogni gesto, ogni parola sarebbe stata commentata, fino a farla diventare qualcosa di meno e al tempo stesso di più di una persona vera. Come avrebbe fatto a vivere sotto quel tipo di scrutinio?

Rosa, che la stava guardando, fraintese la sua esitazione. «Oh, bè, se non me lo vuoi dire...»

«Non è questo...» si affrettò a precisare Milla. «Stavo pensando a una cosa che ha detto Vigo...»

«*Vigo*? Oh, lo chiami per nome, vero? Non è che gli hai parlato davvero?»

Milla annuì e vide Rosa cambiare espressione.

«Oh, allora non hai bisogno di sentire la storia da me, se tu eri là!» ribatté seccamente Rosa, ferita. «Bè, vedi solo di non dimenticarti dei tuoi veri amici, la prossima volta che balli a palazzo con il figlio del duca...»

Milla iniziò a dire: «*Io* non ho ballato con lui» ma fu interrotta dai soldati del duca.

«Apri queste casse, subito!» urlò l'ufficiale sbattendo forte la mano sulle assi del banco.

Uno di quelli più giovani sollevò malamente una scatola di frutta e la fece cadere.

«Ehi!» urlò Rosa. «Rovinerete la frutta. Fate attenzione!»

L'ufficiale prese il giovane per l'orecchio, ringhiando: «Hai dimenticato gli ordini del duca? Quel carico è fragile. Se qualcuno lo rompe, o lo nasconde, pagherà con la vita, chiaro?»

Con la vita? Milla si sentì la bocca secca come sabbia arsa dal sole. Il duca le voleva davvero quelle uova. L'assassino forse lavorava per lui. Doveva avergli riferito tutto. Forse stavano perquisendo la Casa Gialla proprio in quel momento.

Quale vita si sarebbero presi se avessero trovato le uova là?

Si passò la lingua sulle labbra secche e riuscì a chiedere con voce rauca. «Cos'è che state cercando?»

«Tieni a freno la lingua, signorina. Non sono affari tuoi!» le gridò l'uomo, borbottando qualcosa sui Sartolan mentre si voltava per andarsene.

Il soldato più giovane guardò Milla negli occhi. Neanche lui era un Norlander. In continua espansione, l'esercito del duca era obbligato a far entrare gli altri nei ranghi inferiori. Mosse le labbra in un incerto «Scusa!» prima di affrettarsi a seguire l'altro uomo.

«Ehi, e le pesche? Non potete guastarle e poi andar via» gridò Rosa. «Mamma e papà si arrabbieranno.» Saltò giù e raccolse tutti i frutti che erano caduti.

«Guarda, tutte rovinate. Scommetto che non copriremo neanche il costo del banco, oggi. È così ingiusto. Un giorno...» disse con enfasi. «Un giorno non lontano, farò qualcosa.» Rosa si alzò piano, con il grembiule pieno di pesche polverose, gettando occhiatacce intorno con aperto risentimento. «Lo giuro!»

Il lato all'ombra era riservato ai commercianti Norlander: il fresco proteggeva la merce. Milla avrebbe potuto fare la spesa là – i documenti di Nestan glielo permettevano – ma lei rimaneva leale a Rosa, sapendo bene quanto fossero duri quei tempi. Non l'aveva mai sentita così amareggiata, così pronta a scattare.

«Josi vuole un sacco di roba. Aggiungici anche quelle, le faremo cuocere stasera» disse Milla, dandole la lista. Con uno sforzo, cercò di mantenere un tono normale. «Grazie, Rosa. Lo sai, vero, che mi sarebbe piaciuto essere qui con te ieri sera?» Era quasi del tutto vero. «Ci vediamo la prossima settimana.» Milla aveva mezza giornata di riposo ogni seconda settimana e la passava sempre con Rosa e Thom.

Diede un bacio all'amica su entrambe le guance e corse via, tenendo un cestino con ciascun braccio, diretta alla scalinata dei contrabbandieri per evitare altre pattuglie. Mentre si affrettava lungo la banchina affollata, un fischio acuto fendette l'aria.

«Milla!» Thom Windlass era in piedi sul molo dove era ormeggiato il peschereccio di suo padre, la *Dolphin*, fermo vicino al rotolo di cime che lo teneva attraccato. Al vederla, la sua faccia larga e bella si illuminò.

«Thom!» Milla non riuscì a non ricambiare il sorriso.

«Ehilà, straniera! Dove sei stata ieri sera?»

Mentre sorrideva a Thom, con il mare che luccicava alle sue spalle, il sogno di quella mattina le tornò brevemente alla mente: quel senso di libertà, quella fugace melodia. Svanì un'altra volta, lasciando in lei un'eco dolorosa.

«Ero al palazzo, con i gemelli.» Indicò la cima della collina. «A ogni modo, come mai esci a quest'ora?» Notò le casse vuote che aveva appena caricato e lo stuzzicò: «Si inizia tardi, eh, dopo i bagordi?»

«Starai scherzando, Milla. Sto uscendo un'altra volta vorrai dire. Papà non si alzerà mai tardi, ce l'ha nel sangue di svegliarsi prima dell'alba.» Thom aveva l'aria stanca. I suoi grandi occhi marroni erano contornati di occhiaie. «Gran bella festa, però. Che fuochi d'artificio! Tu li hai visti, da lassù?»

«Certo. Ma perché uscite due volte oggi?» Milla sapeva che Simeon Windlass era un gran lavoratore, ma qualcosa non quadrava.

«Il vento sta cambiando. Sta arrivando un temporale, dice

papà. Il primo dell'autunno, e bello forte. Non potremo uscire dal porto per giorni, così dobbiamo lavorare il doppio prima che arrivi».

«Ti lascio andare, allora» rispose lei. «*Possa il vento soffiare veloce e le maree esserti amiche,* aggiunse, nella benedizione tradizionale dei vecchi marinai. Mise giù i cestini e frugò in uno dei due. «Ecco. Rosa mi ha dato delle pesche in più... acchiappa!»

«Grazie» disse Thom. «Tu sta' attenta quando scoppia il temporale.» Era tipico di Thom, preoccuparsi per lei quando invece era lui che sarebbe stato fuori nella tempesta.

«Allora, Thomsen!» ruggì Simeon all'improvviso, dopo che tutti i preparativi erano stati terminati.

Thom obbedì all'istante. Srotolò la cima e se la avvolse attorno al braccio, poi superò con un salto lo spazio crescente tra il molo e la barca. Gli fu facile, con quelle sue gambe lunghe.

«Quando?» urlò Milla, proprio prima di imboccare la scalinata. «Quanto manca al temporale?»

Simeon guardò il cielo. «Arriverà entro l'alba di domani».

«Tornate a casa sani e salvi, tutti e due!»

Thom annuì per salutarla, con la pesca tra i denti e le mani impegnate a riporre la cima.

Milla si lanciò su per i gradini. Si girò, brevemente, proprio mentre la *Dolphin* oltrepassava l'imponente molo frangiflutti. Il mare prese improvvisamente vita e la barca venne sbatacchiata qua e là. Cavalcò un'onda per poi scomparire nella gola della successiva.

Milla voltò le spalle al suo amico e corse ad accertarsi che il suo segreto non fosse stato scoperto. Le parole del soldato le echeggiavano nella mente: *pagherà con la vita, pagherà con la vita.*

Non smise di correre fino a quando non raggiunse la camera di affumicatura. Abbandonando ogni prudenza, lasciò cadere fuori i cestini e si precipitò a controllare le uova.

Sospirò e accarezzò dolcemente le tasche. «Ehilà, ciao. Come state?» sussurrò, aprendo per prima la tasca blu.

Cantò all'uovo blu la melodia che ricordava in parte dal sogno, restando là, al buio, fin quando qualcuno cominciò a urlare il suo nome, e lei fu richiamata al lavoro.

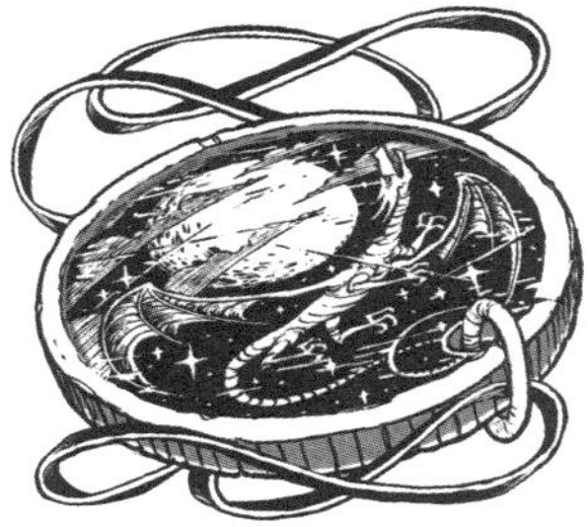

CAPITOLO UNDICI

Il temporale si abbatté su Arcosi durante la notte, proprio come Thom e Simeon avevano detto. Milla si svegliò di soprassalto, spaventata dal rumore battente della pioggia sul tetto.

Le uova! E se si fossero bagnate?

Le aveva controllate probabilmente una dozzina di volte il giorno prima. Decise di scendere di soppiatto, nel buio. Quando aprì la porta, il vento quasi gliela strappò di mano. Mantenne la presa con difficoltà, imprecando a bassa voce, trattenendola prima che sbattesse contro il muro e svegliasse tutta la casa. Qualche instante dopo, nell'oscurità vellutata della camera di affumicatura, prese la bisaccia e se la mise al collo. Erano asciutte. Erano salve.

Era un rischio, ma si accoccolò cingendo la borsa e si assopì. I sogni ritornarono.

Era di nuovo in quel blu perfetto, veloce attraverso la foschia, con i capelli che fluttuavano all'aria. Cantò le cinque note: su e poi giù ancora. Poi buttò la testa all'indietro e rise, lasciando che il vento le mozzasse il fiato. Quando guardò in basso, le sue mani stavano toccando delle fredde squame blu...

Milla si svegliò di soprassalto. Si sedette, ansimando. La borsa era ancora là.

«'Giorno» sussurrò, chinandosi ad accarezzare l'uovo blu con il polpastrello. «Sono contenta che tu sia là dentro, al riparo da questa tempesta. Sta' lì e nessuno ti troverà.»

Le uova erano calde, forse perfino più del giorno prima, il che era strano. A causa del temporale, Milla aveva lasciato spegnere il fuoco. Forse le uova trattenevano il calore?

Parlò loro sottovoce. «Auguratemi buona fortuna, me ne dovrò stare chiusa in casa tutto il giorno con i gemelli e il loro papà, tutti di un umore più nero di questo cielo.

«Tarya si oppone al fidanzamento... non sono sicura per quanto andrà avanti. Isak non vuole parlare con nessuno, il che è anche peggio.»

Li cullò lentamente, canticchiando distrattamente le cinque note. «Nestan si sente in colpa per tutti e due, ed è scontroso. Così non fa altro che gridare, o dare ordini e noi dobbiamo trottare... Ah... pare che l'assassino sia scappato senza lasciare traccia. Nessuno l'ha più visto. Ma voi siete al sicuro, non dovete preoccuparvi. Almeno, qui i soldati non sono ancora venuti a cercarvi.»

E continuò a sussurrare, raccontando alle uova tutto quello che le passava per la testa. Era una bella sensazione parlare a qualcuno con onestà, anche se loro non potevano risponderle. Come era stata la sua vita prima delle uova? Se lo ricordava a stento: era come se ci fossero sempre state. In un angolo della mente, il bisogno di decidere cosa fare di loro si agitava inquieto, cercando di attirare la sua attenzione, ma lei si girava dall'altra parte.

Udì un movimento in cucina, dall'altra parte del camino. Josi era sveglia e stava prendendo il bollitore dal gancio per mettere a bollire l'acqua.

«Ciao, ciao, uova» disse Milla. «Ci vediamo presto.» Andò sbadigliando in cucina, come se fosse tutto normale, come se ogni singolo osso del suo corpo non stesse urlando per farla rimanere lì, al buio, con le uova. Non aveva mai avuto qualcosa di suo di cui prendersi cura, prima di allora.

Doveva essere per quello che pensava a loro ogni momento. A ogni respiro. A ogni battito del cuore.

Dopo che Milla uscì dalla camera di affumicatura, dal profondo della bisaccia le rispose un rumore: *Tap! Tap! Tap!*

Milla accese il fuoco nei caminetti, portò l'acqua, lavò vestiti e li appese ad asciugare. Preparò la colazione, lavò i piatti, tagliò la legna e alimentò i focolari. Era solo metà mattina quando arrivarono i soldati del duca.

Milla stava entrando dalla porta della cucina con una dozzina di uova di gallina che aveva appena raccolto nel pollaio, quando Finn aprì il cancello e fece entrare la fila di guardie, sei uomini alti, abbigliati nella livrea nera del duca.

Era successo. L'avevano trovata. Sapevano della borsa. Tutto sembrò procedere a rallentatore: le sue dita che lasciavano cadere le uova, lo spruzzo arancione del tuorlo sulle mattonelle bagnate e scivolose.

«Milla? Stai bene?» Finn le mise delicatamente una mano sul braccio.

I soldati stavano bloccando il cancello. Non c'era via di fuga. «I gemelli» riuscì a dire con voce rauca. Le avrebbero lasciato almeno il tempo per dir loro addio, prima di essere portata via? Corse verso le scale. Tarya stava giocando a scacchi da sola, sul suo letto disfatto, ma sobbalzò quando Milla si precipitò in camera sua. «Cosa succede? Sembra che tu abbia visto un fantasma!»

Milla aveva un peso sul petto che le impediva di parlare. Gettò le braccia al collo di Tarya e l'abbracciò forte per l'ultima volta, mentre dagli occhi cominciarono a scenderle le lacrime.

«Ehi! Cosa c'è?»

Lanys bussò alla porta. «Sono Sua Grazia la duchessa Serina e Sua Grazia Vigo Refarson. Sono qui per vedere lady Tarya...»

Tarya si scostò come se avesse ricevuto un colpo.

Milla provò un'ondata di sollievo. I soldati non erano venuti per la borsa delle uova! Non erano venuti a portarla via. La sensazione scemò quando capì che erano venuti a portare via Tarya. Forse non subito ma, molto presto, sarebbe successo. Tirò su con il naso, asciugandosi gli occhi sulla manica.

«No! Non qui!» Tarya cominciò a camminare avanti e indietro furiosamente, come un uccello appena catturato e messo in gabbia. «Milla, non gli posso parlare!» Aveva gli occhi sbarrati dall'angoscia e i capelli scompigliati in ciuffi impazziti, come un frullio di piume. Mentre passava accanto al tavolino, la sua camicia da notte si impigliò in un piatto e lo trascinò per terra mandandolo in frantumi.

Milla si precipitò a raccogliere i cocci prima che l'amica ci camminasse sopra. Tornò subito in se stessa: aveva un compito da svolgere, proprio lì. Tarya aveva bisogno di lei.

«Sssh, fermati, o finirai per farti male» Si muoveva rapida, ora, e prese un vestito dal cassettone di Tarya. «Tieni, mettiti questo.» Poi le annodò uno scialle scarlatto sulle spalle e le rifece la treccia. «Ecco, così va bene.» Milla le mise le mani sulle spalle. «È uscito con il temporale per vederti. Non puoi lasciarlo aspettare. Pronta?»

«Bè, scommetto che è venuto in carrozza – controlla se ha i piedi asciutti.» Ma alzò il mento e si erse in tutta la sua altezza. «Pronta come non mai. Non lasciarmi, Milla.»

«Non lo farò.»

Scesero nella stanza preferita di Nestan, dove le alte finestre offrivano una buona vista sull'infuriare degli elementi. Onde enormi, spumeggianti, si scagliavano sull'isola, sbattendo contro il frangiflutti del porto, furiose di essere bloccate all'esterno. Serina e Vigo erano, in effetti, perfettamente asciutti nei loro mantelli di seta e velluto, seduti nelle poltrone più belle mentre Lanys serviva da bere. Nestan e Isak stavano entrambi osservando Tarya avvicinarsi, quasi fosse un barile di polvere da sparo e Vigo tenesse una fiamma accesa in mano.

Nestan si alzò e si schiarì la voce. «Ah, ecco mia figlia, lady Tarya.»

Terminati i saluti di rito, Serina chiese: «E questa è...?» Stava sorridendo a Milla.

«Ah, sì. Questa è Milla» rispose Nestan. «Cameriera personale e dama di compagnia di mia figlia. Ha passato con noi quasi tutta la sua vita.»

Lanys si accigliò a quella presentazione tanto calorosa.

A Milla fece piacere e ignorò sia lo sguardo torvo di Lanys che quella parolina insidiosa: *quasi* tutta la sua vita. Quando avrebbe scoperto da dove veniva? Distolse i pensieri da quel corso ormai famigliare e si affrettò a servire un piatto della famosa torta di mandorle di Josi.

Dopo un po', il chiacchiericcio si affievolì. La duchessa Serina si alzò in piedi, chiedendo: «Potrei andare a fare i complimenti alla cuoca per la torta? Mi piacerebbe avere la ricetta.»

Nestan le porse il braccio. «Certamente, Vostra Grazia, sarei felice di presentarvi.» E uscirono dalla stanza.

Isak diede un colpo di tosse e si alzò, aggiustandosi gli occhiali sul naso. «Scusatemi. Devo andare... a controllare... una cosa. Lanys, puoi aiutarmi?» Si ritirò dalla stanza, fissando Lanys finché non lo seguì.

Tarya balzò in piedi, dando le spalle a Vigo. «Tu non provarci nemmeno!» disse a Milla con il solo movimento delle labbra. «Non lasciarmi!»

Milla incrociò il suo sguardo e annuì una volta, poi si spostò in un angolo a riordinare il vassoio delle bevande.

«Allora» cominciò Vigo, alzandosi a sua volta. «Non penso di essere stato chiaro al ballo. Cioè...»

«No, sei stato molto chiaro» rispose sommessamente Tarya.

Oh-oh, pensò Milla. Conosceva quel tono, vellutato come la zampa di un gatto prima che spuntino gli artigli per sfregiarti una guancia. *Diglielo! Digli che non lo vuoi sposare, e che noi potremo rimanere insieme, come sempre.*

«Cioè, pensavo che potremmo cominciare a... passare... ehm... del tempo insieme. Per iniziare... a conoscerci. Prima di...» Ogni parola sembrava richiedere uno sforzo.

Tarya scoppiò a ridere, ma non era un suono piacevole. «Non ti riesce molto bene, eh?» Lo osservò con curiosità. «Ce li hai degli amici veri? Intendo dire, qualcuno che non venga pagato o non viva nel terrore di tuo padre, o non cerchi di accalappiarti come futuro marito?» Contò le categorie sulla punta delle dita.

Milla gettò una rapida occhiata al figlio del duca, per vedere come l'avesse presa.

Vigo arrossì, cosa che ebbe l'unico effetto di farlo sembrare più bello, con gli zigomi bronzei che prendevano colore. «Non che sia colpa mia. C'è mio cugino Luca a Sartola, lui è un amico. E c'era Jonas, il figlio dello stalliere, ma la sua famiglia è finita sulla lista nera. Credo che vivano nella città bassa, adesso.»

«Credi? Non hai controllato?» gli chiese Tarya.

«Avrei dovuto?»

«Un amico lo avrebbe fatto.»

«Comunque, che mi dici di te? Chi sono i tuoi amici?» Vigo le voltò le spalle.

«Io di amici non ne ho.» rispose con semplicità Tarya. «Ho Isak e Milla. Sono tutto quello di cui ho bisogno.»

«E in che cosa saresti diversa da me?» insistette Vigo.

«Noi ci conosciamo da tutta la vita, vero Milla?»

Milla annuì, prudentemente.

«Sì, ma lavora qui, no? Quindi non può darti contro. Non veramente. Non senza rischiare il posto.»

Tarya ci pensò su. «Tu me lo dici, Milla, non è vero? Quando pensi che abbia torto? L'hai appena fatto.»

«Sì, certo.»

«Vedi!» disse Vigo. «È esattamente questo che voglio dire... non ti dirà mai che stai sbagliando. È così per noi. Ecco perché ci sentiamo così... soli.» In quel momento era onesto, Milla lo capì e si sentì quasi dispiaciuta per lui. «Io parlo con mia mamma, mio cugino, i miei cavalli. Tutti gli altri mi dicono solo quello che pensano che voglia sentirmi dire.»

Tarya gli si avvicinò, attenta.

«Hai dei cavalli? Quanti?»

«Due. Il mio vecchio pony, ma ormai sono troppo cresciuto per montarlo, e il nuovo puledro sauro che sto addestrando. Tu vai a cavallo?»

«Quando posso. Con la mia cavalla Greti, è un morello. Non c'è molto gusto sull'isola, ad andare sempre in cerchio, come topi in trappola. Oh, mi piacerebbe cavalcare su Sartola un giorno, e galoppare per le pianure! Tu l'hai mai fatto?»

«Sì! Quando andiamo a trovare mio zio.»

«Com'è?» Il viso di Tarya si era animato a parlare di cavalli.

«Potrai usare il galoppatoio del palazzo» disse Vigo, «quando saremo sposati.»

«*Quando*?» Tarya si tirò indietro di scatto.

«Sì, ti potrai portare Greti e...»

«Oh, davvero? Aspetta un attimo» disse lei gelida. «Non hai avuto la mia risposta. A malapena hai fatto la domanda. O pensi che sarò un'altra di quelle persone che ti dicono solo quello che vuoi sentirti dire?» A quel punto sbraitò con tutta la voce che aveva in corpo. «Bè, temo che vi sbagliate sul mio conto, Vostra Grazia. Prendo le mie decisioni da sola. Non mi limiterò a trotterellarti dietro e a fare quello che mi si dice. Né ora né mai!» Tarya corse alla porta e poi giù dalla scalinata, superò le guardie assembrate ai cancelli e scese in strada.

«Scusatemi, Vostra Grazia, devo seguirla.» Milla si chinò in una riverenza veloce e si voltò per correre dietro a Tarya.

Ma quando gettò un'occhiata a Vigo, vide che non era infastidito per la sfuriata di Tarya. Sembrava contento. Sembrava sollevato.

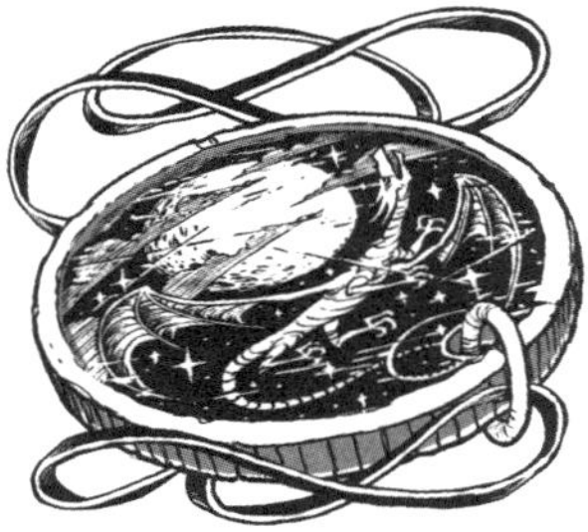

CAPITOLO DODICI

«Tarya!» Milla teneva la testa bassa e gli occhi socchiusi per ripararsi dalla pioggia e fu quasi travolta dalle folate di vento che la investivano. Le vie di Arcosi erano vuote, percorse solo da rapidi rivoli d'acqua. Si ritrovò ben presto infreddolita e bagnata fradicia, ma continuò a seguire lo sventolio della sciarpa rossa, a cui gettava occhiate veloci per non perdere la strada. Tarya stava andando dritta verso il nord dell'isola, l'unica zona mai toccata dal sole, dove si snodava uno stretto agglomerato di case abbandonate che nessuno aveva mai occupato. La gente lo chiamava la Striscia d'Ombra. Dicevano fosse un luogo stregato.

Tarya sgusciò veloce in uno dei giardini di quelle ville disabitate.

«Aspetta, Tarya!» gridò Milla. «Aspettami! Dove stai andando?» La seguì attraverso un'arcata in rovina che si apriva sul giardino. Alla sua destra, si ergeva una casa. Un tempo elegante e signorile, aveva ora un aspetto strano e trascurato, con erbacce ed edera che spuntavano da una finestra rotta. Milla osservò un uccello entrare attraverso uno squarcio nel tetto.

«Così, una casa stregata fa meno paura del figlio del duca?» la voce di Isak la fece sobbalzare. «È proprio da lei.»

«Oh, Isak, sei venuto anche tu! Non ti avevo sentito.» Sapere che l'aveva seguita, le fece immediatamente sentire meno freddo. «Penso sia entrata qui. Ripariamoci dalla pioggia.»

Lui aveva le guance arrossate, gli occhiali appannati e i capelli gocciolanti. Ma le sorrise: «Dai, andiamo a cercarla.» Le tese la mano.

Milla la prese, rassicurata dal calore delle sue dita.

Si addentrarono nel giardino. Tarya era là, con il vestito e la sciarpa grondanti; stava tracciando con la mano i contorni di un elaborato bassorilievo sull'antico muro di pietra. «Ehi, voi due. Venite a vedere. Draghi!»

«Dove?» chiese di slancio Milla.

«Guardate, qui! Ah, come sono belli.»

Milla la raggiunse di corsa e toccò le immagini scolpite – i colli fieri, le ali possenti – ignorando la pioggia che le scorreva lungo la manica.

«Ehi, questo qui, questo è il primo. È seduto sulle sue uova.» Isak le chiamò al pannello più distante dalla casa diroccata. Si tolse gli occhiali e li asciugò sulla camicia bagnata, per osservare più da vicino.

Milla osservò attentamente la lavorazione. Il cuore cominciò a batterle furiosamente nel petto. E le sue uova? Era stato un drago a deporle? Guardando l'immagine più da vicino, ne percorse le linee con il dito. «Su che cos'altro sta seduto?» Sotto le uova, c'era una specie di nido, fatto di forme arrotondate più piccole. «Sassolini?» Forse avrebbe dovuto preparare un nido per le sue uova, magari ne avevano bisogno.

«No, non ti ricordi? I draghi amano l'oro. Lo dicono tutte le vecchie canzoni» rispose Isak.

Milla lasciò cadere la mano. Ecco la prova: se erano uova di drago, non potevano essere destinate a una come lei. Alle uova di drago serviva l'oro. Avevano bisogno di una Sala del Drago, di un palazzo. Magari stava facendo loro del male a nasconderli, fra tutti i posti, in una camera di affumicatura. Sarebbero potuti morire e sarebbe stata tutta colpa sua.

«Oro! Non può essere. Ce n'è un mucchio...» Tarya passò all'immagine successiva. «Guardate, qui si sta schiudendo!»

Il pannello successivo aveva l'inconfondibile forma di due metà di un uovo e il profilo di un cucciolo di drago.

Milla avvicinò lentamente la mano e accarezzò l'intaglio. Si sarebbero schiuse, le sue uova? Se lo avessero fatto, come avrebbe fatto a tenere nascosti i piccoli? Con cosa li avrebbe nutriti? Sentì l'improvviso bisogno di raccontare tutto a Isak e Tarya. Loro qualche idea ce l'avrebbero avuta. Avrebbero potuto aiutarla a prendersi cura di loro.

L'impulso di confidare il suo prezioso segreto divenne irresistibile e si fece coraggio. «Andiamo, sediamoci un momento.»

Trovarono un punto riparato sotto due grossi meli. Si accoccolarono l'uno vicino all'altro per scaldarsi.

«Comodo...» fece con sarcasmo Tarya.

«Meglio che essere a casa!» disse Isak. Era diventato pallido, ma il suo respiro era leggero e regolare.

Milla tirò un profondo sospiro, preparandosi a parlare.

«Allora» la anticipò Isak, con tono caldo e dolce, come se Tarya fosse un puledro irrequieto. «Cosa ti ha detto il figlio del duca per farti correre via urlando nel bel mezzo di una tempesta?»

«No. Comincia tu» Tarya diede un colpetto con il gomito al fratello. «Raccontaci, adesso che siamo da soli. Che cosa ti ha detto di così terribile papà, l'altro giorno? Hai a malapena aperto bocca da quando è successo.»

«Mi manda via, dopo il tuo fidanzamento» rispose Isak con gli occhi fissi sugli stivali bagnati, come se non potesse sopportare di guardare sua sorella mentre glielo diceva.

Tarya sussultò a quella parola, *fidanzamento.* «Allora vuole davvero liberarsi di tutti e due?»

Il vento scompigliò i capelli di Milla. Stava cambiando tutto troppo in fretta. Si sentì leggera e inconsistente come un seme di dente di leone, come se quella tempesta avesse potuto far volar via anche lei.

«Ma no...» mormorò Isak. «Pensa che sia per il meglio. Pensa che sia la cosa giusta. Non ha mai capito di cosa hanno bisogno gli altri, no?»

«Dove?» chiese Milla. «Dov'è che ti manda?» Forse non era lontano. «Magari Thom potrebbe accompagnarci a trovarti, quando va a pesca».

«Sulle Isole della Seta» rispose Isak. «Una traversata di due settimane, sia all'andata che al ritorno.»

«No!» gemette Milla. I suoi sogni svanirono, come quadri risucchiati dalla sabbia.

«Tu almeno te ne vai!» disse Tarya, con una nota di invidia.

«Tu almeno resti qui!» gridò Isak. «La cosa è» disse, «che pensa davvero di essere generoso a mandarmi a imparare il mestiere dal suo socio, laggiù. Ecco perché è tanto arrabbiato con me, quell'ingrato di suo figlio. Che delusione.»

«Perché non posso venire anch'io? Non può mandarti via da me» gemette Tarya, aggrappandosi al suo braccio. «Ho bisogno di te tutti i giorni, non due volte all'anno se sono fortunata.»

Anch'io, pensò Milla. *Ho bisogno di tutti e due. Siete anche mio fratello e mia sorella!* Prese Isak per l'altro braccio e si strinse a lui, tremante, per sentire il calore del suo corpo attraverso i vestiti zuppi. Rimasero stretti gli uni agli altri, come se temessero una separazione da un momento all'altro.

«Q... q... quando?» si costrinse a chiedere Milla. «Ti ha detto quando ci sarà il fidanzamento, Tarya?» Doveva sapere quanto tempo avevano ancora.

«Il fidanzamento la prossima primavera, per mettere tutto nero su bianco, poi il matrimonio quando compirò sedici anni» rispose Tarya con voce acuta e nervosa. Una ciocca di capelli le era sfuggita dalla treccia e le si era arricciata sulla guancia. Strinse gli occhi e corrugò la fronte. «Ma non aspettatevi di trovarmi là! Isak, io farei cambio con te in qualsiasi momento... tu puoi salpare e andare via!» Lo disse con tono malinconico. «Avrai la libertà, il tuo lavoro. Potrai fare delle scelte...»

«Non è vero!» la interruppe Isak. «Questa non è una mia scelta, ma di papà. Non capisco di cosa ti lamenti» continuò. «Tu potrai restare qui, vedere papà, vedere Milla.»

Milla gli strinse il braccio in risposta.

«Non capisci?» continuò. «Un giorno sarai duchessa! Vivrai a palazzo. Sei tu quella che avrà la libertà e la possibilità di scegliere.»

«È solo che non pensavo che mi avrebbe fatto sposare.» Il tono di Tarya non cambiò, ma aveva il viso luccicante di lacrime. «Non sono sua figlia. Sono solo qualcosa di utile, come un carico di grano, niente di più. Non me l'ha neanche detto! Ha tirato fuori la scusa che aveva voluto aspettare finché non avessi incontrato Vigo, come se gli fossi potuta cadere obbediente ai suoi piedi».

«Stessa cosa per me» Isak strinse più forte il braccio di sua sorella.

D'un tratto, Milla non ne fu più tanto sicura. Un filo gelido di paura si insinuò nei suoi pensieri, cupo come l'inchiostro di una piovra. Lei sapeva ascoltare e osservare: aveva imparato a capire le persone. Aveva visto il volto di Nestan mentre litigava con suo figlio e ci aveva letto preoccupazione. Che cosa sapeva Nestan per cui Isak doveva essere mandato via e Tarya messa al sicuro dietro le mura del palazzo?

«Tu e io, insieme» continuò Isak. «Insomma, ho sempre desiderato viaggiare. Ma non così. Non così lontano, senza di te.» Si voltò verso Milla. «Senza di voi.»

«Non lo voglio neanch'io» riuscì a dire con voce soffocata Milla, evitando di parlare ai gemelli delle sue paure. «Non voglio essere lasciata indietro. Se potessi spezzarmi in due, e mandare una metà di me con ciascuno di voi...»

«Io non ti abbandonerò» disse Tarya, ma tutta la sua esuberanza era evaporata.

Il vento ululò più forte, come a prendersi gioco di loro. Rimasero così, ad ascoltare la pioggia, stretti gli uni gli altri.

Milla fu la prima a muoversi. Vide qualcosa alla sinistra di Tarya, luccicante per l'umidità. Si alzò, bagnata e indolenzita.

«Ti è caduto qualcosa? Ho visto...» si chinò a frugare per terra.

«Che cos'è?» domandò Isak.

«Non so» Milla girò la mano. Teneva nel palmo qualcosa di duro, freddo e pesante. Lo strofinò sulla tunica, rimuovendo lo strato di sporco. Quando lo sollevò, l'oggetto luccicò debolmente. Una moneta. Una moneta d'oro, su cui erano impressi un nome e il profilo della testa di un re.

Lesse ad alta voce: «Rufus. Non era il duca pazzo? La mia

amica Rosa mi ha parlato di lui.» Mentre lo teneva in mano, un brivido di terrore la percorse, come se una grossa ombra fosse passata sopra di loro.

«Sembra oro...» disse Tarya. «Antico, però. Dei tempi passati.»

«Conservala bene» le disse Isak. «L'hai trovata tu, Milla. È tua, adesso.»

L'orribile sensazione di gelo si fece più intensa mentre Milla la rigirava tra le dita. «Non la voglio» rispose decisa, gettandola a terra. «Porta sfortuna. L'Antica Arcosi era maledetta.» Nel momento stesso in cui se ne liberò, si sentì meglio.

Tarya balzò in piedi e recuperò la moneta. «E se ce ne andassimo via» disse, «non appena passa la tempesta?» Camminò su e giù nervosa, sfregando la moneta con il pollice.

«Non abbiamo soldi» osservò Isak.

«No, ma potremmo usare questa moneta d'oro, e poi potremmo lavorare» ribatté Tarya, dimenticandosi di non aver mai fatto un giorno di lavoro in vita sua. La sua voce era fragile e speranzosa allo stesso tempo. «Almeno, staremmo insieme. Tutti e tre.»

Le parole di Tarya riscaldarono Milla nel profondo del cuore. Era la prova che qualcuno aveva fiducia in lei. Che era importante: non solo come domestica, ma come amica. Era il momento di prendere una decisione. Non era impotente. Non più. Si schiarì la voce e iniziò: «Non possiamo andarcene.»

«E allora cosa facciamo?» chiese Isak. «Milla? Sei tu quella che ha sempre un piano.»

I gemelli la guardarono speranzosi.

Milla incontrò i loro occhi e fece passare lo sguardo da Tarya a Isak, da Isak a Tarya. Glielo avrebbe detto. Era il momento di riporre la sua fiducia in loro, come aveva fatto

Tarya con lei. Se erano davvero la sua famiglia, doveva averne la prova.

Lo stomaco di Milla diede uno scossone. Iniziò a parlare, veloce e sommessa, prima di perdersi d'animo. «Il fatto è che è successo qualcosa. Una cosa che cambia tutto quanto. Il giorno del ballo, un uomo ha nascosto una borsa nel giardino di casa vostra.»

«Cioè?» fece Tarya con impazienza. «Quale borsa?»

«La borsa contiene quattro uova. Grosse così» lo mostrò con le mani. «E lui è stato ucciso.» Milla raccontò gli avvenimenti di quel giorno.

«Lì, nel nostro giardino?» la interruppe Isak, improvvisamente livido in viso. «Ne sei sicura?»

«L'ho visto con i miei occhi» rispose Milla guardando le loro facce sconvolte.

«Ma, perché non hai detto niente?» chiese Isak, sconcertato. «Un uomo è stato ucciso? È orribile!»

«Non volevo spaventarvi, quella sera. Avevate già abbastanza pensieri.»

«Milla, stai dicendo sul serio?» sussurrò Tarya, stringendole il braccio. «Chi farebbe una cosa del genere? Dobbiamo trovarlo.»

«Vostro padre ci ha provato...»

«Quando dici uova... di quelle dimensioni» disse Isak lentamente, «non intendi dire che... potrebbero essere...?» Fece un cenno con la testa verso le incisioni.

«Draghi!» mormorò Tarya con un luccichio negli occhi.

«Avevo pensato potessero essere delle pietre preziose, ma non è così» ora Milla stava balbettando. «Sono *vive*. Ne sono sicura. Potrebbero essere uccelli... ma i colori! Sono blu, verde, rosso e giallo. Non ho mai visto delle uova di uccello di quei colori.» Fece un lungo sospiro. «Che cos'altro potrebbero essere?»

Ci fu un lungo silenzio mentre i gemelli assimilavano l'idea.

«Quindi sono ancora qui?» chiese Isak. «Stai dicendo che ci sono delle uova di drago a casa nostra, adesso?»

«Faccele vedere!» esclamò Tarya.

«Certo. Stavo solo aspettando il momento giusto per dirvelo. Ma mi promettete che manterrete il segreto?»

Loro annuirono solennemente.

«Lo prometto.» sussurrò Tarya con trasporto.

«Lo prometto.» le fece eco Isak.

Mentre pronunciavano quel voto, Milla rabbrividì. Si sentì come se il mondo li stesse ascoltando e fosse testimone.

«Andiamo a casa, ve le farò vedere» disse Milla. Fecero ritorno di corsa alla Casa Gialla e raggiunsero subito la camera di affumicatura.

«Aspettatemi qui» Milla aprì la porta e sgusciò all'interno. Tastò nel buio, ansiosa di trovarla, ansiosa di vedere le loro facce, ansiosa di iniziare a fare dei progetti. Allungò la mano.

C'era qualcosa di diverso. «No!» Con un sussulto, come svegliandosi da un incubo in cui precipitava nel vuoto, tutto cambiò.

«Sono sparite! Le uova sono sparite!»

Parte Seconda

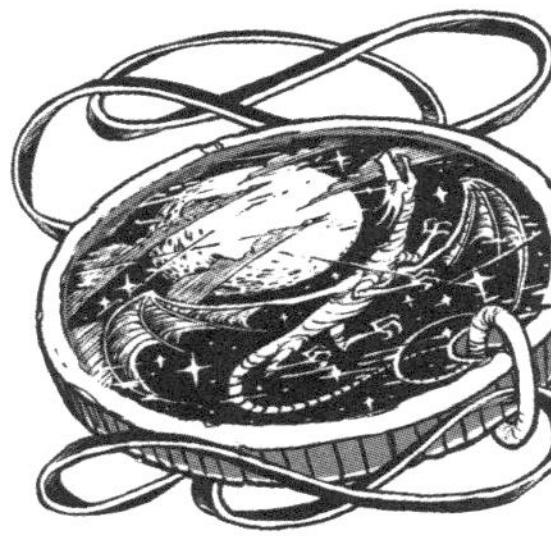

CAPITOLO TREDICI

Le uova erano davvero sparite. Milla rovistò freneticamente in tutto il locale, ma erano svanite nel nulla. Uscì barcollando per affrontare i gemelli, ma il padre li aveva mandati a chiamare e li aspettava nel suo studio.

Vide l'espressione sul viso di Isak mentre si girava per andarsene: a disagio, imbarazzato. Non le credeva.

Ritornò nella camera e cercò ancora, con le lacrime che le scendevano lungo le guance.

«Milla!» gridò Josi dalla cucina, richiamandola al suo dovere.

Milla soffocò un singhiozzo e si sfregò la faccia nella manica. Aveva ancora i capelli bagnati, avrebbe potuto fingere che le lacrime fossero solo pioggia.

«Porta questo vassoio al padrone. Ha chiamato i gemelli perché ha delle notizie per loro. Come se non ne avessero avute già abbastanza...» Josi si interruppe bruscamente quando vide la faccia di Milla. «Cosa c'è?» Mise giù il vassoio per tastarle la fronte, schioccando la lingua con disapprovazione. «Sei gelata come la neve e bagnata fino al midollo. Non ti avevo detto che ti saresti buscata un'infreddatura?»

Milla si sentiva in effetti ghiacciata dentro. La sua mente era ancora bloccata a quel terribile, infinito momento in cui aveva allungato la mano per prendere le uova e non aveva trovato niente. Qualcuno le aveva prese. Si sentì il cuore scorticato e pesto come i pezzi di carne che Josi era stata occupata a tagliare.

«Non è niente...» mormorò indistintamente Milla. «Porto io da bere.»

Milla prese il vassoio, vagamente consapevole che le sue mani stavano tremando, facendo tintinnare le tazze l'una contro l'altra. Forse le aveva prese il padrone. L'avrebbe scoperto presto.

«Vedi di tornare subito qui a scaldarti!» gridò alle sue spalle Josi.

Spinse la porta dello studio, l'aprì silenziosamente e, non appena entrò, si gettò un'occhiata attorno, senza trovare traccia della bisaccia. Il padrone era seduto alla sua scrivania, con Tarya e Isak di fronte e Lanys in piedi da un lato. Anche dal punto in cui era, Milla riusciva a percepire la tensione che li stava irrigidendo tutti e quattro.

Nestan sapeva delle uova! Doveva essere così. L'atmosfera nella stanza era pesante, come l'aria appena prima del temporale. La porta si richiuse dietro di lei e tutti sollevarono la testa, con un sussulto.

Lanys le indirizzò un sorriso di scherno. Durò un attimo, poi si incollò sulla faccia una maschera di falsa serietà.

Così era opera sua. Per Milla fu come uno schiaffo. Lanys ce l'aveva con lei da anni, gelosa della sua amicizia con i gemelli.

«Perché, Milla?» chiese Nestan, con tono accusatore. «Perché ce l'hai tenuto nascosto?»

Milla fece cadere il vassoio. Con un gran fracasso, le tazze andarono in mille pezzi e il bricco di peltro si rovesciò, versando vino rosso e acqua, che si mescolarono in una pozza scura sulle mattonelle del pavimento: una macchia di sporco e di colpa.

«Lascia stare» le ordinò Nestan quando la vide muoversi per raccogliere i cocci. «Questo è più importante. Vieni qui.» Intrecciò le dita. Nella giacca scura, dal collo alto, aveva un aspetto tenebroso.

Dov'erano le uova? Milla andò alla scrivania. Il cuore le rimbombava nel petto e si sentiva la bocca secca.

«Lanys mi ha portato la borsa» il suo tono voce era sommesso e furioso. «I gemelli mi hanno raccontato il resto.»

E tanti saluti alla promessa.

Lanys doveva averla vista andare troppo spesso nella camera di affumicatura. Milla maledisse la propria imprudenza.

«Hanno detto che hai assistito all'omicidio. E hai trovato le uova. È vero?» La rabbia di Nestan era incandescente e controllata, non esplosiva, il che era anche peggio.

Lei annuì ancora.

«E ciononostante hai deciso di tenerle nascoste, per tutto questo tempo?»

Milla non riuscì a muoversi.

«Farai meglio ad avere una buona spiegazione per averci ingannati.»

«Io... non lo so.» Le parole la bruciarono come fuoco: non le era sembrato un inganno. «Non intendevo quello. Non sapevo cosa fossero.»

«Davvero?» Nestan alzò la voce. «Un uomo viene ucciso per una borsa di uova, e tu non hai intuito cosa fossero?»

Quindi era vero: erano uova di drago. Milla allungò una mano per non perdere l'equilibrio.

«Volevo solo tenerle al sicuro.» Guardò Nestan, incrociando il suo sguardo furioso, sperando che capisse che stava dicendo la verità.

Sentì Lanys dietro di lei soffocare una risatina.

«Al sicuro? A quale scopo?» chiese Nestan. «Hai visto l'assassino?»

«Aveva una maschera. Riuscivo a malapena a sentirlo. Ma parlava Norlandish...»

«Lo conoscevi?» E prima che lei potesse rispondergli, qualcos'altro gli sfiorò la mente. «Ti ha pagata qualcuno per fare questo?»

«No! Certo che no!» gridò Milla davanti a quell'accusa. «È stato orribile! Ve l'ho detto, quell'uomo portava la maschera. Non so chi fosse. Dopo, ho avuto paura. Non ho riflettuto. E poi siamo corsi al ballo.»

«Che cosa avevi intenzione di farne?» Nestan continuò a investirla di domande. «Venderle?»

«*No!* Non lo farei mai. Non potrei. Non ne avrei fatto niente.» Milla si rese conto di quanto fosse stata stupida a sperare di poter tenere le uova nascoste per sempre. «Erano qui. Le ho tenute al sicuro! Mi stavo occupando di loro.»

«Ti conosco...» disse Nestan, abbassando la voce. «Sempre a gironzolare nella città bassa. Chi ti ha pagata? Per chi lavori?»

«Per voi! Davvero.» Le salirono le lacrime agli occhi. «È vero, conosco la gente della città bassa. Ma sono leale! Chiedetelo a Josi! Chiedetelo a Finn!» Era profondamente scossa da quelle domande, e dai dubbi che Nestan aveva su di lei. Continuava a fissarla con sguardo truce: «Hai vissuto quasi tutta la tua vita nella mia casa, Milla. Pensavo di potermi fidare di te.»

Milla lo guardò tra le lacrime. Provava qualcos'altro, oltre la rabbia, ma era troppo sconvolta per capire cosa fosse.

«Ma è così! Potete fidarvi di me» disse Milla, implorante. «Per piacere!» L'intera conversazione sembrava irreale quanto un incubo. Sentì che Tarya le prendeva la mano e quella fu la prima cosa in cui poté credere.

«Va tutto bene, Milla.» Le dita di Tarya strinsero le sue, e scattò all'attacco in difesa di Milla. «Ci ha già raccontato delle uova. Non sapeva cosa fossero! Sta dicendo la verità, papà. A differenza di te. Perché non ci hai detto che qualcuno è stato ucciso a casa nostra?»

Milla rimase commossa dall'ardore di Tarya.

«Volevo proteggervi» rispose secco Nestan.

«E forse era quello che stava facendo anche Milla, proteggeva le uova» ribatté furiosa Tarya. «Che problema c'è se le ha nascoste? Erano al sicuro qui, no?»

«Perché noi?» Isak alzò la voce per farsi sentire tra le urla. «Non capisco perché quell'uomo ha deciso di portare le uova a noi invece che al duca.»

«Chi lo sa?» berciò Nestan. «Non sono riuscito ad ascoltare il suo messaggio prima che morisse, no? Ma non ci sono dubbi in proposito, le porteremo direttamente al duca.»

«No, non potete!»

«*Non posso*?» disse Nestan lentamente, incredulo.

«È mio!» gridò Milla dal profondo del cuore, prima che potesse impedirselo. «Voglio dire, ha bisogno di me.» *Quello blu... Solo quello blu.*

Lanys scoppiò a ridere.

«Ha... cosa?» Nestan stava guardando Milla con un'intensità che la trapassava da parte a parte.

«Non so.» Milla si sforzò di esprimere a parole il profondo istinto di protezione che provava. «Mi dispiace, è solo che sentivo di... Dovevo prendermi cura di loro. Non riesco a spiegarlo, ma non volevo fare del male a nessuno. Per favore! Non potete dar via le uova!»

«Devo portarle al duca» ribatté fermamente Nestan.

«Perché?» protestò Tarya.

No! Non il duca. Olvar non deve mettere le mani sulle uova. Milla pregò che Nestan desse ascolto a sua figlia.

Sentì il padrone imprecare prima di emettere un sospiro impaziente e spiegare la questione a chiare lettere: «È il governatore della nostra città e il comandante dell'esercito. Io e Isak gli abbiamo pubblicamente giurato fedeltà. Le nostre famiglie stanno per stringere un'alleanza attraverso il matrimonio. Inoltre, sapete com'è in tema di draghi. *Dato che Lanys mi ha portato le uova*» disse con una nota dura, aspra, nella voce, «non portarle direttamente al duca ci costerebbe più delle nostre stesse vite.»

Milla si sentì male al pensiero.

«Non potremmo tenerne uno solo?» chiese Tarya. «Diremo che si è rotto.»

Sì! Milla si ritrovò a desiderare. *Solo quello blu. Per favore!*

«E cosa facciamo se si schiude? Usa la testa, Tarya.»

Milla provò un improvviso attacco d'ansia all'idea che si schiudessero senza che lei fosse presente.

«Potremmo nasconderle, portarle alle Isole della Seta» suggerì Isak.

«Impossibile» tagliò corto Nestan. «Devono schiudersi qui.»

«Perché?» lo sfidò Isak.

«Cosa vi prende, a tutti e due?» Nestan ignorò la domanda e alzò la voce. «Li portiamo dritti a palazzo. Cade a proposito, siamo stati invitati a una festa questa sera, per annunciare il tuo fidanzamento con Vigo.»

«E quando avevi intenzione di dirmelo?» Tarya si alzò in piedi. Milla sentì lo stridio acuto della sedia che strisciava sulle mattonelle del pavimento.

«Oggi!» la rabbia di Nestan diede infine libero sfogo. «Così non avresti avuto il tempo di agitarti e ridurti in questo stato.»

«Non hai nessuna fiducia in me!» lo accusò Tarya.

«Allora guadagnatela!» tuonò Nestan, e perfino Tarya sussultò. «Recita la tua parte. E in quanto a te, Milla, puoi uscire, finché non ci avrò riflettuto sopra.»

Milla si lasciò sfuggire un singhiozzo. Si tappò la bocca con la mano. La vista le si annebbiò per le lacrime e corse via dalla stanza.

Lanys disse: «Vado con lei.»

In corridoio, Milla si sentì strattonare e Lanys l'afferrò per la manica.

La spinse contro il muro, quasi strappandole la tunica. «Sei finita...» sibilò, spruzzandole saliva addosso. «Adesso sarò io la prima, come avrei sempre dovuto essere.»

Milla provò a voltarsi, ma Lanys la tenne ferma.

«Sono io la cameriera Norlander, dopotutto. Tu sei solo una ladra.» I suoi occhi si strinsero mentre il viso pieno di lentiggini si contorceva in una smorfia di rabbia.

Milla si sentì profondamente ferita da quelle parole,

come se avesse un coltello infilzato nel fianco. Si liberò dalla presa e corse via, lontano da tutti.

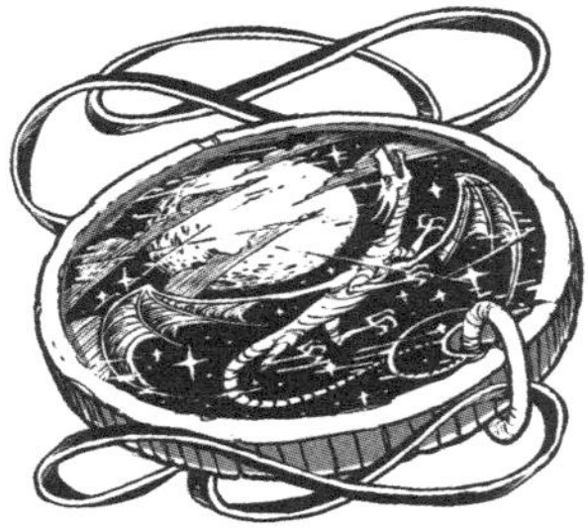

CAPITOLO QUATTORDICI

Era difficile correre e piangere allo stesso tempo, ma Milla non riusciva a impedirselo. Doveva andare via. Continuava a vedere lo sguardo deluso di Nestan, l'odio di Lanys. I gemelli l'avrebbero difesa? Tutti quei giorni, mesi, anni di duro lavoro... quanto sarebbero contati di fronte a quell'errore? Quell'inganno, lo aveva chiamato. Alla fine, non riuscì più a correre. Si piegò su se stessa, con le mani sulle ginocchia, singhiozzando dal dolore, mentre la pioggia la stava bagnando da capo a piedi.

Prendersi cura delle uova era stata una nuova ragione per alzarsi al mattino. Il suo primo pensiero e l'ultimo. Non aveva mai avuto niente di suo di cui potersi occupare. E ora non c'erano più.

Singhiozzò più forte.

Di lì a poco, Tarya avrebbe sposato Vigo e sarebbe andata a vivere a palazzo. Milla l'avrebbe vista da lontano, tra la folla nei giorni di festa. E Isak sarebbe andato alle Isole della Seta, per imparare il lavoro di suo padre. Sarebbe tornato in visita dopo un anno: alto, abbronzato, trasformato.

E le uova? L'idea che si potessero schiudere senza di lei faceva male. Non sapeva perché. Tutto quello che sapeva era che ogni parte del suo corpo provava dolore per la perdita.

Quando alzò la testa e si guardò attorno, era tornata alla striscia d'ombra, vicino alla casa diroccata con il giardino. Aveva bisogno di solitudine; non c'era da stupirsi che i suoi piedi l'avessero condotta lì. I denti le battevano forte e sentì che stava cominciando a tremare. Doveva trovare un riparo, alla svelta.

Attraversò il giardino della casa fatiscente che si innalzava sopra di lei, enorme e minacciosa. Sulla facciata, una mattonella a forma di sole raggiante riportava la scritta in parte sgretolata: *Villa Aureo*. Lentamente, con cautela, mise una mano sulla porta di legno e spinse. Con un cupo cigolio di cardini arrugginiti, la porta si aprì.

Milla entrò e si fermò nell'atrio buio. Odorava di umido e muffa, e di qualcosa di peggiore, come una carcassa che stava lentamente marcendo. I suoi occhi si abituarono all'oscurità. Distinse la scala in rovina, la fiera curva di una balaustra soffocata da un rampicante. C'erano porte che si aprivano su ciascun lato. Si avvicinò in punta dei piedi a quella di destra e sbirciò all'interno: l'imposta rotta di una finestra lasciava filtrare la luce del giorno. Era una sala da pranzo, con un tavolo e sei sedie. Entrò: il tavolo era coperto di polvere.

Che cosa era successo lì? Quella era stata, un tempo, l'abitazione di una famiglia dell'Antica Arcosi: prospera, stabile. Quella gente era scappata in preda al terrore, o peggio.

Era il posto perfetto per nascondersi. Come un animale ferito, aveva bisogno di un luogo buio e silenzioso per leccarsi le ferite. Nessuno l'avrebbe cercata lì.

Il vento soffiava tra le imposte e i resti delle tende

sbatacchiavano come una manica vuota. Milla rabbrividì, di colpo impaurita all'idea di cos'altro avrebbe potuto trovare: ossa inaridite, carne trasformata in polvere...

Proprio in quel momento, udì un rumore: un fruscio, come di un movimento, messo subito a tacere.

Lanciò un gridolino dalla sorpresa, vergognandosi subito di aver squittito come un topo. *Andiamo, Milla, non aver paura*. I fantasmi non esistevano. *Aspetta, proprio come non esistevano i draghi?*

Se le fosse successo qualcosa, non lo avrebbe saputo mai nessuno. Sarebbe potuta svanire dalla faccia della Terra. Sarebbe diventata una degli scomparsi. Nient'altro che un altro spirito di quell'isola.

Milla costrinse i suoi piedi ad avanzare verso il rumore. «C'è nessuno?»

Una corrente d'aria gelida le sfiorò sul collo, come l'alito di un fantasma.

«Chi c'è?» Trovò una porta sul retro della casa, e la aprì. «Dove sei?» sussurrò con voce rauca.

Il fuoco era acceso nella grata di un'enorme stufa di ferro. C'era un tavolo in pietra con un tagliere, apparecchiato. Una mela sbucciata: fresca, intonsa. Un coltello. «C'è nessuno?» Prese il coltello e si tenne pronta.

Udì un rumore improvviso: un violento sbattere d'ali. Sobbalzò e si voltò indietro, precipitandosi nell'atrio. Era solo un corvo, si disse, che aveva fatto il nido sotto il tetto. L'aveva forse visto, la prima volta che era stata lì, no? Ma in quel momento non riusciva a reprimere la paura. Si stava immaginando le persone che avevano vissuto lì, che si levavano attorno a lei come spettri. Le sembrava di sentire le loro mani lugubri tra i capelli. Le loro invocazioni di giustizia.

Il terrore crebbe, i battiti del suo cuore aumentarono.

Qualcosa le toccò la spalla.

Milla urlò.

Voltandosi, si ritrovò faccia a faccia con la vecchia del ballo del duca, che pareva terrorizzata quanto lei.

Più tardi, erano sedute insieme davanti al fuoco.

«Cosa ci fai qui?» Milla parlò Sartolan, immaginando che lo parlassero anche gli antichi abitanti di Arcosi. «Ti ho vista al ballo del duca.»

«Sono tornata a casa» rispose l'altra nello stesso idioma, stringendosi nel mantello. Sembrava ancora spaventata, non c'era traccia dell'impeto e dell'aria di sfida della sera della festa. Non sembrò riconoscere Milla, il che le sembrò strano, finché non si ricordò di aver portato la maschera, quella notte.

«Quale casa? Intendi Arcosi?» chiese Milla. Avrebbe dovuto farsi la stessa domanda. Lei ce l'aveva ancora una casa, dopo quello che era successo quel giorno? «Oppure questa casa apparteneva alla tua famiglia?»

«Tutte e due le cose.» Era evidentemente riluttante a dire di più.

Quella era la casa della sua famiglia? Milla si guardò attorno. In un angolo, c'era una panchina con un cuscino consunto. Una pila di legna secca.

Sarebbe stata Milla a chiederle un riparo, quella notte. A parte quello, non riusciva a pensare a niente. Il suo futuro senza le uova le si dipanava davanti, come un cielo scuro e senza stelle. Rabbrividì e si avvicinò al fuoco. «Come ti chiami? Io sono Milla Casagialla.» Dato che non aveva una famiglia, quello era il nome riportato sui suoi documenti.

«Kara.» La donna fissò Milla, seria e con gli occhi sgranati.

Gli orecchini ad anello luccicavano al bagliore del focolare.

«Il duca ha mandato i suoi uomini a cercarti. Ha ordinato di portarti da lui, se dovessimo trovarti» disse. «Non preoccuparti, io non lo farò!» si affrettò ad aggiungere, allo sguardo nervoso di Kara.

«Qui sono al sicuro» disse Kara, anche se sembrava più una domanda di un'affermazione.

«Quella notte... hai parlato del ritorno dei draghi ad Arcosi. Hai portato tu le uova di drago? Tu e quell'uomo? Quello che...» Milla si interruppe. Non sapeva se la donna fosse a conoscenza dell'omicidio.

Calò il silenzio; erano entrambe a disagio. Kara sembrava una statua di ghiaccio. Che cosa avrebbe potuto dirle per far sì che si sciogliesse e si fidasse di lei? Tirò fuori il medaglione e glielo mostrò. «Tu hai già visto questo. Lo riconosci?»

La vista del gioiello operò una piccola magia, cambiando tutto. Kara sembrò rinascere.

«Dove l'hai preso?» chiese con impeto. «È tuo?»

Si sporse in avanti e prese Milla per il mento, inclinando il suo viso verso la luce del focolare.

«Sì, è mio! È l'unica cosa davvero mia.» Milla le tolse la mano dalla faccia. Non le piaceva la sensazione di essere esaminata come una capretta al mercato. «L'ho sempre avuto.»

«Allora, dimmi! Le uova? Che cosa ne sai, bambina?» Il suo braccio scattò in avanti e stavolta afferrò il braccio di Milla, facendola sobbalzare. «Le ha portate a te?»

«A me?» a Milla mancò il fiato. «Le ho viste...» disse, sentendosi morire di vergogna. «Ma adesso sono andate. Mi dispiace. Ci ho provato...»

«Dove?» Kara le strinse il braccio tanto forte che le fece male. «Dove sono andate?»

Le ha prese Nestan» rispose Milla. «Saranno a palazzo, a quest'ora. Se ne sono andate, senza di me.» La sua voce si affievolì come la fiamma di una candela in una corrente d'aria. «E non so se le rivedrò ancora...»

«Perché non l'hai detto subito? Sbrigati, bambina, sbrigati! Perché le hai perse di vista?» La voce di Kara era così furiosa da non lasciare spazio all'incredulità. «Si schiuderanno presto... stanotte c'è la luna piena... e tu devi essere là...»

«Cosa? *Perché io?* Come fai a saperlo?» Una decina di altre domande le bruciavano nella mente.

«Le abbiamo portate a casa per questo. Si schiudono con la luna piena, e cioè stanotte. Non abbiamo quasi più tempo. Vai! Subito. Fa' in fretta, trova le uova e non perderle più di vista!»

«Adesso?» Milla non riusciva a trovare le parole, la sua mente era un turbinio di eccitazione e confusione. «Cosa devo fare?»

«Va' dalle uova!» Kara sciorinò una lunga lista di istruzioni. «Ascoltami: senza un genitore in vita, i cuccioli devono stabilire un legame in fretta, e tu devi essere nella stanza. Uno sceglierà te. Quando si schiude, avvicinati. Parlagli. Riscaldalo, dagli da mangiare carne, dagli da bere. I cuccioli devono restare al caldo. Andrà tutto bene, ma va' adesso. Non hai molto tempo. Sbrigati!» La sua fretta sfociò in angoscia. «E non dire una parola di tutto questo, con nessuno!»

«Va bene, vado. Starò zitta.» Le parole erano come fuoco, intenso e vivace nella sua mente, che la spronavano, mostrandole la via verso ciò che desiderava il suo cuore.

Poi si fermò e si voltò indietro verso Kara, rannicchiata là, accanto al fuoco. Non poteva abbandonarla, sola nella tempesta. «Ma, e tu?»

«E io cosa? Non c'è tempo!»

«Farò come dici, lo prometto, ma tu devi venire con me. Dobbiamo trovarti un posto caldo e al sicuro. Non puoi restare qui, è troppo pericoloso, con gli uomini del duca che ti cercano.»

«E tu non puoi aspettare!» la incalzò Kara.

Milla scosse ostinatamente la testa. «Non me ne vado senza di te.»

«Tu non capisci!» Kara sembrò sul punto di perdere la pazienza. «Oh, e va bene.»

Uscirono insieme nella tempesta. Milla benedisse il cattivo tempo che teneva tutti – incluse le pattuglie – in casa loro. Il vento strattonava loro i capelli e i vestiti, e la mente di Milla era altrettanto burrascosa.

Davvero le uova si stavano schiudendo? In ogni caso, moriva dalla voglia di tornare da loro, ma non poteva semplicemente presentarsi a palazzo: non l'avrebbero mai fatta entrare. Mentre si allontanavano da Villa Aureo, nella sua mente cominciò a delinearsi un piano.

Raggiunse in fretta la Casa Gialla e portò Kara dritta in cucina.

Si precipitarono dentro, fradice e senza fiato, facendo spaventare Josi, che rovesciò un barattolo di prugne in salamoia sul pavimento.

«Mi dispiace...» Milla riversò su Josi un fiume di parole. «Questa è Kara. La puoi nascondere, per favore?» la implorò.

Non sarebbe stata la prima volta che Josi nascondeva un fuggitivo dall'idea di giustizia del duca. Milla fingeva sempre di non accorgersi quando l'accesso alla dispensa sul retro diventava improvvisamente vietato. Ignorava i sussurri in Sartolan; faceva in modo di tenere Lanys lontana dalla cucina e, dopo un giorno o due, gli ospiti invisibili puntualmente si dileguavano.

«I soldati del duca stanno rastrellando l'isola per trovarla.» Incrociò lo sguardo di Josi: sapevano entrambe cosa significava. «Kara ti spiegherà. Io devo scappare, devo andare a palazzo... vuoi?»

Sgomenta e silenziosa, Josi non disse una parola. Si limitò ad annuire e passò a Milla il piatto da cui stava mangiando.

Milla lo prese e corse di sopra. Si cambiò, infilandosi il vecchio vestito viola di Tarya e un mantello coordinato, prendendo tutti gli oggetti che l'amica aveva dimenticato in giro: la sciarpa, la collana di perle, il ventaglio. Prese il cibo che Josi le aveva dato – una pagnotta e una fetta di pollo – e cercò di ingoiarne un boccone. Era secco e, nella fretta, quasi soffocò. Se lo mise in tasca, per dopo. Prese una fiala della medicina di Isak dalla mensola e la stappò: controllò che fosse fresca, inspirando il profumo di zenzero e miele. Isak se la dimenticava sempre. Ecco perché Nestan teneva dei domestici: perché si ricordassero le piccole cose. Isak aveva sempre bisogno di prendere la sua medicina con la pioggia, o nei momenti di stress o agitazione.

Ne avrebbe decisamente avuto bisogno quella notte.

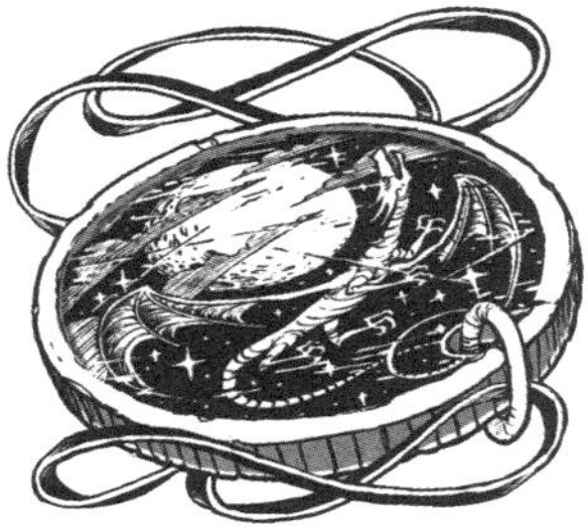

CAPITOLO QUINDICI

Ci fu una schiarita tra le nuvole e apparve la luna, tonda e luminosa, che tinse d'argento e di nero l'isola, mostrando a Milla la via.

Le uova si schiuderanno stanotte! Le uova si schiuderanno stanotte! Era il pensiero dominante nella sua mente, e pulsava al ritmo del suo cuore, più forte della paura, più forte della preoccupazione di come Nestan avrebbe reagito o di quale mistero si celasse nelle parole di Kara. La sostenne, lungo la ripida salita verso il palazzo, attraverso due posti di blocco, fino all'enorme portone borchiato. Inesorabilmente sbarrato. Si scostò i capelli dagli occhi e li raccolse in una crocchia, alzò il mento e si alzò sulle punte per tirare la corda della campanella.

«Sì?» Una finestrella si aprì nella massiccia porta di legno.

Milla riusciva a malapena a distinguere la faccia della guardia nell'oscurità. Racimolò tutto il coraggio che aveva, sfoggiando una voce profonda e imitando Tarya nel suo atteggiamento più imperioso. «Devo entrare! La mia signora è qui per la festa di fidanzamento e ha bisogno di me.»

«Oh, davvero? Io non credo proprio.»

Milla mantenne un'espressione impassibile, rifiutando di mostrare quanto la ferisse, ogni volta, essere liquidata su due piedi. Doveva convincerli che c'era qualcosa di più in lei di quanto non sembrasse a prima vista. La posta in gioco era troppo alta per fallire.

«Chi è?» una nuova voce parlò da dietro le spalle del primo uomo.

«Un'altra scroccona dalla città bassa. Sempre in cerca di avanzi, quelli lì. Ignorala.»

«Lady Tarya Thornsen non sarà contenta di sentire che avete lasciato la sua domestica personale fuori nella tempesta» scandì nel suo migliore Norlandish. «Ogni momento che fate aspettare me, state facendo aspettare lei. Sapete che sarà la futura duchessa di Arcosi, immagino. Non è una mossa molto saggia.»

«Fammi vedere.» Il secondo uomo venne alla porta.

Milla deglutì. Se l'avessero mandata via, sarebbe stata la fine. Non sarebbe riuscita a scalare quelle mura. Le uova si sarebbero schiuse senza di lei. Avrebbe dovuto dire a Kara che aveva fallito. Il duca sarebbe diventato il padrone dei draghi. Nestan l'avrebbe mandata via. I pensieri le turbinavano veloci nella mente: si immaginò una vita di solitudine, tra i ruderi, a rovistare in strada in cerca di cibo, a implorare Thom e Rosa di darle un lavoro. *No!* Con il cuore che le batteva tanto forte che era sicura che l'uomo potesse sentirlo anche con il vento, alzò gli occhi e provò un'altra strada.

«Buonasera, signore» ricominciò. «Il fatto è che la mia signora ha cambiato idea e mi ha mandato a prendere la sua collana preferita. Se non gliela porto in fretta, verrò picchiata» mentì spalancando gli occhi. Tastò sotto il mantello e tirò fuori le perle. «Guardate! Visto?» Milla osservò la guardia mentre prendeva la soppesava. «Per piacere, lasciatemi passare, così potrò vestire la mia signora prima della cena e sarà tutto a posto» disse con foga. «E poi, ho la medicina del signorino Isak.» Frugò sotto il mantello per cercare la fiala di vetro e tenne in alto anche quella.

La guardia esitò. Aggrottò la fronte, pronto a voltarsi dall'altra parte.

«Aspettate!»

La mano di Milla corse alla sua collana, l'abitudine di una vita. Le sue dita accarezzarono il medaglione d'oro con l'incisione del drago e della luna piena. L'unica cosa che possedeva. L'unico modo di rintracciare la sua famiglia. Avvertì un senso di nausea al pensiero di rinunciarci. Come poteva farlo?

La guardia fece per chiudere la finestrella.

Non aveva tempo e non aveva scelta.

«Aspettate, per favore!» Milla chiuse gli occhi, facendosi coraggio. Riluttante, si slacciò la collana. Fissò il medaglione nella sua mano, luccicante al bagliore della luna. Se lo portò alle labbra per l'ultima volta.

Poi lo strinse e lo alzò. «Prendete questo» si costrinse a dire. Era l'unico suo legame con il passato e lo sentì rompersi come una catena spezzata. Aveva scommesso il passato per amore del futuro.

«Per il disturbo, signore» disse a denti stretti, e gli porse l'antico medaglione d'oro, sbattendo le palpebre per scacciare le lacrime.

«Fatela passare.» La guardia le fece l'occhiolino e si intascò il gioiello. «Ha ragione: sono appena arrivati a palazzo. Lasciatela passare, ma scortatela, mi avete sentito?»

«Grazie, signore» Milla abbassò modestamente la testa, ascoltando il rumore dei catenacci che venivano tirati e del pesante portone che si apriva sull'acciottolato. Altre due guardie aspettavano dall'altra parte. Fece loro un sorriso, ma era come sorridere a un muro di pietra.

Attraversarono in fretta i giardini. L'ultima volta, Milla era tra agli invitati, parte della gente importante. Ora si sentiva una prigioniera. Le guardie l'accompagnarono su per i gradini, attraverso un grande atrio con un'imponente scalinata, fino al salone.

Milla sbatté le palpebre, abbagliata da quello sfarzo: decine di candelabri d'oro, una lunga tavola coperta da una tovaglia di lino candida come la neve, apparecchiata con cristalleria pregiata e una grande coppa straripante di uva fragola.

Nestan e i gemelli erano vicini a un enorme caminetto con Richal Finn al seguito, tutti in ghingheri per l'occasione.

«Milla!» esclamò Nestan, appoggiandosi con due mani al bastone.

Era arrabbiato o sollevato? Non riusciva a capirlo.

«Milla? Cosa ci fai qui?» gridò Tarya, andando verso di lei.

Sentì una mano stringerle il braccio. «Così ti stavano aspettando, eh?» grugnì la guardia.

Le rimanevano pochi secondi prima che la sbattessero fuori. Si gettò uno sguardo attorno. C'era uno strano tavolo dorato accanto al fuoco: aveva la forma di una bussola su una mappa, con quattro foglie che puntavano all'esterno e un piattino d'acqua proprio al centro. Su ogni foglia era appoggiato un grosso cuscino di seta. Su ciascun cuscino era adagiato un uovo di drago: blu, rosso, verde e giallo.

Le uova erano salve.

A ciascun lato del tavolo stava una massiccia guardia che brandiva una picca dall'aspetto micidiale, una spada e un coltello da lancio.

Finora il suo azzardo aveva funzionato. Ora giocò la sua carta migliore: «Ti ho portato la collana» Milla passò le perle a Tarya, con una strizzatina della mano. «Come volevi, mia signora» aggiunse.

«E la medicina per tuo fratello...» andò da Isak e gli porse la fiala.

«Grazie, Milla» disse Isak, prendendola cauto dalle sue dita tremanti.

«Giusto in tempo, vedo...» fece secco Nestan.

«Forse quello che volevi dirle era un grazie per essere venuta così in fretta» disse Isak. Prese un sorso della sua medicina e si avvicinò tanto a Milla che la guardia dovette lasciarla.

«Sì! Cosa faremmo senza Milla?» disse Tarya ad alta voce, stando al gioco. «Svelta, allacciami la collana.» Sollevò la cascata di riccioli castani, scoprendosi la schiena.

Milla trafficò con il gancio del girocollo, con le dita umide e malferme.

«È tutto.» Nestan congedò le guardie.

La ragazza udì dei passi allontanarsi, fuori dalla porta, ed emise un singhiozzo per il sollievo.

«Stai bene?» sussurrò Tarya, sistemandosi le perle. «Dove sei andata? Ero così preoccupata! Non sembrava giusto venire senza di te, ma volevo stare con le uova e tenerle al sicuro per te.» Aggiunse in fretta: «Questo non vuol dire che accetto il fidanzamento! Non possono obbligarmi a farlo.»

«Sto bene» le mormorò Milla nell'orecchio, per non farsi

sentire da nessuno. «Volevi un piano, no? Tieniti pronta: mi servirà un diversivo. Se funziona, ci incontriamo più tardi, alla casa diroccata, va bene?»

Tarya si voltò verso di lei, con gli occhi che brillavano di intesa e annuì. «Lo dico a Isak.»

Proprio in quel momento, il duca entrò baldanzoso da un passaggio ad arco all'altra estremità della stanza, seguito da Serina e Vigo.

«Amici, amici, amici!» Olvar salutò Nestan e i gemelli con un grande sorriso. I suoi occhi chiari non si soffermarono su Milla o Finn: in quanto servitori, erano invisibili per lui.

«Cosa può esserci di più perfetto?» Olvar era su di giri. Un uomo che teneva il suo desiderio più profondo nel palmo della mano.

Milla notò che Serina e Vigo non stavano sorridendo e si chiese cosa sapessero che lei non sapeva.

«Nestan, vecchio amico mio, lascia che ti ringrazi ancora una volta per questo degnissimo dono» dichiarò Olvar. «Nel giorno in cui le nostre famiglie celebrano la loro unione, celebriamo anche il ritorno dei draghi ad Arcosi. È un segno: siamo benedetti! Voi due siete benedetti!»

Si voltò per indicare Vigo e Tarya, in piedi l'uno accanto all'altra, goffi e imbarazzati sotto il suo sguardo. Olvar cominciò a battere fragorosamente le mani finché Nestan, Isak e Serina si unirono a lui. L'applauso riecheggiò vuoto nella grande sala.

«Sedete. Mangiamo e celebriamo questo giorno memorabile» disse il duca.

Non c'era quasi più tempo. Da un momento all'altro, Milla e Finn sarebbero stati congedati, e lei avrebbe dovuto allontanarsi dalle uova.

Aveva promesso a Kara di stare con loro. Ma come?

Vigo si inchinò a Tarya. «Prego» disse indicando due sedie all'estremità della tavola. Le uova sarebbero state proprio dietro di loro.

Milla si precipitò a fianco dell'amica, fingendo di sistemarle i capelli.

Controllò le guardie: avevano lo sguardo fisso davanti a loro, come due statue.

Guardò quindi il duca, aspettando il momento in cui avrebbe distolto l'attenzione dalle uova.

Aveva solo bisogno di un diversivo, come un bicchiere rotto, urtato per caso.

Allungò la mano...

Tarya alzò lo sguardo e le sorrise, e il suo piano sfumò.

Rubare andava contro tutte le regole di ospitalità dei Norlander. Se avesse rubato le uova, Tarya, Isak e Nestan non sarebbero mai usciti dal palazzo. Sarebbero stati arrestati. Messi sulla lista nera. Avrebbero perso tutto ciò che avevano: casa, navi, beni.

Non era giusto! Milla non aveva niente che le appartenesse. Perché non poteva prendere l'uovo blu, solo quello?

Non se avesse distrutto la vita di Tarya.

Ritirò la mano dal tavolo. Aveva bisogno di un altro piano, e in fretta.

Crack!

Era il rumore di qualcosa di fragile che si rompeva.

Nestan guardò il suo bicchiere.

Serina controllò le finestre.

Isak guardò Tarya da sopra gli occhiali.

Ma Milla stava già davanti alle uova. Si avvicinò e fu la prima a vedere.

Crack! Si sentì ancora.

Ora il duca si accorse di lei. «Via da lì!» urlò.

Le guardie incrociarono le picche, spingendola indietro.

«Se le hai danneggiate...» ruggì Olvar.

«No!» gridò Milla. «Si stanno schiudendo!»

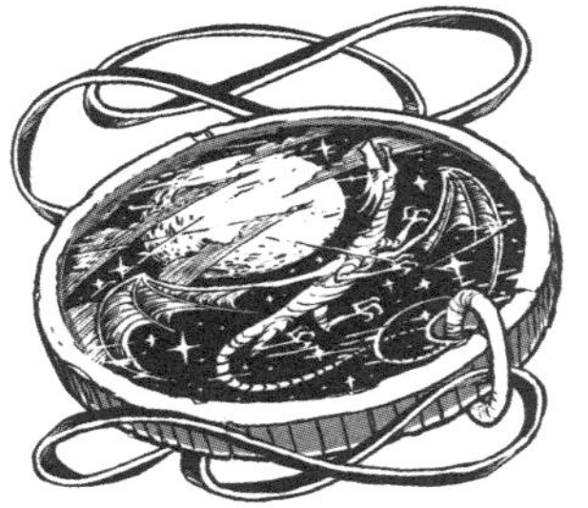

CAPITOLO SEDICI

L'uovo blu si stava schiudendo. Nella confusione, tutti corsero al tavolo.

«State indietro!» urlava il duca, mettendosi nel punto più vicino alle uova.

«No!» Milla lo sentì come un fuoco nelle vene. Doveva essere là.

Le guardie la trascinarono via. Era sbagliato, era impossibile. «No!» Si divincolò per guardare l'uovo blu. Sulla superficie curva e liscia zigzagava una grossa crepa.

«Lasciatemi andare!» urlò, cercando di liberare le braccia. «Devo essere lì. Fate attenzione! Non spaventatelo.»

«Portatela via.» Olvar fece un cenno con la testa verso la porta.

«Vostra Grazia» Nestan gli si avvicinò zoppicante e gli mise una mano sul braccio. «È la mia domestica. Lasciate che me ne occupi io.»

«Lasciate andare Milla!» gridò Tarya. «È con noi. Deve stare con noi. Vigo, per favore. Non puoi fare qualcosa?»

«Papà?» arrischiò Vigo, ma lo sguardo del duca era fisso

sulle uova e niente avrebbe potuto distrarlo.

Milla si puntellò sui talloni, ma la stretta d'acciaio delle guardie aumentò.

«No! Per favore» implorò. «Aspettate.» Stava scivolando lentamente verso la porta, opponendo resistenza a ogni passo.

Crkk! Una minuscola protuberanza apparve dall'uovo, spingendo fuori un pezzettino di guscio, grande come l'unghia di un pollice.

«Sta arrivando!» esclamò Milla. Lottò con tutte le sue forze, facendosi solo più male. «Fatemi vedere. Non potete neanche farmelo vedere?» chiedeva invano alle guardie. Si girò su se stessa, procurandosi un forte dolore al collo.

Il drago stava facendo progressi costanti, fermandosi di tanto in tanto per riposare. *Tak!* Un altro grosso pezzo di guscio si staccò.

Erano quasi arrivati alla porta. Ancora qualche passo. «Non voglio lasciarti!» gridò Milla, pregando che la creaturina potesse sentirla.

Poi ci fu un movimento diverso: di qualcosa che dondola, si sposta, si raccoglie su se stesso. Improvvisamente, le due metà del guscio caddero.

«Ohh! Aspettate. Guardate!» alle parole di Vigo, tutto si bloccò.

Perfino le due guardie si fermarono a guardare.

Rannicchiato sul cuscino, umido ed esausto, c'era un cucciolo di drago che emetteva flebili gemiti tra i frammenti del suo guscio. Il suo corpo, luccicante e umido, era dell'intensa tonalità di blu dei lapislazzuli.

«Un drago!» Milla si sentì allargare il cuore a vederlo. Il colore del drago fece scattare qualcosa dentro di lei: aveva riconosciuto quel blu. Era il blu dei suoi sogni. Era una cosa che doveva succedere. Prima di sapere cosa stava facendo, Milla arricciò le labbra e soffiò. Fischiò un motivetto a cinque note, ascendente e poi discendente. La canzone che aveva sognato. Forte e chiara, la melodia attraversò la stanza.

Il drago la udì. Alzò la testolina e si mise all'ascolto. Per quanto sembrasse sfiancato e debole, rispose con un roco *Ii-ii-ii-ii-iip!* come se cercasse di cantare lo stesso motivo.

Milla fischiò ancora le note che aveva sognato.

Il drago blu rispose. Lo sentirono tutti.

«Sono proprio qui. Ascolta me!» Il duca Olvar pungolò il drago.

Ma quello lo ignorò, cercando impacciato di alzarsi, senza riuscirci. Aveva quattro zampe squamose che sembravano troppo grandi per il suo corpicino, ed era schiacciato da una massa umida e bitorzoluta sul dorso. Ci provò di nuovo e quasi cadde dal tavolo, nel tentativo di raggiungere Milla.

«Non lasciate che cada!» esclamò Milla. «Lasciatemi andare. Non capite? Ha bisogno di me.»

Il duca Olvar fece un cenno impercettibile con la testa e le guardie lasciarono la presa. Milla sfrecciò attraverso la stanza. Gli altri si scostarono per farla passare.

Questa volta il drago avanzò incerto, inciampando nella coda. Poi si alzò, dimenandola dietro di lui: era costellata di piccole protuberanze lungo tutta la sua lunghezza. Si tirò più dritto e fissò Milla con gli occhi brillanti e sbarrati: due gioielli verdi, tagliati verticalmente da una pupilla nera.

Milla e il drago si guardarono e il mondo rinacque.

Si sentì come se il drago le leggesse nell'anima, e la sua anima lo guardasse a sua volta. Sapeva, senza ombra di dubbio, che era suo. Lo amava. Avrebbe vissuto e sarebbe morta per lui. Niente in vita sua le era mai sembrato tanto importante o forte. Le lacrime le oscuravano la vista, ma il suo sorriso era così acceso che non riusciva più a fischiare.

La testa del piccolo ricadde inerme, strappandole il cuore, cancellando il suo sorriso. Fischiò ancora e ricordò le parole di Kara di quella sera: doveva dargli da mangiare! Aveva del pane e della carne con sé. Fischiò più in fretta, frugando nella tasca.

Gli porse un pezzetto di pollo. «Prendi, piccolino.»

Il drago allungò il collo, prese il boccone dalle sue dita con delicatezza e lo ingoiò. Il suo corpo era lungo come l'avambraccio di Milla.

Lei tirò fuori dell'altra carne e, fischiettando e nutrendolo, nutrendolo e fischiettando, concentrò tutta la sua attenzione su quelle azioni ripetitive, sentendo che il drago acquisiva forza ogni momento che passava.

Infine, il draghetto fu pieno. Milla notò che il suo pancino era tondo e gonfio dopo il suo primo pasto. Si accucciò a riposare con un lieve sospiro.

La massa scura e umida sul suo dorso a quel punto si mosse, prendendo vita con un fremito. Due ali si spalancarono, con la pelle blu tesa tra le dita. Come quelle dei pipistrelli, ogni ala terminava in un minuscolo artiglio. Sbatterono una volta, poi si richiusero di nuovo. Il drago iniziò a pulirsi le squame, con adorabile goffaggine, perdendo di tanto in tanto l'equilibrio. Barcollò fino alla ciotola piena d'acqua sul tavolo, abbassò il muso, bevve avidamente e poi tornò a riposare.

Milla allungò la mano e lo prese in mano, sentendo le braccia doloranti per le escoriazioni provocatele dalle guardie. Il drago blu era leggero e freddo. Si stava asciugando ma era ancora appiccicaticcio, con i pezzi di guscio ancora attaccati alla pelle. Se lo mise attorno al collo, con la testina appoggiata sulla spalla destra, dove il calore della sua pelle nuda poteva dargli conforto. Il drago si accoccolò nell'incavo della clavicola della ragazzina, con un artiglio infilzato nel tessuto viola del vestito. Milla lo sentì rilassarsi e addormentarsi.

Solo allora alzò lo sguardo.

Nella stanza, la stavano fissando tutti: stregati, sbigottiti, senza parole.

Vigo era sbalordito, Isak felice, Olvar minaccioso.

Milla mosse le mani per proteggere il suo drago, scatenando un gemito di protesta dalla creatura rannicchiata sulla sua spalla.

«Portalo qui. Dammelo» ordinò il duca.

Il mondo sembrò trattenere il fiato. Lo sguardo di tutti era fisso su di loro.

In quel momento, la vita di Milla fu in bilico.

Avrebbe potuto essere una domestica obbediente.

Oppure tenersi il drago.

«No» disse. Gli avrebbe disobbedito. «No. No. No.» Non era abituata a dire quella parola. Le uscì dalle labbra come un frullio di ali nere, uno stormo di corvi che riempiva la stanza, oscurando la luce.

Sbatté forte le palpebre, tornando a quella nuova realtà. Parlò ancora, forte e sicura. «*Lui* ha bisogno di dormire, Vostra Grazia. Sarà affamato quando si sveglia. Serve dell'altro pollo.»

Il duca fece uno scatto, come a volerle sottrarre il cucciolo. Poi si bloccò. Il suo sguardo tornò alle tre uova, ancora in attesa. Un'ombra di dubbio gli attraversò il viso, facendolo sembrare una persona diversa.

«Altro pollo!» ordinò il duca, e qualcuno si precipitò fuori dalla stanza. «*Lui?*» aggiunse.

Il drago di mosse, alzando la testa per ascoltare.

«Sì» rispose decisa Milla. «Il drago è un lui.» Lo seppe d'istinto, come sapeva la canzone. Come sapeva che appartenevano l'una all'altro. «Si chiama Ignato.»

Iggie grugnì sommessamente in risposta.

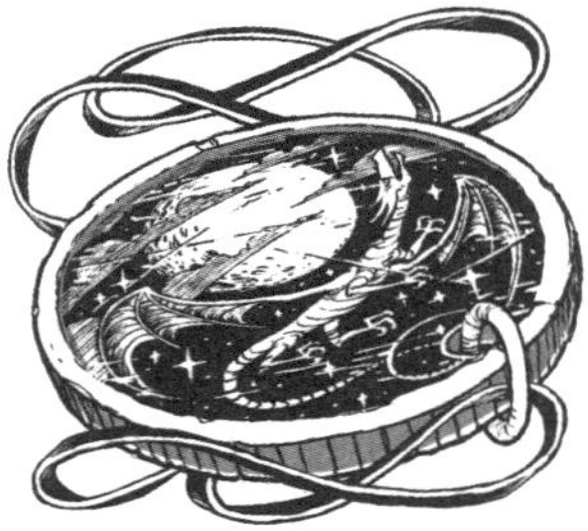

CAPITOLO DICIASSETTE

Le cose si sarebbero anche potute mettere male per Milla e Ignato se un altro uovo non avesse cominciato a schiudersi. Il duca smise di guardare torvo Milla e si mise di fronte al cuscino rosso. «Lasciatemi passare.»

Tremante, Milla si avvicinò al fuoco. Guardò in basso, tenendo una mano a coppa sopra il suo drago. «Dormi, Iggie, dormi.»

Proprio come prima, l'uovo rosso si ruppe dall'interno, finché la crepa fu abbastanza larga perché il drago ne uscisse. Rimase là, esausto, con i fianchi che si alzavano e si abbassavano.

Il duca Olvar imitò quello che aveva fatto Milla, fischiando e canticchiando con una brama disperata. Si chinò più basso sul cuscino: «Drago! Drago, mi senti?»

Ma la testa del cucciolo ricadde. Era del colore della carne cruda, ma stava già impallidendo leggermente, assumendo una tonalità più rosata. Il suo respiro rallentò.

Fu Tarya a chiamarlo a gran voce. Un grido a due tempi, una nota acuta e poi un sommesso: «Heral!»

Milla stava a guardare, cercando di non sorridere troppo, mentre il drago rispondeva a Tarya, si muoveva e cercava di alzarsi, tremando.

Il drago rosso fissò Tarya e lei lo fissò a sua volta. L'aria sembrò addensarsi e pulsare tra loro. Poi il drago emise un suono che fece eco al richiamo di Tarya.

Gli occhi della ragazza si bagnarono di lacrime.

«Non ci credo!» urlò il duca Olvar. «Cos'hanno che non va, queste creature? Sono proprio qui davanti a loro.»

In quel momento, un servitore arrivò con un vassoio d'argento con il pollo, così a Tarya fu permesso di avvicinarsi. Sollevò delicatamente il drago rosso con entrambe le mani e se lo portò al viso. Si sfiorarono, naso contro naso. Tarya non smetteva di parlargli in sussurri. Poi portò Heral a sedersi accanto al fuoco e prese un pezzo di carne.

Heral grugnì e glielo prese dalle dita.

Tarya singhiozzò, ridendo e piangendo allo stesso tempo con felicità e orgoglio.

Il duca si strinse nelle spalle e tornò a guardare il tavolo. «Ce ne sono ancora due...» disse, mascherando la delusione. Almeno per il momento, sembrò accettare la scelta dei draghi.

L'uovo verde fu il successivo a schiudersi e quel drago era più forte. Milla lo guardò alzarsi immediatamente e sibilare in faccia al duca. Innegabilmente aggressivo, spiegò le ali e le sbatté due volte, creando una piccola corrente d'aria.

Il duca fece un passo indietro, sconcertato.

Al suo fianco, Vigo rise, stregato dalla determinazione del cucciolo.

Il drago voltò la testa verso di lui, in ascolto.

Qualcosa scattò tra loro.

Vigo rise ancora. «Vieni?» chiese, prima di abbassare lentamente le mani aperte.

Il drago verde sbatté gli occhi color ambra e chinò la testa, poi montò sulla mano di Vigo e ci si raggomitolò, facendo le fusa come un gattino.

«L... le piaccio!» balbettò il ragazzo sbalordito. La sua consueta padronanza di sé si sciolse per la felicità. «Ciao Petra!» Sembrava un bambino il giorno del suo compleanno.

Rimaneva un uovo soltanto. L'uovo giallo era immobile sul suo cuscino. Il duca Olvar si abbassò sul tavolo, appoggiando un orecchio sulla superficie tondeggiante.

«Questo deve essere mio! Riesco a sentirlo.» Sollevò l'uovo con entrambe le mani e andò a sedersi sulla sedia di legno intagliato dall'altra parte del caminetto. «Andiamo. Sono pronto!» Stava quasi scoppiando di impazienza, fissando l'uovo che cullava tra le mani.

Milla provò un tuffo al cuore. Quello non era il modo giusto. Non sapeva *come* facesse a saperlo, lo sapeva e basta. Quando un drago e una persona si fissavano negli occhi e creavano un legame, tutto cambiava per loro. Lo aveva sentito succedere. Era una persona diversa, ora. Era rinata, quando Iggie era uscito dall'uovo e l'aveva trovata.

Con la mano stava ancora proteggendo la testa addormentata di Iggie. Lo amava ogni momento di più. Ringraziò silenziosamente Kara per le sue istruzioni. «Grazie...» sussurrò a Iggie. «Grazie per avere scelto me.»

Poi Milla guardò il duca, il suo viso illuminato dalle fiamme. Sogghignava nell'attesa, con gli occhi ardenti.

L'uovo iniziò a muoversi, tremando leggermente nelle sue mani. Un debolissimo *tap* provenne dall'interno. Un minuscolo pezzo di guscio si staccò, lasciando la sottile membrana bianca al suo posto. Poi ci fu silenzio. Il tempo passò.

«È bloccato?» chiese Milla. Iggie si svegliò e alzò la testa, poi si irrigidì. La ragazza sentì la presa dei suoi artigli farsi più stretta.

«*Mraa!*» fece il drago, come se stesse cercando di avvertirla.

«Cos'ha che non va?» chiese il duca. Si alzò in piedi, sembrava preso dal panico. «Deve uscire, ha bisogno d'aria.» Andò al tavolo, prese l'uovo e lo ruppe contro la superficie lucida.

«No!» gridarono Milla, Vigo e Tarya insieme, sentendo i loro draghi fremere.

Troppo tardi. L'uovo si sgretolò in frammenti umidicci.

Il duca lo aprì, togliendo rapidamente i pezzi di guscio con le dita. Sollevò un corpo inerme, striato di sangue. Era di una tonalità scura di giallo ruggine, come foglie di faggio umide. Non si mosse.

Non poteva essere morto! Non quando gli altri erano salvi. Milla si aggrappò all'incredulità per rimanere a galla, ma si sentiva affondare.

Olvar lo guardò per un lungo momento e Milla vide la speranza sul suo volto trasformarsi in disperazione e poi in rabbia. Scagliò il corpo sul cuscino giallo e uscì come una furia dalla stanza prima che qualcuno potesse parlare.

Serina gli corse dietro. Un attimo più tardi sentirono un forte urlo e il fragore di qualcosa di pesante che veniva scagliato per la stanza, attraverso l'arco.

Milla abbracciò il suo cucciolo per proteggerlo. Vigo e Tarya la imitarono, spostandosi con la sedia più vicino al fuoco.

Nestan e Finn stettero in disparte, parlottando tra loro, con gli occhi fissi sulla porta.

Isak andò al tavolo delle quattro foglie e sollevò con delicatezza il drago senza vita. Raggiunse gli altri tre accanto al focolare e cadde in ginocchio. Si appoggiò il corpicino arancione sulle gambe e iniziò ad accarezzarlo dolcemente, un dito alla volta. Alla luce delle fiamme che danzavano nel camino, le sue squame luccicavano come quelle di un pesce rosso, facendo risplendere gli occhiali di Isak come piccoli soli.

Isak iniziò a cantare, un lamento struggente, dolce, triste e rasserenante allo stesso tempo. La sua voce era roca e gentile, e scoppiava in piccoli attacchi di tosse di tanto in tanto.

Gli occhi di Milla si riempirono di lacrime per la vita che non avrebbe avuto la possibilità di iniziare, per tutta quella bellezza e quelle potenzialità, ora perdute. Accarezzò Iggie per fargli sentire la sua vicinanza.

Iggie sembrò agitarsi. Si alzò e saltò giù dalla sua spalla. Milla lo prese sulle ginocchia e lui allungò il collo, prorompendo in versi concitati.

«Cosa? Cosa c'è?» sussurrò Milla. «Sei triste?»

Ma non sembrava triste. Voltò la testa verso di lei e poi di nuovo in avanti, indicando il drago arancione. Iggie saltellò sul posto, impaziente.

«Vuoi andare più vicino? Isak, credo che mi stia dicendo... Posso farglielo vedere?» chiese lei, spostandosi più in avanti, sentendo una nuova speranza accendersi nel cuore.

Senza smettere di cantare, Isak annuì e fece un po' di spazio accanto a sé. Milla si inginocchiò e sollevò Iggie, così che potesse vedere il corpo dorato del piccolo.

Iggie sollevò la testa ed emise un richiamo, un fischio

sommesso che ricalcava le note della canzone di Isak.

In quel momento, le mani del ragazzo smisero di muoversi. Le sollevò e si bloccò.

«Si... si è *mossa*. L'ho sentita!» Si chinò. «Su, avanti, piccolina, forza!»

Iggie si allungò tanto che Milla temette potesse cadere. Il drago non smise di gorgheggiare.

Gli altri due draghi, che stavano ancora recuperando le forze dopo la schiusa, alzarono a loro volta la testa e osservarono intenti la scena.

Milla fissò il quarto drago, desiderando con tutta se stessa che fosse vero. Una delle zampe si contrasse. Poi la coda sbatacchiò, come un pesce fuor d'acqua. Infine, la testa si sollevò e un occhio verde si aprì.

Isak chinò la testa e mormorò dolci parole al piccolo.

Il drago lo fissò attentamente, in ascolto.

Il servitore con il vassoio di pollo si avvicinò per offrirglielo.

Isak ne prese un pezzo, se lo mise in bocca e lo masticò per bene. Quando si rammollì, lo prese e lo porse gentilmente al drago che teneva sulle ginocchia. Senza alzarsi, lei accettò il cibo e lo ingoiò, poi richiuse gli occhi per riposare.

Isak cantò ancora, cambiando il tono da triste a speranzoso, aggiungendo energia e vitalità.

Il drago aprì gli occhi e questa volta riuscì ad alzarsi.

«Stella luminosa, Belara, la coraggiosa!» la chiamò Isak, lodando il suo drago.

Lei spiegò le ali e le sbatté una volta, accettando il nome, accettando lui.

Il sorriso di Milla era così grande che le facevano male

le guance. Fece correre lo sguardo da Vigo, a Isak, a Tarya. Si sentiva euforica, trafelata, inebriata. Guardò di nuovo la porta chiusa del duca.

Quattro draghi erano nati, e nessuno di loro aveva scelto Olvar. Non riusciva a immaginare quale sarebbe stata la sua prossima mossa.

Parte Terza

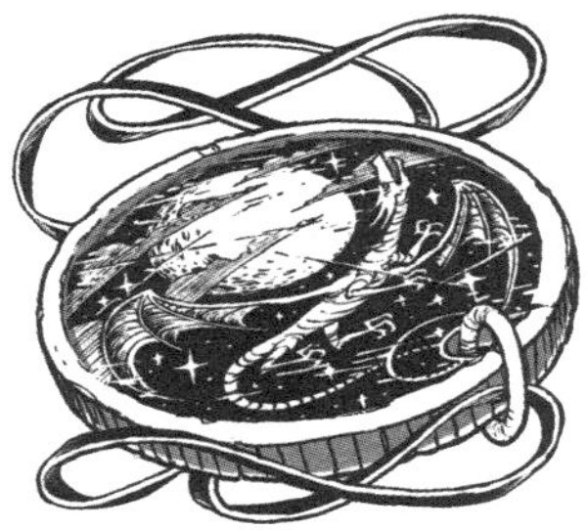

CAPITOLO DICIOTTO

Quattro draghi erano nati in quella notte di luna piena. Avevano scelto quattro persone con cui creare un legame. Ancora incredula, Milla fissava il suo drago, rapita. Sfiorò con le dita il suo corpicino blu, imparandone a memoria ogni dettaglio: i minuscoli artigli, i fianchi lisci e freddi, la cresta lungo la coda, il torace tondeggiante che era più caldo del resto.

«Allora, piacere di conoscerti, Iggie!» disse. «Finalmente. Per tutto quel tempo, c'eri tu dentro l'uovo, e io neanche lo sapevo. Ma ti ho sognato.» Ora lo sapeva. «Mi hai sognata anche tu?»

Iggie si arrampicò sul suo petto per ascoltare. Spalancò gli occhi verdi.

«Quello blu è sempre stato il mio preferito.» Sembrava che lo conoscesse da sempre. Non riusciva a ricordare com'era stata la sua vita prima di Iggie.

Lui alzò la testa, gracchiando sommessamente.

«Mi hai sentita, dentro il tuo uovo?» chiese Milla abbassando il viso su di lui. «Hai riconosciuto la tua canzone?»

Iggie strofinò il naso contro il suo, leggero come una falena.

Qualcosa bruciava tra di loro, una fiamma ardente di amore puro, che cresceva a ogni battito del cuore. Crebbe e crebbe fino a diventare la cosa più grande in quella stanza, sull'isola, nel mondo intero. Un nuovo sole, che le riscaldava le ossa.

«Aspetta di arrivare a casa!» continuò Milla. «Non vedo l'ora di farti conoscere Josi. E che cosa diranno Rosa e Thom quando ti vedranno? Avranno qualcosa di cui parlare, vedrai!» Immaginò la loro vita insieme. «Potrai stare sulla mia spalla, mentre io lavoro. Saremo una squadra...» Sarebbe andato tutto per il meglio, ora che c'era Iggie.

E Iggie l'ascoltava, cullato dalle sue parole. Si arrampicò di nuovo nel suo primo posticino, nell'incavo della clavicola, con il corpo attorno al suo collo. Milla lo tenne in posizione, con cautela. E se avesse preso freddo o si fosse ammalato? Sembrava così fragile. Così piccolo. La preoccupazione si propagò come una nuvola nera che oscurava il sole.

Tarya, Isak e Vigo sedevano in cerchio attorno al focolare, parlando ai loro draghi. Milla lesse sui loro volti lo stesso miscuglio di gioia e timore.

Tarya incrociò il suo sguardo. «Che cosa è successo? Oh, Milla!» Saltò in piedi e andò ad abbracciarla con una mano, mentre con l'altra si teneva il drago rosso vicino al petto.

«Fatemi spazio!» disse Isak, aggiungendosi a loro con Belara sulla spalla.

Vigo si tenne indietro, a disagio.

«E dai! Cosa aspetti?» lo chiamò Tarya.

I quattro formarono in cerchio, abbracciandosi e ridendo, mentre i loro draghi si indirizzavano a vicenda dei versi striduli, come selce sull'acciaio.

Alla fine, si sedettero di nuovo, lasciando che i draghi, ora più baldanzosi, si sistemassero sui loro piedi.

«Allora, cosa facciamo? Voglio dire, sembra che Belara abbia scelto me. Ma me la lascerà tenere?» disse Isak, guardando la porta da cui era uscito Olvar.

«Certo che Belara ha scelto te: lei è tua e tu sei suo.» Milla gli era grata per aver fatto quella domanda. Se il duca avesse deciso che voleva un drago, come avrebbero fatto a opporsi? Loro avevano gli uni gli altri. Lui un esercito.

«Mi batterò con chiunque cercherà di togliermi Heral» disse fiera Tarya.

Milla guardò gli altri tre. Per loro era diverso: erano abituati a ottenere tutto quello che volevano, a dare ordini, a essere obbediti. «Questi draghi hanno scelto noi, e tutti qui ne sono stati testimoni.» Cercò di ricordare con esattezza quello che le aveva detto Kara. «Quindi il duca non può portarmi via Iggie, non senza fargli del male. Non farebbe del male a un drago, no?»

Decise di non parlare di Kara, non ancora. Le braccia doloranti le ricordavano di come le guardie trattavano i prigionieri. Doveva ascoltare e imparare, prima di trascinare Kara in pericolo.

«Mio padre dovrà rendersene conto.» disse Vigo. «Non ti ha portato via Iggie quando ha scelto te.»

«È stato quando aveva ancora tre possibilità» rispose Milla, sperando che avesse ragione lui. Lo stava prendendo in simpatia, ma si sentiva ancora un po' intimidita.

«Non glielo permetteremo, Milla» aggiunse Tarya. «Questi draghi sono nostri.»

«Come facciamo a sapere di cosa hanno bisogno? È una responsabilità così grande.» Isak abbassò lo sguardo su Belara, aggiustandosi nervosamente gli occhiali. Poi prese dalla tasca la fiala con la medicina e ne trangugiò l'ultimo sorso.

«Penso ce lo diranno loro!» Tarya osservò Heral avventarsi su un enorme pezzo di pollo.

«Ma ci sono tante cose che non sappiamo!» ribatté Isak. «Non sappiamo neanche perché sono gli ultimi della loro specie. Che cosa è andato storto? Dobbiamo scoprirlo!» Guardò gli altri a turno, sempre più pressante. «Non capite? Dobbiamo scoprirlo, o come facciamo a impedire che succeda di nuovo? Se non facciamo le cose nel modo giusto, potrebbero lasciarci. O potrebbero morire.»

Ci fu un momento di silenzio, mentre assimilavano quelle parole.

«La gente ne parla in continuazione, di cosa è successo all'antica Arcosi e agli ultimi draghi. Dicono che non può essere stato un incendio, o un terremoto, perché tutto è stato lasciato in condizioni perfette. Non può essere stata una carestia, perché hanno lasciato del cibo sull'isola, né una pestilenza, perché non si è estesa a Sartola...» Tarya elencò rapidamente le opzioni.

«Io non ho idea di cosa parli la gente: non sento mai queste cose» disse a bassa voce Vigo.

«La mia amica Rosa mi ha parlato di un re pazzo, Rufus? Che cosa sai di lui?» chiese Milla. «Era quello che ha combattuto contro Sartola...»

«So della guerra, naturalmente. Ogni Sartolan lo sa. Mia madre si è assicurata che imparassi la storia del suo paese.»

Tarya si voltò verso Vigo, e Milla vide come stesse cercando di essere cortese e paziente con lui. Le cose tra loro erano cambiate. Dopo quella sera, erano dalla stessa parte, tutti e quattro. «Tu vivi a palazzo. Quindi, devi sapere qualcosa del popolo che ha vissuto qui prima di noi.»

Vigo scosse la testa. «Conosco la storia di Sartola, ma nessuno sa cosa sia successo qui.»

«E tutto questo?» Tarya indicò attorno a loro.

Milla guardò la stanza elegante, le alte finestre, il soffitto decorato con foglia oro. Lei non apparteneva a quel posto. Osava a malapena toccare qualcosa, temendo di romperlo. Si aspettava continuamente che qualcuno le dicesse di andare via, o di riordinare i piatti ai loro piedi.

«Insomma, è roba loro, no?» stava dicendo Tarya. «Apparteneva al vecchio popolo. Gli Arcosi, gli ultimi cavalieri dei draghi. I Norlander non avevano niente quando sono arrivati qui, niente è sopravvissuto al viaggio. Quindi, da qualche parte deve esserci qualcosa che testimoni quello che è successo.»

«Dobbiamo trovarlo. Per il loro bene» concordò Isak. «E se fosse qualcosa che riguarda i draghi? Forse si sono ammalati? Forse hanno ucciso la gente?»

«Non l'avrebbero mai fatto!» ribatté Tarya. «Magari è stato il contrario!»

«Sto solo dicendo che non possiamo escludere nessuna possibilità. Ma abbiamo bisogno di più elementi per andare avanti. Ci devono essere delle illustrazioni, delle mappe, dei rotoli di pergamena da qualche parte, se hanno abbandonato tutto.»

Fino a quel momento, Milla era rimasta in silenzio. Ma quello era un compito da eseguire. La sua specialità. «Tuo padre ce l'ha uno studio? Dove tiene le sue carte?» chiese a Vigo.

«Non che io sappia... Oh, aspetta.» Sembrò pensieroso. «Tiene sempre la stanza sulla torre settentrionale chiusa a chiave. A nessuno è permesso entrare.»

«Diamo un'occhiata?» chiese Milla.

«Ho detto che è chiusa.»

«Io sono... ehm... brava con le serrature» disse Milla, sentendosi le guance in fiamme. Aveva davvero appena suggerito di introdursi di nascosto nelle stanze private del duca?

«Non possiamo farlo!» esclamò Isak.

«Davvero? Abbiamo un dovere verso i nostri draghi. Io farei di tutto per Heral!» disse con ostinazione Tarya. «Sentite, si sta facendo giorno. Dobbiamo farlo prima che gli altri si sveglino.»

«Guardiamo soltanto, non c'è niente di male» acconsentì Vigo. «Ne risponderò io a mio padre.»

Tarya gli gettò un rapido sguardo, per una volta senza riserve. Poi gli rivolse un sorriso smagliante.

Vigo arrossì e borbottò: «Non può avere un'opinione peggiore di me di quella che ha già.»

Milla lo guardò con curiosità: era la seconda volta che parlava così di suo padre.

«Venite, vi faccio strada» disse Vigo.

Qualche momento più tardi, erano tutti di fronte alla porta della torre: una porta ad arco, di legno massiccio. Milla fece scorrere le mani sulla superficie levigata e provò la maniglia. Chiusa.

«Tarya...» disse, chinandosi a esaminare la serratura, «...puoi passarmi due delle tue forcine?»

Spostò Iggie sulla nuca, per avere tutte e due le mani libere, piegò una delle forcine, torse l'estremità dell'altra, e lentamente le infilò entrambe nel buco. Era un trucco che le aveva insegnato Josi, e si rese conto in quel momento che non le aveva mai chiesto il perché.

«Davvero, io non penso che...» iniziò a dire Isak.

«Cosa stai facendo?» le chiese Vigo. «Puoi insegnarmelo?»

«Sssh! Devo concentrami, Vostra Grazia» disse Milla, chiudendo gli occhi per sentire i meccanismi interni della serratura.

«Penso che a questo punto ci possiamo anche lasciare alle spalle il Vostra Grazia» disse lui. «Chiamami Vigo.»

Le dita di Milla cominciarono a sudare per lo sforzo e lei cercò con tutte le sue forze di non pensare a cosa sarebbe successo se il duca l'avesse vista in quel momento. Con un rumore secco, il meccanismo scattò. Milla abbassò la maniglia e aprì la porta.

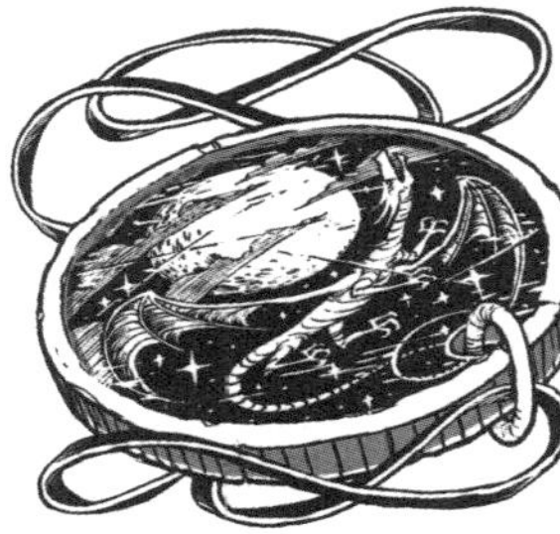

CAPITOLO DICIANNOVE

La pesante porta si aprì verso l'interno su una stanza rotonda, molto ampia, con strette finestre che lasciavano filtrare deboli raggi di luce in tutta la torre. Milla inclinò la testa per guardare il soffitto e, dalla sua posizione attorno al suo collo, Iggie mugugnò assonnato. Lungo le pareti correva una libreria, alta fino in cima alla torre e terminante in travi intagliate con raffigurazioni di draghi, uccelli e pesci.

Se ne stettero tutti là, a bocca aperta.

«Hai indovinato» disse Milla a Vigo.

«Non ci credo» rispose lui guardandosi attorno. «Non ho mai saputo di tutto questo...»

Milla notò delle strane scale a pioli su quattro piedi, che permettevano al lettore di salire fino in alto e raggiungere i rotoli di pergamena o i libri sulle mensole più alte. Si avvicinò a quella più vicina e prese un volume. Rilegato in cuoio e pesante, si aprì rivelando una fine calligrafia e pagine bordate di bellissime illustrazioni a guisa di fiamme.

«Oh! In questo ci sono dei draghi, guardate!» Lo tenne aperto per mostrarlo agli altri. Scorse lentamente la pagina con il dito, pronunciando le parole in una versione antiquata del Sartolan. «Questa deve essere la lingua dell'antica Arcosi... della gente che viveva qui un tempo.» Si interruppe e fece correre lo sguardo lungo quella stanza luminosa e immobile. Quali segreti avevano lasciato dietro di loro? «Il rimedio per... un'infreddatura primaverile. Oh! Tratta di cure e rimedi. Bene, potremmo averne bisogno.»

Gli altri la imitarono. Andarono ciascuno a uno scaffale e cominciarono a sfogliare i libri per trovare informazioni sui draghi. Nel frattempo, il sole sorse e la stanza divenne più luminosa.

Milla prese un nuovo libro e ne uscì un pezzo di carta. Ripose il volume e raccolse il foglietto. Era più piccolo di una pagina: poco più di un frammento, scritto in una calligrafia arrotondata ed elegante. «Ehi, ascoltate qui. Penso sia una poesia.»

E lesse:

Faranno ritorno un'ultima volta
Con l'aliseo che spirerà da oriente.
Le mura cadranno, la pace sia accolta,
O il nido dei draghi è perduto per sempre.

Di tempesta sei figlia, tre volte rinata,
E del mare con te rechi il segno,
La quarta stagione pressoché terminata,
Dell'alba nuova la chiave avrai in pegno.

Milla fu percorsa da un brivido lungo la schiena.

«Sembra una profezia, non una poesia» disse lentamente Vigo. «Puoi leggerla ancora?»

Milla lo fece.

«Pensi che parli dei nostri draghi?» rise forte Tarya. «Hai sentito, Heral? Sei così importante, che sei in una profezia.»

«Spero di no. Sembra un po' infausta!» replicò Milla. «Quella roba sul nido che andrà perduto per sempre...» Lanciò uno sguardo furtivo a Iggie, per controllare che respirasse.

«Non preoccuparti. Sono solo versi» disse Isak. «E se ti spaventano le profezie, sembra che la pace regni già perfettamente su Arcosi, quindi non c'è niente di cui aver paura.» E tornò alla pergamena che stava leggendo.

Milla incrociò lo sguardo di Vigo. Lui fece spallucce, sorrise e riprese in mano il suo libro.

Mentre gli altri non guardavano, Milla ripiegò il foglietto e se lo infilò nella cinta. Le sembrava importante. Si ripromise di impararla a memoria, più tardi, e di decifrarne il significato, non importava quando le ci sarebbe voluto.

«Se parla di qualche pericolo per te...» sussurrò a Iggie, «... allora devo saperlo, così potrò proteggerti.»

Lui non si svegliò, così la ragazza si dedicò al volume successivo.

Erano tutti così concentrati che non sentirono entrare il duca Olvar, seguito da Nestan e Finn.

«Eccoli qui... li abbiamo trovati!» disse Olvar agli altri due. «Cosa state facendo?» chiese loro. «E come avete fatto a entrare?»

Milla sobbalzò dalla paura. Il libro che aveva in mano cadde con un colpo secco. Tenendo una mano sopra il corpo addormentato di Iggie, ancora avvolto attorno al suo collo, indietreggiò, allontanandosi dal duca.

Senza una parola, i quattro si raccolsero in un gruppo

unito: Milla con a fianco i gemelli, Vigo davanti con il suo drago verde, Petra, su una spalla.

«Dobbiamo sapere come prenderci cura dei draghi. Non puoi biasimarci per questo!» gli disse Vigo alzando la voce. «Perché non mi hai mai detto di questo posto? È tipico di te, tenere nascoste le cose migliori, tutte per te...»

«C'è così tanto che dobbiamo imparare su di loro, Vostra Grazia» intervenne diplomaticamente Isak, che aveva nascosto Belara sotto la giubba. «Questo archivio è magnifico.» Con quel tono entusiasta e lusinghiero, sembrava una persona diversa. «Deve coprire ogni aspetto della dragologia!»

Milla osservò perplessa Isak che cercava di placare il duca. Poi capì: Isak adorava i libri. In una biblioteca, era come un bambino affamato in una panetteria.

«Infatti, è così» rispose il duca. Raccolse il libro che Milla aveva fatto cadere e lo ripose sullo scaffale, dandogli dei colpetti sul dorso.

«Certo che non vi biasimo, Vigo.» Il duca si avvicinò. Forse neanche lui aveva dormito. Alla luce dell'aurora, la sua faccia aveva una colorazione grigiastra. «È naturale e giusto che dobbiate imparare tutto quello che c'è da sapere su di loro. L'avrei suggerito io.» Sorrise, anche se i suoi occhi rimasero freddi.

A Isak sembrò di aver ricevuto l'invito a un banchetto.

Milla ascoltò con attenzione, cercando di capire cosa ci fosse sotto.

«Siete tutti più che benvenuti qui, nel mio palazzo» continuò il duca. «I draghi hanno bisogno di spazio, di calore, di cibo... in quale altro posto potrebbero vivere? La Sala del Drago fu costruita a questo scopo. E voi avete trovato l'archivio che stavo per mostrarvi...»

«Possiamo restare qui? Vi siamo riconoscenti, Vostra Grazia» disse Isak.

Milla vide Nestan e Richal Finn scambiarsi un'occhiata.

Milla faticava a seguire. «Ma... il m...mio lavoro... la mia casa... Cosa succederà...?» balbettò. Rivolgersi al duca la faceva sentire stupida e impacciata.

«È cambiato tutto. Hai un altro lavoro adesso.» Il duca Olvar passò accanto a Vigo e si avvicinò a Milla. «E una nuova casa.»

Lei non osava muoversi. Con una mano copriva la testa di Iggie, mentre con l'altra gli sosteneva la coda.

«Qualsiasi cosa possano pensare gli altri...» tentò di nuovo, «ecco, *questo drago...*» Allungò un dito e toccò il dorso di Iggie.

Milla si passò la lingua sulle labbra secche. «Iggie, Vostra Grazia.»

Non le piaceva la luce avida negli occhi del duca, ma non si ritrasse, anche se la pelle le prudeva a quella vicinanza. Di tutte le cose che erano successe dalla notte precedente, quella sembrava la più irreale. Stava lì, a parlare al duca in persona su quello di cui aveva bisogno il suo drago.

«Iggie, allora. Ha scelto te.» Pronunciò ogni parola lentamente e con chiarezza, come se stesse parlando a una bambina piccola. «Non vuoi che abbia le cure migliori?»

«Certamente, Vostra Grazia» mormorò lei.

«Allora deve restare qui. In quale altro posto i draghi potrebbero rimanere nascosti, per la loro stessa sicurezza?»

«*Nascosti?* Ma...» cominciò Milla, vedendo sfumare come foschia i suoi sogni di presentare Iggie a Josi, Thom e Rosa. Invece, avrebbe dovuto vivere lì a palazzo, in mezzo a tutto quel lusso. «Voglio dire, grazie!» mormorò.

«È evidente che i draghi devono restare qui» decretò Olvar. «I draghi hanno bisogno di voi, perciò starete qui anche voi.»

«Davvero? Evidente per chi, Olvar?» Nestan prese la parola. Si allontanò da Richal Finn e andò verso Milla e i gemelli, con il bastone che ticchettava sul pavimento tirato a lucido. «Ti ringraziamo per la tua generosa offerta di ospitalità, ma questi sono i miei figli e sono liberi cittadini di Arcosi, mi sembra.»

«Scusatemi, Vostra Grazia» chiese Tarya, lanciando una rapida occhiata al padre. «Ci state invitando a restare? O ci state dicendo che non possiamo andarcene?»

Nestan le appoggiò delicatamente una mano sulla spalla, vicino al dorso scarlatto di Heral, per mostrarle sostegno.

Chiaramente non abituato a essere contestato, il duca Olvar guardò torvo Tarya. Si schiarì la voce con un colpo di tosse, gutturale, profondo. «Come ho detto, questa notte è cambiato tutto, che ci piaccia o meno. E anche noi dobbiamo cambiare, se dobbiamo proteggere questi preziosi draghi che sono stati affidati alle nostre cure.»

«*Affidati?*» gridò Tarya, ricordandosi subito dopo a chi stava parlando. «Scusatemi, Vostra Grazia, ma mio padre non ve l'ha detto? Qualcuno è morto per queste uova. Qualcuno ha dato la sua vita per tenerle al sicuro.»

«E questo è successo molto convenientemente nella proprietà in cui sei tanto ansioso di tornare, Nestan» fece il duca, con tono vellutato come la seta. «Avete forse altri programmi per i draghi? Magari li avete sempre avuti?» Fece un passo in direzione di Nestan, poi un altro, così che si ritrovarono faccia a faccia e la tensione crepitò tra loro. «Qualcuno l'ha davvero vista questa misteriosa vittima?»

Milla sbatté le palpebre. Invece del duca e di Nestan, l'uno di fronte all'altro, rivide l'uomo con il mantello che barcollava in una pozza di sangue.

«O forse hai comprato queste uova in uno dei tuoi viaggi commerciali e ti sei dimenticato di accennarlo?» suggerì il duca.

Milla abbassò il mento sulla testa di Iggie, come se potesse proteggerlo dalle parole che rimbalzavano da una parte all'altra.

«Certo che no. Non le ho forse portate subito da te?» replicò secco Nestan, ricambiando lo sguardo torvo di Olvar. «Ti ho mai dato ragione di dubitare della mia lealtà?»

Prima che potesse impedirselo, Olvar spostò lo sguardo sulla gamba sinistra di Nestan e arrossì.

La sua ferita era una prova davanti agli occhi di tutti della sua lealtà al duca Olvar, e del prezzo che quella lealtà gli era costata. «Non chiedermi perché quell'uomo ha scelto di consegnare le uova a noi» continuò Nestan. «Senza dubbio, si aspettava di trovare gli abitanti originari della mia casa. E poi abbiamo una testimone. Non è così, Milla?»

Milla sussultò.

«È vero?» Richal Finn alzò la testa di scatto e la fissò sorpreso. Lei abbassò lo sguardo, con le guance in fiamme, pregando che nessuno accennasse al resto della storia. Il duca non avrebbe gradito la parte in cui aveva nascosto le uova.

«Bè, allora forse dovremmo ringraziarti per aver trovato le uova e averle riportate alla loro vera casa. Nel luogo in cui appartengono. Nel luogo in cui resteranno.» disse Olvar con un tono che si era fatto di ghiaccio.

«Molto bene.» rispose Nestan. «Ma ti affido il compito di proteggerli. Tutti: i quattro ragazzi e i quattro draghi. Se successe loro qualcosa, *qualsiasi* cosa... a *chiunque* di loro...»

lanciò un rapido sguardo a Milla, «...ti riterrò responsabile.»

«Nestan, vecchio amico mio» il tono di Olvar cambiò drasticamente, come se non si fossero scambiati parole aspre fino a un attimo prima. Fece un passo in avanti e gli tese la mano. «Siamo una famiglia, adesso. Non hai neanche bisogno di chiederlo.»

Milla sussurrò a Iggie: «Hai sentito, tesoro mio? Restiamo qui.» Gli accarezzò dolcemente le squame con le dita, mentre alzava lo sguardo verso il soffitto della torre che svettava sopra di loro e ai raggi di luce dorata che cadevano obliqui. Si sentiva come la principessa di una favola che si svegliava a nuova vita. Da qualche parte, nel profondo dell'anima, provava un'ombra di disagio, come una spina della suola della scarpa. Come un pisello sotto il materasso. Decise di ignorarla. Quello era sicuramente il luogo a cui appartenevano i draghi. Di certo, poteva imparare anche lei ad appartenervi, no?

Per il bene di Iggie, doveva provarci.

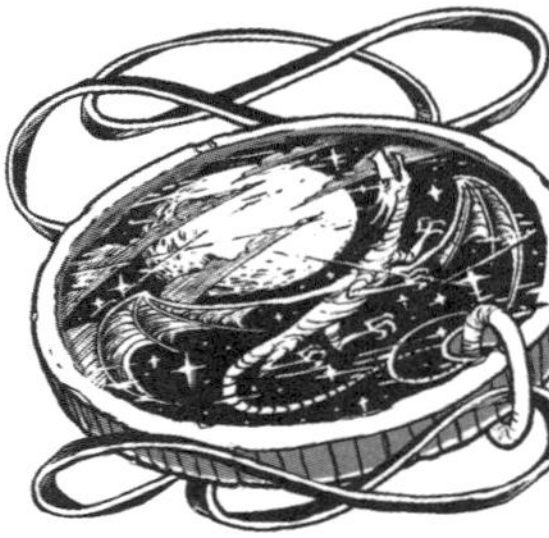

CAPITOLO VENTI

Milla fu strappata dal suo sogno come un pesce preso all'amo. Tornò in superficie, annaspando per respirare.

«Ahi!»

Stava sognando di essere seduta nella cucina di Josi, a bere caffè aromatizzato alla cannella, dolce e amaro al tempo stesso. Il sogno svanì, lasciandole un retrogusto di nostalgia di casa.

Iggie era accovacciato sul suo petto e le stava punzecchiando la pelle con gli artigli, come un gatto. Sbatté gli occhi verdi per salutarla.

«Iggie!» mormorò lei felice, ancora mezza-convinta di stare sognando.

Il suo drago era perfetto. Le sue squame luccicavano, ognuna di forma squadrata, contornata da una sfumatura di blu più scuro e correvano lungo il suo dorso come uno splendido mosaico tessellato. Le sue ali erano uno zaffiro liscio e intenso, ripiegate come matasse di seta. Le affondò ancora gli artigli nella pelle, con delicatezza.

«Sono sveglia! Basta, adesso.» Guardò in alto e lui si piegò in avanti per trascinare più vicino una mezza carcassa di pollo arrosto. «Oh, grazie Ig. Mi hai portato la colazione?» Scoppiò a ridere. «Stai diventando proprio forte: è grosso quasi quanto te!»

Lui agitò la coda ed emise un sibilo di orgoglio.

Il cuore di Milla era gonfio d'amore nel guardarlo. Vederlo, toccarlo, stare con lui, sembrava mettere ogni cosa al posto giusto. Si sentiva più forte e felice di quanto non lo fosse mai stata, come se ci fosse una sorta di potere che si trasmetteva da Iggie a lei e viceversa.

«Non hai fame? Prendilo tu. Mi sa che io preferisco il pane.» Si tirò su a sedere, spezzettò la carne e gliela diede, sorridendo nel vederlo scuotere ciascun boccone prima di ingoiarlo. «Guardati un po', stai diventando grande e bello lucente. Ti sto dando troppo da mangiare? Come faccio a saperlo... tu mica me lo diresti, vero golosone di un drago?»

Lui si limitò ad appoggiarle la zampa sulla mano, per avere più carne.

Avrebbe voluto saperne di più. Si sentiva attratta dal sapere sui draghi, come l'ago di una bussola era attratto dal nord. Desiderava ardentemente rivedere Kara, per ringraziarla. Non vedeva l'ora di farle conoscere Iggie e vedere cosa avrebbe detto.

Iggie finì di mangiare e starnutì, irrompendo nei suoi pensieri. Saltò giù dal letto, già agile e incredibilmente veloce.

Si erano trasferiti nella Sala del Drago una settimana prima, quando era diventato evidente che i cuccioli finivano per rompere qualsiasi cosa non fosse ben fissato a terra. Milla si stava abituando alle comodità della sua nuova vita più in fretta di quello che avrebbe immaginato. Tirò le tende del baldacchino e seguì Iggie.

Al centro della sala, come il mozzo di una ruota, stava un enorme forno cilindrico in mattoni che bruciava giorno e notte, con un posatoio per i draghi che girava tutto attorno, a spirale. L'alto soffitto era rivestito di mattonelle colorate.

C'erano due entrate: il portone a due battenti, sempre aperto per lasciar passare la luce del sole, e la porta segreta sul retro, nascosta dietro un arazzo. Milla l'aveva trovata il giorno in cui si era trasferita lì, ma non l'aveva detto a nessuno. Sarebbe stato come confessare di aver visto Kara scappare la notte del ballo del duca. Per il bene della donna, lo tenne per sé. Ma come faceva Kara a sapere della porta nascosta?

«'Giorno, Milla» Isak e Vigo stavano bevendo il caffè: l'aroma si doveva essere insinuato nel suo sogno.

«'Giorno.» Milla rivolse loro un gran sorriso e si servì da un cestino di pagnotte fresche. Erano ancora calde, e non aveva nemmeno dovuto lavorare la pasta da sé. Né tagliare la legna. Né accendere il fuoco. Diede un morso al pane, con gratitudine.

Tarya venne a unirsi a loro, sbadigliando.

«Cosa c'è?» le chiese Milla non appena la guardò in faccia. Erano giorni che sembrava inquieta, come un animale legato che avesse tirato al limite la catena. «Riguarda Heral?»

Ma Heral stava sonnecchiando pacifico, con il muso rosso appoggiato al dorso verde di Petra.

«Lui sta bene. Io sto bene. Non voglio sembrare un'ingrata.» Lanciò una rapida occhiata a Vigo. «Tutto qui è semplicemente meraviglioso.»

Milla non riusciva a credere alla velocità con cui il duca aveva organizzato tutto: costruttori, falegnami, sarti. Tutti avevano giurato di mantenere il segreto ed erano stati pagati il doppio per assicurarsi che fosse così. Milla si passò la mano libera sulla vestaglia di seta blu, continuando a meravigliarsi di quell'eccellente qualità.

«È solo che...» la voce di Tarya si smorzò. Si mise la testa tra le mani, grattandosi la chioma di ricci dorati. A furia di vivere dentro casa, la sua pelle abbronzata aveva assunto una tonalità crema pallido, e sotto gli occhi le si erano formate ombre violacee per tutte le volte in cui si doveva svegliare di notte per dare da mangiare a Heral.

«Ti manca tuo padre?» le chiese dolcemente Milla, dandole un abbraccio veloce. «A me manca Josi. Stavo giusto sognando di lei.»

«Sì, deve essere questo. Sto bene» rispose rigidamente Tarya. «Non badate a me.» Prese distrattamente una pagnotta e iniziò a spezzettarla.

Milla osservò Iggie salire sul posatoio e attorcigliare il suo collo blu attorno a quello dorato di Belara.

«*Prr...*» lo salutò Belara, rizzando le orecchie per dargli il benvenuto.

«Ehi, Iggie» disse Isak. «Guardateli. Sono amici, eh?»

Milla rispose con la bocca piena. «Già, mi sa che Belara è la sua preferita.»

«Bè, il tuo Ig ha degli ottimi gusti!» esclamò Isak.

Milla e Isak parlarono con disinvoltura delle ultime prodezze dei loro draghi. Milla era felice di constatare che riusciva ancora a farlo ridere imitando Iggie che si avvicinava di soppiatto a dei pezzi di pollo.

Isak spalancò le braccia, come ali, pronto a gettarsi in picchiata su di lei.

Milla balzò su di lui, imitando Iggie, e caddero entrambi sulla segatura, scoppiando a ridere.

In quel momento, un'ombra scura si proiettò sul pavimento

tra i battenti aperti del portone della sala.

«Buongiorno.» La voce del duca Olvar era forte e il suo tono di disapprovazione.

«Vostra Grazia!» Isak smise di ridere, si tirò in piedi, prese il suo drago dal posatoio e, tenendola tra le braccia, andò a dargli il benvenuto.

Se avesse la coda, la starebbe dimenando, come un cucciolo che vuole conquistarsi le attenzioni del nuovo padrone, pensò Milla. Si alzò anche lei, togliendosi la segatura dalla vestaglia.

«Come sta oggi?» chiese il duca a Isak.

«Bene. Vedete?» Isak tenne Belara più in alto. Il drago dorato aveva orecchie lunghe ed eleganti e i suoi occhi verdi avevano una forma più a rombo di quelli di Iggie. Voltò la testa dall'altra parte, come se il duca avesse un cattivo odore.

Milla si morse il labbro per non ridere.

«Quante volte le hai dato da mangiare, ieri notte?» chiese il duca.

«Tre, Vostra Grazia. Il suo appetito aumenta di giorno in giorno...» Isak e Olvar discussero nel dettaglio la dieta di Belara, mentre gli altri aspettavano.

«Ben fatto, Isak!» disse infine Olvar, appoggiando una mano sulla spalla del ragazzo, in segno di approvazione.

Isak sembrò molto soddisfatto, ma Belara gli si arrampicò su una spalla, decisa a sfuggire all'esame del duca.

Tarya sbuffò. Poi incrociò lo sguardo di Vigo e i due furono scossi da fremiti di risa incontrollati.

Il duca se ne accorse e si voltò verso di loro, accigliato.

«Statemi a sentire, tutti quanti. Questa è una cosa seria, non c'è niente da ridere.» Lo sguardo di Olvar spaziò sulla sala, soffermandosi su ciascun drago. «Questi draghi sono la nostra unica preoccupazione. Metteteli al primo posto. Dimenticate tutto il resto. Non siete qui per divertirvi.» Lanciò un'occhiataccia a Milla. «Siete qui per i draghi. E avete del lavoro da fare.»

Rimasero tutti e quattro immobili, come bambini sorpresi con le mani nel barattolo del miele.

Il duca non capiva. Non c'era bisogno che qualcuno dicesse a Milla di prendersi cura di Iggie: le veniva naturale come respirare. Si chinò ad accarezzare la sua testa blu con un dito. Era un amore nuovo, così potente che ne era spaventata. Sentiva, con profonda certezza, crescere in lei dei sentimenti più forti di qualsiasi cosa avesse mai conosciuto prima di allora. Si sarebbe battuta per lui. Avrebbe ucciso per difenderlo. Sapeva già, senza alcun dubbio, che sarebbe morta per lui.

«Lo sappiamo, Vostra Grazia» disse Isak. «Torneremo subito nella biblioteca, appena i draghi avranno mangiato...»

«Aspetta un momento» obiettò Vigo. «Perché dovresti essere tu a dirci cosa è meglio per i nostri draghi?»

Milla trattenne il fiato mentre Vigo sfidava suo padre, ma Tarya lo stava guardando con qualcosa di simile all'ammirazione.

«Non ne valgono forse la pena?» ribatté secco Olvar. «Sei così sconsiderato e ingrato da rischiare la vita del tuo drago? Cosa succederebbe se Petra si ammalasse? Come faresti a sapere cosa fare?»

«Certo che ne valgono la pena. Certo che continueremo a leggere.» Vigo alzò la voce. «Ma qui non ce ne stiamo con le mani in mano. Ci prendiamo cura di loro. Li nutriamo. Giochiamo con loro... non sono forse tutte cose di cui hanno bisogno?» concluse.

«Lo avete trovato scritto in una pergamena?» chiese Olvar,

guardando suo figlio dall'alto in basso.

«E se le pergamene non contenessero tutte le risposte?» ribatté Vigo. «Perché non fidarci di noi per sapere di cosa hanno bisogno i nostri draghi?»

«Immagino abbiano bisogno anche che vi rotoliate nella segatura, vero?» fece secco Olvar. «E li ignoriate.»

Non era giusto! Milla non aveva ignorato Iggie. Gli aveva appena dato da mangiare.

«Vestitevi e mettetevi al lavoro.» Il duca si voltò e uscì dalla sala.

Ci fu un lungo silenzio.

Tarya mise la mano sul braccio di Vigo, facendolo sobbalzare. Gli sorrise rassicurante, ma lui era ancora accigliato per l'irruzione di suo padre.

«È solo perché ci tiene ai draghi» disse alla fine Isak.

«Lo so, mi dispiace» sospirò Milla. Il pensiero della biblioteca la intimidiva. «Farò la mia parte. È solo...» si vergognava a confessarlo, «che non riesco a leggere velocemente come voi.»

«Si va avanti a rilento» disse Isak. «Troppo a rilento.»

«Ma cosa stai dicendo? Tu sei il più veloce di tutti!» disse Tarya al suo gemello, con una nota nella voce che fece pensare a Milla che forse le scocciava non essere la migliore, una volta tanto.

Milla guardò i draghi che sonnecchiavano sul posatoio al calore della stufa. Kara era stata molto chiara nei suoi consigli riguardo alle uova, forse ne avrebbe saputo di più di un vecchio libro polveroso? Era ancora alla Casa Gialla oppure era già fuggita dall'isola? Parlarne con Kara avrebbe potuto essere la scorciatoia di cui avevano bisogno.

Anche se fosse stata ancora nascosta da Josi, rimaneva un

problema: come avrebbe fatto a fare in modo di incontrare Kara senza condurre da lei i soldati del duca?

«Dobbiamo concentrarci. Bisogna che cominciamo dalle domande più importanti.» Vigo passò una tazza di caffè a Tarya, ricevendo in cambio un mezzo sorriso velato di un'ombra di stanchezza. Le contò sulle dita. «Da dove sono venuti? Cosa è successo ai loro genitori? Di cosa hanno bisogno per sopravvivere?»

«Sì, dobbiamo restringere il campo. Se solo ci fosse qualcuno che potesse rispondere» disse Isak. «O almeno che ci mostrasse dove guardare.»

Kara lo avrebbe saputo. Kara avrebbe potuto dirglielo. Milla guardò i suoi tre amici... guardò i quattro draghi. Poteva mantenere la parola data ai suoi amici e a Kara allo stesso tempo, se avesse proceduto con cautela.

«Qualcuno potrebbe esserci» cominciò. «Vi ricordate la donna che ha parlato al ballo del duca?» Riferì loro una versione ridotta del suo incontro con Kara la notte della schiusa delle uova. Omise le parole esatte della vecchia signora e il fatto che l'aveva portata da Josi.

«Il duca la sta cercando! Diciamoglielo. Può inviare i suoi uomini e portarla qui!» proruppe Isak.

Milla lo fissò. Da Norlander, Isak non capiva come i soldati del duca trattavano l'altra gente, su Arcosi.

«Ehm... perché non lasciate che le parli io, prima?» Cercò di non criticare il duca davanti a Isak. «Non ha fatto niente di male.»

«Ha rovinato il ballo del duca... è stato quando ha detto che i draghi sarebbero tornati, quella notte» ricordò Tarya. «Aspetta, li ha *portati* lei? Stava con l'uomo che è stato ucciso?»

«Qualcuno mi spiega cosa sta succedendo?» Vigo sembrava completamente confuso.

Milla tirò un profondo sospiro e gli disse tutto quello che sapeva sull'uomo assassinato che aveva portato le uova alla Casa Gialla. «Sul resto, posso solo tirare a indovinare, come voi. Penso che Kara abbia viaggiato con lui. Non le ho nemmeno detto che è morto. Non c'è stato il tempo.»

«E dov'è lei adesso?» domandò Isak. «Vorrà riavere i draghi?»

Milla stava guardando Vigo. Lui ricambiò lo sguardo e scosse impercettibilmente la testa in segno di avvertimento.

«Non sono sicura di dove sia...» mentì Milla cogliendo il segnale per il bene di Kara. «Lasciate che vada a cercarla. Cercherò di capire cosa sa. Ma non preoccupatevi: i draghi sono nostri.»

«No! Non puoi fidarti di lei!» ribatté Isak. «Dobbiamo portarla subito dal duca.»

«Cos'è questa storia tra te e il duca?» chiese Tarya. «È tutta la settimana che fai l'amicone con lui. Anzi, fin dalla sera del ballo.»

«Perché non dovrei?» ribatté secco Isak alla sorella. «Il duca mi ha ascoltato di più questa settimana che nostro padre in tutto un anno!»

«Non è vero» disse Tarya.

«Tu non te ne accorgi, perché sei la sua preferita. Io sono soltanto una delusione per lui.»

Tarya indietreggiò di scatto, con le lacrime agli occhi. Erano parole che facevano male, Milla lo capì, perché nascondevano un granello di verità. Tarya assomigliava di più a Nestan, ed era vero che i due parlavano di più.

«Smettetela. Vuole bene a tutti e due!» disse Milla. «Più

di qualsiasi altra cosa.»

Inspirando profondamente, Isak riprese il controllo di sé. «Ad ogni modo, perché non dovremmo fidarci del duca Olvar? Guardate tutto quello che ha fatto per noi.»

Milla si era spremuta le meningi per cercare di capirne la ragione. Perché era così generoso con loro? Forse stava solo aspettando il momento giusto per rubare uno dei draghi. Lei era solo una domestica, avrebbe provato prima con Iggie?

Come se potesse leggerle il pensiero, Isak aggiunse: «Mi ha già dato la sua parola che non proverà a portarci via i draghi...»

«E perché?» si intromise freddamente Vigo. «Perché non vuole? O non può?»

«Non può!» disse Tarya in tono pressante. «Stavo leggendo proprio di questo, ieri sera tardi. Ecco perché sono così stanca. Un drago si lascia morire se lo si porta via dal suo prescelto» disse. «Creano un nuovo legame in casi rarissimi, e solo quando il loro primo compagno umano muore. E anche in quel caso, non è certo che lo facciano. Assicurati di farglielo sapere, al duca, Isak. Smetterà di mettersi in testa strane idee.»

Seguì un silenzio sbigottito.

Milla si abbassò e prese Iggie, addormentato, dal suo posatoio, coccolandolo e tenendolo stretto al petto. «Non devi preoccuparti, Iggie. Nessuno ti porterà via da me, lo prometto.»

In più, doveva badare di restare sana e salva. Poteva andarne della vita di Ig.

Iggie alzò la testa assonnato e sbatté le palpebre. Avvertendo il suo umore, strofinò la testa fredda e squamosa sul mento di Milla, mormorando dolcemente.

«Iggie, il mio Ig» gli disse con ardore. «Tu sei mio. E di nessun altro!»

Ci fu un lungo momento in cui ognuno di loro quattro parlò solo con il proprio drago.

«Va bene, allora, va' a trovare la tua donna misteriosa!» esclamò infine Isak. «Ma assicurati che ci dica tutto! Che cosa stava facendo con le uova? Perché portarle qui adesso? E che cosa intendeva dire sul ritorno degli antichi Arcosi: stanno per invaderci?»

«Non dimenticare: tutto questo lo dobbiamo a lei» gli ricordò Milla. «Non le farò un interrogatorio: dovremmo ringraziarla. Ma se è abbastanza in forze, le chiederò cosa è successo agli ultimi draghi, e che cosa abbiamo bisogno di sapere adesso.»

«Vengo con te» disse Tarya, alzandosi in piedi.

«No, lasciami andare da sola» insisté Milla. «Mi porterò Iggie, ma ho bisogno che voi tre mi copriate. L'avete sentito il duca» aggiunse. «Per favore.»

I gemelli si scambiarono un lungo sguardo senza parlare. A volte erano così in sintonia che lasciavano fuori tutti gli altri. Passò qualcosa tra loro: una domanda. Una parola di scusa.

«Va bene» sospirò infine Tarya. «E se passi da casa nostra, diresti a papà di venire a trovarci domani? Si interessa di tutti e due, Isak, qualunque cosa ne pensi tu.»

«Ti copriremo» disse Vigo. «Ma devi fare in fretta, prima che mio padre se ne accorga.»

«Vieni.» Tarya prese Milla per mano. «Ti aiuto a prepararti.»

Avevano tutti un piccolo spogliatoio accanto al loro letto a baldacchino e dei nuovi vestiti del colore del loro drago. Tarya aiutò Milla abbottonandole un lungo vestito di seta blu che le stava alla perfezione.

«Fa' attenzione, là fuori» disse, piegando in due la sciarpa per creare un buon nascondiglio per Iggie e annodandoglielo sulla schiena. «Tornerai, vero?»

«Certo che tornerò!» esclamò Milla. Si voltò verso l'amica. «Non ci lasceremo mai, vero, Ig?»

«Bene.» Tarya l'abbracciò con cautela, per non schiacciare il drago. «È solo che, bè, tu hai Iggie. Josi. Gli altri tuoi amici.»

«Smettila! Certo che torneremo da voi. Tu e Isak siete la mia famiglia.» Ma si chiese se Isak lo pensasse ancora. Sembrava che si stesse allontanando da entrambe da quando le uova si erano schiuse. E si stesse avvicinando al duca Olvar.

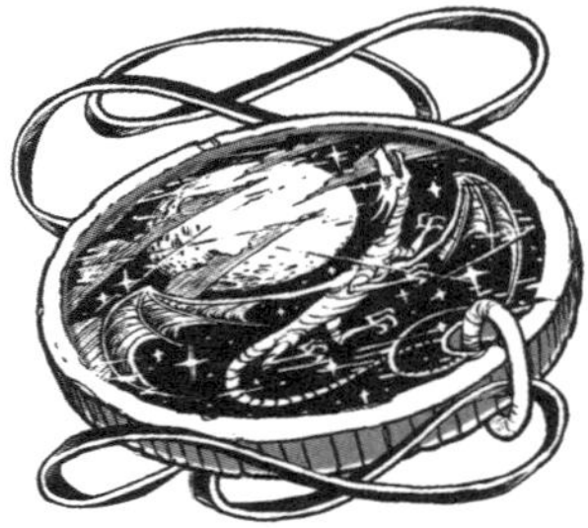

CAPITOLO VENTUNO

I vestiti nuovi le rendevano le cose più facili: ora Milla passava per una persona importante. Quel giorno, il portone del palazzo si aprì senza esitazione.

«Non starò via a lungo» disse alle guardie con noncuranza, come se fosse nata per dare ordini.

«A presto, mia signora.» La guardia si toccò perfino il cappello in gesto di saluto, distogliendo rispettosamente lo sguardo.

Quei bei vestiti le permettevano anche di nascondere Iggie sotto l'ampia sciarpa di seta e coperto con il mantello di velluto di una sfumatura più scura di blu. Tra le numerose pieghe del tessuto, era completamente nascosto. Milla teneva una mano su di lui, sentendo il lieve movimento del suo battito contro il petto.

Imboccò la via principale, accarezzando con delicatezza il dorso di Iggie, e le sue labbra si piegarono in un sorriso. Le strade di Arcosi non le erano mai parse tanto belle: i muri in pietra luccicavano alla luce ambrata del sole. Il vento autunnale le scompigliava leggermente i capelli e sollevava turbinii di foglie raggrinzite color ruggine sull'acciottolato. In quel momento, a Milla sembrò che tutto fosse possibile.

Quando arrivò alla Casa Gialla, salutò Richal Finn, che era di turno al cancello.

Ma Finn si limitò a guardarla di traverso e non aprì. «Cosa ci fai qui?» Sembrava quasi arrabbiato. «Sei venuta a gongolare?»

«Sono venuta a trovare Josi.» Non era il benvenuto che si era aspettata. «Non andare in panico. Non siamo prigionieri lassù, sai.» Il suo buonumore svanì di colpo.

«Il duca lo sa?» sibilò Finn.

«Se lo viene a sapere, saprò chi gliel'ha detto» ribatté Milla, ferita. «Mi fai entrare o no?»

«Sta' attenta, Milla» le urlò mentre il cancello si apriva e lei entrava in cortile.

Lanys uscì dalla cucina con un cestino appoggiato sul fianco. Aveva il naso screpolato, arrossato e dolorante. Si fermò e lanciò un'occhiata penetrante ai vestiti nuovi di Milla.

«'Giorno, Lanys.» Milla si mantenne gentile, ma d'istinto si allontanò, incrociando le braccia sul petto per nascondere Iggie.

Troppo furiosa per parlare, Lanys la superò, dandole una spallata.

Iggie si svegliò con un *mraaa?* di sorpresa, avvertendo la minaccia nell'aria.

«Sssh, va tutto bene, Ig» sussurrò Milla. Osservando Lanys oltrepassare il cancello con il cestino, provò un sorprendente moto di compassione. Non avrebbe fatto cambio con lei, ora, per tutto l'oro del mondo.

Fermandosi sulla soglia della cucina, avvertì un senso di vertigini, come quella volta che era salita sull'albero della

Dolphin con Thom e aveva guardato la città che le era così familiare da una prospettiva completamente nuova.

Inspirò gli aromi di casa: la carne che arrostiva, la farina che lievitava, la scorza d'arancia che Josi stava grattugiando proprio là, al banco di lavoro.

«Ho detto, non finché non avrai finito...» urlò Josi senza nemmeno voltarsi.

«Sono io» disse Milla con un filo di voce, improvvisamente incerta su come sarebbe stata accolta.

«Oh!» Josi si girò, così in fretta che Milla si ritrovò avvolta in un abbraccio prima di avere il tempo di avvertirla di Iggie.

«Attenta» mormorò nel petto di Josi. «Non schiacciarlo...» Ritraendosi, ebbe una visione fugace degli occhi marroni di Josi che luccicavano per l'emozione.

«Non avrai portato il...» Josi si interruppe, non riuscendo a pronunciare la parola. Quindi Nestan le aveva detto della schiusa delle uova.

Ridendo per la felicità, Milla annuì. «Sì!» Diede dei colpetti sulla sciarpa. «Lo vuoi vedere?»

«Aspetta!» Josi andò alla porta, la chiuse e tirò il catenaccio. «Adesso!»

«Dov'è Kara?» chiese Milla. «È ancora al sicuro?»

«Certo» rispose piccata Josi. «Cosa credi?»

«Non intendevo... Dove?»

Josi fece un cenno con la testa alla porta dell'ultima dispensa.

«Chi ne è al corrente?»

«Il padrone.»

Milla assimilò l'informazione. Naturalmente, se erano una coppia, Josi e Nestan si confidavano i loro segreti. Si chiese chi altri sapesse della loro relazione.

«Dai, guarda tu stessa.» Josi aprì la porta, lasciando entrare la luce in una stanzetta rivestita di calce. Sul muro in fondo c'erano scaffali stracolmi di confetture, giare di olio e formaggi incerati. Appoggiato contro una parete laterale, c'era un paglierìccio coperto da una spessa coperta di lana.

Kara era distesa, immobile, rannicchiata su un fianco.

«'Giorno» la salutò dolcemente Milla in Sartolan. «Sono Milla. Sono venuta a trovarti. Stai bene?»

Silenzio.

Si voltò a guardare Josi, che stava in piedi alle sue spalle, con le braccia conserte e un'espressione imperscrutabile negli occhi.

Milla guardò di nuovo Kara. Ora che i suoi occhi si stavano abituando alla penombra, notò le guance dell'anziana donna erano rigate di lacrime.

«Kara, cos'hai? Cos'è successo?» Si chinò e le sfiorò una spalla, sentendo i fremiti che stavano scuotendo il suo corpo. «È per i draghi?» La sua mano corse alla sagoma addormentata di Iggie sotto la sciarpa.

Kara si rannicchiò più stretta e si girò verso il muro.

«Josiah...» riuscì a dire. «È morto.» E fu scossa da un altro attacco di singhiozzi.

«Da quanto tempo è così?» Milla chiese a Josi.

«Da quando l'ha scoperto, la settimana scorsa... Lascia che ti aiuti. Vieni qui.» Mettendole un braccio attorno alle spalle, Josi l'aiutò a sedersi e le rimboccò con tenerezza la coperta sulle ginocchia.

Milla si chinò e chiese: «Kara, stai bene?»

Kara si asciugò il viso con la manica. «No. Il mio Josiah è stato assassinato. Mentre proteggeva le uova.»

Milla si morse il labbro. Non osava confessare di essere

stata là e che avrebbe potuto impedirlo.

«Per tutta la nostra vita, le abbiamo protette, e lui è stato ucciso qui, ad Arcosi. Proprio a un passo dalla fine.» Kara chiuse gli occhi.

Milla e Josi si scambiarono uno sguardo preoccupato.

«Allora dimmi: ne è valsa la pena?» domandò Kara, fissando Milla con un accenno dell'aria di sfida che aveva mostrato al ballo. «Le hai raggiunte in tempo?»

Fu in quel momento che Iggie si mosse sotto la sciarpa. Milla lo tirò fuori con cautela, tenendolo tra le mani, anche se era diventato quasi troppo grande per starci. «C'è qualcuno che vorrei presentarvi. Iggie, queste sono Josi e Kara.»

Milla aprì le mani.

Josi trattenne il fiato.

Kara si tirò su di scatto, con le guance in fiamme, come in preda a una forte febbre.

Prrt? fece Iggie, alzando la testa. Nella luce soffusa, le sue squame rilucevano come lapislazzuli.

«Oh, Milla» disse Josi. «È bellissimo!»

Milla deglutì, non riuscendo a parlare.

«Ce l'hai fatta!» Gli occhi di Kara erano delle grandi pozze scure, luccicanti di lacrime. Abbassò la testa su di lui, rigida, e aspettò. Iggie si stiracchiò, annusando, e poi sfiorò il naso di Kara con il suo.

«Oh! È come Cato, come se fosse tornato...» sussurrò Kara. «Posso?» Tese le mani, facendo tintinnare i braccialetti d'oro e scoprendo il tatuaggio.

Iggie mugolò felice e passò dalle mani di Milla a quelle di Kara, tenendosi in equilibrio tra i suoi palmi rugosi e spiegando le ali. Le sbatté entusiasta. *Aark?*

Milla sentì un morso di gelosia davanti alla sua eccitazione nell'incontrare altre persone. Che non gli bastasse più? Era proprio ridicola a pensare una cosa del genere: se non fosse stato per Kara, non l'avrebbe neanche avuto, il suo drago.

«Che io abbia visto questo giorno...» mormorò Kara con commozione. «E gli altri? La schiusa è andata bene, hanno trovato tutti un legame?» Passò Iggie a Josi, aspettando pazientemente che lo salutasse anche lei.

«Ciao, piccolino.» La voce profonda di Josi era roca dall'emozione. Come prima, Iggie si allungò e salutò Josi, naso contro naso, con un sommesso *prrr.*

Milla annuì, ricacciando indietro le lacrime. «Grazie, Kara, per avermi fatto correre da lui quella sera.»

«Draghi. Casa. Ad Arcosi.» Kara lasciò che le lacrime le scorressero liberamente sulle guance, sorridendo a Iggie in braccio a Josi. «Qui, in città, non intrappolati nel palazzo... Oh, ottimo lavoro, figlia mia. Guardalo.»

Iggie stava strofinando il muso contro il palmo di Josi.

«Ma cosa vuoi dire con *intrappolati*?» domandò Milla. «Gli altri sono ancora a palazzo. Non dovrebbero essere là?» Ora aveva la possibilità di saperne di più. «Per favore, dimmi cosa devo sapere per tenerlo al sicuro. Hai detto di avere passato la vita a proteggere le uova. Bè, io voglio passare la mia a proteggere lui, ma ci sono così tante cose che non so.»

«Cos'è che sai?» La voce di Kara era debole, ma la stava ascoltando.

«Hanno bisogno di carne e di acqua, di calore, di amore e di un legame... Questo è quello che abbiamo imparato. Che altro?»

«Gli stai dando tanta acqua di sorgente?» chiese Kara. «Questa è la cosa più importante.»

«Certo! Bevono in continuazione. Mi racconteresti cosa è

successo prima? Cosa è successo agli ultimi draghi?»

Kara sembrava del tutto sfinita e Milla si sentì in colpa a pressarla così.

«Non stanno bene?» chiese Josi. «Questo piccolino sembra forte, e so che Milla lo è di sicuro.»

Milla provò un moto di gratitudine a quelle parole, mentre guardava Josi e Iggie che facevano conoscenza.

«Ti tornerà utile nei giorni che devono venire...» balbettò Kara.

«Cosa vuoi dire? Cosa deve venire?» la incalzò Milla.

«I draghi appartengono... alla città.» Kara parlava in brevi riprese, ora, e sembrava essere ridotta allo stremo delle forze. «Non al palazzo. È questo l'errore. È questo che li ha quasi distrutti.»

«Ma cos'altro possiamo fare adesso? Mi dispiace, non voglio insistere. Vuoi riposare un attimo?»

«No, sto bene. È per questo che siamo tornati. Tu devi conoscere la storia di Karys Blutempesta e degli ultimi draghi di Arcosi. Così non ripeterete gli stessi errori.»

CAPITOLO VENTIDUE

Kara si tirò su a sedere per raccontare la sua storia, accompagnandosi con gesti aggraziati che facevano tintinnare lievemente i suoi braccialetti.

«In passato, i draghi nascevano nella piazza del mercato. Ogni bambino di Arcosi assisteva alla cerimonia. Poteva essere scelto chiunque: la figlia di un pescatore, il figlio di un mercante, l'apprendista di un panettiere. Ma alla famiglia del duca, questo non piaceva.» La voce di Kara ritrovò un po' di forza, facendosi musicale e profonda: «Con il passare del tempo, cambiarono le regole, perché andassero meglio a loro. Ben presto, la schiusa venne spostata nel palazzo. Solo la famiglia dei governanti poteva assistere.»

Milla si sentì in colpa. Era successa la stessa cosa a lei e a Iggie. Quante probabilità c'erano che avrebbe scelto lei, se l'intera città fosse stata presente?

«Non è una buona cosa per loro. È questo che devi tenere a mente.» Kara le prese la mano e la strinse mentre pronunciava quelle parole: «Ci furono sempre meno uova. Alla fine, rimasero solo tre draghi. E tre cavalieri dei draghi.»

«Cavalieri dei draghi!» Quelle figure mitologiche, rappresentate sulle pareti della Sala del Drago. «Chi furono, gli ultimi? Che cosa è successo?»

«Furono Rufus Occhiodoro e il suo drago Juna; sua sorella, Karys Blutempesta e il suo drago Cato; il loro cugino Silvano Correvento e il suo drago Aelia.» Si interruppe un attimo per riprendere fiato.

Karys Blutempesta. Il nome sembrò risuonare nell'aria tra loro. «Va' avanti» sussurrò Milla.

«Rufus fu il risultato dei molti errori della sua famiglia. Primogenito, viziatissimo. Era abituato a ottenere tutto ciò che voleva. Ogni capriccio. Ogni cosa desiderasse. Così, quando non riuscì a controllare gli eventi, la sua mente... *si alterò.*»

«In che senso, si alterò?»

Kara fu scossa da una tosse sorda, convulsa.

«Lascia che ti dia qualcosa» disse Josi, porgendo delicatamente Iggie a Milla. «Ecco, prendi il tuo drago.» Poi la ammonì: «Non abbiamo molto tempo. Devo riaprire quella porta prima che qualcuno se ne accorga» e uscì dalla dispensa.

Kara riprese la storia, più lentamente. «Seguirono anni difficili, come spesso succede. I raccolti furono scarsi. Ci furono inondazioni. Perdemmo delle navi. Tra la gente di Arcosi si diffuse la fame. La disperazione. Rufus convinse Karys che occorreva fare un'incursione sul vecchio nemico, Sartola. Lei acconsentì, per il bene del popolo.»

«Cosa fecero?» chiese Milla, inorridita all'idea di usare Iggie per combattere. Lo teneva sulle ginocchia, ora. I suoi occhi verdi erano assonnati, ma era in ascolto.

«I cavalieri dei draghi di Arcosi mossero guerra contro Sartola. La misero a ferro e fuoco. Saccheggiarono i suoi tesori. Karys rimase ferita, e non vide il peggio.»

Milla chiuse gli occhi, cercando di scacciare le immagini che le si formavano nella mente contro la sua volontà: fumo soffocante, edifici in fiamme. Dopo un momento, chiese: «Quindi si presero l'oro. Rufus fu soddisfatto?»

Kara fu scossa da un breve attacco di tosse. «Oh, no.» Alzò lo sguardo vedendo rientrare Josi, con un vassoio di tazze fumanti. «Grazie. No, quel traditore non fu soddisfatto. Il suo drago si ammalò. Rufus tenne tutto l'oro di Sartola per sé. Non pagò nemmeno le sue truppe. Si convinse che Juna aveva bisogno di più oro. Questa volta lo prese alla sua stessa gente, imponendo tasse sempre più alte. Finché non ebbero più niente da dare.»

«Per questo se ne andarono?» chiese Milla, ricordando le ville abbandonate della striscia d'ombra.

«Quelli che poterono scelsero l'esilio: i fortunati. Gli altri non ebbero scelta. Quando Karys guarì dalle ferite, trovò la città di Arcosi semivuota. Una città fantasma, lasciata ai topi e ai cani randagi che frugavano tra i rifiuti. Quando si rese conto di cosa aveva fatto suo fratello, era troppo tardi.»

«Cosa vuoi dire? Cosa aveva fatto?» chiese Milla in un sussurro.

Kara si tirò un po' più dritta, come se le costasse fatica pronunciare quelle parole: «Vendette il suo popolo in schiavitù. Per l'oro. Per il suo drago.»

«No!» Milla si portò Iggie al cuore.

«Karys lo fermò. Oh, sì. Lei e Cato, bruciarono le navi per il trasporto degli schiavi, laggiù, ai moli, prima che potessero imbarcare un altro carico...» La sua voce si smorzò, in uno strano suono. «Ma Juna morì comunque. Fu tutto per niente: tutta quella sofferenza, tutte quelle morti.» Rise: un riso amaro, cupo.

«Rufus si era sbagliato. È una leggenda. I draghi non hanno bisogno di oro.» Si chinò e parlò a Milla in tono pressante, tirandola più vicina perché sentisse ogni parola. «Ai draghi servono le persone. Non l'hai sentito? Come trae energia da te e tu da lui? È lo stesso con chiunque lui incontri. Ai draghi serve il contatto con la loro gente, la gente a cui appartengono.»

«Ma... ma...» Milla deglutì, sentendosi le guance bollenti.

«Cosa, bambina?»

«Non appartiene a me?» chiese debolmente.

«Tu sei la sua prescelta, a cui si è legato, e un giorno sarai il suo cavaliere. Certo! Come puoi dubitarne? Ma hai visto i nidi ricavati nella piazza del mercato? È lì che appartengono: nel cuore della città. Senza libertà e senza la gente, si ammalano e muoiono. Rufus non l'ha mai capito. Ha fatto la cosa peggiore possibile. Il popolo di Arcosi non c'era più: fuggiti, venduti, distrutti.»

«Hai detto che c'erano tre draghi. E Juna morì. Quindi ne rimanevano due. A loro cosa accadde?» Milla aspettò, aveva un bisogno disperato di saperlo. Quella era anche la storia di Iggie: doveva esserlo. Si chinò e gli sfiorò la testa con le labbra. Qual era il nesso tra lui e quei draghi?

«Quando Juna morì, nel suo dolore Rufus sprofondò sempre di più nella pazzia. La maggior parte della servitù scappò, tutti a parte i più fedeli. Perfino Karys cominciò ad avere paura di lui e iniziò a pianificare la fuga.

«Una notte, Rufus mise una pozione nella cena di Karys e del loro cugino Silvano: quanto bastava per farli cadere in un sonno profondo. Si svegliarono nella Sala del Drago e si ritrovarono in ceppi.»

«Perché?» Milla trattenne il fiato dall'orrore. Prese la tazza fumante davanti a lei e sorseggiò la bevanda. Aveva un gusto dolce e forte di uvetta, miele e chiodi di garofano.

«Rufus voleva creare un legame con un altro drago. Tentò con Aelia, pensando sarebbe stato più facile con una femmina, come Juna.»

«Ma non hai detto che Aelia era il drago di Silvano?» chiese Milla con un'improvvisa sensazione di paura.

«Infatti, è vero.»

«Pensavo che il legame durasse tutta la vita.» Posò la tazza, avvertendo un senso di nausea.

«È così» rispose Kara, lugubre.

«Non capisco...» mormorò Milla, temendo di capire, invece.

«Rufus assassinò suo cugino Silvano, per poter provare a legarsi al suo drago. Karys vide tutto, impossibilitata a muoversi.»

«No... Nella Sala del Drago? Dove vivo adesso?» Non riusciva a credere che quel rifugio caldo e sicuro avesse assistito a simili orrori. Tenne Iggie più stretto a sé con entrambe le mani. Aveva bisogno di sentirne il pulsare caldo sotto la gola, di sentire che era vivo.

In quel momento, bussarono alla porta della cucina e arrivò la voce di Lanys: «Josi? Dove sei?»

Iggie si alzò, lanciando il suo grido di pericolo: *Mraaa! Mraa!*

«Sssh!» lo ammonì Milla. «Fa' silenzio, adesso.»

Josi sussultò, spaventata. «È Lanys, è già tornata dal mercato. Stai qui mentre vado da lei. Non deve trovare Kara.» Uscì dalla stanza.

Milla si concesse qualche momento per calmare Iggie, facendogli capire che non erano in pericolo.

Kara sembrava sfinita. Si stese di nuovo sul suo paglericcio, tirandosi la coperta fino al collo.

«Milla?» chiese. La sua voce era così bassa, che la ragazza dovette inginocchiarsi vicino alla sua testa per capire le parole. «Tutti coloro che hanno creato un legame con i draghi devono sapere cosa è successo. Devono imparare da questi errori, per non ripeterli. Quando i draghi cresceranno, non teneteli nascosti. Ne va della loro vita. Quando perdemmo i draghi, perdemmo noi stessi e la nostra casa.»

Mraa! fece Iggie ancora una volta.

Poco dopo, Josi tornò, in preda all'agitazione. «Meglio se te ne vai, adesso, Milla. Vieni qui, ti riannodo la sciarpa.» La fece alzare in piedi, sistemandole la sciarpa mentre Milla teneva fermo Iggie. «Hai sentito cosa è successo nella città bassa?» chiese Josi a voce bassa per farsi sentire solo da lei.

«No, cosa?» La mente di Milla corse a Rosa e Thom.

«Ci sono state delle esplosioni nella piazza del mercato, ieri. Polvere da sparo. Alcuni banchi di Norlander sono stati distrutti.»

«Cosa?» annaspò Milla. «Rosa sta bene? E Thom?» Milla voleva correre da loro, subito. «Devo andare...»

«No, non pensarci neanche» le rispose severamente Josi. «Fila al palazzo. Porta al sicuro quel drago. Andrò io a vedere se i tuoi amici stanno bene. Ti farò sapere.»

«Porteresti un messaggio da parte mia?»

Poi si mossero in fretta, salutandosi in sussurri, nascondendo Iggie, nascondendo Kara, e Milla corse fuori, nella chiara luce del giorno.

Le strade di Arcosi avevano perso la loro aurea dorata. Il sole era scomparso e nuove ombre calarono dappertutto mentre Milla correva a palazzo con il suo drago. Le enigmatiche parole del vecchio frammento di pergamena le risuonavano nella mente, seguendo la cadenza dei suoi passi svelti.

Faranno ritorno un'ultima volta
Con l'aliseo che spirerà da oriente.
Le mura cadranno, la pace sia accolta,
O il nido dei draghi è perduto per sempre.

Di tempesta sei figlia, tre volte rinata,
E del mare con te rechi il segno,
Se la quarta stagione è ormai superata,
Dell'alba nuova la chiave avrai in pegno.

Ma la soluzione dell'enigma era ancora lontana.

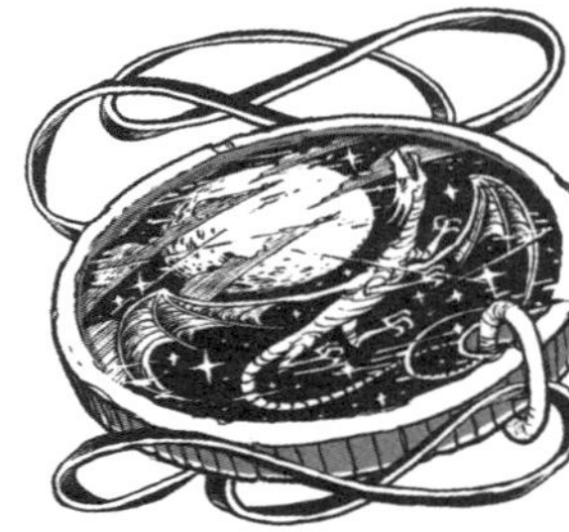

CAPITOLO VENTITRÉ

Milla si diresse alla Sala del Drago, rimuginando sulla storia di Kara, cercando di scacciare l'immagine dell'assassinio di Silvano tra le sue mura. Quando arrivò alla porta, sentì delle voci al suo interno. Il duca Olvar e Isak stavano parlando, mentre il ragazzo metteva Belara a dormire sul posatoio.

Milla non voleva subire l'interrogatorio di Olvar, non con l'orrore delle parole di Kara ancora fresco nella mente. Come sua vecchia abitudine, si appiattì contro la parete esterna della sala e ascoltò.

«La traduzione che mi hai fatto vedere è interessante» stava dicendo il duca a Isak. «Sulla maturità e il ciclo delle uova. Passerà meno tempo di quello che credi prima della prossima covata.»

«Covata?» lo interruppe Isak, sorpreso. «Volete dire, quando deporranno delle uova? Ma certo, non ci avevo pensato per Belara. Non ancora. Bel, hai sentito? Un giorno sarai mamma.»

«Sì. E fra non molto tempo, anche...» Era evidente che il

duca ci aveva riflettuto su. «E deve succedere qui, vicino alla sorgente di Arcosi... ecco perché quest'isola è l'unico posto al mondo dove si possono allevare i draghi. Lo sapevi?»

Qualcosa scattò al posto giusto, come il meccanismo di un lucchetto. Era questa la ragione perché il duca era tanto generoso. Era per questo che poteva sopportare la vista dei draghi tutti i giorni sapendo che nessuno di loro aveva scelto lui. Stava riponendo tutte le sue speranze nella generazione successiva. Se controllava l'isola, controllava anche la sorgente e, di conseguenza, ogni futuro drago.

Milla rabbrividì e corse verso i giardini, girando un angolo così veloce che andò quasi a scontrarsi con la duchessa Serina, che veniva dalla direzione opposta.

«Stai bene, Milla?» Serina parlava Norlandish con un lieve accento Sartolan. Il lungo vestito cremisi sfiorava il sentiero mentre camminava. Portava un giglio all'orecchio e la sua crocchia di capelli neri era così lucida e perfetta che Milla si sentì improvvisamente in disordine.

«Bene, Vostra Grazia!» Controllò che Iggie fosse bene nascosto, sapendo di essere arrossita. «Grazie. Io, ehm, mi piace camminare... Per schiarirmi le idee.»

Serina allungò la mano e prese quella libera di Milla. Aveva la pelle molto morbida. Continuò passando al Sartolan. «So che tieni Iggie nascosto lì. So che sei uscita, oggi.»

Milla si lasciò sfuggire un gridolino. «Stavo solo...» Cercò disperatamente una spiegazione ma, una volta tanto, il pozzo da cui attingeva le sue storielle sembrava essersi prosciugato.

«Sssh, non preoccuparti. Non ti farò la predica.» I suoi occhi marroni fecero capire alla ragazza che poteva fidarsi. «Il duca è un altro paio di maniche: sii cauta con lui. Ha buone intenzioni, ma può essere troppo affrettato nei suoi giudizi.»

Nella sua voce melodiosa, non sembrava nemmeno una critica, solo un'affermazione.

Allora come fate a sopportarlo? avrebbe voluto chiederle Milla, incuriosita da tanta franchezza.

«Ma adesso, lascia che ti mostri una cosa.» Serina prese Milla sottobraccio. «Da questa parte. È qualcosa che può interessare a una ragazza come te.»

Milla represse le domande che le frullavano nella testa. Avrebbe dovuto fare ritorno alla Sala del Drago: gli altri la stavano sicuramente aspettando. Ma quello era un onore, non si poteva dire di no a una duchessa. C'era qualcosa nell'atteggiamento tranquillo di Serina che la ipnotizzava, e si lasciò tranquillamente portare via.

La duchessa condusse Milla in un giardino cintato, al limitare settentrionale della proprietà. Dentro, al riparo dai venti, l'aria era più calda. Gli insetti volavano di foglia in foglia e un merlo stava cantando da qualche parte.

«Di qua.» Andò nell'angolo più lontano.

Milla seguì Serina, quasi aspettandosi una sgridata.

Serina fece passare le mani lungo il muro, scostando la cascata d'edera come una tenda e rivelando una porticina di legno con una maniglia di ferro. La duchessa tolse il chiavistello e l'aprì, quanto bastava perché Milla potesse intravedere i gradini che correvano lungo la parete e scendevano, fino a scomparire dalla vista.

«Dove porta?» Milla tenne il tono di voce in un sussurro, anche se erano sole.

«Penso la chiamino *la striscia d'ombra* in Norlandish. Da qui, si può scendere in città. Così, l'ho chiamato *la porta d'ombra*. Mi fa comodo che la gente eviti quella zona. Per come la vedo io, le ombre sono nostre amiche: offrono nascondiglio e protezione, non lo pensi anche tu?»

Era un passaggio segreto verso la libertà. Poteva tornare alla Casa Gialla senza che nessuno lo sapesse. Milla fissò la duchessa. Era come se le avesse letto nel pensiero e le avesse offerto quello di cui aveva più bisogno.

«Milla, devi stare attenta. Sono in pochi a sapere di questa porta, e io voglio che rimanga così.»

«Perché la state mostrando a me?» chiese Milla, per poi affrettarsi a precisare: «Voglio dire, grazie!» Era un'altra aggiunta all'enorme bagaglio di conoscenze che aveva dell'isola. «Vi potete fidare di me. Manterrò il vostro segreto.»

«So che lo farai» le disse Serina. «Quando i miei guaritori hanno bisogno di me, nella città bassa – nascite, morti, malattie improvvise – devo muovermi in fretta. Non posso aspettare di avere il permesso, o che le guardie mi aprano il portone.»

«Quindi il duca...»

«Non lo sa» disse Serina, ora seria. «C'è una cosa che devi capire di lui, se vuoi che il tuo periodo qui come ospite passi liscio.»

«Sì, Vostra Grazia?»

«Olvar ha bisogno di avere tutto sotto controllo. Ha subito un grosso trauma in passato, così terribile che non si è mai davvero ripreso. La conosci, la storia?» chiese.

Milla scosse la testa.

«Bè, forse lui preferisce così. Ma te la voglio raccontare, per farti capire. Lui non avrebbe mai dovuto diventare duca, sai?»

«Chi doveva esserlo, allora?» Milla rimase immobile, nelle orecchie il fruscio delle foglie e nelle narici il profumo della lavanda trasportato dalla brezza.

«Ragnar, il suo fratello maggiore e il suo eroe. Ragnar era l'immagine del perfetto Norlander. Era coraggioso, bello, viveva per il mare, proprio come i loro genitori. Fu così che morirono, alla fine, tutti e tre insieme, e altri morirono con loro. Dispersi durante la traversata, al ritorno da una visita alla loro terra madre.»

«Non lo sapevo. Quanti anni aveva Olvar?»

«Quattordici.»

Milla cercò di immaginarsi il duca da ragazzo, che aveva appena perso ogni cosa. Forse, dopotutto, non era molto diverso da lei.

«I consiglieri di suo padre governarono con lui finché non crebbe» continuò Serina. «Quando mio padre attaccò quest'isola, Olvar prese il comando della difesa.» Si interruppe. «Dopodiché ci sposammo come parte del trattato di pace. Da allora, Arcosi e Sartola sono stati dei vicini pacifici.»

«Quell'attacco, è per quello che ci odia?» si lasciò sfuggire Milla. «Tutti noi che non siamo Norlander?»

«Non ci odia.» Serina sorrise allo sguardo stupito di Milla. «Ha promesso a suo padre che avrebbe protetto il popolo dei Norlander. Quell'istinto è così radicato in lui, che non si è accorto quando la protezione del suo popolo si è trasformata in qualcosa di completamente diverso.» Distolse lo sguardo da Milla e sembrò perdersi nei suoi pensieri.

«Ma tutti i suoi soldati?» insistette Milla. «Se è tutto così pacifico e *protetto*, perché li tiene?»

Serina si strinse nelle spalle eleganti. «Come ho detto, gli piace avere tutto sotto controllo. Gli piace che le cose siano prevedibili. Ordinate. E l'esercito dà lavoro a mezza isola, no? Chi pulisce i canali di scolo? Chi ricostruisce gli argini?»

Quello era vero. Milla corrugò la fronte, non molto convinta.

«Non sto dicendo che sono d'accordo! A me piace evitare le guardie, come vedi. E adesso potrai farlo anche tu.»

Poi Serina le diede un abbraccio veloce, facendo attenzione a non schiacciare Iggie.

«So che per te non è facile, abituarti alla vita di qui, quando invece appartieni alla città.» Gli occhi di Serina rifletterono il sole in un bagliore ambrato. «So come ci si sente a essere un'estranea in questo palazzo. Ma, credimi, con il tempo diventa più facile.»

Milla cominciava a capire perché Serina fosse una così brava guaritrice. «Grazie.»

«Ho notato che hai perso una collana» disse poi, lasciandola stupita.

«Come?» Milla sgranò gli occhi, ma le sue dita corsero al collo, dove un piccolo cerchio di pelle era più pallido del resto: la risposta alla sua domanda.

«Così mi chiedevo se ti sarebbe piaciuta questa» Serina prese una catenina d'argento dalla tasca. Aveva un fine pendente raffigurante un pesce che saltava fuori dall'acqua, uguale a quella che indossava la duchessa.

«Il simbolo di Sartola» le disse. «Non sarà speciale come la tua vecchia collana, ma è tua, se ti piace.»

«È meravigliosa...» balbettò Milla. «M...m...ma non dovreste darla a Tarya invece che a me?»

«Ho fatto a Tarya un altro dono. Questa era di mia figlia. Bè, lo sarebbe stata.» Serina si interruppe un attimo, prima di continuare. «Immagino che se fosse vissuta, sarebbe somigliata un poco a te.»

Tra loro calò un silenzio dolce, tenero e malinconico, interrotto solo dal canto degli uccelli.

Milla si voltò al cenno di Serina e sollevò i capelli.

«G... grazie, Duchessa...».

«Isabella ha vissuto solo sei brevi settimane.» La voce di Serina era roca dalla commozione, mentre agganciava il fermaglio. «Ma adesso avrebbe avuto più o meno la tua età.»

Milla non seppe cosa rispondere, così l'abbracciò forte.

«Grazie, mia cara.» Serina si asciugò una lacrima con un gesto veloce delle lunghe dita. «Adesso torniamo, prima che qualcuno se ne accorga. Se ti fanno delle domande, puoi dire che ti ho chiesto di raccogliere delle erbe. Queste sono ottime per i draghi, credo.» Si chinò a raccogliere un po' di ramoscelli di salvia e rosmarino e li passò a Milla.

L'aroma le rimase sulle dita per il resto della giornata.

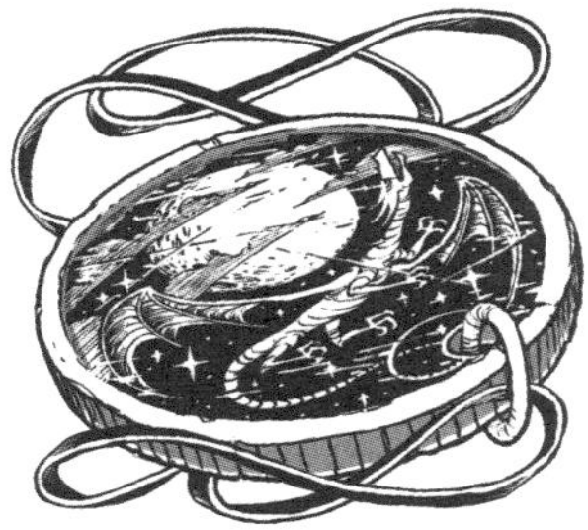

CAPITOLO VENTIQUATTRO

«Allora? Cosa ha detto Kara?» domandò Tarya, non appena furono soli. Stava fremendo di energia repressa, i capelli un'aureola scompigliata attorno al viso. Heral era aggrappato alle sue spalle, teso e all'erta, con la coda rossa spinata che sbatteva da una parte all'altra.

«Aspetta! Fammi chiudere la porta.» Vigo richiuse il grosso portone della Sala del Drago e andò a unirsi agli altri sugli sgabelli vicino alla stufa, con Petra al seguito.

Milla notò la cautela di Vigo. La mise a disagio.

«Non stava bene. Abbiamo parlato solo un po'.» Cercò di ricordare le sue parole esatte. «Ma una cosa è chiara: i draghi non appartengono qui, al palazzo.» Si slacciò il mantello e si tolse la sciarpa, lasciando Iggie libero sulla segatura. Lui si stiracchiò, si rotolò sul dorso e saltellò verso Belara per giocare.

«Oh, davvero?» fece Isak. Stava imitando l'intonazione strascicata del duca. «Molto comodo per lei. Immagino che appartengano proprio nel posto dove si trova adesso.»

«No!» Milla si sentì subito protettiva nei confronti di

Kara. «Ha detto che dovrebbero stare in città, con la gente, non intrappolati a palazzo.»

«Non sono esattamente intrappolati» osservò Tarya. «O, comunque, solo quanto lo siamo tutti noi.» Pronunciò quelle parole con foga, con il tallone destro che batteva nervosamente sul pavimento.

«Ovvio che doveva dire così, no? Se loro sono qui dentro e lei là fuori.» Isak aveva parlato con tono sprezzante, mentre si attorcigliava un nastro attorno alle dita per far giocare Belara. «Riuscite a immaginarvi il tumulto se portassimo i draghi nella piazza del mercato? Finirebbero schiacciati. Non ci stiamo forse occupando bene di loro?» Accarezzò delicatamente le orecchie dorate di Belara, che chiuse gli occhi felice.

«Pensavo volessi sapere come prenderti cura dei draghi. Come fare a non ripetere i vecchi errori. Ne va della loro vita!» replicò Milla, con un tuffo al cuore. Come avrebbe fatto a farsi ascoltare?

«Sì che vogliamo saperlo. Abbiamo passato tutto il giorno tra i libri, in cerca di questo tipo di informazioni. Vai avanti, Milla.»

«Sentite, questa è la persona che ha passato tutta la vita a proteggere le uova. Il suo amico Josiah è stato ucciso per loro. Dobbiamo starla a sentire.»

«La ascolteremo, se la cosa avrà senso» disse Isak. «Ma devi ammettere che i draghi sono più al sicuro qui. Il duca Olvar ha detto che devono restare qui, per qualcosa che ha a che fare con l'acqua.»

«Ma l'ultima volta, si sono quasi estinti a vivere qui!» Milla odiava il modo in cui la stava guardando. «Quando crescono, il loro posto dovrà essere in città: è questo che ha detto. E ci sono pozzi di acqua sorgiva dappertutto, sull'isola.» Non si era mai sentita a casa nel palazzo, e ora lo sapeva: non doveva essere così per forza! E neanche per Iggie.

«Dai, Milla, racconta...» disse Tarya, ora seria. «Ti ascoltiamo.»

Milla ripeté allora la storia di Kara. Quando arrivò alla parte in cui Rufus uccise Silvano, chiamò Iggie canticchiando cinque note, e continuò ad accarezzarlo mentre parlava.

Nel silenzio che seguì, Milla notò che Vigo si era piegato su se stesso e aveva appoggiato la testa sulle braccia, mentre Petra gli strofinava il muso contro il petto, cercando di arrivare al suo viso.

«Oh, Vigo, mi dispiace.» Milla non aveva considerato l'effetto che la storia avrebbe avuto su qualcuno di origine Sartolan.

«Va tutto bene» disse Vigo, tirandosi dritto a sedere molto lentamente. I suoi occhi sembravano iniettati di sangue e di un verde slavato, come vetro di mare. «Insomma, no che non va bene, ma avevo già sentito questo racconto. So che è successo.» Fece spallucce, come se la cosa non lo ferisse. «Tutti gli scolaretti di Sartola lo sanno, di come i cavalieri dei draghi di Arcosi hanno distrutto la nostra città durante la grande guerra di fuoco, per poi scomparire dalla faccia della Terra, come una misteriosa punizione. Il mio bisnonno è morto in quella guerra. Ecco perché mio nonno ha attaccato Arcosi, sapete, per vendetta.»

«Ma tuo padre ha messo fine a tutto questo!» esclamò Tarya.

«Già, e mia mamma l'ha dovuto sposare, dopo la guerra.»

Milla osservò il volto di Vigo, rendendosi conto in quel momento che quella era una parte della sua vita, non solo un libro di storia. Lui aveva il problema opposto al suo, sapeva esattamente da dove veniva.

Andò da lui e gli strinse la spalla. «Senti, siamo tutti stanchi. Fermiamoci qui per oggi.»

Milla andò al posatoio e, con qualche difficoltà, sollevò Iggie: era già quasi troppo grosso da reggere. «Vieni, Iggie. Ora di andare a letto, tesoro mio.» Lui si contorse e si agitò sotto le sue dita.

Aark! Si divincolò dalla presa.

«Ig! Lo so.» Lo accarezzò sul dorso e piano piano tirò via le mani. «È stata una giornata impegnativa. Ma tu hai bisogno di dormire. Sul serio. E anch'io.» Voleva rimanere da sola per ripensare alla storia di Kara. «Senti, sono proprio qui, va bene? Notte!»

Voltò la schiena e fece per andare verso il suo letto.

«Argh!» Iggie le piombò improvvisamente sulla spalla sinistra, affondandole gli artigli nella carne. «Ahi! Cosa ti è saltato in mente?» Lo prese tra le mani, coccolandolo: «Hai fatto un salto fino a qui?»

Iggie era molto soddisfatto di se stesso. Si dimenava orgoglioso dandole dei colpetti sulla faccia con il muso. *Aark! Aark!* Milla sentiva le sue ondate di entusiasmo.

Gli altri stavano osservando la scena, sbalorditi.

«Non ha saltato, Milla» disse Tarya. «Ha volato!»

Vigo si precipitò al posatoio, felice di quella distrazione. «Petra, ci vuoi provare anche tu?»

Agitati ed emozionati, gli altri draghi stavano andando su e giù lungo il posatoio. Ma quando Vigo allungò la mano per sollevare Petra più in alto, lei aprì la bocca ed emise una raffica di scintille, scottando il ragazzo, che fece un salto indietro per la sorpresa.

«Sangue di drago!» imprecò, correndo a immergere la

mano nell'abbeveratoio. «Volo e fuoco, tutti in una volta? Sul serio? Mi sa che siete molto precoci. Pensavo non sarebbe successo fino al mese prossimo.»

Per tutta risposta, Petra sputò una lunga fiamma arancione.

Tutti gli altri applaudirono, mentre Milla osservava la scena con un senso di disagio. Avrebbe dovuto festeggiare la nuova abilità di Iggie. Invece, si accasciò a terra e lo tenne tra le braccia.

Lui si accorse che la ragazza era infelice. Mesto, le appoggiò la testa sulla clavicola. Emise un *craak* sommesso, e Milla avvertì il calore che gli cresceva nel petto. Era fatto per emettere fuoco, per bruciare le cose.

«Milla?» chiese Tarya. «Cosa c'è?»

«È solo che... vederli sputare fuoco...» Si sforzò di esprimere la propria inquietudine a parole. «Dopo quello che abbiamo sentito su Sartola data alle fiamme fa sembrare più reale quello che è successo.»

«Noi non li porteremo in guerra!» disse Isak.

«No, ma guardateli.» Studiò Iggie, la cosa più bella del mondo, con trepidazione. «Possono volare. Sputare fuoco. Un giorno, diventeranno enormi. Saranno in grado di fare... danni.»

«E noi li addestreremo» replicò Vigo con decisione. «Insegneremo loro quando fermarsi.»

«Dobbiamo farlo» concordò Tarya, accarezzando le squame color rubino di Heral.

«Per il loro bene» disse Milla. «E per quello di tutti.»

Parte Quarta

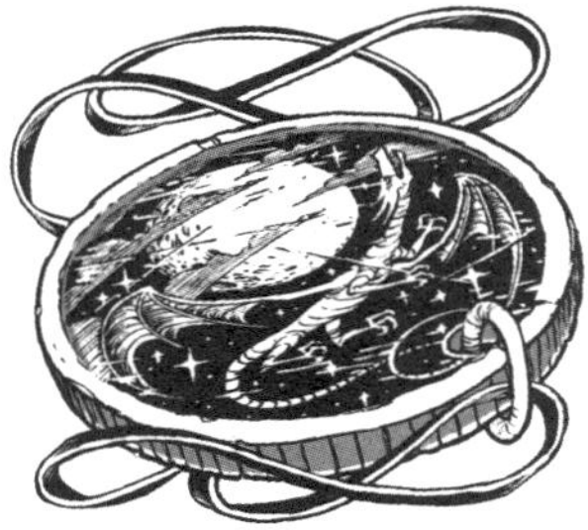

CAPITOLO VENTICINQUE

La storia di Kara continuava a ronzarle nella mente come una mosca che non riusciva ad afferrare, ma si disse che i draghi erano più al sicuro a palazzo, mentre crescevano. L'addestramento di Iggie l'assorbiva completamente.

Tarya e Vigo erano abituati a domare i cavalli e mostrarono a Isak e Milla come addestrare i piccoli: lentamente, con grande pazienza e molte ricompense.

"Fuoco!" con il braccio proteso in avanti era il segnale per sputare fiamme.

Il comando "Vola!" con il braccio alzato ordinava al drago di alzarsi in volo, mentre per "Atterra" il braccio era rivolto in giù.

"Fermo!" con il pugno chiuso era il segnale per smettere di sputare fuoco.

Ci vollero settimane.

Kara aveva detto che il posto di Iggie era in città, ma Milla non osava riportarcelo. Era troppo pericoloso, a meno di non volere incendiare l'intera isola. Iggie non era molto bravo a trattenersi. Preso dall'eccitazione per le sue nuove abilità, volava in cerchio emettendo zampilli nell'aria.

Le dispiaceva non andare a trovare Josi e Kara, ma almeno loro sapevano cosa la teneva lontana. Non osava parlare di Iggie nei suoi messaggi a Thom e Rosa. Aveva scritto ai suoi amici di aver accompagnato Tarya alla sua nuova casa. Ora dovevano pensare che li aveva abbandonati per un bel lavoro a palazzo. Non appena Iggie fosse stato un po' più grande, avrebbe potuto staccarsi da lui e andarli a trovare. Ma al momento, lui veniva per primo.

«Sì, sei un drago intelligente. Ma, insomma, Ig. *Fermo!*» si chinò per evitare la fiammata. «Mi hai quasi scottata!» Sospirò. «Mi chiedo quante volte abbiano dovuto ricostruire questa sala, dopo il passaggio di piccoli draghi entusiasti come te.»

«Quelle piastrelle sul soffitto non bruceranno mai: sapevano il fatto loro quando hanno costruito questo posto» disse Isak.

«Ti sei scottata, Milla?» le chiese Vigo, porgendole una brocca. «Acqua?»

«No, sto bene, grazie.» Era commossa dalle sue premure. Si avvicinarono all'abbeveratoio per far bere Iggie e Petra.

«Ho riflettuto sulle parole di Kara.» Vigo sollevò l'argomento a bassa voce, quando Isak e Tarya furono fuori portata d'orecchio, dall'altra parte della sala.

Milla alzò lo sguardo su di lui, sorpresa. Perché stava sussurrando? Poi lo intuì: dire qualcosa a Isak era come dirlo al duca e Vigo non voleva che suo padre venisse a sapere quello che aveva da dire.

«Sono sicuro che è vero» stava dicendo. «I Sartolan hanno le loro storie, sai. Sui tempi passati, sull'età dell'oro di Arcosi e i suoi cavalieri dei draghi. Quando i draghi appartenevano alla città.»

«Da come parlava Kara, è qualcosa di più dell'appartenenza. Per loro è un bisogno.»

«Potremmo farlo. Portarli in città. Inaugurare una nuova età dell'oro. Solo che questa volta Sartola non sarà nostra nemica.» Vigo parlava in fretta ora, tenendo gli occhi su Isak. «Ricordi la profezia che hai trovato? Non diceva qualcosa sulle mura che cadranno perché ci sia pace? Possiamo farlo. Dobbiamo.»

«E tuo padre?» chiese Milla. «Non ce lo permetterà mai. Vuole tenerli segreti.»

«Dobbiamo solo aspettare. Vedi come crescono in fretta. Uno di questi giorni, non avrà scelta. Controlla me da quando sono nato.» Il suo drago finì di bere, venne da lui e si pigiò contro le sue gambe. «Metterai fine a tutto questo, vero, Petra?»

Petra sollevò il lungo collo flessuoso, mettendo in mostra le squame color crema della gola, e acconsentì con un brontolio, spruzzando una manciata di scintille.

«Ci stai, Milla? Sei pronta a tentare la via di Kara, quando sarà il momento?» la incalzò Vigo.

«Non si tratta solo di dimostrare che tuo padre ha torto?»

«No, si tratta di fare la cosa giusta. Per la città e i draghi!»

Heral e Belara stavano volando verso di loro, seguiti a poca distanza da Tarya e Isak.

«Sì, allora sono d'accordo» disse Milla vedendo quanto fosse determinato. «Ma dobbiamo parlarne a Kara, pianificare tutto per bene.»

Vigo annuì.

«Forse è il genere di cose che dovrebbero imparare dalla loro mamma? Come pulirsi le squame, cacciare, sputare fuoco, volare e *fermarsi*! *Ferma*, Belara!» ansimò Isak, superandoli mentre inseguiva il suo piccolo drago dorato tenendosi gli occhiali con un dito. Serina gli aveva preparato dell'altra medicina, ma lui non sembrava più averne tanto bisogno.

In effetti, si rese conto Milla, nessuno di loro si era ammalato da quando erano nati i draghi.

«Non lo so. Mi sembra se la stiano cavando alla grande anche da soli» rispose Tarya, fermandosi con il fiatone, mentre Heral si lanciava in una capriola sfiorando le assi del tetto. «Non dimenticarti di tutto quello che hanno già imparato.»

«Dai, facciamo a una gara» suggerì Vigo, con un luccichio malizioso negli occhi.

«Ehi, tu ti sei esercitato! Non vale!» protestò Tarya.

«Paura di perdere? Petra può battere Heral tutte le volte che vuole!» la sfidò Vigo.

«Mai. Sta' a guardare...» Tarya prese l'esca. «Heral? *Vola!*» Alzò il braccio con il dito puntato verso l'alto e sfrecciò fuori dalla sala con Heral, seguita a ruota da Vigo e la striscia verde che era Petra.

«Attenti che non li vedano dalla città!» urlò Isak. «Devono stare nascosti, ricordate? Per la loro sicurezza.»

Guardandoli correre via, Milla si rese conto per la prima volta della pecca di quella strategia. Non appena i draghi fossero stati abbastanza grossi da volare sulla città, non avrebbero avuto bisogno della protezione di nessuno.

«Forza, Heral. Stai vincendo!» Ma Tarya era così occupata a guardare in su che inciampò e finì lunga distesa nel sentiero fangoso. Heral planò e tornò indietro per assicurarsi che stesse bene.

Vigo avrebbe potuto scattare in avanti e vincere, invece si fermò e aiutò la ragazza, gocciolante, a rimettersi in piedi.

Tarya rise, sputando fango.

«Dovrebbe essere più furbo» commentò Milla, dando un colpetto con il gomito a Isak. «Guarda: Vigo sta per imparare che la cavalleria non lo porterà da nessuna parte con Tarya. Lei non mostra pietà, e le mie cicatrici ne sono la prova.»

Si sdraiò nella segatura per guardare Iggie che volava in cerchio vicino alle travi più alte del soffitto della Sala del Drago. Le sue grandi ali blu riflettevano la luce. Milla non aveva mai visto niente di più bello del suo drago in volo. Voleva che fosse libero. Lo immaginò sorvolare il mare. Non l'aveva forse sognato?

«Ah! È vero, guarda» disse Isak. «Lo ha tirato giù nel fango ed è corsa via... Adesso lui l'ha presa! *Oh!*»

«Cosa c'è?» Milla si tirò su a sedere.

Isak era lievemente arrossito.

Milla sbirciò oltre per vedere cosa stava succedendo.

Vigo aveva preso Tarya fra le braccia e la stava tenendo molto vicina a sé. Le loro facce infangate si stavano quasi toccando. Stavano entrambi ridendo. Poi Tarya lo baciò.

«Perché non dovrebbero?» Milla si strinse nelle spalle. «Sono contenta per lei. Allora, vuoi fare una gara?»

Isak corrugò la fronte e si scostò da lei, alzandosi in piedi. «Penso abbiamo cose più importanti di cui preoccuparci, Milla. I draghi sono un onore e una seria responsabilità. Non ho tempo per nient'altro. Vado in biblioteca.»

Milla lo guardò allontanarsi, riflettendo che ogni giorno che passava assomigliava sempre di più al duca e sempre meno a se stesso.

Quando l'autunno cedette il passo all'inverno, Milla si arrischiò a tornare da Kara. Scelse una sera in cui Isak era occupato in biblioteca con il duca Olvar, e si fece promettere da Tarya di badare a Iggie a costo della sua vita.

Si servì della porta d'ombra per la prima volta, sgattaiolando lungo le strade deserte della striscia d'ombra. Era buio, ma si fece guidare dalla torre della Casa Gialla, illuminata nella notte come un faro. Quando arrivò, sentì Nestan chiacchierare con le guardie al cancello.

«Fermi. Chi va là?» Poi Nestan la vide e scoppiò in un'allegra risata. «Milla! Entra, entra. Aprite il cancello, svelti.»

Aveva appena varcato l'ingresso, quando lui la sollevò da terra abbracciandola stretta, facendola dondolare con facilità nelle sue braccia forti. «Cara bambina. Va tutto bene?»

Milla barcollò quando la rimise giù, un po' sbalordita da quell'accoglienza entusiasta. Gli mancavano da morire i gemelli? Veniva a trovarli tutte le settimane, ma non era la stessa cosa. La casa doveva sembrargli vuota senza di loro. Notò dei fili bianchi nella sua barba, e nuove rughe attorno a quegli intensi occhi azzurri.

«Come stanno i gemelli, oggi?» chiese Nestan.

«Stanno bene, signore» disse scegliendo con cura le parole. Sapeva che le guardie li stavano ascoltando.

«Vieni. Josi vorrà vederti.» La condusse attraverso il cortile, passando accanto all'arancio dove si era nascosta l'anno prima. Abbassò la voce, in tono cospiratorio, restio a menzionare i draghi: «E i vostri... piccoli amici?»

«Bene, signore.» Pensava li stessero spiando? Milla si guardò attorno nel cortile deserto e lanciò un'occhiata alle porte in ombra dell'edificio principale. Di certo dovevano essere al sicuro lì, no?

La porta della cucina era chiusa quando arrivarono e Milla aspettò che Nestan bussasse con una ripetizione particolare di sei colpi.

Josi aprì e sbirciò fuori. Il suo viso si illuminò quando vide Milla.

«Perché adesso tieni questa porta chiusa?» chiese la ragazza entrando per salutare Josi e Kara, nascosta dietro di lei.

«È il modo migliore.» Nestan richiuse e l'avvertì a bassa voce: «Potrebbe esserci qualcuno che ha le orecchie lunghe in casa mia.»

«Scusatemi. Ci sono solo io, oggi, non Iggie» disse Milla a tutti e tre.

«È bello vederti, bambina.» Kara le diede un abbraccio veloce. Indossava un nuovo mantello rosso scuro che le faceva risaltare gli occhi marroni alla luce delle lampade a olio.

Sorpresa ancora una volta per quell'accoglienza, Milla ricambiò l'abbraccio.

Kara si staccò e notò la nuova catenella di Milla. «Dove hai preso quella collana?» le chiese bruscamente. «Cosa è successo alla tua?»

«L'ho usata per corrompere la guardia al portone perché mi facesse entrare nel palazzo, la notte della schiusa. Così, Serina mi ha dato la sua. Perché?»

«È Sartolan: il segno del mare.»

«E allora? A me non dispiace. È graziosa, mi piace, e la duchessa è stata molto gentile con me.»

Kara sembrò non approvare, ma continuò. «E Iggie?»

«È così grande! Aspetta di vederlo. Riesce quasi a controllare le fiamme.»

«Ben fatto. Continua a lavorarci. Gli stai dando molte uova e molto pesce, oltre al pollo?»

«Uova? Chiederò di portarcene. C'è qualcos'altro di cui ha bisogno?»

Kara la prese per il braccio e la portò al tavolo della cucina, elencando tutte le cose che i draghi potevano mangiare a quello stadio di crescita.

Seduta là, con Nestan, Josi e Kara, e Skalla che si strusciava sulle sue caviglie facendo le fusa, Milla provò un'ondata di nostalgia così forte che dovette aggrapparsi al bordo del tavolo finché non passò. Era strano vederli tutti riuniti, così a loro agio gli uni con gli altri, come una famiglia.

«Allora, raccontaci tutto. Basta con quello che mangiano i draghi. A *te* cosa danno da mangiare?» le chiese Josi, versando a tutti una piccola quantità di vino di Arcosi e tagliando qualche fetta di pane e di formaggio.

«Uhm» fece Milla prendendone un bel morso. «Questo ha il sapore di casa. Te lo assicuro, Josi, il loro pane non è soffice come il tuo, il loro formaggio non è altrettanto cremoso e le cuoche del palazzo non hanno la minima idea di come si usano le spezie. Stai tranquilla: sei sempre la migliore cuoca dell'isola. Ce li hai quei cetriolini in agrodolce da mangiare con il formaggio?»

Josi le scoccò un bacio sulla testa e andò a prenderli.

Poi Milla fu tempestata di domande sui gemelli, sui draghi e sulla vita a palazzo.

Prima che potesse rispondere, sentirono delle voci concitate provenire dal cortile.

«Nestan!» gridò un uomo.

Kara si alzò di scatto e Josi l'aiutò a entrare nella dispensa che le fungeva da camera da letto e da nascondiglio.

Nestan spinse un tavolino contro la porta della dispensa e ci mise sopra una ciotola di arance. Josi aprì la porta della cucina, lanciando un'occhiata veloce alle sue spalle per assicurarsi che non ci fosse traccia della presenza di Kara.

«Siete richiesto al cancello, padrone» disse una delle

guardie. «Dei pescatori, dalla città bassa.»

«Thom!» gridò Milla sbalordita. «Cosa ci fai qui?» Thom era al cancello con suo padre Simeon, e Richal Finn li stava interrogando.

«Nestan, ho bisogno del tuo aiuto, vecchio amico mio» gridò Simeon.

Thom vide Milla e urlò per farsi sentire da lei: «È Rosa. È stata arrestata.»

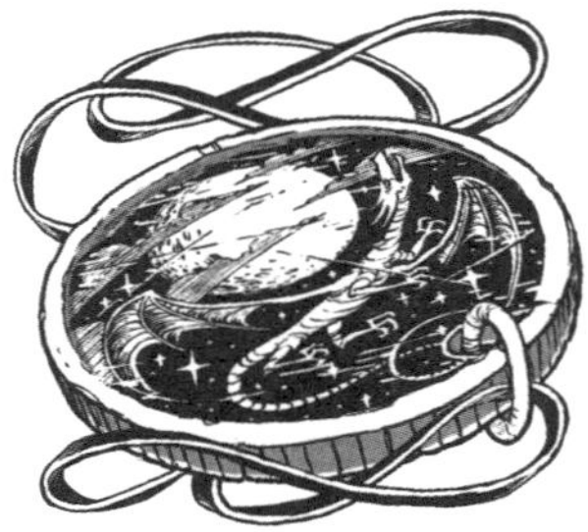

CAPITOLO VENTISEI

«Cosa ha fatto?» chiese Milla quando Nestan ebbe accompagnato Thom e Simeon nel suo studio. Ricordava bene come si era arrabbiata, quel giorno di tanti mesi prima. Le cose dovevano essere peggiorate nel periodo in cui erano state lontane.

Thom si stava guardando attorno, osservando le pareti in legno, la libreria ricolma di mappe e libri mastri. Si stropicciò il cappello tra le mani, mentre spiegava: «Dopo l'esplosione, hanno alzato ancora le tasse..., ma solo per i banchi dei Sartolan. Rosa e la sua famiglia non possono più permettersi di lavorare là.»

«Erano già troppo alte!» disse Milla.

«Quello che guadagnano non è abbastanza per ripagarle» disse Simeon. «È ingiusto. Dovranno abbandonare Arcosi... ed è esattamente quello che vuole il duca. Spillar loro fino all'ultima goccia di sangue, finché non lasceranno Arcosi ai Norlander.» Anche se Simeon era un Norlander, sua moglie, Livia, era di origini Sartolan e lui sentiva profondamente quell'ingiustizia.

«Allora, cosa ha fatto Rosa?» domandò Nestan. Lui e

Simeon si conoscevano da quando erano bambini, anche se da anni non lavoravano più insieme.

«Ha organizzato i mercanti. Hanno bloccato l'accesso ai banchi dei Norlander per un'intera mattinata, così avrebbero capito cosa vuol dire.»

«Rosa non voleva fare del male a nessuno» si affrettò ad aggiungere Thom. «Voleva solo difendere un'idea»

«E il duca li ha fatti arrestare?» Milla non poteva impedirsi di provare orgoglio, oltre che paura.

«I soldati li hanno presi tutti» disse Simeon. «Nessuno può pagare la tassa di scarcerazione.»

Thom disse con rabbia: «Scommetto che i mercanti Norlander saranno contenti adesso. Non hanno più concorrenti.»

«Avete fatto bene a venire da me» disse Nestan. «Pagherò io. Tiriamoli fuori da lì.»

«Vengo con te!» disse Josi.

Milla li fissò, con un misto di sollievo e ammirazione. Conoscevano a malapena Rosa, ma erano pronti a mettersi in pericolo per lei e un gruppo di estranei.

Josi si avvolse in un mantello caldo, pronta a uscire. Si controllò sotto le pieghe della cinta: Milla notò un coltello e un paio di spiedi.

Nestan stava impartendo ordini. «Finn, mi servirà la spada. E il mio bastone di quercia. Josi, porta la lanterna.»

Milla osservò i loro preparativi affrettati. «Aspettatemi, vengo anch'io.» disse.

«No. Troppo pericoloso. Cosa ne sarebbe di tutto quello che hai lasciato a palazzo?» le sussurrò Josi.

Thom lanciò a Milla uno sguardo interrogativo, ma non era certo quello il momento di parlargli dei draghi.

Milla si fermò su due piedi: cosa avrebbe pensato Iggie se,

svegliandosi, non l'avesse trovata? Tarya si sarebbe occupata di lui, l'avrebbe nutrito, ma non sarebbe stato lo stesso. Indirizzò una preghiera nella notte affinché capisse: non poteva abbandonare Rosa.

«Rosa è mia amica» disse. «E io posso portarvi là più in fretta di chiunque altro. Conosco una scorciatoia per evitare le pattuglie.»

Nestan la guardò intensamente. «Molto bene. Ma sta' attenta e fa' tutto quello che ti dico.»

«Signore...» rispose lei. «Ce la fate a scendere e a salire dal muro di cinta del giardino? Così potremmo prendere la strada sul retro» suggerì. «E non dovremmo dirlo alle guardie.

«Posso anche non riuscire a correre, ma di certo quello riesco a farlo!» annuì Nestan, guardandola con rinnovato rispetto. «E hai ragione, meno gente lo sa, meglio è.»

«Dove li tengono?» sussurrò Milla quando raggiunsero la banchina, tenendosi nascosti all'ombra del muraglione. L'aria della notte era fredda, con quel suo miscuglio salato di alghe e di marcio accumulato lungo linea dell'alta marea. Conosceva bene la zona, aveva portato molte volte dei messaggi ai magazzini di Nestan. Più a ovest si stendeva una spiaggia di fronte a una zona di acqua bassa, dove i bambini di Arcosi imparavano a nuotare.

«Laggiù.» Thom indicò i pontili, bui e deserti. «Vedi quel magazzino? Il duca l'ha trasformato in una prigione. Era stato costruito come deposito. Adesso è un deposito di criminali. L'unica cosa è che non ci vuole niente a venire bollato come uno di loro.»

«Simeon, Thom?» disse Nestan. «State qui fuori e rimanete di guardia. Fate un fischio se dobbiamo scappare.»

«Io vengo» insistette Milla.

«Allora vengo anch'io» disse Josi.

«Va bene, ma lasciate parlare me. Calatevi i cappucci sulla faccia e seguitemi» rispose Nestan. Non aveva bisogno di essere più chiaro: *Non fate loro vedere che non siete Norlander.*

Milla vide come fu facile per Nestan entrare: un caloroso saluto Norlander, una battuta sconcia, una stretta di mano per passare una moneta da una mano all'altra. Sperò che sarebbe stato altrettanto facile uscire.

Entrarono. Era un edificio lungo, a un piano solo, rozzamente adattato alla sua nuova funzione. Nel piccolo ingresso, tre guardie stavano giocando a carte su un tavolo che poggiava su due cavalletti. Erano vestiti di nero, come le guardie del palazzo, ma le loro uniformi erano sporche e malridotte. Anche alla luce fioca della loro lanterna antivento, Milla vide chiaramente che razza di posto fosse, con le pareti umide e un odore acre di corpi non lavati.

Fu presa da una violenta rabbia contro il duca. Aveva creato lui quel carcere. Era come se fosse il simbolo di un intero sistema malato. Non si limitava a proteggere i Norlander! Puniva chiunque altro per non essere della giusta discendenza. Rosa non avrebbe dovuto essere in prigione. Era stata l'ingiustizia delle regole del duca che l'avevano portata a protestare. E se le regole erano sbagliate, non era forse giusto opporsi?

Milla trattenne a stento la collera, ma restò indietro con Josi mentre Nestan si avvicinava al tavolo.

Si appoggiò con noncuranza al suo bastone da passeggio. «Buonasera, signori.»

Milla sbirciò da sotto il cappuccio. Dietro le guardie,

intravedeva un cancello con le sbarre di ferro. Doveva essere l'accesso alle celle. Fissò l'oscurità al di là delle sbarre: delle chiavi luccicavano debolmente dai tanti ganci fissati a una parete.

«Cosa c'è? Volete unirvi al gioco?» disse il capo delle guardie, gettando un'occhiata a Nestan al di sopra del suo mazzo di carte. La sua spessa treccia bionda spuntava dal berretto e il suo viso appariva giallastro e unto nella luce tremolante.

«Siamo cui per assicurare il rilascio di Rosa Demarco e dei gli altri membri della corporazione dei mercanti» disse Nestan.

«Membri della corporazione! Sentito questa? Che parolone per quella feccia Sartolan.» L'uomo abbassò di nuovo gli occhi sulle carte.

Milla sentì montare la rabbia, ma ricordò la sua promessa a Nestan e riuscì a stare zitta.

Nestan colpì il tavolo con la punta del bastone, facendo sussultare le guardie. «Non ho chiesto la vostra opinione. Limitatevi a fare il vostro lavoro, o il duca lo verrà a sapere prima dell'alba.»

L'uomo si alzò, tirandosi la cintura e buttando il petto in fuori: «Vi costerà!» esclamò sprezzante. Con chiunque altro, a quel punto, avrebbe già tirato fuori la spada. Ma Nestan aveva dalla sua la ricchezza e una sicurezza che lo proteggevano meglio di un'armatura.

«Mostratemi i calcoli nel dettaglio.» Nestan lo fissò negli occhi. «Li controllerò e, se mi avete imbrogliato, state certi che il duca sarà informato anche di quello.»

L'uomo si morse le guance e prese un grosso registro, borbottando qualcosa come *storpio*. Con esagerata lentezza, scorse le pagine fino a quella giusta. Fece scorrere piano piano il dito lungo ogni singola riga, appuntandosi il nome e la cifra di ciascun prigioniero.

Scegliendo di ignorare l'insulto, Nestan prese a battere forte il bastone sul tavolo nell'attesa.

Infine, l'uomo indicò una cifra così alta che Milla rimase senza fiato: «Non potete pagare tanto.»

Josi le mise una mano sul braccio, per dirle di stare zitta.

Nestan tirò fuori un borsello di cuoio e iniziò a contare le monete.

In quel momento, Milla sentì un odore nuovo, acre e famigliare; diverso dalla puzza delle guardie che non si lavavano da un pezzo. Fiutò l'aria: «Che cos'è?»

Nestan alzò la testa, all'erta. «Fumo.»

«Al fuoco!» Un'altra guardia era comparsa dietro al cancello e stava trafficando con la serratura. «Al fuoco!» urlò. «Uscite da qui. Quell'idiota di Jensen ha fatto cadere la lanterna... E manco se ne è accorto finché non si è sparso. *Al fuoco*!» spalancò il cancello e uscì di corsa. Tossendo forte, tenendosi la manica sulla bocca, scostò Nestan e lo superò, seguito a ruota da altre due guardie che non sembravano più vecchie di Milla.

L'uomo con il registro si mosse più velocemente di quanto Milla avrebbe potuto immaginare. «Fuori!» Buttando a terra le carte, rovesciando i cavalletti, le guardie rimaste si precipitarono verso l'uscita, spingendo Josi e Milla via dalla loro strada.

«Aspettate!» urlò Nestan. «E i prigionieri?»

L'ultima guardia si voltò appena, prima di raggiungere la porta esterna. «Non la rischio la vita per loro.»

Poi la porta si richiuse con un forte colpo. Se ne erano andati.

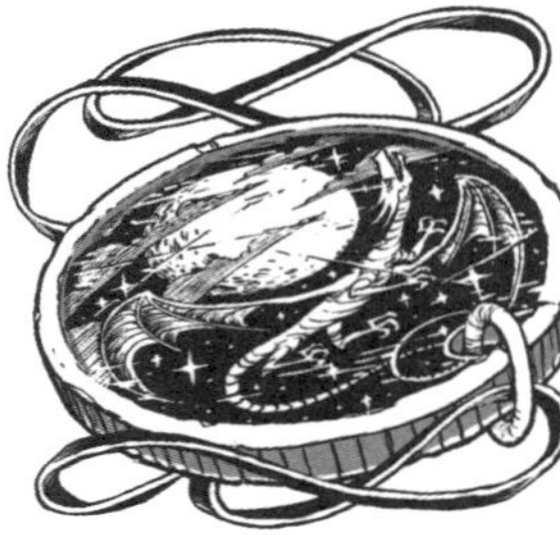

CAPITOLO VENTISETTE

«Svelti!» Milla fu la prima a reagire, gettando a terra il mantello. «Prendete le chiavi.» Il cancello interno era spalancato. C'erano chiavi appese su tutta una fila di ganci.

Nestan si precipitò dentro: «Prendiamole tutte. Forza, sbrighiamoci!»

Milla afferrò i mazzi a manciate, con le dita intorpidite e maldestre, tagliandosi la pelle con il metallo ruvido dei ganci. Un corridoio si estendeva di fronte a loro, con celle che si aprivano su ciascun lato. L'oscurità era più intensa lì, alleviata solo dalla lanterna di Nestan. Era una stanza lunga e spoglia, divisa da sbarre di freddo, con gli uomini da un lato e le donne dall'altro. Senza intimità. Non era meglio di una stalla.

Il fumo si fece più vicino. I prigionieri stavano urlando. Gridavano per chiedere aiuto, in preda a puro terrore.

Milla trovò una porta, provo una delle chiavi nella serratura. Non andava bene. Stava trafficando con la successiva, quando la mano di una donna l'afferrò per il braccio.

«Aiutaci! Svelta!» strillò.

Le chiavi le caddero di mano. «Ci sto provando. Lasciami!»

Si liberò dalla presa e perse momenti di preziosi cercando a tentoni il mazzo di chiavi. Qual era quella che aveva già provato.

In ginocchio, Josi cercava di forzare una serratura con gli spiedi che aveva nascosto nella cinta.

Gli occhi di Milla lacrimavano sempre di più man mano che il fumo si faceva più denso. Era come essere schiacciata contro un muro, impossibile prendere fiato. Non osava guardare verso il fondo del corridoio, ma sentiva il crepitio delle fiamme e il calore che cresceva.

La seconda non entrò. E nemmeno la terza.

Sta' calma. Prova ancora. Tutti i suoi istinti le stavano urlando di scappare.

La chiave successiva era dura. Non si mosse. La girò con tutta la sua forza e… clic, la serratura si aprì.

Milla lasciò cadere la chiave nella paglia e fece un salto indietro, mentre le donne disperate spalancavano la porta, quasi schiacciandole le dita.

Altre celle erano già aperte, con i prigionieri che fuggivano in preda al panico e Josi là, a lavorare su un'altra serratura.

«Rosa! Rosa Demarco! Dove sei?» Milla continuava a tossire e, quando raggiunse la porta successiva, si piegò su se stessa.

Non ci fu risposta.

Josi la tirò per il braccio. «Copriti la faccia» disse con voce soffocata e mostrandole come fare. «Così.»

Milla la imitò, strappando una striscia di tessuto dal mantello e legandosela dietro la testa, coprendosi il naso e la bocca. Si mise al lavoro sulla serratura, provando chiave dopo chiave, per fare poi cambio con Josi.

Udiva grida terrificanti provenire dalla parte più lontana e buia della prigione. Nestan era là. Ne distinse il profilo contro il bagliore cupo delle fiamme che divampavano e avevano già avvolto la parete.

Le si cominciò a offuscare la vista. Le rimanevano pochi momenti prima che fosse troppo tardi per tutti.

«Milla!» Era la voce di Rosa, acuta e spaventata, ma viva. Lì, in quella cella.

Delle mani di donne si allungarono attraverso le sbarre, afferrandola.

«State indietro» implorò Milla, trafficando con le chiavi, gliene mancavano solo due da provare. «Non vedo niente.»

Ci fu uno schianto quando una trave in fiamme cadde dal soffitto. Una figura passò barcollante, reggendo il peso di un'altra persona. Milla pregò che una delle due fosse Nestan.

Le urla si fecero più disperate.

Milla sentiva il calore sulla pelle attorno agli occhi, quasi insopportabile. Non voleva arrendersi.

Chiuse gli occhi, ansimando contro il tessuto. Servendosi solo del tatto, il mondo si era ridotto a quel respiro. Quella chiave. Quella serratura. Provò l'ultima. La girò. Poi si accasciò sul pavimento, vagamente consapevole di piedi che la oltrepassavano correndo. Cercò di trascinarsi fuori, ma aveva perso qualsiasi senso dell'orientamento.

«Milla! Forza» la voce di Rosa le risuonò nell'orecchio. «Muoviti!»

Riuscì ad alzare la testa. Per il bene di Iggie, doveva sopravvivere. Tossendo, ansimando, procedendo carponi, seguì Rosa fuori dall'edificio in fiamme, sperando che gli altri avessero preso la stessa decisione. Era troppo tardi per controllare. Era troppo tardi per tutto.

Il mondo si oscurò.

«Forza, resta con me.» Quella era Josi, che la implorava con voce rauca. «Milla?»

Milla aprì gli occhi. Il cielo notturno era pieno di minuscole scintille arancioni, come lucciole. Qualcuno le stava tamponando la faccia con uno straccio bagnato.

«Sei viva!»

Milla si rotolò su un fianco, tossendo sempre più forte, finché non vomitò. Rimase là, ansante, ispirando disperatamente l'aria dolce e fredda, libera dal fumo.

«Piano, cucciola, tranquilla...» Josi l'aiutò a mettersi seduta.

La scena che aveva davanti era di devastazione. Josi doveva averla trascinata via dalla prigione-magazzino. L'edificio era in fiamme, pennacchi di fumo e fuoco si innalzavano alti nel cielo. C'erano dei corpi sparpagliati sulla banchina. Alcuni si muovevano. Altri no.

«Non possiamo restare qui» stava dicendo Josi. «Dobbiamo muoverci prima che arrivino i soldati e rinchiudano ancora tutti. I registri sono andati distrutti nell'incendio. Prima arresteranno, e poi faranno domande.»

Milla provò a parlare, ma aveva la gola gonfia e le fece così male che quasi svenne di nuovo.

«Arriva qualcuno.» Quella era la voce di Nestan.

Era vivo. Gli occhi le si riempirono di lacrime, offuscando il cielo in strisce di nero e arancione.

«Va tutto bene...» gli disse Josi. «Non sono i soldati, guarda...»

Milla ricacciò indietro le lacrime e vide la gente riversarsi sulla banchina, trascinando carretti, portando materassi, una vecchia porta. I profili di uomini, donne, bambini, gente comune che lavorava insieme, si stagliarono sulle fiamme.

Un momento! C'era anche Serina. Lavoravano in fretta, caricando i sopravvissuti e portandoli in salvo.

«Rosa?» sussurrò roca Milla.

«Viva!» rispose con voce rauca Josi. «Con Thom e Simeon. Vieni, dobbiamo andarcene prima che arrivino i soldati.»

Josi si chinò e sollevò Milla per un braccio; Nestan la sorresse dall'altro. Lui aveva perso il suo bastone ma, sorreggendosi l'un l'altro, riuscirono in qualche modo ad allontanandosi zoppicando dal molo. Ansimando forte, Milla li condusse alla scalinata dei contrabbandieri. Ogni gradino richiedeva più resistenza e più forza di quante sospettasse di averne. Sembravano passate ore quando infine varcarono il cancello della Casa Gialla.

Milla corse al pozzo della cucina e si lasciò cadere a terra. Cercando alla cieca il secchio, lo calò in profondità nel bacino di pietra per poi versarsi dell'acqua fresca, dolce, sulla testa.

«Dà qua, faccio io» disse Josi, lisciandole i capelli all'indietro e togliendole macchie di fumo dalla pelle. Quando ebbe finito, Josi si lasciò cadere, esausta, e si rannicchiò con le ginocchia al petto, rabbrividendo. Per la prima volta nella sua vita, Milla si accorse che quella donna così forte non era invincibile.

«Adesso tu.» Milla tossì ancora, anche se in più ora stava tremando dal freddo. Versò dell'acqua pulita sulla testa di Josi.

Tossendo, con la gola riarsa, barcollarono, gocciolanti, fino alla cucina calda, e si cambiarono i vestiti odoranti di fumo.

Milla non voleva altro che stendersi accanto al fuoco e dormire, ma il pensiero di Iggie lasciato da solo, la spronò.

«Ecco. Mangia» disse Josi, passandole una ciotola di

zuppa fredda. «Dobbiamo farti tornare a palazzo, prima che si accorgano che sei uscita.»

Si rimisero stancamente in cammino, scambiandosi un silenzioso abbraccio d'addio appena fuori dalla porta d'ombra.

Per evitare la sentinella, Milla si servì della porta nascosta in fondo alla Sala del Drago: quella da cui era scappata Kara, tanti mesi prima.

Scivolò silenziosamente all'interno. Gli altri erano tutti addormentati: sentiva il loro respiro profondo e regolare. Si lasciò cadere sul letto. Iggie strisciò accanto a lei, occupando ormai quasi tutto lo spazio, e sprigionò dolcemente calore per riscaldarla mentre piangeva. Abbracciandolo, il dolore alla gola si attenuò, come se glielo stesse facendo passare.

Milla pianse per Rosa e l'orrore che aveva sopportato. Pianse di sollievo per il fatto che tutti i suoi amici erano tornati a casa sani e salvi. Pianse per le persone che non avevano potuto farlo. E pianse per la sua città divisa, marcia nel midollo, dove cose del genere erano possibili.

CAPITOLO VENTOTTO

Tre mesi dopo: solstizio d'inverno

Ad Arcosi era arrivato l'inverno. Un nevischio sottile cadeva sull'isola e il vento ululava attorno alla Sala del Drago. Il coprifuoco imposto del duca si applicava all'intero paese, inclusi loro. Erano tutti chiusi dentro, imbronciati e irrequieti. Perfino i giochi tra i draghi sfioravano l'aggressione vera e propria.

«Mi annoio» disse Vigo.

Milla alzò gli occhi al cielo. «Hai tutto quello che chiunque potrebbe mai volere.» Pensò ai suoi amici in città. Dall'incendio, non era quasi più uscita dal palazzo, anche se riceveva le notizie tramite Nestan, che veniva a trovarli.

Arcosi era tesa e pericolosa, sul punto di esplodere. Quella notte erano morte sei persone. I loro funerali avevano innescato dei tumulti: all'inizio furono saccheggiate le case e le attività dei Norlander, poi fu la volta di quelle dei Sartolan a essere incendiate per vendetta. Alcuni isolani di origine Sartolan avevano deciso di lasciare Arcosi.

Rosa e la sua famiglia si erano rifiutati di andarsene. Banditi dal mercato, si erano messi a vendere la merce porta a porta, quali che fossero le condizioni del tempo.

Il tono di Milla si fece aspro. «Hai più cibo di quello che riesci a mangiare. Una casa calda e asciutta. *Un drago.*» Non sapeva perché se la stesse prendendo con Vigo: poteva dire lo stesso di se stessa. Forse era quella la ragione: si sentiva in colpa, e la cosa la rendeva irritabile.

«Il giovane duca si annoia?» Isak fu pronto a intervenire, stuzzicando Vigo con una punta di risentimento più profondo. «Servitù? Un po' di intrattenimento, all'istante!»

C'era una tensione crescente tra Isak e Vigo. Era perché Tarya ultimamente preferiva Vigo a suo fratello? O perché il duca trattava più Isak come suo figlio rispetto a Vigo? Probabilmente, entrambe le ragioni, ragionò Milla.

Vigo sembrò abbattuto. «Non sono *tanto* pessimo.»

Nessuno gli rispose.

Milla si appoggiò alla parete della sala. Essere confinata lì la rendeva malinconica e permalosa. Continuava a ripensare alla storia di Kara sull'omicidio di Silvano. Dove era successo? Si guardò attorno nella stanza calda e ariosa: per una frazione di secondo vide del sangue caldo e scuro spandersi sul pavimento. Rabbrividì, stringendosi nella giubba.

Non riusciva neanche più a trarre piacere da quei bei vestiti. Quanti soldi avrebbe potuto ricavare se li avesse venduti? La giubba? Avrebbe potuto pagare la merce di Rosa di un mese. La tunica di seta? Avrebbe potuto coprire il costo della tassa portuale di Thom e Simeon. *Come posso continuare a vivere qui?* si chiedeva ogni mattina. Se lei e Iggie non se ne fossero andati, avrebbero fatto parte del sistema che continuava a far soffrire i suoi amici. *Ancora un po', un pochino soltanto*, si diceva ogni giorno. Come aveva detto Vigo, dovevano solo aspettare ed essere pazienti. Solo fino a primavera, quando Iggie sarebbe stato più grande e più forte. Poi avrebbe fatto in modo che le cose cambiassero.

E se la primavera fosse arrivata troppo tardi? Le parole della poesia continuavano a frullarle nella testa:

Faranno ritorno un'ultima volta
Con l'aliseo che spirerà da oriente.
Le mura cadranno, la pace sia accolta,
O il nido dei draghi è perduto per sempre.

Era solo una poesia, si disse. Iggie stava bene, no?

In quel momento, i draghi erano tutti intenti a pulirsi le squame sul loro posatoio, mentre i prescelti se ne stavano a oziare lì vicino. Il posatoio era stato ricostruito due volte, per tenere il passo con il ritmo sorprendente della loro crescita.

Tutti stavano mangiucchiando qualcosa: i ragazzi dei biscotti, i draghi delle croccanti ossa d'agnello. I fianchi di Iggie erano coperti di graffi. Le loro lotte si erano fatte più serie. Ormai, se iniziavano ad azzuffarsi, bisognava tenersi ben alla larga.

Come se avesse percepito le sue preoccupazioni, Iggie la guardò, sbattendo lentamente le palpebre.

Gli sorrise e lui tornò a pulirsi.

«Sono tanto pessimo?» chiese infine Vigo.

«Ma no, di solito non lo sei. Non più. Potresti quasi

passare per una persona normale invece che un principe» gli rispose Tarya, chinandosi per scoccargli un bacio sulla guancia. «E hai ragione, abbiamo bisogno di distrarci se non vogliamo impazzire. Chi ha una storia da raccontare?»

«Io ne ho sentita una, stamattina» disse Isak. «Qualcuno ha fatto scoppiare un magazzino Norlander. Il duca ha arrestato un sacco di sobillatori.»

Milla sentì un brivido gelido scorrerle lungo la schiena. E se Rosa fosse stata tra loro? Non aveva detto a nessuno di essere stata presente all'incendio nella prigione, per il bene di Rosa: nessuno parlava di quelli che erano stati tratti in salvo, per paura che i soldati del duca li riarrestassero. I suoi amici sapevano che era con Josi, quella sera, e nient'altro.

Iggie si alzò in volo e planò al suo fianco. Lei gli accarezzò la testa blu, grata per la comprensione che le mostrava. Era diventato enorme, aveva la stazza di un pony. Si rannicchiò, appoggiando il muso su di lei. Il suo peso le era di conforto

«Quali sobillatori? Di cosa stai parlando?» Tarya si tirò su a sedere. «Altri tumulti?»

Heral alzò la testa, ringhiando sommessamente.

«Qualche delinquente Sartolan che ha distrutto le proprietà dei Norlander.» Il tono di Isak sembrò sprezzante.

«È terribile!» gridò Tarya.

«Non hai sentito i nomi di qualcuno di questi *delinquenti*?» chiese Milla. «Dove sono stati portati?»

Iggie uggiolò e lei gli cinse il collo con le braccia.

«Hanno attaccato anche casa nostra?» chiese Tarya. «Perché fare una cosa del genere? Distruggere la proprietà di altri?»

«Davvero, Tarya?» Qualcosa in Milla scattò. «Se ci pensi mezzo secondo, forse ci arrivi perfino tu.»

Gli altri tre la fissarono. Milla non era mai cattiva con Tarya.

«Milla! Stai dicendo che conosci questa gente? Che capisci?»

«Tu stai dicendo che non capisci? Oh, aspetta, voi due siete Norlander, e tu sei il figlio del duca. Certo che non capite!» Milla si pentì di quelle parole nel momento stesso in cui le pronunciò, vedendo le loro espressioni incupirsi. Si tenne salda al muro e lasciò andare Iggie, pronta per uno scontro.

«E dai, Milla» contrattaccò Isak, con tono altrettanto sarcastico. «Illuminaci, con la tua infinita conoscenza della vita di Arcosi!» Belara si era unita a lui, emettendo un suono acuto, angosciato, gutturale; le sue orecchie dorate erano appiattite sulla testa.

Iggie ammonì Isak ruggendo piano.

Milla tirò un profondo respiro, resistendo alla tentazione di sbattere in faccia al ragazzo la storia di Rosa. Invece, ci pensò un momento, poi prese il piatto che avevano appoggiato sul pavimento e contò i biscotti. «Allora, questo vassoio è Arcosi... E ci sono dodici biscotti, giusto?»

La stavano osservando attentamente, ragazzi e draghi.

Milla rovesciò tutti i biscotti e ne rimise a posto due. «Questi sono i Norlander, che arrivano ad Arcosi, cinquant'anni fa, trovando una bella isola abbandonata e decidendo di sistemarsi qui. Giusto?»

«Giusto» rispose Tarya. «Sono i nostri nonni, e papà è nato qui, subito dopo.»

Heral teneva gli occhi fissi su di lei, all'erta e pronto a volare da lei se gli avesse detto il segnale.

Milla aggiunse altri quattro biscotti sulla stessa metà del piatto. «Oh sì, i Norlander hanno dei figli e prosperano.

«Ed ecco che arrivano i Sartolan.» Milla cominciò ad aggiungere il resto dei biscotti, lentamente, uno per uno, sull'altra metà del piatto. «Nel corso del tempo, anche loro si sistemano qui. Arrivano da oltre lo Stretto di Sartola, verso il loro vicino più prossimo, perché Sartola si sta ancora riprendendo dalla guerra, e ad Arcosi c'è lavoro.» Aggiunse un biscotto. «Nel porto, c'è spazio per un'altra barca.» Ne aggiunse un altro. «Nel mercato, c'è spazio per il banco della famiglia di Rosa. Ci sono opportunità per chi lavora duramente. Giusto?»

«Giusto.»

«Metà e metà, più o meno. Norlander. Sartolan. Fianco a fianco. Dovrebbe esserci spazio per tutti. Ma osservate.»

La guardarono sparpagliare i biscotti Norlander su tutto il piatto, spingendo quelli Sartolan in un angolo.

«Chi ha le case più belle?» Mosse un altro biscotto Norlander in modo che occupasse il lato Sartolan. «I lavori migliori?» E poi un altro. «I banchi migliori?» E un altro ancora. «Tasse più basse, per tutto? E al duca piace così, perché favorisce la sua gente e lui ha promesso al padre in punto di morte che l'avrebbe protetta a qualunque costo.»

Isak sbuffò e sembrò pronto a interromperla.

«Oh, e le persone di origine Sartolan?» continuò Milla, prima che lui potesse parlare. «Loro possono azzuffarsi qui per le briciole...» Prese i biscotti Sartolan, ora tutti schiacciati in un quarto del piatto, e li fece scontrare uno con l'altro.

«Non sono sicura che sia vero, Milla!» esclamò Tarya, con aria ferita.

«Oh, non ho finito!» continuò Milla. «Cosa succede, se una persona di origine Sartolan osa protestare?»

Gli altri rimasero in silenzio.

«Bè, il duca ha delle regole a riguardo... Non cominciare a montarti la testa, resta al tuo posto! Ecco che arrivano i soldati... e finisci diritto in prigione.» Tolse uno dei biscotti Sartolan. «E il duca Olvar mette una tassa di scarcerazione altissima, perché chiaramente non è già ricco abbastanza. E cosa succede se non hai abbastanza soldi per pagarla? Ciao, ciao!» Si ficcò il biscotto in bocca e lo masticò, sparpagliandosi briciole sulla tunica.

Tarya era arrossita. «Quindi, cosa vuoi dire? Che è accettabile che la gente se ne vada in giro a far esplodere tutto?»

Iggie tuonò, *Mraa!*

«Che è giusto fare questo?» Tarya colpì il piatto da sotto, facendoglielo volare via dalle mani e gettando biscotti e briciole dappertutto. Il piatto cadde a terra e si ruppe in mille pezzi.

Le due ragazze si fissarono con rabbia.

Iggie e Belara sussultarono, agitando le code, confusi e sconvolti da quel comportamento insolito.

«Penso che dobbiamo calmarci tutti!» si intromise Vigo. Aveva accarezzato Petra per tutto il tempo, per calmarla. «È un po' più complicato dei biscotti.»

Milla lo ignorò. «Non sto dicendo che è *giusto* provocare tumulti! Sto dicendo che è *comprensibile*. Sto dicendo che le cose devono cambiare. Se tu avessi passato tutta la vita a fare il doppio degli sforzi per metà del guadagno, non saresti arrabbiata?»

«Tu sembri di certo molto arrabbiata, Milla» disse Isak, ignorando i tentativi di Belara di salirgli in braccio. «Chi l'avrebbe detto? Quando una famiglia Norlander ti ha accolto e ti ha dato un lavoro?»

«Oh, mi dispiace, mi sono dimenticata di ringraziare per le mie briciole?» gli urlò. «Comunque, non si tratta di me. Sai di cosa si tratta davvero?»

«Penso che tu ce lo stia per dire» rispose Isak.

«Si tratta di questo: se i Norlander, i Sartolan o chiunque altro meritano di essere trattati allo stesso modo.»

Una serie di immagini le scorse nella mente: tutte le volte che aveva visto i Norlander saltare la coda, attraversare indisturbati i posti di blocco, accaparrarsi gli ormeggi migliori al porto e i banchi migliori al mercato. E tutto senza nemmeno rendersene conto!

«Cosa ne pensi, Isak? Sei migliore solo perché i tuoi antenati erano dei Norlander?»

Lui non rispose.

«Certo che non siamo migliori perché siamo Norlander» intervenne Tarya. «Non ho mai detto questo, né ho mai trattato qualcuno in modo diverso in virtù della sua famiglia. Giusto, Isak?» Diede una gomitata a suo fratello.

«Cosa avresti fatto tu, allora?» disse Isak, a voce più bassa. «Ricorda che nessuno di noi ha scelto la famiglia in cui è nato.»

«Cioè?» Milla si sforzò di ascoltarlo fino alla fine.

«Diciamo che sei una Norlander, come il duca. Come nostro padre. Trovi rifugio in un'isola abbandonata, la fai tua. Costruisci una casa. Proteggi ciò che è tuo, come farebbe chiunque altro a casa propria. Lasceresti che un estraneo appena arrivato cominci a dirti quello che devi fare?»

«Oh, allora si tratta di chi è arrivato per primo?» disse Milla. «Voglio solo essere sicura di capire.» Usò lo stesso tono di lui, più sommesso e vellutato. Iggie avvertì la tensione e alzò la testa. Milla riusciva a sentirlo, che guardava torvo Isak per aver fatto agitare la sua prescelta. Almeno, qualcuno era dalla sua parte.

«Perché no?» fece Isak.

«È un gioco molto pericoloso per un Norlander.» Milla aveva perso il controllo, ma era troppo arrabbiata per curarsene. Le parole continuavano a sgorgarle dalla bocca. «Quest'isola non è vostra di diritto. Cinquant'anni non è un periodo poi tanto lungo. E se qualcuno arrivasse ad Arcosi e vi dicesse che è nato qui, vi alzereste e vi fareste da parte? Restituireste tutto?»

«Oh, questa sarebbe la tua misteriosa Kara che sa tutto? È nata qui, vero? Certo che sì!» rise Isak. «Perché non ci ho pensato prima? Sei così ingenua.»

«Lo sapevo! Il tuo ragionamento non funziona, nemmeno per te!» gli gridò Milla. «Non rinunceresti mai ai tuoi privilegi. Ti sei troppo abituato a frequentare il duca!»

«E tu sei troppo abituata a frequentare il porto.» Si avvicinò, con un'espressione di scherno. «Forse è quello il tuo posto!»

Milla lo spinse via, forte. Sentì lo scricchiolio degli occhiali che si spezzavano.

«Mi dispiace! Isak, non volevo.» Provò subito un'ondata di rimorso.

«Sì, invece!» disse Isak. «Hai messo in chiaro a chi sei davvero leale, Milla.» Aveva la faccia paonazza e, senza gli occhiali, sembrava più giovane e vulnerabile. «E anche i tuoi limiti.» Si alzò, con cautela, raccogliendo i frammenti di vetro dalla camicia, e uscì dalla Sala del Drago. Belara lo seguì triste, con la coda tra le zampe posteriori.

Milla guardò Tarya e Vigo e scoppiò a piangere.

«Oh, Milla.» Tarya corse da lei e l'abbracciò stretta.

Milla sentiva le lacrime dell'amica scorrerle sulla nuca, la mano di Vigo sulla spalla. Rimasero a lungo in silenzio. Le parole erano troppo spesso ambigue, potevano fare male, e Milla non si fidava più...

Infine, si sedettero, ciascuno appoggiato al proprio drago. Il contatto con loro li calmò.

«Perché non mi hai detto quanto fosse difficile la situazione?» chiese Tarya.

Milla singhiozzò. «Non è così facile. Come hai visto. La gente si mette sulla difensiva.»

Vide Tarya prendere Vigo per mano.

Lui si schiarì la voce. «Avevo un tutore, una volta. Un abitante delle Isole della Seta. Era il migliore, e poi papà lo ha mandato via. Comunque, lui diceva che non siamo nati con la conoscenza: la conosceva è lo scopo della nostra vita.»

«E?» Milla si asciugò le lacrime, grata per la presenza di Iggie, per il suo lungo dorso blu arrotolato attorno a lei, che la faceva sentire al sicuro.

«Se Tarya non sapeva come stavano le cose per te, forse non è colpa sua...»

«Non è neanche colpa mia!»

«Certo che no.» Vigo aveva un'aria calma e seria, e Tarya gli teneva stretta la mano. «Ecco perché dovete parlare e confrontarvi.»

Milla esitò, ancora profondamente ferita da ciò che le aveva detto Isak.

«Ascoltatemi...» continuò Vigo. «Se vogliamo cambiare le cose su quest'isola, dobbiamo essere onesti. Dobbiamo ascoltare. E non prendercela. A cominciare da noi, qui, ora.»

«Lo farai, Milla?» esplose Tarya. «Sii onesta con me! Ma non arrabbiarti, per favore.» La mandibola le tremò. «Non lo sopporto.»

Milla guardò l'amica. Vedeva bene quanto fosse ferita, e sincera. Si rese conto di non averle mai parlato con rabbia, prima di allora.

«Va bene.» Le fece un sorriso incerto. «Mi dispiace di essermi comportata così. Non volevo. So che non le hai inventate tu le regole.»

Si abbracciarono, tutti e tre. I draghi ringhiarono in approvazione, gettando piccole spirali di fumo in aria.

«Se vogliamo che ci sia pace sull'isola, forse dobbiamo iniziare da noi» disse Tarya. «Se io sono una Norlander, tu, Vigo, sei mezzo Norlander mezzo Sartolan...»

«Ma io non so cosa sono!» gemette Milla.

«Siamo tutti Arcosi!» disse Vigo. «È questo il punto. Viviamo sull'isola. Amiamo quest'isola. E appartiene a tutti e tre. Giusto?»

«Giusto!» disse Tarya.

«Certo!» disse Milla, accarezzando le squame blu di Iggie. Ma avrebbe scommesso la vita del suo drago che il duca la vedeva diversamente.

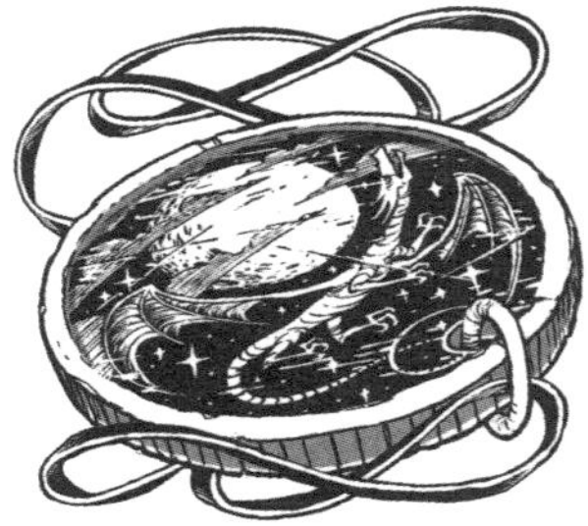

CAPITOLO VENTINOVE

Isak non tornò nella Sala del Drago quella notte. Nell'oscurità, Milla passò ore insonni a ripensare con tristezza al loro litigio.

Nemmeno Iggie dormì. Alla fine andò da lei e le strofinò il muso contro, soffiando e tirandole la manica, finché lei non si alzò, prese la giubba e lo seguì.

L'aria fresca le avrebbe fatto bene.

Aprì le porte della Sala del Drago e, in tono amichevole, se ne uscì con un "'Giorno! È già mattina?» alla guardia sbigottita.

Faceva freddo. Milla trovò il cappello nella tasca della giubba e se lo calò in testa. Girovagarono lentamente per i giardini deserti, con Iggie che volava basso e ogni tanto tornava indietro per assicurarsi che Milla lo stesse ancora seguendo.

«Dove stiamo andando, Ig?» chiese, curiosa di sapere cosa avesse in mente il drago.

Dietro al palazzo, c'erano un boschetto di alberi piegati dal vento e una piccola collina rocciosa che riparava l'edificio dal vento del nord. La collina scendeva a picco su ripide scogliere, dove nessuno, salvo i gabbiani andava mai. Iggie si diresse là e Milla si arrampicò dopo di lui, con il fiato corto.

Infine, arrivarono nel punto più alto dell'isola, proprio mentre la lunga notte volgeva al termine. Milla guardò a sud, verso il resto dell'isola, con i puntini di luce dei falò e delle lanterne della città. Così in alto, sarebbero stati invisibili, nascosti nell'ombra e nella foschia.

Milla si voltò verso il suo drago. «Cosa c'è, Iggie? Che cosa ci facciamo qui?»

Iggie sbatté una volta le ali. Fissò su Milla i suoi intensi occhi verdi, si avvicinò di due passi e piegò le zampe anteriori. *Craaak?* Era un suono nuovo, come se le stesse chiedendo qualcosa. Appiattì le ali e alzò lo sguardo, per vedere se aveva capito.

«Cosa?» Milla si arrovellò il cervello.

Lui si indicò dietro le spalle con il muso.

«Vuoi che salga su di te?» chiese.

Iggie emise un *aark*, sbattendo le palpebre tutto felice.

«Tu *non vorrai...*» chiese incredula. «O *sì*? Vuoi che voliamo!»

Milla fu scossa da un impulso selvaggio, impetuoso.

«Non possiamo!» esclamò. «Vero?»

Iggie si limitò a fissarla.

«Oh, Iggie. Lo so che vuoi tirarmi su di morale dopo ieri sera, ma non è permesso. Credo che il duca esploderebbe di rabbia sul serio se lo scoprisse.»

Iggie liquidò la possibilità con un grugnito sdegnoso. Milla scoppiò a ridere e si portò subito la mano alla bocca.

Sapeva che era proibito, ma era un'idea di Iggie. Voleva volare. Con lei.

Se ce l'avessero fatta, Milla sarebbe diventata un cavaliere dei draghi di Arcosi. Come i dipinti murali nella Sala del Drago. Come Karys Blutempesta.

«Sul serio? Sei sicuro, tesoro mio? E se non fossi abbastanza forte? E se io sono troppo pesante?» Avrebbe potuto fargli male. Se fossero finiti tutti e due in mare o, peggio, sulle scogliere? Sarebbero stati ridotti a pezzettini.

Iggie sbuffò così violentemente che le riempì la faccia di fumo.

«D'accordo, d'accordo...» tossì. «Vengo!» L'eccitazione e la paura la rendevano impacciata e maldestra. Andò a tentoni, cercando di montargli in groppa senza fargli male alle ali. Alla fine, si sedette con le gambe da un lato, poi si spinse all'indietro e alzò una gamba sopra le sue orecchie. Si era appoggiata a lui. Si era perfino seduta su di lui. Ma quello era diverso. Quello significava fiducia totale.

Milla abbassò lo sguardo. Le sue dita sfiorarono le squame blu iridescenti, tracciandone i bordi. Era blu come una libellula, blu come un pavone, più blu del cielo in un perfetto giorno d'estate. Il dorso forte di Iggie la sostenne con facilità e lei seppe di essere leggera. Strinse un po' più forte le cosce, sentendo le sue costole e i muscoli dei suoi fianchi.

«Dove devo aggrapparmi?» chiese. «Scusa, Ig, ma io non ho le ali.»

Lui alzò il suo lungo collo e si voltò verso di lei. Abbassò le orecchie ed emise un rassicurante mormorio.

«Lo so che non mi lasceresti mai cadere! Ma posso aggrapparmi al tuo collo quando siamo in volo? Ce la fai lo stesso a respirare?»

Lui annuì e girò di nuovo la testa. Milla si chinò in avanti, cercando di tenersi in equilibrio tra le sue scapole in modo da non ostacolare le ali. Gli cinse il collo forte e squamoso agganciandosi con le braccia e spostando il peso in avanti.

«Io sono pronta, se sei pronto tu!» sussurrò e vide le orecchie di Ig fremere. Riusciva a sentire il battito del cuore del drago che accelerava, e il suo lo seguì.

Iggie fece un passo avanti fino al bordo del masso su cui stavano, poi si accucciò. Sotto di loro, i giardini erano avvolti da una foschia perlacea nella luce grigia dell'alba. Era umido, freddo e molto silenzioso.

Milla sentì i muscoli di Iggie farsi tesi, duri e pronti a scattare. Dietro di lei, Iggie spiegò le ali massicce.

Mi fido di te, pensò lei, rabbrividendo nell'aria gelida. E se fossero morti, sarebbero morti insieme.

Poi Iggie spiccò il balzo. Il suo corpo si tese Lo sentì spingere e sollevarsi. Trattenne il fiato. Strizzò forte gli occhi. Le mani intrecciate, umidicce.

Non caddero. Non stavano cadendo. Stavano volando!

Milla guardò. Le spoglie cime degli alberi, le rocce e l'erba si facevano più piccoli sotto di loro man mano che prendevano quota. «Quella è la Sala del Drago!» Guardò attraverso la foschia, tutto le era estraneo da quella prospettiva a volo di uccello. «Oh, Iggie, ce l'abbiamo fatta!»

Si tenne stretta, sentendo ogni battito delle sue ali riverberarsi nei forti muscoli del torace, sotto le sue mani.

Sorvolarono il palazzo, con le sue quattro torri affusolate, tanto piccole che sembravano il giocattolo di un bambino sotto di loro. Poi volarono sopra le mura e...

«Oh!» A Milla si rivoltarono le budella. E poi ancora: «Ohhh!» gridò più forte.

I tetti delle case di Arcosi si stendevano sotto di loro, scomparendo nella foschia in un guazzabuglio di tegole rosse e tetti piatti, camini, campanili, fili del bucato e guglie. C'erano i pontili e i magazzini e la piazza mercato... assurdamente minuscoli, ancora deserti.

«Guarda... il porto!» Attraverso le nuvole sottili vide le barche ormeggiate, non più grandi degli insetti pattinatori della fontana preferita di Nestan. Alcune di loro si stavano dirigendo in mare aperto, navi grosse come un'unghia che solcavano la superficie liscia e pallida. Quella era la barca di Thom? Se avesse guardato in alto in quel momento, cosa avrebbe pensato?

Il vento le sferzava il viso, facendole lacrimare gli occhi. Rise forte e strinse il collo di Iggie, urlando: «Iggie... eeee! Sei un portento!»

Si lasciarono l'isola alle spalle. Il mondo era solo vento, mare, cielo e velocità. Ed erano come una cosa sola, come mai lo erano stati prima. Si strinse a lui con le braccia e con le gambe, avvertendo il suo potere, la sua determinazione e la sua gioia.

Si librò sempre più in alto, ad ali spiegate, e poi virò di lato. A est, di fronte a loro, il sole sorse sopra l'orizzonte, una striscia di carbone ardente, sempre più calda e luminosa. La foschia cominciò a diradarsi.

Milla si voltò indietro verso Arcosi, vedendola per la prima volta come una vera isola. Uno scoglio nel mare: così piccola e compatta. In lontananza, la terraferma si allungava come un pesce su un banco, con la coda biforcuta di Sartola che puntava a sud.

Una sensazione nuova, strana, si impadronì di lei. Si sentì completamente calma. Si sentì leggera e libera. Si sentì un niente – un bruscolino nel vento – e allo stesso tempo parte del tutto. Avrebbe potuto volare per tutto il giorno. Lassù, non c'erano guai. Nessuno a cui rispondere. Solo Iggie e Milla, e quel moto perfetto, che continuava e continuava, all'infinito.

Lì, infine, si sentì a casa. A casa nel cielo? Rise ancora e strillò forte: «Eeee-eeee!»

Era come togliersi un peso.

Sapeva di libertà.

Sentiva la profondissima gioia di Iggie, pari alla sua.

Il freddo era pungente lassù e Milla cominciò a rabbrividire così violentemente che riusciva a malapena a tenersi aggrappata. Con rimpianto, sentì Iggie invertire lentamente la rotta verso Arcosi. Ricominciò a sbattere forte le ali, dirigendosi verso casa.

Milla sentì il cuore farsi più pesante.

Non voleva tornare. Non voleva affrontare la disapprovazione di Isak. Voleva volare per sempre.

Iggie compì un cerchio sull'isola e si avvicinò da nord, per restare nascosto.

Milla guardò in basso, verso la Casa Gialla, chiedendosi quando sarebbe riuscita a dire a Kara cosa era successo. Aveva bisogno di chiederle consiglio.

«Come facciamo ad atterrare?» chiese Milla, improvvisamente spaventata. Cercò di non guardare giù alle rocce che si stagliavano minacciose e di non pensare a cosa sarebbe successo se fosse scivolata in quel momento.

Iggie sapeva cosa fare. Si levò alto nel cielo e calò sui giardini del palazzo, in cerchi sempre più stretti, finché le torri non furono di nuovo sopra di loro e l'erba si avvicinò sempre di più, troppo velocemente, troppo velocemente e... «Ahi!» Milla sbatté contro il collo di Iggie, con un colpo che le mozzò il fiato, picchiando la guancia quando scivolò in avanti e atterrò su un mucchio di terra ai piedi del drago.

Respirando forte, mise in fuori le braccia e abbracciò la terra, chiedendosi se avrebbe vomitato.

Invece, cominciò a ridacchiare per poi scoppiare in una risata incontrollata tra i fili di erba umida.

Iggie le soffiò dell'aria calda sulla nuca, sbuffando preoccupato.

«Sto bene... sto...» singhiozzò, poi si alzò barcollando e lo abbracciò di slancio. «Grazie drago meraviglioso!»

Le gambe le tremavano violentemente e le si annebbiò la vista. «Sarà il nostro segreto?» gli chiese. Volare era stupendo. Volare era quello per cui era nata. Lei e Iggie, insieme.

Iggie le rispose con un brontolio, e rimasero là a lungo, stretti l'una all'altro.

Solo in quel momento si ricordò del litigio della sera prima con i gemelli. Non sembrava più tanto importante. Aveva la sensazione di poter sopportare tutto, se solo lei e Iggie avessero potuto continuare a volare insieme.

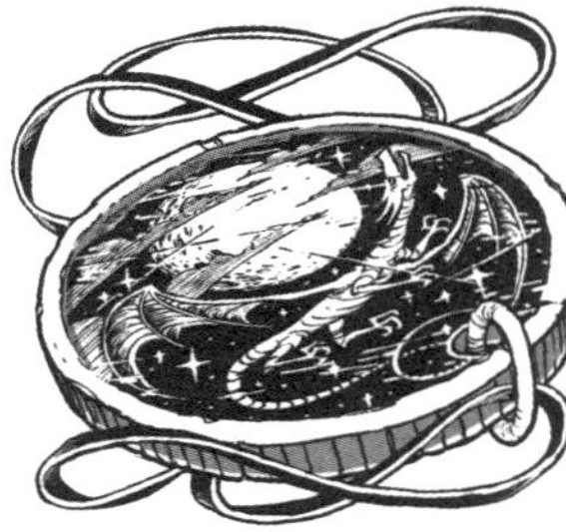

CAPITOLO TRENTA

Tre mesi dopo, primavera. Il giorno del fidanzamento.

«Cosa succede se faccio un pasticcio?» mormorò Tarya con il viso affondato nel collo squamoso di Heral. Il grosso drago riluceva di un bagliore cremisi nel sole caldo primaverile che, dal portone, inondava la Sala del Drago.

«Non succederà» disse Milla. «Hai provato decine di volte. Sta' su, Iggie.» Scostò dolcemente la testa del drago. «Girati. L'ultima molletta, promesso. Devo infilartela in testa, non nel collo di Heral.» Cercò di non far trasparire la tensione nella voce, ma se non si fossero sbrigate, Tarya sarebbe arrivata in ritardo per la benedizione del suo fidanzamento.

«Continuo a dirlo sbagliato» disse Tarya. «Finirò per disonorare Vigo. Mi vedranno tutti.»

«E che problema c'è se ti vedono? Sei splendida, te lo dico io.» Non l'aveva mai vista così nervosa. «Fatto! Adesso, alzati, vediamo un po' come stai.»

Milla le aveva tirato su le folte ciocche bionde sul davanti, intrecciato quelle laterali con fiori di cera e lasciato i capelli sciolti dietro. Tarya indossava un vestito tradizionale

Norlander. Era color crema, non rosso, ma Milla aveva aggiunto un ricamo di fiori scarlatti sulla parte bassa del corpino, come regalo. Aveva incluso anche un minuscolo drago, in basso, dove nessuno l'avrebbe visto.

«Perfetta!»

Tarya si limitò a corrugare la fronte, con aria nervosa.

«Ascolta: oggi, è solo una formalità. Tu e Vigo sapete quello che provate l'una per l'altro, no?»

Tarya annuì, ascoltandola attentamente.

«Quindi tutto questo, la cerimonia di fidanzamento e il viaggio, è per la città. Per dare alla gente qualcosa di bello da festeggiare.»

«In che senso?» chiese Tarya con una luce negli occhi azzurri spalancati.

«Sai che per la maggior parte delle persone non è stato un periodo facile. Sono felici di avere un giorno di riposo. Tutto qui» rispose Milla. «Pensa a voi due: una Norlander e un Sartolan insieme. Siete il simbolo perfetto della pace e dell'unità. Ora, se tutti potessero seguire il vostro esempio, le cose si metterebbero a posto.» Mantenne un tono leggero. Non disse che, se la profezia diceva il vero, la vita dei draghi poteva dipendere da quello.

«Lo so. Ho sentito quello che hai detto su come i Norlander trattano tutti gli altri, e faccio del mio meglio per dire la mia, quando lo noto. Finora, l'unico risultato è stato di far arrabbiare il duca e Isak.»

«Non sono arrabbiati con te» disse Milla. «Ti vogliono bene. E probabilmente sei l'unica persona da cui sono disposti a sentirsi dire qualcosa.»

Di certo, Isak non sarebbe stato disposto stare a sentire Milla. Le aveva a malapena parlato dal giorno del loro litigio e lei si sentiva troppo ferita per continuare a provarci. «Quando tu e Vigo sarete al comando, le cose saranno diverse, ma non sono sicura che i miei amici potranno aspettare tanto.»

Tarya si premette la mano sulla pancia, come l'idea di diventare duchessa le procurasse una fitta allo stomaco.

«Mi accetteranno?» sussurrò. «E se non sono abbastanza bella?» Aveva un tono sarcastico, ora. «Non abbastanza aggraziata, come una brava fanciulla Norlander?» Poi aggiunse, in un impeto di sincerità: «E se capiscono che preferisco maneggiare una spada piuttosto che un ago?»

«Ed è per questo che Vigo ti ama! Sei coraggiosa, audace e intelligente.» La commuoveva che Tarya le avesse confessato le sue paure. Non aveva capito che anche lei si preoccupava delle piccole cose. «Sii te stessa, e ti vorranno bene, te lo assicuro. Come te ne voglio io.»

Heral si voltò e appoggiò la sua enorme testa rossa sulla spalla di Tarya, soffiando piano.

«E come ti vuole bene lui.»

Tarya sorrise al drago. «Mi dispiace che non puoi venire, mio dolce Heral.»

Milla si girò verso Iggie e gli appoggiò la testa sul collo, sbadigliando. Si erano alzati decisamente troppo presto, così da incastrare il loro volo sul mare prima che gli altri si svegliassero. Milla non sapeva quando l'avrebbe detto agli altri. Sperava che non sarebbero stati gelosi del fatto che Iggie era il primo drago ad aver volato oltre i confini del palazzo. Tutto quello che sapeva era che volare faceva bene a Iggie, e faceva bene a lei, e si sarebbe battuta con chiunque avesse provato a fermarla.

Tarya diede dei colpetti sul naso squamoso di Heral. «Lo so, è brutto essere lasciati indietro. Ogni volta che mio padre andava per mare, lo odiavo. Ma non staremo via a lungo, promesso. Tu resterai qui con Finn. Io tornerò presto.»

Heral borbottò sommessamente, *mraa*...

Con perfetto tempismo, Nestan e Richal Finn comparvero sulla soglia.

«Papà!» Tarya corse a gettarsi tra le braccia di Nestan con tanto impeto che gli fece cadere il suo bastone migliore, dal manico in argento.

«Ma guardati!» Nestan le fece un gran sorriso che tremò appena dall'emozione. «Bellissima! Se tua madre potesse vederti.» Tenne stretta sua figlia.

«State attento ai capelli. Mi ci sono volute ore!» lo rimproverò scherzosamente Milla, sorridendo a tutti e due.

«Nestan la raggiunse e abbracciò anche lei.

Lo sentì bloccarsi alla vista dei draghi dietro di loro.

«Oh, cielo. Quanto sono diventati grossi?»

Nestan non li vedeva da un mese. Lasciò andare Milla e rimase fermo mentre i quattro draghi si avvicinavano entusiasti per salutarlo, senza rendersi conto di quanto potevano sembrare minacciosi. Tutti, salvo Belara, erano più alti di lui, ora.

«C... c... ciao. Oh, quanto siete cresciuti. È ancora sicuro toccarli?» chiese nervoso.

«Non essere sciocco, papà! È solo Heral. Lo conosci.» Ma Tarya tirò indietro il drago, dicendogli: «Lascia un po' di spazio a mio padre! Sei più grosso del suo cavallo e gli stai facendo paura.»

Anche Iggie si stava comportando in modo strano, soffiando fumo verso i due uomini in un *mraaa* smorzato.

«Iggie, fa' il bravo. Non c'è bisogno di metterci in guardia contro questi due» ordinò Milla al suo drago. Si infrappose tra lui e i due uomini, ignorando il brivido di inquietudine che le aveva fatto venire la pelle d'oca. «Sono Nestan e Finn! Li conosci benissimo: ci siamo esercitati per questo.»

«Tutto ok, Milla. Non preoccuparti» la rassicurò Finn.

Iggie non voleva essere lasciato solo, tutto qui, decise lei. Lo capiva sempre quando stava per andare in qualche posto senza di lui.

«Vieni qui.» Alzò gli occhi verso il suo drago, rapita dalla sua perfezione. Alla luce del sole, le sue squame erano gioielli sfavillanti. Riempiva tutto il suo spazio visivo, togliendole il fiato.

«Ehi...» sussurrò per consolarlo, appoggiando la fronte contro il suo naso e allungando le mani per accarezzargli le orecchie. «Sarò di ritorno prima che tu te ne accorga, promesso.» Si assicurò che nessuno potesse sentirla. «E, all'alba, voleremo ancora.»

Gli occhi del drago erano grosse sfere di fuoco verde, saggi e antichi. Sbatté le palpebre, con quella inferiore che si alzò a coprire l'iride brillante, tagliata da una pupilla nera e sottile. Iggie brontolò e Milla avvertì il calore che gli cresceva nel petto.

«Ciao, Ig. Devo scappare. C'è una città che aspetta.»

Ma Iggie allungò il collo e le prese la gonna tra i denti. Era un bel vestito di seta, che le aveva dato Serina. Si sentì il lieve rumore di uno strappo nel delicato tessuto turchese, all'altezza della vita.

«Ehi! Piantala. Non puoi fare così... Iggie!» gli spinse la bocca con le dita.

Iggie non lasciò la presa.

Milla provò a sollevargli il labbro, mettendo in mostra i denti enormi, bianchi come conchiglie, affilati come rasoi. Gli diede dei colpetti con l'unghia sui denti serrati. «Ehi, apri. Molla.»

«Milla, dobbiamo andare!» la chiamò Tarya. «I cavalli sono pronti.»

«Va bene» rispose con voce stridula Milla. «Andate avanti, vi raggiungo...» Li guardò partire, con un crescente senso di panico. Se non fosse andata alla cerimonia, sarebbe potuto sembrare un insulto ai suoi amici e alle loro famiglie.

«Milla?» Richal Finn aveva preso la sua postazione, sulla soglia. «Tu non vai?»

«Ci sto provando!» ansimò. «Ma Iggie non vuole lasciarmi andare.» Avrebbe dovuto dargli retta? E se Iggie sapeva qualcosa che lei non sapeva? Ma aveva un dovere nei confronti di Tarya e Vigo quel giorno, e doveva andare. «Per favore, Ig!» lo pregò.

Infine, Iggie la lasciò andare, con un brontolio scontento. Chiuse gli occhi e si sistemò sul pavimento, con uno sbuffo d'aria calda.

«Buona fortuna, Finn!» gridò lei mentre si precipitava fuori dalla Sala del Drago senza voltarsi. «Fa' buona guardia.»

Milla doveva sbrigarsi se voleva arrivare prima di Tarya e di Nestan. Prese le scorciatoie più veloci che conosceva, sapendo che loro avrebbero dovuto prendere la via più ampia e lunga a cavallo. Alla fine, arrivò vicino al porto. Imprecando, si fece largo sgomitando tra la folla, verso il tempio in riva al mare. Tutti i cittadini di Arcosi erano accalcati lungo le strade strette, come sardine sottaceto. Fu quasi per urlare dalla frustrazione, rallentata dalla gonna lunga che sventolava alla brezza.

«Ehi, cos'è tutta questa fretta? Nessuno va di corsa, oggi, ragazza!» gridò qualcuno sovrastando il suono delle campane della città.

Milla si fermò un attimo per riprendere fiato e vide Rosa e Thom proprio davanti a lei. Stavano ridendo tra loro e lei provò un improvviso senso di perdita. Le mancavano terribilmente. Ma quella era la prova: stavano bene anche senza di lei. Cambiò direzione per non incontrarli. Se non le era permesso parlare di Iggie, cos'altro avrebbe avuto da dire?

Milla si unì al piccolo gruppo di persone radunate al tempio, in imbarazzo per gli sguardi che gli altri stavano lanciando alla ritardataria. L'aria era fresca all'ombra della cupola di marmo, tra i pilastri bianchi e sottili, con il mare azzurro si stagliava sullo sfondo dai tre lati. Il tempio era collegato all'isola da una lunga strada rialzata, l'alzaia, ai cui lati erano disposte due file di guardie armate: i soldati del duca alternati con un picchetto d'onore Sartolan, portato dallo zio di Vigo, Carlo.

«Ciao, Milla, tutto bene?» Serina si voltò dal suo posto accanto a Vigo e al duca.

«Sì, Vostra Grazia» rispose senza fiato Milla. «Sta arrivando. Sarà qui da un momento all'altro, promesso!»

Milla si mise vicino a Josi e le fece passare il braccio attorno alla vita. Josi fece lo stesso: non avevano bisogno di parlare.

Isak stava proprio dall'altra parte, ma non la salutò. Erano passati mesi, e il gelo e la distanza fra loro le faceva male ogni giorno come se fosse il primo.

Un uomo alto accanto a Serina si guardò attorno, curioso. Notò la collana con il pendente a forma di pesce e le sorrise.

Milla immaginò che fosse lo zio di Vigo, Carlo, il fratello di Serina in visita da Sartola, così gli fece un inchino.

Carlo, re di Sartola, sembrava una versione più vecchia e robusta di Vigo, con i vivaci occhi color rame che luccicavano alla luce del sole. E quel bel ragazzo doveva essere Luca, suo figlio.

Vigo era in prima fila. Milla lo vedeva spostare il peso da un piede all'altro dall'agitazione. Poco distante, il duca Olvar guardava di fronte a sé, immobile.

Il tempo sembrò rallentare all'infinito.

L'aria si fece più calda.

Tutti gli invitati tenevano gli occhi fissi all'imbocco dell'alzaia.

Milla si sentiva un nodo allo stomaco, come un filo da pesca aggrovigliato. «Dov'è?»

Josi le diede una stretta. «Sta bene, di certo.»

«Sarà in ritardo» borbottò Isak. «Mia sorella è sempre in ritardo. Meglio che si abitui anche lui.»

«Bè, non è colpa mia» ribatté secca Milla. «Avrebbe dovuto già essere qui.»

«Non ho detto che è colpa tua» replicò compassato Isak.

Era così tra loro, ormai. Che cosa aveva visto, quando l'aveva guardata? Un'ingrata? Una persona di condizione inferiore? Una che non era di origini Norlander? Studiò il suo profilo per cercare una risposta, e non ne trovò nessuna.

La folla accalcata lungo la costa in entrambe le direzioni proruppe in grida festose.

«Sta arrivando!» gridò Milla. Saltellò sul posto, afferrando la manica di Josi. «Guarda!»

Tarya e Nestan stavano cavalcando verso di loro.

«Heral avrebbe dovuto essere qui! E anche Petra. Non riesco a credere che se lo siano dovuti perdere» sussurrò Milla a Josi.

Alla luce del sole, i capelli di Tarya erano riccioli lunghi intessuti d'oro e i suoi occhi azzurri erano intensi come il mare.

Il suo viso si illuminò di felicità quando vide Vigo che l'aspettava.

Milla si augurò di trovare qualcuno, un giorno, che la facesse sorridere così.

Tarya smontò dalla sua cavalla.

Vigo passò tra le file di ospiti nel tempio e uscì per andarle incontro. Con quel bellissimo sorriso, sembrava molto diverso dal giovane che Milla aveva incontrato al ballo, l'anno prima. Adesso che lo conosceva bene, vedeva la sua gentilezza, la sua intelligenza pronta e vivace, e il suo imbarazzo in presenza di estranei. Non era mai stato arrogante: solo timido. Lui e Tarya formavano una bella coppia. I loro caratteri opposti si equilibravano, pensò con il cuore che scoppiava di gioia per i suoi amici.

Tarya e Vigo si incamminarono lungo l'alzaia verso il tempio, salutando la folla. Tutti applaudirono ed esultarono.

Quando iniziarono le urla, c'era così tanto rumore che ci volle un momento perché la gente se ne rendesse conto.

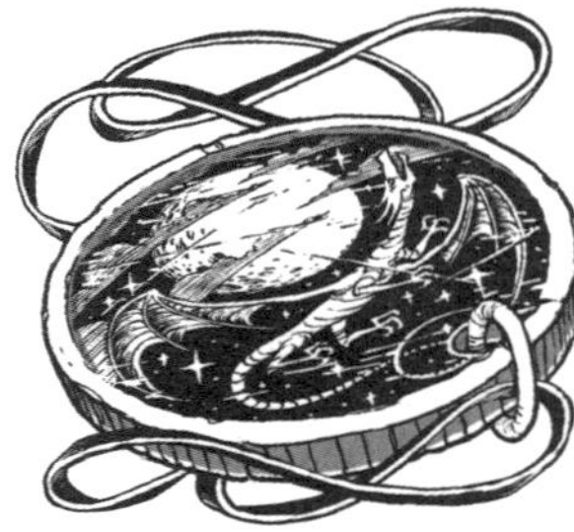

CAPITOLO TRENTUNO

Milla scattò in avanti e afferrò Tarya per un braccio. «Aspetta! Ascolta!» La trascinò sotto il tetto del tempio, cercando la fonte del pericolo.

La gente urlava dal terrore.

Lungo strade gremite, la folla si precipitava disordinatamente lontano dalla riva.

Il cuore di Milla le balzò in petto mentre una forma enorme, familiare, passò sopra di loro, oscurando il sole. «No. Non adesso. Non qui. No, no, no.»

Allungò il collo per guardare. Aveva il sole negli occhi e l'ombra si muoveva in cerchio. Chi era? Quale dei quattro?

Il drago si librò in alto e lei poté vederlo chiaramente, con la luce che rifletteva sulle squame rosso sangue e si propagava sulla sottile ragnatela delle ali scarlatte.

Era Heral: era venuto per Tarya.

Come aveva fatto a uscire? Dov'era Iggie? Era in pericolo? Le domande le si affollavano nella mente e per un attimo rimase paralizzata.

L'esercito del duca sapeva dell'esistenza dei draghi. I soldati Sartolan in visita invece no e, per loro, un drago era un nemico. Milla guardò con orrore mentre miravano a Heral e scoccavano una pioggia di frecce.

«Fermi!» gridò Tarya.

«No!» Vigo fece un balzo in avanti, agitando le braccia in segno di cessate il fuoco.

Era troppo tardi. Una freccia si conficcò nel fianco di Heral, che gridò. Una fiammata gli fuoriuscì dalla bocca aperta.

Tarya corse urlando davanti ai soldati Sartolan. Una freccia le mancò la testa di un soffio.

«No, Tarya!» gridarono Vigo e Nestan all'unisono, precipitandosi da lei.

Milla tornò in sé e li seguì.

Heral virò bruscamente a est. Tornò indietro, più veloce, più basso, e sputò un'altra vampa di fuoco.

Gli arcieri urlarono, alzando le braccia in un debole gesto di difesa. Milla vide gli archi prendere fuoco, le frecce trasformate in cenere a mezz'aria. Un uomo avvolto dalle fiamme saltò in acqua.

«Fermo!» gridò Tarya al suo drago.

Ci fu una totale confusione. Le strade della città si stavano svuotando. C'era gente rimasta bloccata nella calca; altri che, al tempio, si buttavano a terra per ripararsi. Qualcuno cadde in mare, altri corsero via lungo l'alzaia.

«Vieni!» gridò Milla a Vigo. «Dobbiamo fermarli.»

Si arrampicarono sul muretto di pietra e selce della strada rialzata, mettendosi sulla linea di fuoco mentre Heral volava in cerchio sempre più basso, in cerca di Tarya.

«Non colpite il drago!» urlò Vigo in Sartolan, e la sua voce forte sovrastò la confusione. «Cessate il fuoco! Ve lo ordino!»

Il duca Olvar ripeté le stesse parole in Norlandish.

Nessuno voleva colpire il figlio del duca nel giorno del suo fidanzamento. Gli arcieri abbassarono gli archi. I soldati si bloccarono, con le spade ancora sguainate.

Tarya si mosse veloce. Si sfilò le scarpe con un calcio. Tirandosi su la gonna, si arrampicò sul pilastro più vicino, sfruttando la sua struttura a spirale come una scala. Raggiunse la cupola del tempio e salì in cima. Si alzò lentamente in piedi e alzò le braccia al cielo, facendo cenno a Heral di avvicinarsi.

Le urla si spensero. Tutti quelli che non erano già scappati si fermarono a guardare, con la bocca aperta.

Heral atterrò impacciato sulla cupola, tenendo le ali aperte per stare in equilibrio. Ruggì dolorante e confuso, soffiando fumo scuro in una raffica di scintille.

Tarya spalancò le braccia e si avvicinò a lui.

Alle spalle di Milla, tutti trattennero il fiato. Una donna Norlander in un vestito di seta grigio svenne, accasciandosi sul pavimento del tempio.

Tarya abbracciò Heral.

Milla la vide muovere le labbra: lo stava calmando.

Heral chinò la testa ed emise un lamento, più sommesso, lasciandosi tranquillizzare. Lei gli accarezzò il collo e si chinò a sussurrargli qualcosa nelle orecchie.

Tarya spostò le mani più in basso e gli estrasse con gesto deciso la freccia dal fianco: la ferita era superficiale, ma sanguinava molto. Heral ruggì ancora, ma non reagì. Tarya si strappò una striscia di tessuto dall'orlo del vestito coperto di sangue e la usò per tamponare la piaga. Poi si piegò in avanti e fece passare una gamba sopra il dorso del drago.

«Non sta per...» iniziò Vigo, ma la voce gli morì in gola.

«Sì!» disse Milla. Era stato un tocco di genialità da parte di Tarya: come avrebbe fatto altrimenti a far passare il suo drago ferito tra la folla terrorizzata?

Il drago si preparò al salto e, con un grande slancio, si lanciò sul mare. Per un momento, sembrò che dovesse schiantarsi sulla superficie dell'acqua, le sue ali sbattevano furiosamente. Poi, all'ultimissimo momento, il suo volo cambiò. Il battito delle ali rallentò e si fece più profondo, mentre lui si alzava con colpi possenti.

«Ce l'ha fatta!» esultò Milla.

Li osservò disegnare un lungo arco, virare lentamente e dirigersi verso il palazzo dei quattro venti.

Tarya si appiattì sul dorso del drago, con il vestito chiaro in netto contrasto con il rosso scuro del fianco di Heral. I capelli le fluttuavano dietro le spalle. Poi scomparvero dietro la collina, lontano dalla vista.

Per un momento, ci fu un silenzio attonito.

Milla trattene il fiato e aspettò la reazione. Voleva dire che lei e Iggie avrebbero potuto volare liberamente? Kara aveva detto che il posto dei draghi era in città. Bè, ora la città di certo sapeva della loro esistenza. Il segreto era stato rivelato. Sarebbe stato tutto diverso.

Le persone si guardarono attorno con gli occhi sbarrati, come risvegliandosi da un incantesimo. Poi l'intera isola di Arcosi proruppe un vocio sfrenato.

«Svelta!» Vigo afferrò le redini della cavalla di Tarya e

balzò in sella. Facendola girare e spronandola in avanti, urlò alle sue spalle: «Isak? Milla? Torniamo a palazzo, subito!»

Un attimo dopo stava galoppando lungo l'alzaia per raggiungere Tarya.

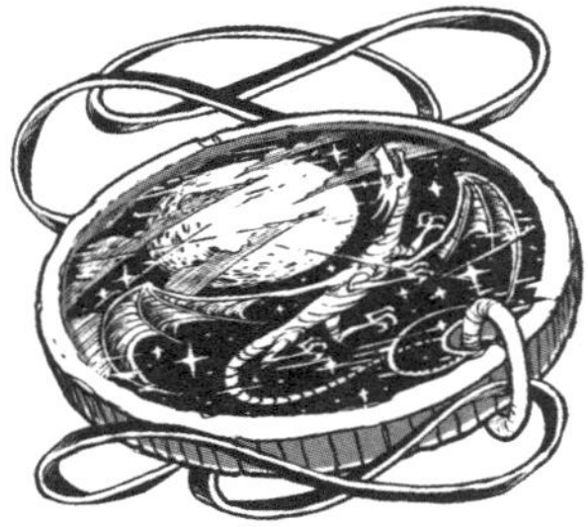

CAPITOLO TRENTADUE

Al tempio, i pochi ospiti rimasti si guardavano in un silenzio esterrefatto.

«Torniamo a palazzo, immediatamente!» gridò Olvar, con la voce che gli tremava appena. «Prima che scoppino nuovi tumulti. Imporrò un nuovo coprifuoco.»

Milla si avvicinò: non voleva perdere neanche una parola.

«Mio caro, perché non lasciamo che il popolo si goda la sua festa? Lasciamo che si abituino all'idea dei draghi» suggerì Serina. «Guarda, sono più calmi adesso. Nessuno sta creando disordini.»

Carlo aspettò a una distanza di cortesia, ascoltando quello che diceva sua sorella.

In qualunque altro giorno, Milla era sicura che il duca Olvar avrebbe dato l'ordine di ripulire le strade, ma la presenza di un reale in visita lo trattenne.

«Molto bene.» la voce di Olvar suonò tesa e forzata. «Guardie! Che la festa continui!»

Milla li guardò andare via.

La folla fece ala per lasciar passare le carrozze reali, che imboccarono la via principale verso il palazzo.

«È fatta» commentò Josi, asciutta. «Meglio che torni da Kara e le faccia sapere che i suoi sogni potrebbero diventare realtà.»

«Io devo tornare da Iggie. Ma ci vediamo presto, va bene?» Milla abbracciò Josi e Nestan. Poi si servì della scalinata segreta per evitare le strade affollate, ma si procedeva lentamente quel giorno, e doveva mettersi in coda ogni volta che doveva attraversare la via principale.

Quando finalmente raggiunse la Sala del Drago, il duca e la sua famiglia erano già arrivati. Milla trovò Vigo che discuteva animatamente con suo padre, mentre Serina cercava di intervenire.

Iggie le diede un sonoro benvenuto e planò verso di lei dal posatoio.

Milla andò dritto da lui e appoggiò la fronte contro la sua, tenendogli la testa con entrambe le mani. «Va bene. È tutto a posto» gli disse, sperando che fosse vero.

Iggie brontolò in risposta, teso per l'atmosfera che c'era nella stanza.

«Non puoi negare che stia succedendo. Il segreto non è più un segreto ormai» stava urlando Vigo. Con una mano, stava trattenendo Petra.

Il drago verde stava accanto a Vigo e fissava torvo il duca, colpevole di innervosire il suo prescelto.

«Non capisci?» tentò Vigo. «Abbiamo la possibilità di fare la cosa giusta! E di unire la città. Non ne abbiamo forse bisogno?»

Heral aveva una benda nuova, ma a parte quello sembrava stare bene dopo il suo volo sull'isola. Tarya lo stava accarezzando, controllando ogni singola squama, con ancora indosso il vestito sporco di sangue. Isak e Belara erano accovacciati accanto al fuoco. Il drago dorato era mogio sul pavimento, con le orecchie piatte, come se le urla la ferissero.

Carlo e Luca, a disagio, si tenevano in disparte vicino alla porta con un piccolo drappello di guardie Sartolan, inebetiti. La presenza dei draghi era stata nascosta anche a loro. L'ultima volta che qualcuno li aveva cavalcati, Sartola era stata data alle fiamme.

«Milla! Finalmente!» esclamò Vigo, voltandosi verso di lei.

«Cosa succede?» I suoi occhi corsero da Vigo a suo padre e poi di nuovo a Vigo. Quel giorno, l'equilibrio di potere tra i due sembrava diverso.

«Non hai visto quando sei entrata?» chiese Vigo.

Milla non rispose, per evitare di parlare della porta d'ombra.

«Vieni, seguimi.»

Lasciando Isak con i draghi, la ragazza seguì Vigo più velocemente che poté fino al portone di ingresso del palazzo. Gli altri corsero per raggiungerli. Una volta là, Vigo fece cenno a Milla di salire sulla torre di guardia orientale. Mentre percorreva la scala a chiocciola, le giunse all'orecchio un suono strano, sempre più forte. Uscì alla luce del sole e il rumore la investì come un'onda. Tarya, Vigo, Carlo, il duca e la duchessa si disposero in fila sui bastioni.

Milla guardò in basso le centinaia di persone che si erano messe in coda ai cancelli. Un oceano di cittadini di Arcosi che si accalcavano, parlavano, discutevano. Bambini sulle spalle dei genitori. Coppie di anziani sedute su sgabelli pieghevoli, che si facevano aria sotto il sole. Venditori ambulanti che si facevano faticosamente largo tra la folla con i loro vassoi, vendendo cibo e bevande. Un serpente vibrante, ondeggiante, della larghezza di sei persone, che si snodava fino al centro della città, fin dove arrivava l'occhio.

Milla ricordò cosa si provava a essere laggiù, a guardare il portone, bruciando dal desiderio di entrare.

Che cosa aveva detto Kara? I draghi appartenevano alla città. Ed eccola lì, la città, venuta a vederli. Il primo giorno di festa da anni, e avevano deciso di passarlo in coda al caldo, per avere la possibilità di vedere un drago.

«Cosa possiamo fare?» le sussurrò Tarya in un orecchio, per non farsi sentire dal duca. «Sono venuti a vedere i draghi. Ma non possiamo farli entrare tutti insieme: sono centinaia.»

Milla gettò uno sguardo al duca. Sembrava oltraggiato dal fatto che il suo popolo avesse osato venire a bussare alla sua porta, senza un invito.

«Apriamo le porte, in fretta» stava dicendo Vigo. «O vuoi un altro tumulto?»

Carlo sembrò sconcertato: «Avete avuto dei tumulti? Ma perché? Pensavo che il commercio andasse bene.»

Serina impallidì.

Milla immaginò che avesse visto i risultati dei recenti disordini da vicino, lavorando con i guaritori nella città bassa.

«Carlo, ti spiego dopo. Mio figlio ha ragione» disse la duchessa. «Non c'è nessun posto dove andare. In uno spazio così ristretto, non possiamo rischiare una sommossa.»

«Dobbiamo dimostrare al popolo che i draghi non sono pericolosi... così nessuno cercherà più di colpirli» disse con decisione Tarya.

«Cosa suggerisci di fare, esattamente?» chiese il duca.

«Li lasciamo entrare. Facciamo vedere loro i draghi, come sono veramente.» A Tarya venne un'idea. «Vigo! Possiamo condividere la nostra festa di fidanzamento con il popolo?»

«E trasformarla in una celebrazione per i draghi?» disse lui lentamente. «Mi piace.» Le fece un largo sorriso.

Milla annuì. Ecco, finalmente! Questa era l'opportunità di mettere le cose a posto, proprio come Kara aveva detto. Per rimediare a tutti gli errori del passato. «Sì! Lasciamo che la gente di Arcosi incontri i draghi di Arcosi, proprio come...» si morse il labbro, per non lasciarsi scappare il nome di Kara.

Il duca Oliver si voltò e la fissò con interesse. Era così alto e magro che a Milla ricordò un airone durante la caccia.

«Come regalo di fidanzamento?» chiese Vigo a suo padre.

«Potrebbe funzionare.» Serina stava già facendo i calcoli, con occhio esperto. «Possiamo montare delle tende. Una per il cibo, una come infermeria. Ci saranno dei colpi di sole, oggi.»

«Sono sicura che Vostra Grazia avrà una strategia.» Tarya fece appello alla natura di Olvar, lasciandogli credere che fosse un'idea sua.

Indicò i soldati disposti lungo le mura. «Cos'è meglio, secondo voi? Predisporre due cambi della guardia, in modo che nessuno soffra troppo il caldo? Mandare dei drappelli tra la gente con dell'acqua? Sarebbe meglio due o tre? E, naturalmente, chi crea disordini sarà allontanato.»

Milla osservò Tarya lusingare il duca con rispettosa premura, manipolandolo abilmente come nessun altro avrebbe potuto fare. La sua amica stava cambiando.

Il fatto che Carlo stesse ascoltando fu di aiuto. Il duca voleva apparire generoso agli occhi del fratello di sua moglie.

«Mi sembra chiaro che gli eventi ci hanno colto di sorpresa» sospirò il duca Olvar. «E sia. Aprite i cancelli, lasciate entrare il popolo.»

Milla si azzardò a chiedere: «*Tutto* il popolo?»

Il duca si bloccò.

Carlo si schiarì la voce e lo fissò con sguardo eloquente.

Tutti trattennero il fiato. Olvar avrebbe insultato i Sartolan di fronte al re di Sartola?

«Sì, sì, tutto il popolo di Arcosi. Immagino si debba fare» rispose il duca. E se ne andò via impettito.

Fuori dalla portata d'orecchio di re Carlo, Milla lo sentì modificare i suoi ordini in un sussurro: «Ma prima i Norlander. E quando avranno visto i draghi, fateli uscire dal mio palazzo, prima che ci prendiamo tutti qualcosa.»

Quando i cancelli del palazzo furono aperti, una fila di Arcosi malandati e madidi di sudore entrò nell'ombra degli alberi e si avviò verso la Sala del Drago. Ricchi e poveri, giovani e vecchi, prima i Norlander, e poi tutti gli altri; tutti vennero a vedere i draghi. Entrarono nella Sala del Drago e rimasero fermi a fissare quello che trovarono: il grande edificio spazioso con i suoi antichi dipinti murali e i quattro enormi draghi viventi.

Al vedere le loro espressioni sconcertate, Milla andò ad accoglierli. Ricordava quanto era rimasta intimorita la notte del ballo, e quella volta non c'erano neanche i draghi.

Iggie planò fino alla barriera di legno improvvisata che avevano eretto e annusò l'aria.

Al di là della recinzione, una famiglia di quattro persone si ritrasse di scatto.

Milla si gettò su Iggie: «Buono, Ig, buono.» Come doveva sembrare agli occhi di quelle persone? Enorme, immenso, letale?

Si guardò alle spalle: Heral e Petra stavano osservando con interesse, mentre Belara se ne stava rannicchiata in fondo vicino alla stufa, ignorandoli tutti.

In quel momento, una bambina si divincolò dalle braccia della madre e corse avanti: una bimba minuta che avrà avuto sei anni, con lunghe trecce e un largo sorriso. Infilò la testa e le spalle attraverso la recinzione e allungò le braccia: «Ciao, drago!»

«Ella, torna indietro!»

Milla era tesa per la paura, pronta a richiamare Iggie. Come aveva potuto pensare che fosse una buona idea? Iggie avrebbe potuto rompere quel corpicino come niente. E poi cosa gli sarebbe successo? La città avrebbe preteso il suo sangue.

Ma Iggie si abbassò con delicatezza, sbuffando contro la mano della bambina, come un cavallo.

«Fa il solletico!» rise felicissima lei.

«Bravo, Ig. Proprio ben fatto.» Milla gli diede dei colpetti sulla spalla sinistra, per calmare se stessa quanto lui, e reprimendo un impeto di gelosia. Non era quello per cui si era battuta? Iggie non era più solo suo. Doveva condividerlo.

Il fratello della bambina si fece avanti, balbettando gentilmente: «P... per piacere, mia signora... Posso accarezzare il vostro drago, per piacere?» La fissò con dei grandi occhi color nocciola, con speranza e ancora un po' di paura.

Iggie si inchinò, con fare giocherellone, poi fece un balzo all'indietro, girandosi per vedere se lo stavano seguendo.

Il bambino trasalì e si tirò indietro.

Sua madre urlò.

«Va tutto bene. Vuole solo che lo insegui» spiegò Milla. «Vieni, non ti farà del male, promesso.»

Lentamente, il bimbo si fece ancora avanti e stavolta Iggie si mosse più lentamente e con più delicatezza, finché il piccolo non acquistò sicurezza e coraggio.

Il resto della giornata passò tra il caldo e il duro lavoro.

Tre draghi lo adorarono. Al contrario di Belara, che dormì per quasi tutto il tempo, Iggie, Petra e Heral incontrarono la gente di Arcosi. Si misero in mostra, volando fino al soffitto e disegnando cerchi nell'aria. Si lasciarono montare dai bambini, tre alla volta, mormorando contenti e godendosi le loro attenzioni.

Era pomeriggio inoltrato, quando Milla vide avvicinarsi Thom e Rosa. Da quella distanza, notò con sgomento che avevano perso peso tutti e due.

Aveva visto Rosa una volta sola dopo l'incendio. Quando era andata a trovarla per vedere se stava bene, Milla era stata quasi soffocata dagli abbracci di gratitudine dei suoi genitori. Era uscita carica di cibo e vino in regalo.

«Allora è questo che ti ha tenuta lontana.» Thom si appoggiò alla barriera di legno e guardò Iggie con evidente ammirazione.

Rosa guardò Milla negli occhi: era complicato. Nel suo sguardo c'era dolore perché non si era confidata con lei, ma anche qualcos'altro, quasi soggezione.

Milla andò ad abbracciarla attraverso la recinzione. «Mi dispiace di non avertelo potuto dire...» disse con il viso affondato nei suoi capelli. «Non è stata una scelta mia, davvero.» Si scostò e la guardò in faccia. «Mi sei mancata. Possiamo tornare come eravamo prima, adesso che lo sai?»

Il silenzio durò un attimo di troppo. Milla rimpianse di non aver detto loro la verità, qualsiasi cosa il duca avesse potuto fare.

«Come si chiama?» disse infine Rosa. «Non ci presenti?»

«Iggie!» rispose Milla. «Ignato, in realtà. Non è bellissimo? Dai, vieni a salutarlo come si deve.»

Aark? chiese Iggie, allungandosi per annusare la manica di Rosa.

«Ehi, Iggie, è bello conoscerti, finalmente!» Inclinò la testa per guardarlo bene, allungando incerta una mano. «Non riesco a crederci. Un drago? Mi sa che sto sognando.»

Iggie soffiò aria calda e le sbavò sulle dita.

«Bleah! Solo che, chi lo sapeva che la saliva di un drago è così appiccicosa?»

Scoppiarono tutti a ridere, e Iggie sbatté lentamente le palpebre contento.

«Avanti, entrate» disse Milla, invitando i suoi amici a scavalcare la recinzione.

Al vedere Thom e Rosa con le braccia attorno al collo di Iggie, a Milla salirono le lacrime agli occhi. Allungò le braccia e ruotò le spalle, come se si fosse liberata di un grosso peso.

Verso la fine della giornata, Tarya disse: «Penso faccia davvero bene ai draghi: Kara aveva ragione.» Aveva di nuovo i suoi abiti rossi, il vestito di fidanzamento macchiato di sangue era stato messo da parte.

«Il mio indomito drago è solo un grande esibizionista! Come ho fatto a non accorgermene?» disse sbadigliando Vigo a Milla, mentre Petra si rotolava sul dorso davanti a due bambini esterrefatti.

«E Iggie adora i bambini: chi lo avrebbe detto?» fece Milla, per poi aggiungere: «Che cos'ha Belara?» chiese sottovoce, senza farsi sentire da Isak per paura che la prendesse male.

Il drago dorato, il più piccolo di tutti, non si era unito agli altri. Era rimasta tutto il giorno il più lontana possibile dalla recinzione. Se qualcuno, a parte Isak o Iggie, si avvicinava, voltava loro le spalle, ringhiando e sputando scintille.

«Non l'ho mai vista così» rispose Vigo. «Se non mi fossi tirato indietro, prima, mi avrebbe arrostito.»

«Penso stia male» disse Isak. Aveva cercato di darle da bere, ma lei continuava a voltarsi dall'altra parte. Alla fine, si era arreso. «Sono preoccupato. Non ha mangiato. Non vuole bere. È come se volesse nascondersi. Forse per lei tutto questo è troppo.» Indicò la fila di persone al portone. «Forse è stato uno sbaglio.»

Milla stava per contraddirlo, quando vide la sua espressione preoccupata. Il suo viso era bianco come il gesso. Si era tagliato i capelli biondi, che adesso gli stavano in piedi, facendolo apparire più alto, e più somigliante a Olvar. Uno degli artigiani del duca gli aveva fatto degli occhiali nuovi, con il filo metallico che si appoggiava perfettamente alle orecchie, ma più spesso e scuro. Lo facevano sembrare diverso. A lei mancava il vecchio Isak.

«Possiamo smettere per oggi?» chiese Isak. «Non sta bene per niente.»

Il sole stava tramontando, tingendo le pareti della Sala del Drago di una luce dorata.

«D'accordo» concordò Tarya. «Sono tutti esausti, me compresa.»

Vigo diede l'ordine e le guardie si fecero avanti per dare la notizia ai visitatori delusi in fila proprio fuori dalla Sala del Drago.

Milla si lasciò scivolare sul pavimento e si stiracchiò la schiena tra la segatura. «Uff! Che giornata.» Sentì nel corpo quella vecchia, familiare sensazione di stanchezza, mentre i suoi pensieri correvano veloci. «Congratulazioni a tutti e due. Nessuno dimenticherà il vostro fidanzamento tanto in fretta.»

Tarya rise. «Sentiti libero di scrivere una canzone su Heral e il suo sensazionale tempismo, Isak.»

«Sono stati contenti, vero?» disse Milla, guardando Iggie,

Heral e Petra ancora alla recinzione ad aspettare che entrasse qualche altro visitatore. Mantenne un tono leggero, non volendo scatenare un nuovo litigio. «Sapete, Kara ha detto che i draghi appartengono alla città. Pensate che potremmo provare a portarceli? Insomma, dopo che tutti li avranno incontrati? Potrebbero usare i vecchi nidi.»

«Perché no?» sbadigliò Tarya. «Oggi è andata meglio di quanto ci fossimo aspettati.»

«Non riesco a credere che abbiamo appena presentato i nostri draghi al popolo di Arcosi.» Vigo scosse la testa, sorridendo.

«Ricordate l'antica profezia?» disse Milla.

Le mura cadranno, la pace sia accolta»

«Forse questo è l'inizio. Forse possiamo farlo accadere.»

«Parla per te, Milla» borbottò Isak. «Lo fai sempre. Noi siamo ancora qui, io e Belara. E in caso non l'avessi notato: no, Milla, lei non è stata contenta. No, Vigo, il mio drago non ha incontrato il popolo, oggi. E no, Tarya, è andata peggio di quello che io mi aspettassi. Non l'avete vista?»

La guardarono. Le squame di Belara sembravano tendere al grigiastro. Era raggomitolata su se stessa, con il dorso a Isak, e ignorava tutti i suoi tentativi di comunicare con lei.

«Domani dovrebbe essere più tranquilla...» disse Vigo in tono conciliante. «Penso che la maggior parte degli abitanti sia passata dal quel portone oggi. Forse per domani starà meglio. Penso che ai draghi piacerebbe esplorare la città. Potremmo cominciare domani, dopo che avranno incontrato tutti.»

Si sbagliava. Il giorno successivo, i nuovi visitatori erano aumentati e il giorno dopo ancora ne arrivarono perfino di più.

Il quarto giorno, Milla e Iggie uscirono per un altro volo mattutino. Era un momento della giornata speciale per lei: l'unico in cui aveva il suo drago per sé; l'unico in cui si sentiva completamente libera, proprio come nei sogni che faceva prima che Iggie nascesse.

Quel giorno, quando la foschia cominciò a diradarsi, Milla vide qualcosa sotto di lei. Si aggrappò più stretta al collo del suo drago.

«Iggie, guarda! Cos'è?» Fissò le forme scure nell'acqua: ce n'erano decine. «Sono barche di pescatori?»

Iggie volò più basso.

Milla quasi cadde dallo spavento. Era una flotta. Navi e navi cariche di gente, tutte dirette verso Arcosi.

Erano sotto attacco?

Tornarono a palazzo a tutta velocità. Atterrarono proprio fuori dalla Sala del Drago. Milla era già diventata brava negli atterraggi. Saltò giù e si precipitò verso il portone, andando a sbattere contro Tarya che stava correndo nell'altra direzione.

Si aggrapparono l'una alle braccia dell'altra, senza fiato e con tante notizie da raccontare.

«Arrivano! Un Sacco di barche, tutte dirette qui!» disse Milla. «Da' l'allarme!»

«No, non è un attacco» esclamò Tarya. «Hanno saputo dei draghi. Sono i vecchi abitanti dell'isola che tornano a casa. Proprio come aveva detto Kara.»

Milla la fissò senza sapere cosa dire.

«C'è dell'altro. Belara!» continuò Tarya. «Ha fatto le uova!»

«No!» Milla sapeva che avrebbe dovuto essere contenta. Voleva che i draghi si riproducessero, un giorno, per assicurarsi un futuro su Arcosi. Solo, non se lo era aspettato così presto.

A chi sarebbero appartenuti i nuovi draghi? A quelle persone sulle barche... era per questo che erano venuti? Non poteva essere una coincidenza.

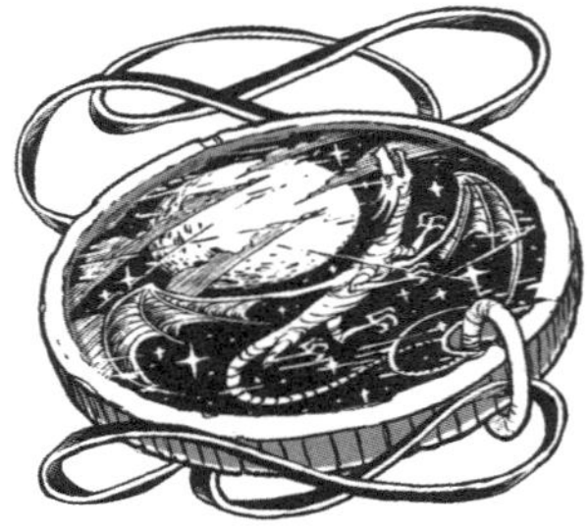

CAPITOLO TRENTATRÉ

Più tardi, quel giorno, Milla stava raccogliendo delle erbe nel giardino di Serina per preparare una pozione per Belara, adatta ai draghi durante la cova. Anche se Isak ormai le parlava a malapena, poteva sempre dargli una mano: aveva trovato la ricetta in uno dei libri della biblioteca. Mentre era là, un messaggero arrivò al cancello e diede un colpo di tosse.

«Mia signora.» Il giovane aveva un'aria terrorizzata. «Tutti i prescelti sono informati che il duca ha un annuncio da dare. Poiché le uova non possono essere lasciate incustodite, il duca Olvar vi onorerà con la sua presenza nella Sala del Drago. Ehm… ora.»

Milla scattò in piedi, sparpagliando in giro gambi di finocchio e attraversò di corsa i giardini.

Si precipitò nella Sala del Drago, con il cuore stretto dalla paura.

Tarya, Isak e Vigo erano già là, con il duca e la duchessa.

«La mia decisione è presa. Ho detto che il mio popolo poteva incontrare i draghi» cominciò a dire Olvar. «Non ho esteso l'invito a barche cariche di estranei.»

«Ma sono gli abitanti originari di Arcosi. Sono stata a parlare con loro. Vengono in pace. Stanno solo tornando a casa!» gridò Serina. «Non pensi che dobbiamo loro qualcosa? Dopotutto, un tempo i draghi appartenevano a loro.»

Era quello che Kara aveva preannunciato al ballo. Che cos'altro aveva detto? Milla cercò di ricordare le sue esatte parole.

«Non mi interessa chi sono: non sono i benvenuti qui.»

Pochi giorni prima, Olvar si era aperto un poco, Milla ne era sicura. Si era fidato di loro e aveva lasciato entrare il popolo a palazzo. Ma quella porta si era richiusa un'altra volta.

«Se parliamo con loro, potremo scoprirlo» rifletté Serina. «Potrebbero sapere molte cose sui draghi. Potrebbero aiutare...»

«No. È già deciso» Olvar alzò la mano quando Vigo cercò di prendere la parola. «Ho decretato un nuovo coprifuoco: nessuno deve farsi trovare per strada dopo il tramonto. Dobbiamo ripristinare l'ordine. Questa storia è andata avanti fin troppo. Dobbiamo pensare alle uova. Triplicherò le guardie attorno alla Sala del Drago.»

Le uova. Naturalmente. Milla avrebbe dovuto aspettarselo. Certo che il duca stava pensando alle uova più di ogni altra cosa. Aveva visto cosa succedeva quando il duca "proteggeva" il suo popolo. Cosa avrebbe potuto fare per proteggere un drago che pensava appartenesse a lui? Si sentì dei nuovi nodi allo stomaco.

«Ripristinare l'*ordine*?» lo schernì Vigo. «Aspetta di vedere se porterà ordine. Non ti credo!»

«Vi sono grato, Vostra Grazia.» Isak lanciò un'occhiata nervosa verso il suo letto.

Belara ci si era infilata alle prime luci del giorno, non appena si erano svegliati, e aveva deposto due uova sul suo letto, nell'oscurità e nell'intimità dietro la tenda.

Chiunque provasse a sbirciare veniva accolto da ringhi e denti scoperti e, se non se ne andava subito, da calore e scintille.

«M…m… ma, non capisco» disse la duchessa. «E quelle persone che sono tornate a casa?» Sembrava incredula. «Sono sbarcati a centinaia. Avranno bisogno di cibo, acqua, un posto dove stare. Le locande non hanno spazio per tutti. Come puoi aspettarti che obbediscano al coprifuoco se non hanno un posto dove dormire?»

«Non è un problema nostro. Non li abbiamo invitati noi.» Il tono del duca era piatto e definitivo. «Le uova hanno la precedenza.»

Serina fece una smorfia. «E cosa mi dici del tuo popolo?» chiese senza alzare la voce. «Le persone che sono ancora in fila per vedere i draghi.»

«Possono scegliere: obbedire al coprifuoco o restare e venire arrestati. Hanno goduto della mia ospitalità fin troppo a lungo.»

Milla aveva nutrito una fragile speranza che potesse continuare così: che lei e Iggie avrebbero potuto passare le loro giornate con la gente di Arcosi, e vedere Thom e Rosa ogni volta che volevano. Ora quella speranza appassì come un seme durante una gelata tardiva.

«La sua ospitalità!» sussurrò con disapprovazione Tarya a Milla. Era stata Serina a far montare le tende e a organizzare la distribuzione di cibo e acqua per tutti i visitatori.

«E delle esigenze degli altri draghi, cosa mi dici?» chiese Vigo. «A Petra è piaciuto incontrare la gente.»

«È ora che si torni tutti alla normalità» ribatté il duca Olvar alzando la voce. «La gente può tornare alle loro case. Al loro lavoro. E andarsene dal mio palazzo.»

Milla aveva sentito dire che tutti hanno un punto di rottura. Ora vide duchessa raggiungere il suo. Serina balzò in piedi, ergendosi in tutta la sua altezza. «Oh, adesso è il tuo palazzo, vero?» chiese.

Milla trattenne il fiato in attesa della reazione del duca.

Vigo fissò sua madre, come se non l'avesse mai sentita gridare prima. Forse era così. Per Milla era difficile immaginarselo, dopo aver vissuto con Josi, che gridava quasi tutto il tempo.

«Il *tuo* palazzo?» Aveva le guance in fiamme e gli occhi luccicanti di rabbia. «Quando è stato anche la mia casa per vent'anni? Quando è grazie alla mia dote che hai potuto mettere insieme quel tuo maledetto esercito, tanto per cominciare?»

Iggie si appoggiò a Milla, uggiolando sommessamente. Lei gli accarezzò il collo e il dorso, cercando di trovare conforto nel contatto con il suo adorato drago.

«Calmati, mia cara.» disse freddamente il duca. «Non stai riflettendo. Dobbiamo solo dare l'esempio e tutto tornerà presto alla normalità.»

Una nuova normalità, in cui il duca avrebbe stretto un legame con uno di quei draghi, dedusse Milla.

«Hai guardato fuori, oggi?» domandò la duchessa. «Trenta barche, le ho contate! E non saranno le ultime. Bè, se non fai entrare i primi Arcosi, sarò io a portare loro cibo e riparo.»

«Mamma, aspetta solo un attimo!» disse Vigo prendendola per mano. «Non vuole farlo davvero. Non chiuderemo loro le porte in faccia. Dico bene?»

Milla guardò il duca, a come teneva la mascella serrata. Era sicura che volesse fare esattamente quello che aveva detto; sfidarlo lo avrebbe solo reso più determinato.

«Il coprifuoco è già stato decretato» disse secco Olvar. «Le truppe stanno liberando le strade in questo preciso momento. E chiuderemo le porte della città. Possono trovare riparo ai moli, oppure andarsene.»

«Cosa?» gridò la duchessa. «Vuoi tenerli fuori dalla loro città? Questa è follia.»

«Ti dico io cosa è follia: lasciare la nostra città in balia a dei forestieri che pensano di esserne i padroni! Non hai sentito? Ci sono delle uova di drago da proteggere qui dentro.»

«E ci sono delle persone da proteggere là fuori!» ribatté infuriata Serina. «Non posso restarmene qui se la gente ha bisogno di me.» Detto questo, uscì a grandi passi dalla Sala del Drago.

Milla fece per seguirla, ma si ritrasse di colpo quando il duca disse in tono brusco: «Allora? Chi altri vuole uscire da qui e rischiare la vita dei loro draghi? Fate pure. Siete liberi di andare! Nessuno vi obbliga a restare.»

«Bè, io non abbandono Belara» disse immediatamente Isak. «E lei non può abbandonare le uova.»

Milla si guardò attorno: la stanza era calda e arieggiata. Guardò i barili pieni di cibo. L'abbeveratoio con l'acqua sorgiva di Arcosi. I letti a baldacchino con le tende di seta colorate, il posatoio per i draghi e la stufa sempre accesa. Vide le espressioni affrante di Tarya e Vigo e quella risoluta di Isak. E iniziò a capire quanto fosse stretta la morsa della trappola del duca su di loro.

Parte Quinta

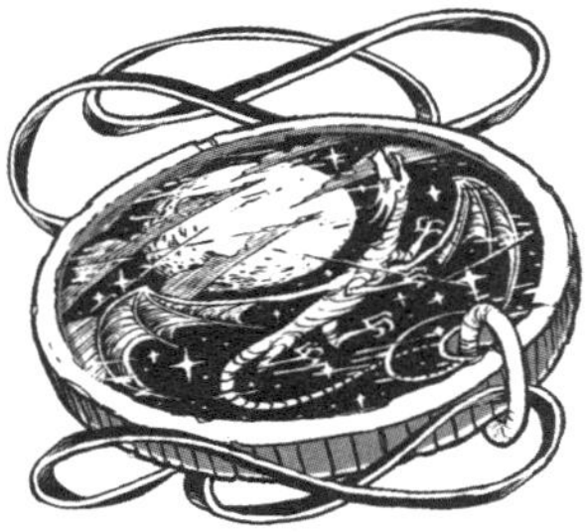

CAPITOLO TRENTAQUATTRO

Tre mesi dopo, solstizio d'estate

Era l'estate più calda degli ultimi anni. Quando il sole sorse su Arcosi, i suoi raggi caddero su una città irriconoscibile.

La luce del giorno illuminò il porto, dove decine di barche erano ormeggiate tanto vicine che i topi affamati correvano dall'una all'altra, in cerca di cibo.

Il sole rischiarò lentamente le porte della città sopra il molo, chiuse e presidiate da decine di soldati vestiti di nero.

Cadde sulla gente addormentata nel nuovo accampamento fuori dalle mura, tra i pontili e la piazza del mercato, ora riempiti di file di tende e rifugi improvvisati ricavati da coperte, pezzi di corda e cassette di legno rotte. Un bambino era rannicchiato contro il corpo della madre, usando i suoi lunghi capelli neri come cuscino sul freddo acciottolato.

I primi raggi si insinuarono nelle tende più grosse. La duchessa Serina si era svegliata prima dell'alba per controllare cosa era rimasto nelle sue riserve e capire come farle bastare per le cinquecento bocche da sfamare di quel giorno.

E nel punto più alto dell'isola, il sole filtrò sul pavimento della Sala del Drago, dove delle urla scossero la tranquillità del mattino.

«Milla! Svegliati! *Svegliati!*» la voce di Vigo si insinuò nei tentacoli del suo incubo.

Milla si svegliò, rabbrividendo, sul pavimento... era rotolata giù dal letto.

Aark! Anche Iggie era lì, a darle dei colpetti delicati con il muso, ma il suo alito caldo non fece altro che far riaffiorare il terrore del suo sogno: colonne di fumo che si alzavano. Una nave in fiamme, le cime che bruciavano.

Allungò la mano per accarezzarlo e sbatté le palpebre per scacciare quelle immagini orribili. «Ho gridato ancora?» chiese a Vigo a bassa voce. «Mi dispiace di averti svegliato.»

Isak era raggomitolato sul pavimento, vicino al suo letto, profondamente addormentato sotto una coperta, e non c'era ancora nessun segno di Tarya.

Milla si tirò in piedi e andò a versarsi una tazza d'acqua. Iggie la seguì preoccupato. L'acqua era razionata, ora, ma non sembrava mai scarseggiare nella Sala del Drago, e lei bevve con gratitudine.

«È tutto a posto. Tarya dorme ancora. Si è stancata molto durante la caccia» sussurrò Vigo, unendosi a lei dopo essersi assicurato con un'occhiata che Petra e Heral fossero ancora addormentati, accoccolati insieme sul posatoio. «Tarya si ritiene responsabile di tutto questo: il sovraffollamento, l'accampamento... solo perché Heral è saltato fuori alla nostra cerimonia.»

«È ridicolo!» sussurrò Milla in risposta. «Non sapeva che tutta quella gente sarebbe venuta ad Arcosi. E non le ha fatte lei le regole...» Si interruppe, prima di criticare apertamente il padre di Vigo.

«No, ma potremmo farne di nuove.» Vigo rimase in silenzio per un po'. «Dobbiamo prendere posizione» disse, ora con un tono di urgenza nella voce. «Se non lo facciamo noi, chi lo farà? I draghi sono cresciuti, adesso. Ci danno potere. Possiamo usarlo per fermare tutto questo.»

«Cosa stai dicendo?» Milla voleva sentirglielo dire. «Vuoi che combattiamo con i draghi?» sussurrò cauta, sapendo che l'intera isola era come una polveriera esposta al calore. Sarebbe bastata una scintilla per farla scoppiare.

Che cosa ne pensava Iggie? Li stava ascoltando attentamente, gli occhi come due grandi pozze di fuoco verde.

«Sì! Perché no? Ci deve essere un'altra strada, se siamo abbastanza coraggiosi da intraprenderla. I draghi sono più forti, ora. Non pensi che sia arrivato il momento? In fretta. Prima che le uova si schiudano, e mio padre...»

Non finì la frase e non ce n'era bisogno. Il duca era in preda all'ossessione. Si sarebbe seduto su quelle uova di persona, se Belara lo avesse solo fatto avvicinare.

«Kara ha detto che dovrebbero schiudersi nella piazza del mercato» ricordò Milla, accarezzando Iggie sul fianco.

«Come se potesse succedere, con la guardia triplicata attorno alla sala e la città sotto coprifuoco» ribatté seccamente Vigo. «Sto parlando proprio di questo: è tutto sbagliato.»

«Cosa?» Tarya uscì, sbadigliando, dal suo baldacchino. «Di cosa stai parlando?»

«Di incubi» ripose Milla. «Nei miei sogni, e qui.»

«Stavamo parlando delle nuove regole di mio padre» le disse Vigo, dandole un bacio sulla testa.

«Sta succedendo tutto quello da cui ci hai sempre messo

in guardia, Milla, anzi, ancor peggio...» Tarya si sistemò la gonna rossa con il piccolo emblema del drago cucito sul davanti. «Questo? È un simbolo di vergogna, non di orgoglio.»

Il duca aveva emanato molte nuove leggi dalla primavera, ma quella era la più odiata di tutte. Ogni persona di discendenza Norlander doveva portare l'emblema del drago nero sui vestiti: il simbolo del duca. Per tutti gli altri il simbolo doveva essere a forma di nave, a dimostrazione che erano arrivati dopo. La nave fu imposta a chiunque non fosse Norlander, sia a persone che avevano vissuto lì da anni, come Josi, o che erano arrivate con le ultime barche, ed era un modo per garantire che fossero sempre gli ultimi.

Le dita di Milla corsero a quella nuova aggiunta alla sua gonna e tracciarono il profilo della barca che aveva cucito da sé, detestando ogni singolo punto.

«Allora non indossarla» disse Vigo, abbracciando Tarya. «Io non lo faccio. Dai, strappiamola subito.»

«Per te è diverso» disse Tarya, appoggiando la fronte al suo petto, come se fosse esausta. «Tu non verrai arrestato.»

«Ne sei sicura?» chiese Vigo, accarezzandole i capelli. «Quando le guardie hanno preso d'assalto la piazza del mercato, l'altro giorno, non si sono disturbate a controllare chi fossimo. Hanno quasi preso mia madre, finché qualcuno ha urlato che era la duchessa.»

«È arrivato il momento di cambiare le cose, non pensate? Il momento di agire» disse Milla, sentendo che forse Tarya era finalmente pronta a sentirselo dire.

«Aspettate.»

I tre sussultarono all'interruzione di Isak.

Era seduto, curvo su se stesso con aria preoccupata, pallido come un fantasma, con i capelli ritti in ciocche unte. Era dimagrito e i suoi vestiti gialli da cavaliere dei draghi, sudici e stropicciati, gli andavano larghi. Gli occhiali erano appannati e sporchi. «Mi sa che vi state dimenticando di noi, di Belara e me» disse. «Il mio drago sta covando proprio qui, sta crescendo la prossima generazione, o non vi interessa?»

«Certo che ci interessa!» Tarya andò da lui, e infilò il braccio sotto il suo, senza che lui opponesse resistenza. «Come ti senti?»

Isak non rispose.

Milla andò a prendere una pagnotta fresca da un cestino e gliela portò.

«Non ho fame» rispose fiacco.

«Oh, dai, Isak!» sbottò Milla. Cercando di controllarsi, emise un lungo respiro. «Lo so che non è facile, aspettare così. Ma come aiuti Belara se non mangi?»

«Tu non mi dici cosa devo fare» disse infine Isak, guardando tutti e tre con aperto risentimento. «Voi passate tutto il giorno con i vostri draghi. Volate e cacciate con loro. Come pensate che mi senta io?»

Milla dovette voltarsi per non vedere la sofferenza sul suo viso.

«Isak, tu non hai visto com'è là fuori» disse Vigo. «Le porte della città sono chiuse: nessuno può entrare o uscire, a parte i soldati del duca e i nostri draghi. Le tende sono piene. E lo è anche il porto. L'acqua è razionata. Anche due turni di caccia non sono abbastanza. Qualcuno morirà là fuori. Dobbiamo fare qualcosa.»

«Oh, capisco... la solita vecchia storia!» gridò Isak. «Pensate che non sappia cosa sta succedendo davvero in città? Che non mi importi?» Stava esagerando, ma Milla vide il panico nei suoi occhi all'idea che potessero lasciarlo. «Andate, allora.

Andate a iniziare una rivoluzione. Salvate il popolino. Non preoccupatevi di me e del mio drago! Non preoccupatevi delle uova.»

«Non posso abbandonare mio fratello.» Tarya fece correre lo sguardo dall'uno all'altro. «Non farmi scegliere. Possiamo aspettare fino alla schiusa, così poi Isak potrà unirsi a noi?»

«Ma sarà troppo tardi allora» Vigo andava su e giù, indicando il nido. «Se aspettiamo, mio padre probabilmente stringerà un legame con un drago.»

«E cosa c'è di male?» ribatté duro Isak. «Non merita anche lui questa possibilità? Dopo tutto quello che ha fatto? Lui è il duca.»

«Pensi di conoscerlo, Isak, ma credimi, non è così.» Vigo si interruppe di colpo, trattenendosi quando la tenda gialla si aprì dall'interno.

«Belara!» la chiamò Isak.

Belara spinse la testa fuori e sibilò con ferocia.

L'espressione di speranza sul viso di Isak si spense come una candela in un soffio, lasciando posto al dolore.

«Calma, Belara» disse Milla, indietreggiando con le mani tese davanti a sé per farle vedere che erano vuote.

Tarya stava mormorando: «Isak, torna indietro!» mentre Vigo trascinava lei fuori dalla portata del drago.

Con riluttanza, anche Isak si fece indietro, e guardarono tutti con trepidazione Belara che usciva per mangiare per la prima volta in un giorno intero. Poi, bevve avidamente dalla fontana, ancora e ancora, come se la sua sete non potesse essere placata.

«Come fa a bastarle?» si preoccupò Isak. «Guardate come è dimagrita. Ed è troppo pallida. Quanto potrà resistere?»

Mentre Belara tornava nel suo nido e girava le uova sotto

la sua pancia morbida, Milla capì che le uova tenevano Isak in ostaggio. Era intrappolato lì finché non si sarebbero schiuse. E se volevano rimanergli leali, erano intrappolati anche loro.

Era stufa di aspettare, di litigare, di chiedersi cosa fare. Con un senso bruciante di frustrazione, smise di preoccuparsi di quello che pensava Isak. Doveva volare.

«Iggie? Andiamo, abbiamo del lavoro da fare.» Milla uscì a grandi passi dalla Sala del Drago senza guardarsi indietro.

Ben presto, furono sopra lo Stretto di Sartola, cavalcando le correnti termiche, lontano da Arcosi e tutti i suoi guai. Il mare, molto al di sotto di loro, era pallido e piatto. La brezza le schiarì i pensieri.

E se volassimo via? Si stava stringendo a Iggie con le ginocchia e le braccia attorno al suo collo. Fissò lo sguardo sulla linea chiara dell'orizzonte.

«Ecco, potremmo andare là... Potremmo andare dovunque tu voglia!» gridò nel vento. Ora che Iggie era cresciuto, aveva solo bisogno di carne e acqua di sorgente. Avrebbero potuto volare verso la libertà, dormire in luoghi sicuri e riempire le loro giornate di continue avventure.

Iggie lanciò uno *squaar* in risposta.

Vide delle isole davanti a loro, oltre la costa di Sartola, dei piccoli gioielli nel blu. «Andiamo? Andiamo a vedere cosa c'è laggiù, Ig?» Avrebbero potuto essere liberi, solo loro due.

Iggie sputò sbuffi di fumo con un grugnito, si voltò e la guardò intensamente con gli occhi socchiusi.

Cosa ne sarebbe stato dei suoi amici? E della città? Che ne sarebbe stato di Serina, che aspettava la carne che avrebbe dovuto cacciare? E delle centinaia di persone che erano tornate ad Arcosi in cerca dei draghi?

E di Kara, che le aveva portato Iggie?

Il dovere la trascinò verso casa come un piccolo amo da pesca.

«Lascia perdere, Ig. Non ascoltarmi» gridò. «Si va a caccia! *Giù!*»

Iggie cambiò direzione e scese veloce, mandandole il cuore in gola. Milla si abbassò su di lui, aggrappata con le braccia e le gambe, con la sensazione che fossero diventati un'unica creatura.

«Guarda, là!» Scendendo sulle pianure della terraferma, trovarono e inseguirono greggi di capre selvatiche. Di solito, Milla si girava dall'altra parte mentre Iggie uccideva la sua preda, ma quel giorno si costrinse a guardare.

Iggie scese in picchiata e afferrò una capra, che si dibatté tra i suoi artigli. Un morso veloce e fu tutto finito. Ben presto ebbero quattro carcasse da riportare ad Arcosi. Volarono a casa, con il vento tiepido che disperdeva l'odore di sangue fresco.

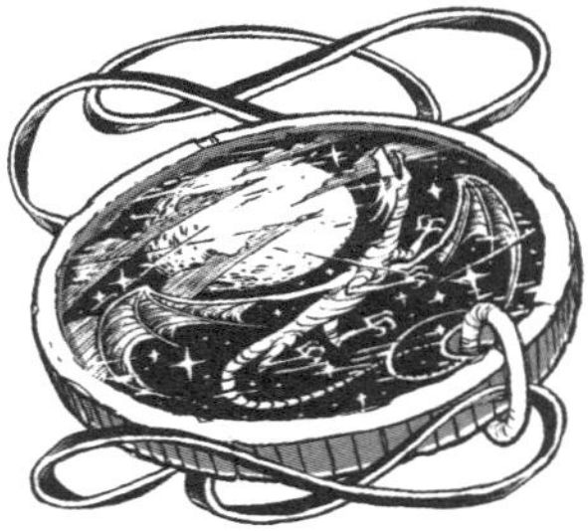

CAPITOLO TRENTACINQUE

Milla disse a Iggie di scaricare la carne vicino alla piazza del mercato, dove Serina aveva predisposto una cucina e una tenda che fungeva da infermeria. La gente si stava già mettendo in coda, ma si scostò quando atterrò il drago.

Un gruppo di bambini si accalcò attorno a loro, da bimbi di pochi anni a un ragazzo alto quanto lei. Scese dal dorso di Iggie, stiracchiandosi il corpo irrigidito, e trascinò via le pesanti carcasse prima che venissero calpestate.

Iggie si mosse pesantemente, raggiungendo uno dei vecchi nidi in rovina ricavati nelle mura della piazza e si raggomitolò sul fianco. Con i bambini che gli salivano in groppa faceva quasi le fusa, salutandoli a uno a uno con un allegro *prrr.*

Per riprendere fiato, Milla si appoggiò al freddo muro di pietra sul lato all'ombra, asciugandosi la fronte e cercando di ignorare il sudore che le colava lungo la schiena. Era stanca e accaldata, e i suoi vestiti odoravano di sangue. Si era impigrita, era troppo abituata a volare.

Thom uscì dal tendone della cucina, trasportando casse di pesce vuote.

«Ehi, Thom!» Milla fu sorpresa di essere tanto contenta di vederlo. Il suo vecchio amico. Qualcuno che non fosse complicato.

«Milla! Cavaliere dei draghi, ora, eh?» Il sorriso gli cancellò dal viso la stanchezza. «Ti vedo qualche volta, che sorvoli la *Dolphin*. Ehi, Iggie!» gridò al drago.

Iggie sbuffò in un saluto amichevole sopra le teste dei bambini.

Milla lo abbracciò impacciata da sopra le casse. «Come te la passi?» Thom era più alto e più magro dell'ultima volta che l'aveva visto. Anche lui aveva il simbolo di una barca cucito sulla camicia.

«È dura, non lo nego.» Fece una smorfia, indicando le casse vuote. «Tutte quelle nuove navi bloccano l'ingresso: quando alla fine riusciamo a scaricare, il pesce è già quasi andato a male. Eppure, la gente fa quasi a pugni per raggiungerci. Ma ne teniamo sempre un po' per la duchessa e la sua tenda. Visto come stanno andando le cose, chi lo sa quando ci finiremo noi qui.»

«Sta' attento, va bene?» Milla corrugò la fronte, studiando il suo viso bello e sincero, abbronzato per tutti i giorni di vela sotto il sole estivo. «Me lo farai sapere, se succede qualcosa?»

«Non succederà niente. Stiamo attenti. Papà sa come tenere la testa bassa e lavorare sodo. Non preoccuparti per noi.» Milla lo conosceva abbastanza bene da avvertire la paura sotto il coraggio di quelle parole.

«Thom?» Lo afferrò per la manica, proprio quando lui fu sul punto di andarsene.

«Cosa c'è? Stai bene?»

«E se ce ne andassimo? Tu e tuo padre con la barca… e io e Iggie. Potremmo portare Rosa con noi…»

Lo sguardo di Thom si addolcì. «È così dura anche per te?»

Lei annuì, vergognandosi di avere gli occhi pieni di lacrime. Non poteva piangere di fronte a Thom, di fronte a tutte quelle persone per cui le cose andavano molto peggio. Si sfregò gli occhi con il dorso della mano. «Mi spiace, non darmi retta.»

«Passerà. Non può continuare così» disse. «Arcosi è la nostra casa, giusto? Io non sono pronto a rinunciarci. Resisti, Milla.»

Lei singhiozzò e si tirò un po' più dritta, sorridendogli tra le lacrime. «Hai ragione. Fammi sapere se possiamo fare qualcosa, io e lui.» Indicò Ig, che ora aveva tre bambini attaccati a ciascuna zampa.

«Ci vediamo presto.» Thom la salutò e scomparve tra la folla, proprio quando Serina uscì dalla porta della tenda, seguita dai volontari.

«Spero che abbiano voglia di altro stufato di capra» cercò di scherzare Milla.

«Grazie, Milla. Grazie, Iggie. Stasera mangeremo bene.» Serina aveva più grazia che mai nel suo vestito di seta rosa con un fiore dello stesso colore dietro l'orecchio, ma il suo grembiule portava le macchie di una lunga giornata di lavoro, e i suoi occhi castani e caldi erano adombrati di stanchezza.

Arrivarono dei volontari dai grembiuli sporchi. Un uomo robusto dai capelli grigi si issò una capra sulla spalla; due donne ne sollevarono un'altra.

«Tarya è preoccupata per voi.» Milla rimase con la duchessa, tenendo lo sguardo sul suo drago mentre i bambini si accalcavano su di lui. «Pensa che state lavorando troppo. Voi e Vigo. È venuto direttamente qui o è già a caccia? Io e Iggie possiamo andarci ancora, se vi serve.» Sperava che Serina avrebbe detto di sì, solo per poter volare di nuovo.

Prima che potesse rispondere, una voce le interruppe.

«Traditori! Perché gli date da mangiare, a quelli lì? Non è questo il loro posto. È per colpa loro che non posso tornare in città. Sono bloccata qui con gli straccioni» sibilò una donna Norlander ai volontari. Aveva una faccia emaciata e un mento appuntito. Alzò la voce. «E tu cosa fai? Porti da mangiare per *loro*?»

Mraa! Iggie ruggì un avvertimento scuotendo tutta la piazza.

Milla rimase stupita da tanta aperta ostilità. Corse al fianco del drago. Lui odiava la tensione.

«Va tutto bene...» gli disse per calmarlo, tenendogli una mano sul petto per sentire se stesse iniziando a sprigionare calore. Mandò via i bambini. «Andate, tornate dai vostri genitori. Il drago ha bisogno di un po' di spazio, va bene? Andate!» li esortò e, con riluttanza, i bambini se ne andarono.

Quattro giovani che se ne erano stati pigramente appoggiati a un muro si tirarono su e circondarono la donna Norlander. «Chi è lo *straniero*?» chiese uno di loro, con un accento molto forte.

«La nostra famiglia è di Arcosi. Era qui prima di voi. Siamo tornati a casa» disse l'altro.

«Perché non tornate *voi* da dove siete venuti?» Il quarto uomo abbassò lo sguardo sulla donna. «Se le Norland sono così speciali, andateci!»

Milla osservò la scena con timore crescente, accarezzando il collo di Iggie e mormorando suoni indistinti per tenerlo calmo.

Mraaa, fece ancora lui, battendo le zampe sul posto.

«Lo so, lo so...»

«Arcosi è casa mia, non vostra!» fece imperterrita la donna.

«Siete voi quelli che se ne devono andare...» Altri Norlander sentirono la lite e arrivarono a darle man forte, mugugnando il loro sostegno.

Si erano formate due fazioni che si fronteggiavano: da una parte donne Norlander che vivevano nella zona del porto, con i loro cestini della spesa al braccio, e dall'altra i giovani che si erano messi in fila per avere da mangiare.

«Andate a casa! Lasciate la nostra isola. Stavamo bene prima che arrivaste voi» disse la donna Norlander. «Andatevene via!» Indicò le navi.

«Pace, amica. In questa tenda sono tutti i benvenuti. L'ho sempre detto chiaramente.» Serina si intromise tra i due gruppi. Avanzò verso le donne Norlander con le mani aperte. «L'offerta vale per tutti. Portate quello che potete oppure rimanete ad aiutare, e tutti riceveranno un pasto.»

Il volto coriaceo della donna era ancora livido di rabbia. Si voltò, ignorando con sdegno le mani aperte della duchessa. «Siete dalla loro parte, non mi stupisce...»

«Non è dalla parte di nessuno!» urlò Milla. «Sta cercando di dare una mano.»

«Certo che è dalla loro parte. Ha scelto questi luridi topi da stiva, appena sbarcati. Ha scelto te!» disse la donna, più audace ora che era circondata dalle sue amiche. «Tenetevi la vostra roba da mangiare. Preferisco morire di fame che dividerla con loro!» Il loro riso acuto risuonò nell'aria.

«Topi da stiva!» rincarò una delle altre donne. «Buttateli a mare.»

«Siete dei gradassi, tutti i Norlander. Arcosi è nostra!» urlarono i giovani in risposta.

I due gruppi presero a insultarsi a vicenda, gridando sempre più forte.

Iggie brontolò, un ringhio sommesso, e Milla sentì il calore che iniziava a crescergli nel petto. «Sssh» gli disse. «Fermo! Non ci serve il fuoco.»

Ma guardando le strade precipitare nel caos, iniziò a dubitarne. Le due fazioni si scontrarono, si spinsero, prima da una parte, poi dall'altra. Ben presto si trasformarono in una muraglia di corpi in movimento, in lotta. Qualcuno sarebbe rimasto schiacciato.

Non riusciva più nemmeno a vedere la duchessa. «Serina! Dove siete?»

Non ci fu risposta. Serina era persa nella folla.

«Fuoco!» Milla diede il comando, alzando il braccio. L'aria si scaldò mentre il drago cominciava a sprigionare calore. Iggie gettò la testa all'indietro e ruggì sputando una lunga fiamma arancione sopra le teste della calca.

Funzionò. La gente urlò e si lanciò fuori dalla linea di fuoco. Smisero di azzuffarsi e si ritirarono ognuno nei propri gruppi originali.

Milla vide le loro facce sgomente mentre si disperdevano; erano tornati "normali".

«Serina? Duchessa, dove siete?» gridò Milla.

Era come se si fosse spezzato un incantesimo. La donna Norlander che aveva dato inizio a tutto si guardava attorno inebetita, come se non avesse idea di come fosse arrivata lì.

«Che cosa hai fatto?» le gridò Milla. «Dov'è la duchessa?»

«Va tutto bene, sono qui» urlò Serina, avanzando barcollando tra la gente. Il suo volto era cereo e il vestito tutto di traverso.

«State bene?» Milla corse da lei. «Presto, sta per svenire...»

Prima che la ragazza potesse afferrarla, Serina cadde pesantemente all'indietro, sul polso sinistro.

«Vostra Grazia! Serina?»

Passò troppo tempo senza che desse risposta. Milla sentiva un doloroso pulsare alla testa mentre la prendeva tra le braccia.

Serina ansimò e cercò di tirarsi seduta. Il suo viso era esangue. «È solo il polso» se lo accarezzò impacciata. «Credo sia rotto. Lo posso medicare. Mi servono bende e gesso, ma non qui. Le nostre scorte sono scarse. Ne ho di più a palazzo.»

Iggie alzò la testa e lanciò un grido acuto di angoscia.

«Buono, Iggie, buono...» lo rassicurò Milla.

Lui aprì le ali e le sbatté, come un'enorme tenda sopra di loro, facendo indietreggiare ancora di più la gente. Poi, si abbassò e fece dei gesti verso la duchessa. Allungò il collo verso di lei, in un gesto che lo rendeva vulnerabile, poi inclinò la testa e chiese gentilmente: *Prrt?*

Milla capì: Iggie voleva che Serina gli montasse in groppa. Non aveva mai volato con nessun altro prima, ma era una sua scelta e la duchessa non doveva pesare molto.

«Vostra Grazia, verreste con me in groppa a Iggie? Possiamo portarvi in volo fino al palazzo. È la via più veloce.»

La duchessa esitò per un lungo momento, osservando attentamente il drago. Poi prese la sua decisione: «Grazie, Iggie. Fammi vedere come si fa.»

Milla montò per prima e fece cenno alla duchessa, mostrandole come salire di fronte a lei. Poi le cinse la vita con le mani. «Tenetevi stretta con le gambe!» le disse.

Iggie sbatté forte le ali – più forte del solito – e Milla trattenne il fiato, aspettando di vedere se avrebbe funzionato. E in un attimo la piazza del mercato si fece piccola sotto di loro, si erano alzati in volo.

«Ohhh! È meraviglioso» gridò Serina. «Ma non lasciarmi andare!»

«Non lo farò» promise Milla.

Sopra di loro, il cielo si stava oscurando e il sole era nascosto da nuvole grigie e bluastre che si avanzavano veloci da occidente. Il caldo era intenso. L'aria sfrigolava di tensione e si fece sempre più buio man mano che si avvicinavano al palazzo.

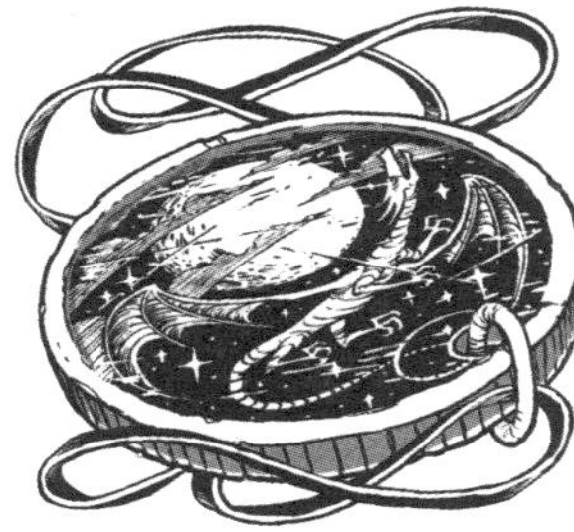

CAPITOLO TRENTASEI

Il dispensario era una semplice stanza rivestita di calce con alte finestre e file di credenze allineate ed etichettate nell'elegante calligrafia della duchessa.

«Mi legheresti la benda?» stava chiedendo Serina a Milla. «Non preoccuparti, ti dico io cosa fare.»

Milla annuì, sperando di non farle più male di quello che sentiva già. Era ancora scossa dall'odio dimostrato dalle donne Norlander. Si sentiva le dita enormi e impacciate mentre cercava di legare le due estremità della striscia di cotone attorno al polso della duchessa. Seguendo attentamente le sue istruzioni, la spalmò con del gesso grigio e appiccicoso.

«Di solito è Vigo che lo fa» disse distrattamente Serina, reprimendo una smorfia di dolore.

Milla si chiese quante ossa si fosse già rotta.

Si bloccarono entrambe al suono di passi pesanti che echeggiarono nel corridoio.

«Mia cara, mi hanno detto che sei ferita! È molto grave?» Il duca Olvar si precipitò nella stanza per salutare sua moglie, corrugando la fronte dalla preoccupazione.

Milla avrebbe voluto correre nella Sala del Drago, da Iggie. Invece rimase dov'era, aspettando di ricevere istruzioni da Serina, mentre il gesso si induriva sotto le sue dita.

«Ti hanno spinta? È stato uno di quella marmaglia che è sbarcata?»

Milla si rese conto che era contento. Era la scusa che stava aspettando.

«No. Non è andata così. C'è stato un tafferuglio. Erano coinvolti anche dei Norlander» spiegò la duchessa.

«Questa è l'ultima goccia!» La voce del duca sovrastò quella di Serina; non la stava ascoltando. «Ne ho avuto abbastanza. Siamo solo una piccola isola. Non possiamo dare da mangiare a tutti, per sempre.»

Milla trattenne il fiato in attesa di sapere quale sarebbe stata la punizione del duca. I non-Norlander erano già marchiati, come capre. Che cosa si sarebbe inventato ancora?

«Abbi pietà, Olvar.» Serina si tenne il polso ferito contro il petto e continuò, calma. «C'è posto per tutti. Questi nuovi arrivati sono uomini, donne e bambini. Hanno viaggiato da molto lontano per vedere i draghi.»

«E li hanno visti, no? Hanno draghi che volano sopra le loro teste tutti i giorni, visto che quei cuccioloni insistono a cacciare...» Lo sguardo del duca si spostò su Milla.

«Se apriste le porte della città e li lasciaste entrare, non dovremmo cacciare tanto» gridò Milla. «Morirebbero di fame, se no.»

«Che cosa si aspettano? I draghi non appartengono a loro. Allora perché non se ne vanno?» La furia del duca crebbe e lui prese a camminare avanti e indietro davanti alla porta. «Ve lo dico io perché: vogliono la nostra terra. Dicono che è loro!»

Era loro, pensò Milla. Aveva parlato con le famiglie

accampate nella tenda. Erano discendenti dei primi abitanti dell'isola.

«Forse una volta era così...» disse la duchessa.

Milla trattenne il fiato.

«Cosa?» Olvar si fermò su due piedi. «*Credi* a loro?» Il suo tonò cambiò, si fece sospettoso. «Avrei dovuto immaginare a chi eri leale. Hai scelto loro nel momento in cui sei uscita di qui.»

«Non essere ridicolo!» gridò Serina, con un disprezzo che ora era pari al suo. «Sono la duchessa di Arcosi, e darei la vita per il mio popolo. Ma io non li classifico. Né li divido. Come osi dubitare di me adesso?»

Era magnifica, pensò Milla, con quei suoi occhi scuri e luccicanti.

«Dobbiamo cominciare a parlare con loro» provò a spiegare la duchessa, abbassando la voce. «Dar loro un riparo dignitoso, non delle tende improvvisate. Ci sono delle abitazioni vuote: possiamo usare quelle case diroccate nella striscia d'ombra. Con qualche adattamento, possiamo vivere tutti insieme.»

«Vivere insieme?» Il duca rise, ed era un suono duro, freddo. «E quando continueranno a venire? Suggerisci di invitarli qui dentro?» Indicò attorno alla stanza avvicinandosi sempre di più a Serina. «Dividerai la tua camera con quei sudici mendicanti? Cederai il tuo dispensario a quella gentaglia? Chi farà le tue opere di carità, allora?»

La duchessa lo guardò atterrita.

Milla lanciò uno sguardo alla porta, ma non venne nessuno in aiuto.

«No, lo vedi? E nessun altro vuole condividere. Ed è giusto così. Questa... è... casa... nostra.» Il duca sbatté la mano sul banco da lavoro per enfatizzare ogni parola. «Mio padre ha avuto il coraggio di rischiare un lungo viaggio in mare e le stelle lo hanno condotto qui. Arcosi era vuota. Se era loro, l'hanno abbandonata! Non possono cambiare idea adesso!» Il duca stava urlando in faccia a Serina, con le guance rosse e roventi. «L'isola è nostra. Io sono nato qui. Meritiamo di avere la nostra terra madre.»

«Forse anche quelle persone la meritano» replicò ostinatamente la duchessa.

Milla si era ritratta dalla furia del duca, ma Serina era imperterrita.

«Anche loro hanno viaggiato a lungo» disse. «Sono sopravvissuti a una traversata difficile per tornare qui. Un bambino è nato al porto questa mattina. Non è forse un Arcosi, ora?» Nella foga di convincere il duca, sembrava aver dimenticato il dolore al polso.

Non funzionò.

«No!» sibilò il duca Olvar.

«In cosa è diverso quel bimbo da te? Quando sei nato qui, il tuo popolo non aveva niente. Eravate appena arrivati. Eri esattamente come lui.»

Il duca si ritrasse, scioccato da quelle parole.

«Dicono che Arcosi gli è stata portata via» continuò lei. «Non se ne sono andati per scelta. Sono scappati perché temevano per la loro vita.»

«Come fai a sapere che stanno dicendo la verità?» ruggì il duca.

«Come faccio a sapere che tuo padre ha detto la verità?» Serina perse finalmente la propria compostezza e urlò a sua volta. «Come faccio a sapere che non hanno ucciso i cittadini di Arcosi nel sonno e non si sono presi l'isola con la forza?»

Il duca fece un passo avanti e colpì sua moglie in faccia.

Milla urlò: «No!» e si lanciò ad afferrare la mano alzata del duca, per impedirgli di farlo di nuovo.

«Milla, no. Sta' indietro» disse con respiro affannoso Serina, premendosi la mano illesa sulla guancia.

Olvar brontolò e si scrollò Milla di dosso. «Vattene! Questi non sono affari tuoi.»

Milla cadde pesantemente all'indietro, ma si alzò subito barcollando, cercando di infrapporsi tra lui e Serina.

Ma la duchessa ne aveva avuto abbastanza. «Vieni, Milla, lascialo perdere. Ce ne andiamo. Questo non è più il posto per noi.» Senza voltarsi, Serina uscì dalla stanza.

Milla le corse dietro.

La duchessa camminava veloce, borbottando a bassa voce: «Me ne sarei dovuta andare anni fa. Non appena ho visto di che pasta era fatto. Sono rimasta solo per Vigo. Per tenerlo al sicuro. Almeno in questo sono riuscita.»

Corsero giù lungo la scalinata in pietra e fuori in cortile. Sopra di loro, il cielo basso e plumbeo minacciava tempesta. L'aria era tiepida e piena di mosche.

Serina si fermò mentre attraversava il mosaico del drago, per aggiustarsi la benda attorno al polso.

«Per favore, aspettate, Vostra Grazia.» Milla la raggiunse. «Lasciate che vi porti Iggie. Siete ferita e le strade sono affollate.»

Serina scosse la testa. «Starò bene. Passerò per la porta d'ombra e corromperò le guardie per scendere al porto. Indietro, non torno.» Allungò la mano e sfiorò la guancia di Milla in segno di addio. «Puoi cercare Vigo per me? Raccontagli quello che è successo. Mio figlio mi troverà all'accampamento.» Poi si voltò e camminò spedita verso il cancello, con la lunga gonna di seta che frusciava a ogni passo.

Aveva ragione, Vigo era il solo che potesse intervenire ora. Milla corse alla Sala del Drago. Isak alzò a malapena gli occhi. Tarya doveva essere fuori a caccia.

Sentendo la sua angoscia, Iggie scese immediatamente, mugolando e dandole dei colpetti con la testa.

«Svelto, Iggie» lo incitò. «Dobbiamo trovare Vigo e Petra. Staranno tornando a casa prima che scoppi il temporale.» Pochi istanti dopo, era già in groppa a Iggie e in volo, a malapena consapevole di quello che stavano facendo. Vide i soldati riversarsi fuori dal cancello della caserma e immaginò che fossero stati allertati per il maltempo.

Mentre Iggie si alzava sempre di più e sorvolava l'isola, Milla vide chiaramente avvicinarsi la tempesta. Le nuvole si erano tinte del colore di una ferita recente. Una striscia giallo sporco si allungava lungo l'orizzonte, dove avrebbe dovuto esserci il sole. In lontananza, la luce dei fulmini, spaventosamente bianca, fendette le nuvole scure.

Poi iniziò a piovere.

CAPITOLO TRENTASEI

Era difficile volare nella pioggia sferzante. Aveva la vista annebbiata e gli abiti fradici. Non sapeva per quanto tempo avrebbero potuto volare così, prima che il freddo diventasse pericoloso per Iggie. Sotto di loro, il mare era grigio ferro e il cielo era ancora più scuro. Quando i fulmini saettarono ancora, vide un luccichio verde davanti a loro.

«Là!» urlò Milla, indicando il punto. «Quella è Petra.»

Iggie dovette avvicinarsi con cautela, volando in cerchio per mettersi proprio sotto Petra. Ben presto, i battiti delle loro ali andarono all'unisono e continuarono il volo veloci.

Milla si sporse per guardare Vigo.

«Cosa c'è? È Tarya?» urlò lui, con il viso distorto dalla preoccupazione. I fianchi verdi di Petra erano argentati per la pioggia e ansimanti per lo sforzo. Tra gli artigli, teneva due capre con il pelo gocciolante di rosato.

«Tua madre si è rotta il polso» urlò Milla in risposta, tenendosi stretta al collo di Iggie, ora bagnato e scivoloso. «C'è stata una rissa alle tende. Poi ha litigato con tuo padre.»

«Dov'è?»

«È tornata alle tende, sulla banchina.»

Vigo annuì, con aria cupa. Aveva i riccioli neri appiattiti sulla testa e i vestiti fradici appiccicati addosso, scuri come il muschio. Indicò davanti a sé e Petra cominciò ad abbassarsi, lasciando cadere le prede in acqua per volare più veloce.

I draghi arrivarono sopra al porto. Il mare grigio si scagliava contro la muraglia, lanciando nell'aria spruzzi di acqua salata. Milla ne sentiva il sapore sulle labbra. All'interno delle braccia ricurve del molo frangiflutti, la vasta banchina aveva un aspetto strano. Milla cercò di capire quello che stava vedendo. Si asciugò la pioggia dalla faccia e scosse la testa. C'era una massa nera e argento che si muoveva, strisciava, aprendosi a ventaglio sulla pietra.

Sbattendo forte le palpebre, vide più chiaramente: il duca aveva già mandato i suoi soldati a mettere in pratica i suoi ordini.

«Vigo, guarda!»

Soldati armati disposti a cerchio si stavano chiudendo su una massa di gente spaventata – nuovi arrivati di tutte le età, stretti gli uni agli altri in un unico groviglio – spingendoli avanti, verso le barche.

«Cosa sta succedendo?» gridò Vigo.

«Tuo padre! Ne ha avuto abbastanza, ha detto» intuì Milla. «Li sta mandando via.» Perse di vista Vigo dietro la grossa ala blu di Iggie.

«In questa tempesta?» urlò lui. «Impossibile!»

I soldati stavano spingendo la gente, come pecore spaventate, sui moli. A Milla ricordò orribilmente un incubo che aveva avuto di recente. Ma c'era qualcosa di diverso. Guardò ancora.

C'era un altro gruppo, una striscia variopinta ed eterogenea di uomini che sbarravano la strada ai soldati. Vide delle persone che conosceva, e tra loro Thom e Simeon Windlass. *Oh, Thom, avevi detto che saresti stato attento!*

«Guarda, sono i marinai e i pescatori. E tutti gli equipaggi delle navi» gridò a Vigo.

Si stavano ammassando lungo il muraglione, fronteggiando i soldati in avvicinamento. Formavano una barriera della profondità di sei uomini e della larghezza di dieci, vestiti di blu, rosso e verde, con tuniche ordinarie, cappelli e giubbe tipici dei marinai di ritorno dal mare.

Presto, i due gruppi si sarebbero scontrati.

«Svelto!» urlò Milla. «Hanno bisogno di noi!» Strinse forte Iggie con le ginocchia e lui iniziò la discesa. Non avrebbe lasciato Thom ad affrontare tutto da solo.

Iggie e Petra scesero in picchiata, puntando la sottile striscia tra i due gruppi.

Iggie atterrò, scivolando leggermente sulla pietra bagnata. Milla scese e lo accarezzò. Poi indicò il cielo: «*Vola!* Continua a muoverti, Ig. Non prendere freddo.»

Lui disobbedì. *Mraa!* ringhiò, rifiutando di muoversi.

«Vola! Devi farlo! Devi mantenerti caldo.»

Iggie agitò la coda scontento, ma fece come gli aveva detto.

Milla guardò i due draghi volare via, sentendosi improvvisamente vulnerabile come un insetto, sola e disarmata, mentre la folla si muoveva verso di lei da entrambe le direzioni. Sarebbe rimasta schiacciata se non li avessero fermati.

Vigo prese il comando. Avanzò verso il capitano più vicino.

«Che cosa pensate di fare?» gridò Vigo.

«Ordini del duca, Vostra Grazia.» Il capitano si erse in tutta la sua altezza, ma dovette comunque alzare gli occhi per guardare Vigo. «Per sgomberare l'isola dai nuovi arrivi.» Era un uomo corpulento di mezza età, dagli occhi azzurri e una barba corta e bionda. Dietro di lui, stava una fila di soldati dall'uniforme nera armati di spada e di scudo.

«Li sgomberate e dove diavolo li volete mandare?» gridò Milla. «Nessuno va per mare oggi. Di sicuro non voleva dire oggi.»

Il capitano le gettò un'occhiata veloce ma non rispose.

«E loro?» Vigo indicò i marinai alle sue spalle. Brandivano delle armi improvvisate: coltelli da pesce, remi, una rete da gettare sulle guardie.

«Bloccheremo il porto per fermarli, Vostra Grazia» gridò Simeon Windlass.

«Non c'è uomo qui che si lasci spaventare dal brutto tempo» aggiunse un marinaio dai capelli grigi accanto a lui. «Ma questo non è giorno per andare per mare.»

Milla si sentì un groppo alla gola dall'orgoglio per Thom e suo padre, che rischiavano l'arresto per proteggere degli estranei.

«Giusto» Vigo fece un altro passo avanti. Sovrastava il capitano. «Dite ai vostri uomini di rompere le righe. Nessuno esce in mare con questa tempesta. I vostri ordini sono inattuabili.»

«Ma il duca...»

«Io sono il figlio del duca e risponderò io a lui!» gli urlò in faccia. Milla notò che, improvvisamente, aveva assunto il tono di suo padre.

Vigo alzò lo sguardo, la pioggia gli gocciolava faccia. «Guardate. Non potete mandarli là fuori.» Tentò un'altra strada, più conciliante. «Avete una figlia? Un figlio?»

L'uomo annuì, improvvisamente meno combattivo.

«Li mandereste fuori ad annegare?»

«No, signore.» Il capitano sembrava combattuto tra la vergogna e il terrore all'idea di disobbedire a un ordine. «Ma se disobbedisco... conoscete la punizione.»

«Ascoltatemi» ordinò Vigo. «Quanto tempo pensate di resistere contro due draghi?»

Tutti quelli che erano a portata di orecchio alzarono lo sguardo. Petra e Iggie volavano in cerchio, come gabbiani affamati, pronti a rispondere all'ordine di atterrare. O di sputare fuoco.

Milla sentì aumentare il senso di nausea e lo ricacciò giù. Poteva dare quel comando? Prendere una vita per salvarne molte? Strinse i pugni e pregò di non essere costretta a scegliere.

«Non molto» rispose il capitano. «Vostra Grazia.»

«Precisamente.» L'espressione di Vigo era decisa e dura. Milla non l'aveva mai visto così. «Quindi riconducete la vostra unità in caserma. Riferite al duca esattamente quello che ho detto. O brucerete lì dove siete.»

Nessuno si mosse.

Milla si irrigidì, pronta a balzare in groppa al suo drago, e guardò il capitano in faccia, cercando di leggere i suoi pensieri.

«Via!» Vigo allungò il braccio in avanti, con il dito puntato. Petra planò.

«Ritirata!» Il capitano si ridestò di colpo. «Nuovo ordine. Tornate in caserma. March!»

Inizialmente riluttanti, i soldati abbandonarono la banchina, lasciando le decine di esuli terrorizzati lì dov'erano. Le truppe si raggrupparono in ranghi ordinati e si girarono, filandosela lungo la via principale che portava in cima all'isola.

Alle spalle di Milla, i pescatori proruppero in uno scroscio di applausi.

Vigo guardò il gruppo di persone lasciate indietro, fradice e tremanti. «Seguitemi» gridò loro in Sartolan. «Dovete scaldarvi e mangiare.» E cominciò a condurli verso le tende di Serina.

Milla aveva freddo, con i vestiti bagnati incollati addosso. Si asciugò la pioggia dalla faccia, poi cercò Iggie e lo richiamò.

«Oh, Ig.» Si gettò su di lui, grata di non avergli dovuto chiedere di trasformarsi in un'arma. Almeno non quel giorno. «Andiamo a casa, presto. Devi scaldarti e asciugarti.»

Volò a casa e capì che su Arcosi era decisamente scoppiata la tempesta.

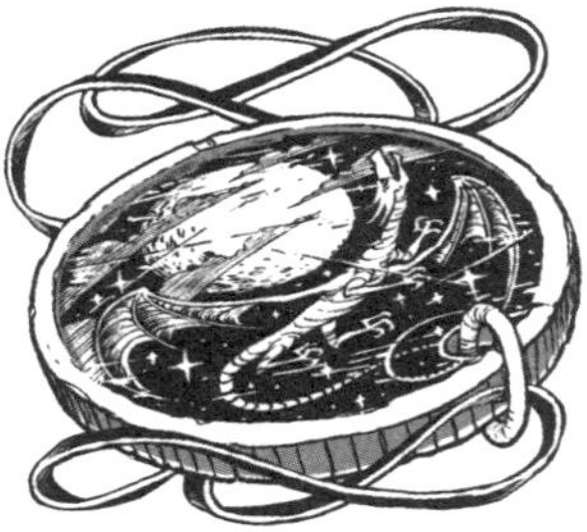

CAPITOLO TRENTOTTO

«Dov'è?» chiese Tarya per la decima volta. «Devo andare a cercarlo.»

«Vigo sarà all'accampamento, con sua madre» sussurrò Milla. «Con le persone che ha salvato dai soldati del duca.» Era quasi mezzanotte nella Sala del Drago, e nessuna di loro due riusciva a dormire. Erano entrambe appoggiate ai loro draghi, raggomitolati dorso contro dorso come due enormi mezze lune rivestite di squame. «Andremo non appena farà luce.»

«E Petra? Ha bisogno di posarsi da qualche parte, o prenderà un'infreddatura.» Tarya fece scorrere la mano sulla cresta del collo di Heral, poi sul suo fianco. «Ti ci è voluto un sacco per riscaldare Iggie.»

Era per quello che continuavano a tornare: con le sue infinite scorte di calore, cibo e acqua sorgiva, la Sala del Drago li aveva protetti, ma forse era arrivato il momento di rischiare un'alternativa.

«Hanno dei falò all'accampamento» disse Milla. «Vigo non lascerà che prenda freddo. Vieni qui...» Si sporse in avanti e abbracciò l'amica, sopra il collo dei loro draghi. Poi si distesero di nuovo, osservando la fiamma nella stufa che bruciava piano.

Milla sentiva il battito del cuore di Iggie che, lento e regolare, le era ormai familiare quanto il suo.

Nei giorni successivi, sarebbe stata felice di quelle ore di veglia che aveva trascorso con lui. Tenne il ricordo di quella vicinanza stretto come una coperta contro gli avvenimenti che seguirono.

Dovevano essersi addormentate, perché prima che potesse accorgersene l'oscurità si era tinta di grigio cenere e lei si era svegliata di colpo al suono di passi di marcia.

«Tarya» disse in un sibilo, cercando di non svegliare Isak. «Svegliati. Sta succedendo qualcosa.» Trattenne il fiato e rimase in ascolto. In lontananza, delle urla si levavano dalla città. Voci maschili davano ordini.

«Che cos'è?» Tarya si svegliò e saltò in piedi. Aprì la porta, lasciando entrare l'aria fredda dell'alba nel tepore della Sala del Drago. «Oh no!»

A quell'esclamazione, Iggie e Heral si svegliarono, alzando la testa e annusando l'aria. Iggie ringhiò, un rombo basso e profondo: *Mraa*.

Fu sufficiente. Senza perdere tempo, Milla iniziò a prepararsi per andarsene. Da qualche parte, dentro di lei, aveva aspettato l'arrivo di un giorno come quello. Cercando di ignorare il tremolio delle mani, si mise una fiasca d'acqua in spalla e cercò i suoi vestiti più caldi.

Isak si tirò su a sedere e, per prima cosa, controllò Belara. «Cosa sta succedendo?»

«Non senti questo odore?» disse Tarya, voltandosi indietro

dalla soglia. «La città sta bruciando. Vigo è laggiù, da qualche parte. Devo andare.» Chiamò Heral e si infilò la giacca rossa.

«Quasi pronta» gridò Milla.

«Mi lasciate da solo?» disse Isak, sbattendo le palpebre, stupefatto. «Tutte e due?»

Milla sentì un tuffo al cuore. Osservò Tarya per vedere come avrebbe reagito, stavolta.

«Isak, tu e Belara siete al sicuro dietro le mura del palazzo. Vigo e Petra sono laggiù da soli... Credo che loro abbiano più bisogno di noi.»

Per quanto potesse far male a Isak, Milla sapeva che l'amica aveva ragione. Dovevano andare dove c'era più bisogno di loro. Fece cenno a Iggie di raggiungerla.

Tarya stava già spalancando il portone per fare uscire Heral. «Sbrigati, Milla!»

Milla si guardò indietro, solo una volta, e rimpianse di averlo fatto. La Sala del Drago aveva un aspetto strano, vuota a parte per Isak appoggiato al suo letto, con Belara che covava dietro la tenda gialla.

Cercò le parole giuste. «Fa' attenzione, Isak» disse infine. «Ricorda, il duca ha sempre messo se stesso al primo posto. Forse tu dovresti fare lo stesso.»

Lui la stava fissando con un'espressione ferita e confusa.

«Non capisco perché devi andartene. Perché metti il tuo drago in pericolo?»

«Lo so. Ma devo farlo» gli disse. «Addio.»

I draghi si alzarono in aria con un possente balzo e Milla e Tarya si lanciarono immediatamente in volo. Sorvolarono i giardini del palazzo, pieni di soldati in assetto da battaglia radunati in ranghi serrati, in attesa di ordini. Volarono oltre il portone. L'aria era grigia e umida e Milla sentì cadere le prime gocce di pioggia.

Dalla città sottostante si levavano rumori di vetri rotti, urla, un bambino che piangeva chiamando la mamma.

Al fianco di Tarya e Heral, Milla spronò Iggie, con un'espressione di cupa determinazione.

Volando bassi sulle strade di Arcosi, videro un completo caos: pile di mobili che venivano lanciati fuori dalle case e dati alle fiamme, una famiglia accerchiata dai soldati, una donna singhiozzare e implorare.

«Cosa stanno facendo? Sono diventati pazzi!» le gridò Tarya. «I soldati del duca che attaccano la città?»

Milla guidò Iggie più in basso. «Guarda! Vedi chi prendono di mira? Non tutte le case» urlò in risposta, indicando con il dito.

Lì, nelle strade della città bassa, dove i soldati non erano ancora arrivati, alcune porte erano marchiate con il simbolo del drago nero del duca. Su altre non c'era niente. Erano queste ultime che, sotto i loro sguardi, i soldati stavano buttando giù.

Stavano attaccando chiunque non fosse di origine Norlander.

«Tarya. Abbiamo bisogno di Vigo. Andiamo a cercarlo. Lui può fermarli» gridò Milla, ricordando come gli avevano obbedito, il giorno prima.

Spronarono i draghi e, pochi attimi dopo, raggiunsero la piazza del mercato.

«Siamo arrivate tardi!» strillò Tarya, volando in cerchio.

Il piccolo spazio davanti alle tende di Serina era in tumulto. Milla vide un'ondata di soldati dall'uniforme scura accerchiare e stringersi sulle tende. Una schiera di persone le stava difendendo. Sartolan, alcuni Norlander ed esuli di

Arcosi combattevano insieme, uniti contro l'esercito del duca. Si battevano per difendere il rifugio della duchessa.

Poi Milla li vide e le si gelò il sangue: Vigo e Serina stavano combattendo fianco a fianco. Vigo si batteva come un leone, rapido e letale. Lo vide menare fendenti con la spada. Serina non sembrava più una duchessa. Non la si distingueva da quelli che stava difendendo. Il suo bel vestito era fradicio e strappato, con macchie di fango sulla soffice seta rosa. Teneva il braccio ferito contro il petto, una striscia di sangue le correva su una guancia e i capelli si agitavano in ciocche disordinate, ma era fiera e bellissima.

Milla ebbe appena il tempo di chiedersi dove avesse imparato a combattere così quando una pioggia di frecce venne scagliata verso di loro.

Lanciò un urlo a Iggie, appiattendosi contro il suo collo, e in qualche modo non furono colpiti.

Si preparò a saltare. Una cosa le era chiara: Iggie doveva restare al sicuro. Lo avrebbe raggiunto dopo. Fece passare la gamba destra sopra il suo dorso e scivolò a terra. Atterrò pesantemente, si alzò in piedi e gli ordinò di andare via. «Vola! Iggie, vola!»

Lui compì dei cerchi sopra di lei, urlando: *Mraaa! Mraaa!*

Ma funzionò: gli arcieri persero interesse quando volò fuori portata.

«Vola! Su!» Si voltò, incapace di guardarlo andare via e quasi inciampò sul cadavere di un soldato: un uomo nell'uniforme nera del duca, riverso sulla schiena, che fissava cieco il cielo grigio. La pioggia gli cadeva sugli occhi spalancati, come lacrime. Sembrava sbagliato, così Milla si chinò e glieli chiuse.

Cercando di non guardare le ferite dell'uomo, gli tolse la spada dalle dita, già fredde e rigide. «Grazie» sussurrò, poi prese anche il suo scudo, che fu più difficile da sfilare.

Iniziò ad avanzare verso i suoi amici, e un attimo dopo fu coinvolta nella mischia e si unì al combattimento. Una spada colpì il suo scudo con tanta forza da farla cadere, senza fiato. Rotolò da un lato per evitare il colpo successivo.

Saltò in piedi. Sentì improvvisamente l'istinto di sopravvivenza scorrerle nel sangue. Lasciò che la investisse e sperò di ricordare tutte le ore di addestramento con Tarya e Finn.

Colpì a sua volta, ferendo il soldato a una coscia. Gli sbatté lo scudo in faccia e quello cadde, perduto sotto piedi che marciavano e saltavano. Milla corse, con lo scudo levato, felice di essere di costituzione minuta. Schivò colpi e affondi, restituendoli solo a ginocchia, piedi o pance che spuntavano da uniformi nere, ogni volta che si trovava la strada sbarrata.

Il tempo cominciò a comportarsi in modo strano. Gli attimi si dilatarono, scorrendo lentamente, come un'onda lungo la sabbia.

Osò lanciare una rapida occhiata alla tenda, sconvolta nel vedere che era arrivata solo a metà strada, poi il tempo sembrò fermarsi del tutto.

Vigo era là, abbandonato contro il muro. Reggeva tra le braccia una massa di seta rosa, macchiata e infangata, cosparsa di chiazze di rosso più scuro.

Milla sentì qualcosa mutare, come il cambiamento della marea. Con le forze che le venivano meno, rallentata, continuò a combattere. La gente si ritirò nelle tende. I soldati del duca indietreggiarono, spostandosi all'estremità della piazza, con le spade ancora sguainate.

Milla sentì una folata di vento e l'impatto di un altro drago che atterrava dietro di lei.

«No!» Era la voce di Tarya, quasi irriconoscibile.

Attraverso una patina di pioggia e lacrime, Milla guardò Vigo che, con la testa buttata all'indietro, cullava il corpo di sua madre, tenendolo stretto a sé.

«Mamma!» La sua bocca era spalancata in un grido d'angoscia e la pioggia tamburellava forte sulla sua testa scoperta e sul corpo snello e inerme che reggeva.

Milla sentì una vampata di calore alle sue spalle quando Heral alzò la testa e lanciò un'enorme fiammata in aria, pronto ad attaccare.

Un fulmine squarciò il cielo e, neanche un attimo dopo, venne il tuono, che sovrastò i singhiozzi di Vigo.

Poi qualcosa la colpì forte alla schiena, facendola cadere in avanti. Atterrò sulla sua spada e sullo scudo, schiacciandosi le dita. Aveva una punta di metallo nello stomaco. Provò a rotolarsi. Qualcuno stava sopra di lei. Era inchiodata a terra, incapace di muoversi, schiacciata contro la sua arma. Cercò di alzare la testa. Cercò di chiamare aiuto. La luce si spense, veloce come la calata di un sipario.

L'oscurità vinse.

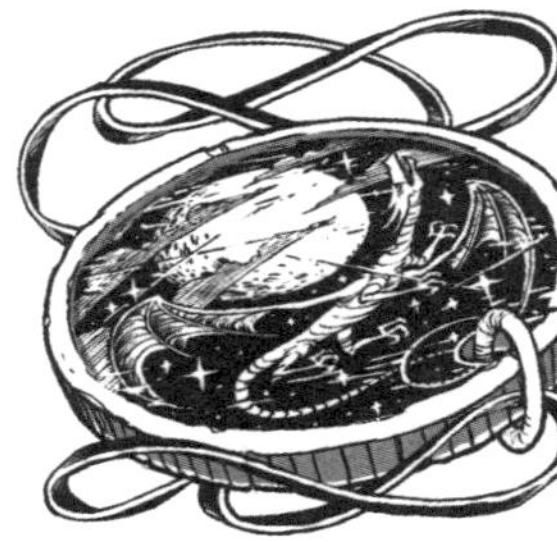

CAPITOLO TRENTANOVE

Quando Milla si svegliò in una cella, sentiva dolore dappertutto. Aprì gli occhi, ma era ancora buio.

«Iggie?» gemette. «Iggie, dove sei?» Non ci fu risposta e quella fu la cosa che le fece più male.

Si rotolò su un lato, trattenendo il fiato dal male, e lentamente si tirò seduta.

«Ig?»

Non c'era. Milla allungò le mani, tremando. Una mano toccò delle fredde sbarre di metallo, l'altra tastò della paglia umida.

«Iggie!» urlò.

Ricordava la lotta. Ricordava di aver mandato via Iggie. Rivide Vigo che teneva tra le braccia sua madre. E il corpo di Serina, inerme e colpito a morte.

Disperata, Milla si raggomitolò sulla paglia sudicia. «No, no, no!» singhiozzò.

Era morto anche Iggie? Era ferito? Provò a comunicare con lui, ma non avvertì altro che un terribile vuoto. Iggie non c'era.

Pianse e pianse, fin quando il dolore al petto fu insopportabile, ma si fermò solo quando si sentì completamente svuotata.

Il tempo divenne confuso. Non si vide nessuna guardia. Sapevano chi era? Era opera di Olvar, la sua vendetta? Chissà cosa stava succedendo sull'isola, in quel momento. Non sapere era una tortura.

Milla si toccò d'istinto il collo. La collana con il pesce non c'era più. Il regalo di Serina. I soldati dovevano avergliela rubata. E poi l'avevano sbattuta lì dentro con tutti gli altri.

In quanti erano? Ora che si era messa in ascolto, poteva sentire attorno a lei gente che si agitava nel letto, sussurrava, tossiva. Erano gli esuli di Arcosi: parlavano un dialetto Sartolan che riusciva a capire. L'aria era pregna della puzza di esseri umani tenuti rinchiusi: sudore, vomito e peggio.

Nell'oscurità, pensò a Iggie. Si immaginò i suoi grandi occhi verdi, pieni di vita e buonumore, la lucentezza delle sue squame al bagliore del focolare, il modo in cui agitava la coda con un movimento veloce e sinuoso quando era irritato.

Sii forte. Io sono viva. Verrò a cercarti.

Lanciò la sua preghiera nella notte, sperando che, da qualche parte, il suo drago la sentisse.

Il giorno successivo fu ancora peggio. L'assenza continuava, quel vuoto che avvertiva quando provava a comunicare con Iggie nella mente. Il dolore della sua mancanza si mescolava a quello del suo corpo. Milla vi si aggrappò e cercò di resistere. Le ore passarono. Sapeva che doveva iniziare a pianificare la fuga, a stringere alleanze con i prigionieri attorno a lei, cercare di corrompere le guardie. Ma si stava rapidamente lasciando andare. Per il bene di Iggie, si costrinse a sorseggiare la tazza d'acqua e mangiare la crosta di pane che qualcuno aveva fatto passare con un insulto attraverso le sbarre. Poi si rannicchiò di nuovo e ricadde in uno stato di torpore.

Tornò pienamente cosciente solo quando notò qualcosa di insolito e sconvolgente.

Il silenzio.

Era impossibile. Tutte quelle persone vicine che normalmente tossivano, parlavano, bisticciavano, piangevano, russavano, starnutivano. Ma ora il silenzio si propagava tra le celle: i prigionieri erano all'erta.

Milla si bloccò, come tutti gli altri, tendendo l'orecchio con più concentrazione di quanto non avesse mai fatto in vita sua.

Si udì un rumore sordo, come di una borsa di grano che cadeva sul pavimento. Poi un fracasso, come una sedia rovesciata.

Milla schiacciò la faccia contro le sbarre, sforzandosi di guardare in fondo al corridoio. Ci fu un bagliore e un movimento, veloce e furtivo, che le diede una scintilla di speranza.

Inspirò e attese.

Sentì il suono che aveva sognato: un tintinnio di chiavi. La speranza scoppiettò come piccole fiammelle.

Sentì delle voci famigliari: Rosa e Josi. Stava sognando?

«Milla?» gridò Josi.

La speranza divampò dentro di lei.

«Qui! Sono qui!» cercò di urlare, sentendo le labbra secche screpolarsi e sanguinare.

«Milla! Dove sei?» le rispose Rosa.

Milla infilò le braccia attraverso le sbarre, ignorando il dolore ai fianchi.

Josi era lì con un mazzo di chiavi in mano. «Ti facciamo

uscire.» Iniziò a provare una chiave dopo l'altra nella serratura.

La prigione proruppe in forti grida, con tutti che gridavano a gran voce di volere la libertà. Era assordante.

«Libera tutti» disse Milla, per poi aggiungere: «Come sapevate dove trovarmi?»

«Certo, non lasciamo nessuno qui dentro. Non sapevamo dov'eri, così abbiamo liberato centinaia di persone lungo la strada» le disse in fretta Josi. «Non ci saremmo arrese finché non ti avessimo trovata, viva o morta.»

«Come avete fatto a entrare?»

Rosa rispose con un sorriso malizioso. «Abbiamo preparato dei dolcetti per le guardie: un premio speciale per il loro duro lavoro, inviato dalla caserma, così abbiamo detto. Non hanno guardato molto da vicino le nostre uniformi. Erano troppo occupati a sbafarsi le torte. Non è colpa nostra se sono stupidi *e* ingordi.»

«Sono morti?» chiese Milla quando Rosa si spostò con le chiavi alle altre celle.

«No. Dormiranno tutto il giorno, e domani avranno un gran mal di testa. Josi li conosce bene i suoi veleni, no?»

Josi incontrò lo sguardo di Milla, con gli occhi pieni di cose non dette.

«Abbiamo molto di cui parlare» disse. «Prima però facciamo uscire questa gente da qui.»

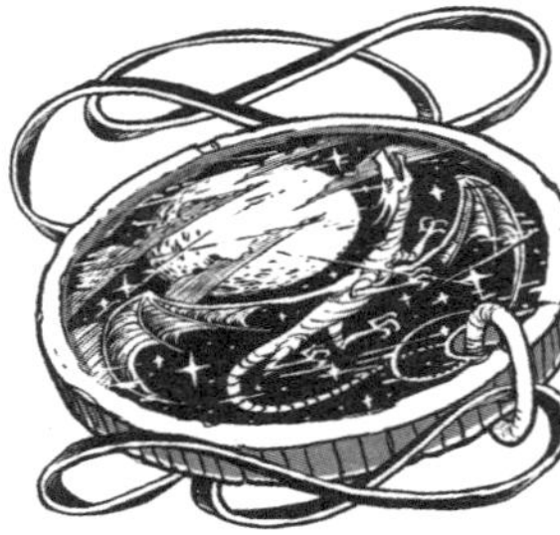

CAPITOLO QUARANTA

Si riversarono all'esterno, sbattendo le palpebre al sole del caldo pomeriggio. Milla aveva un forte dolore alle costole e si sentiva le gambe flosce e deboli, ma la libertà era una cura potente che si stava già spandendo nel suo corpo malridotto.

«Cosa sta succedendo?» domandò Milla a Rosa, che la stava sostenendo.

C'erano masse di prigionieri liberati che si dirigevano verso i moli.

«L'isola è in guerra: dobbiamo andarcene» rispose lugubre Josi. «Tarya è partita ieri per Sartola con Vigo. Mi ha raccontato quello che è successo. Hanno portato il corpo di Serina a casa.»

Milla vacillò al ricordo.

Rosa la sostenne per un gomito. «Ti tireremo fuori da qui, non preoccuparti» disse. «Simeon e Thom ci hanno promesso un passaggio sicuro fino a Sartola.»

«Sono al molo, adesso» aggiunse Josi. «Troveremo Nestan e Kara là.»

«E Iggie? Ci sarà anche lui?» Milla riusciva a vedere i moli, ora, e gli alberi delle navi in lontananza.

E in quel momento, trasportato dal vento leggero che soffiava sull'isola da nord, Milla sentì un suono fievole. «Fermi. Sssh. Cos'è stato?» Chiuse gli occhi e alzò una mano, in ascolto.

Mraaa! Mraaa!

«È Iggie. È lui.» Gli occhi le si riempirono di lacrime. «È vivo!» Il suono era debole, ma inconfondibile. Nella Sala del Drago, sarebbe stato assordante.

«Cosa sta dicendo? È ferito?» chiese Josi. «Nessuno lo ha visto da...»

«No, è un segnale di avvertimento. Ci sta dicendo che c'è pericolo.»

«Certo che c'è pericolo. Andiamo, Milla.» Rosa la incitò ad andare avanti. «Non abbiamo tempo.»

Milla continuò a muoversi. Non voleva rallentare i suoi amici, ma non appena loro fossero stati in salvo sulla *Dolphin*, sarebbe tornata da Iggie.

Quando raggiunsero il porto, Milla stentò a riconoscerlo. Le file di case che si affacciavano al mare erano annerite di fumo e le loro finestre incrinate o rotte. La vecchia piazza del mercato era deserta. Nel punto in cui erano state le tende di Serina, era rimasta solo cenere e detriti neri e bruciati.

L'area dei moli era un'unica massa in movimento. Tutti si facevano strada a gomitate verso le barche restanti. All'estremità di un molo era ormeggiata la *Dolphin*. Milla vide Thom che bloccava la passerella e discuteva con Simeon.

«Josi!» la voce di Nestan sovrastò il baccano.

Si fece largo tra la folla verso di loro, quasi trascinandosi appoggiato al bastone. Kara gli era a fianco. Sarebbe arrivato alla barca prima di loro.

Poi Milla vide qualcosa che le gelò il sangue nelle vene.

Alle spalle di Nestan, tre soldati saltarono giù dal frangiflutti e avanzarono verso di lui. Qualcuno doveva averlo visto uscire con Kara. Qualcuno doveva averli traditi.

«Soldati!» gridò Milla. «Dietro di voi.»

Simeon li vide per primo. Corse giù dalla passerella, afferrò Kara la spinse bruscamente dietro di lui, sul ponte della barca. Poi in un attimo fu al fianco di Nestan.

«Prendi!» Thom lanciò a Simeon il suo bastone.

Nestan sguainò la spada, ma la gamba sinistra gli cedette, solo per un attimo, e barcollò.

Avvertendo la sua vulnerabilità, i soldati si avvicinarono.

«Oh no. Non lo prenderanno» borbottò Josi vicino a Milla. «Salite su quella barca. Subito. Tutte e due.» Estrasse due coltelli dal fodero delle maniche e ne usò uno per tagliarsi l'orlo della gonna, per muoversi più liberamente. «Non aspettateci.»

«Milla! Sali a bordo.» Thom la chiamò con un cenno, mentre mollava le cime.

Milla non se ne voleva andare. No. Sarebbe rimasta lì con Iggie.

Ma Iggie le stava facendo capire che doveva allontanarsi. Con tutte le sue forze, le stava dicendo di andare via.

E Kara era là, da sola. Sembrava piccola e fragile, rannicchiata a poppa.

Chi aveva più bisogno di lei?

«Prendi Kara. Va' via, subito!» gridò Josi senza voltarsi indietro.

Milla sentì il clamore dell'acciaio, seguito da un urlo di dolore. Si girò. Un uomo era a terra. Nestan era in piedi, tenendosi il braccio che reggeva la spada, mentre del sangue scuro gli scorreva tra le dita.

Simeon stava combattendo con un altro soldato. Al posto di una spada, aveva il grosso bastone di legno che usava per parare e menare colpi. Con un grugnito, lo fece roteare e colpì con l'estremità l'altro uomo allo stomaco. Quello si piegò su se stesso e Simeon lo colpì di piatto sul mento, facendolo cadere a terra, incosciente.

Josi era terrificante. Piroettava con una spada in ciascuna mano, sorprendentemente agile. Tirò un calcio di lato, facendo finire disteso a terra l'ultimo uomo rimasto, che strisciò via, brandendo ancora la spada.

«Venite!» gridò Milla. Ma in quel momento udì dei passi provenire da dietro. Si voltò, con il cuore che batteva all'impazzata.

Un'altra dozzina di soldati dall'uniforme nera stavano correndo verso di loro.

«Andate!» ansimò Nestan, che si stava appoggiando alla parete del frangiflutti. Il suo viso era molto pallido. «Prendete Kara e partite.»

Si stavano battendo per loro. Per dar loro la possibilità di scappare.

«Muoviti, Milla!» le urlò Rosa nell'orecchio.

Mi dispiace, Iggie. Tornerò a prenderti!

Con angoscia, la decisione fu presa.

Cominciò a respirare a fatica, con un rantolo, mentre camminava zoppicando con Rosa lungo il frangiflutti.

La barca si staccò da terra, lasciando una striscia d'acqua color dell'inchiostro che si allargava sempre di più.

«Ora!» gridò Rosa e saltò.

Milla la seguì, aspettandosi quasi l'abbraccio gelido dell'acqua. Invece atterrò, incespicando, sulla *Dolphin*, sentendo il ponte ondeggiare sotto i suoi piedi. Andò verso Kara, sconvolta di vedere quanto fosse cambiata.

«Papà!» urlò Thom. «Salta! Forza, puoi farcela!»

Ma Simeon e Josi stavano proteggendo Nestan, che era rimasto ferito, dal terzo soldato.

«Papà! Non possiamo perdere questa marea.»

«Tu va', Thom!» urlò Simeon. «Non aspettarmi.»

Thom si voltò, scuro in volto. «Va bene.» Fece correre lo sguardo sul porto, cogliendo ogni sfumatura del vento, della luce, del mare. «Fate come vi dico, forse ce la facciamo. Portatela sotto coperta.» Fece un cenno con la testa verso Kara.

Milla la condusse nel piccolo spazio buio sotto coperta. Odorava di umido e di pesce, ma lei ricavò un letto da tre casse vuote e Kara vi si rannicchiò, in silenzio. La ragazza sentiva Thom gridare a Rosa: «No, quella là! Svelta!»

Sentì che stavano prendendo velocità. Stavano lasciando Arcosi.

Doveva vedere. Salì sul ponte e vide l'isola che era stata la sua casa allontanarsi dietro la scia della *Dolphin*. Una nuvola di fumo nero aleggiava sulla città. Vide uno stormo di gabbiani volare in cerchio. Arcosi si faceva piccola, sempre più piccola, finché non fu che una montagnola scura nella vastità del mare. Con il sapore del sale sulle labbra, si chiese se avrebbe mai fatto ritorno. Se avrebbe mai rivisto Iggie.

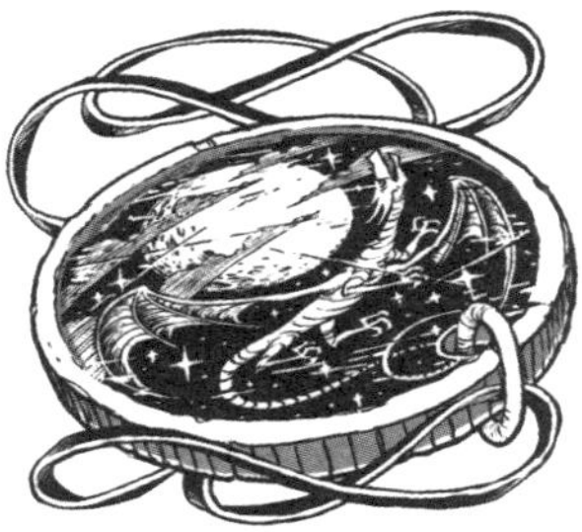

CAPITOLO QUARANTUNO

Quando Thom non ebbe più bisogno di loro, Milla e Rosa andarono sotto coperta a vedere come stava Kara. La trovarono febbricitante e confusa.

Milla le fece passare un braccio dietro la schiena e la sollevò delicatamente.

Rosa le portò una fiasca d'acqua alle labbra. «Buongiorno, sono Rosa. Ecco, bevete.»

Kara non rispose e l'acqua le gocciolò dagli angoli della bocca.

«Da quanto tempo è così?» chiese sottovoce Milla tastandole la fronte.

«Non lo so. Josi non l'ha detto. Chi è?» chiese Rosa.

«Kara. Una delle prime Arcosi: quelli che hanno fatto Ritorno» spiegò Milla, bagnandosi la manica e usandola per tamponarle la fronte e le guance. «Ma lei è arrivata l'anno scorso. È quella del ballo del duca, ricordi?»

«Wow!» esclamò Rosa, colpita. «Era lei?»

«Oh, credimi, è una vera furia» Milla sorrise guardando Kara. «E lo sarai di nuovo, appena starai bene.»

«Cara Kamilla» sussurrò lei, aprendo gli occhi.

«Milla.» Inclinò la testa per chiedere a Rosa: «Quanto manca a Sartola?»

«Parecchie ore» rispose Rosa, con una preoccupazione sul viso che confermò le paure di Milla.

Milla sbirciò fuori, ma non c'erano terre in vista: erano nascoste nell'immenso, scuro abbraccio dell'oceano. Pensò a come sarebbe apparsa la barca dalla groppa del drago. Sarebbe stata una macchiolina sperduta nello Stretto di Sartola, piccola e vulnerabile, che si allontanava da Iggie di momento in momento.

«Ce l'abbiamo fatta?» chiese Kara pressante. «Abbiamo riportato le uova a casa sane e salve?»

Rosa alzò le sopracciglia.

«Sì, ce l'avete fatta» rispose Milla con un cenno di assenso a Rosa. «Non ti ricordi? Hai incontrato Iggie.» Era un dolce sollievo pronunciare il suo nome, parlare di lui, visto che occupava ogni suo pensiero. Si chiese all'esterno sembrasse incompleta e vulnerabile, come un uccello senza le ali, perché era esattamente così che si sentiva.

«Ah, sì, certo. Il figlio di Cato» mormorò Kara.

«Davvero?» chiese Milla chinandosi su di lei.

«Speravo sarei stata io» stava dicendo Kara, quasi a se stessa. «Un pensiero egoista. Per tutta la vita, ho desiderato di essere io a creare un legame con il drago che sarebbe nato. Vedevo quello che mia madre aveva con Cato, e lo volevo tanto anch'io, ma quel momento non è mai arrivato.»

«Tua *madre*?» Milla si chinò di più su di lei. «Tu sei la figlia di Karys Blutempesta? È sopravvissuta?»

«Fu Cato a salvarla.» Kara spalancò gli occhi, fissando Milla. «I draghi sapevano. Lo sanno sempre.» La sua voce era debole e rauca. «Cato aveva presentito le intenzioni di mio zio. Non era pericoloso, lo fece solo per proteggere mia madre.»

«Che cosa?» la incoraggiò Milla. «Fermò Rufus?»

«Sì. Entrambi i draghi erano là quando Rufus uccise Silvano. Karys sarebbe stata la prossima. Ma Cato lo ridusse in cenere. Karys guardò il suo drago uccidere suo fratello, per salvarle la vita...» Le parole le morirono in gola. «Oh, che orrore.»

Milla chiuse gli occhi, cercando di non vederselo davanti, ma la sua mente era piena di immagini terribili.

«Mio padre, Gallus Aureo, era il Guardiano dei Draghi. Trovò Karys. Presero i due draghi e scapparono. Aelia quasi morì, ma alla fine si legò a mio padre.»

«Dove andarono?»

«Verso le isole... a largo delle coste di Sartola.» La sua voce era così debole che Milla doveva tenere il viso vicinissimo al suo per cogliere ogni, preziosa, parola. «Si nascosero là. Trovarono rifugio nelle caverne, cacciarono capre selvatiche. Più tardi, quando ebbero ripreso le forze, fecero a turno per trovare gli Arcosi resi schiavi, li riscattarono con l'oro maledetto di Rufus e li liberarono.»

«Cosa successe ai draghi?»

«Da bambina, giocavo con Cato e Aelia. Erano tanto buoni con me. Vissero liberi, in esilio, fino alla fine. E poi a me fu dato il compito di proteggere le loro uova dormienti. Il lavoro di tutta la mia vita...» la sua voce si stava spegnendo.

«Lo avete fatto bene. Li avete portati a casa a schiudersi. Ma non capisco...» disse Milla ignorando l'occhiataccia di Rosa. «Perché dovevano schiudersi ad Arcosi? Perché non potevano restare sulle altre isole?»

«L'acqua di sorgente: non te l'ho detto? I piccoli draghi

possono crescere solo su Arcosi. Ma quando fummo pronti a tornare, qualcun altro si era impadronito dell'isola. E avevano portato un'altra guerra sulle sue sponde. Aspettammo, ma il tempo stava per scadere. Le uova stavano invecchiando. Tutti quegli anni per mare, a giocare al gatto e al topo con gli uomini del duca... Ma ce l'abbiamo fatta. Vorrei tanto che Josiah l'avesse saputo. Saremo presto di nuovo insieme.»

A Milla non piacque il suono di quelle parole. Sentì ancora la fitta del vecchio senso di colpa per non aver impedito la morte di Josiah. «Mi dispiace così tanto» disse. Prese la mano di Kara e gliela accarezzò dolcemente. Gli occhi della donna si chiusero. Il suo respiro si trasformò in rantoli profondi.

«Tu sei come lei» disse infine, senza aprire gli occhi.

«Chi?» chiese Milla.

«Tua madre.»

Milla si bloccò. Non era nemmeno sicura che Kara si ricordasse chi era in quel momento. Stava delirando per la febbre?

«Conoscevi mia madre?»

«Oh sì» rispose Kara ansimando, come se avesse fatto una risatina. «*Karys. Kara. Kamilla. Milla.* Capisci? Ti ho riconosciuta dalla collana. E dal tuo viso. Tu sei mia nipote. La figlia di mia figlia. La figlia del drago.»

Milla sentì Rosa trattenere il fiato accanto a lei. Tutto divenne improvvisamente più nitido: la luce che filtrava dalle fessure del ponte, l'acqua putrida e salmastra che le lambiva i piedi, le sue dita che stringevano il braccio di Kara, sottilissimo sotto il vecchio cappotto.

«Dov'è mia madre?»

«Milla, piano!» la avvertì Rosa, mettendole una mano sul braccio.

«Dov'è?» chiese ancora, con una nota disperata nella voce.

L'espressione di Kara infranse ogni speranza.

«No!» disse Milla. «No, no, no!»

«Sono morti. Mi dispiace» mormorò Kara, con gli occhi socchiusi. «Quando tu eri una neonata. Eravamo per mare, un'epidemia si portò via la metà di noi. Ci colpì duramente.»

I suoi genitori erano morti. Le fece male molto più di quanto si era aspettata, dopo tutto quel tempo.

«Ti abbiamo mandata avanti, ad Arcosi, con tua zia.»

«Mia zia?» disse Milla, confusa.

«Con Josi.»

Josiah e Josi. Kamilla e Milla. Lo stesso schema.

I ricordi le tornarono alla mente, confermando la verità: Josi che piangeva in cucina il giorno dopo che suo padre era stato ucciso, a pochi passi da dove lavorava. Il turbamento di Josi quando Milla si era precipitata nella sua cucina con Kara, la notte della schiusa. Josi che era rimasta a combattere, per permettere a sua nipote e a sua madre di scappare.

«Perché non me l'ha mai detto nessuno?» Aveva visto uccidere suo nonno davanti ai suoi occhi. Avrebbe potuto salvarlo. Milla era vagamente consapevole delle lacrime che le stavano scorrendo lungo le guance, gocciolando dal mento. Si asciugò distrattamente la faccia. «Per tutto questo tempo, io non sapevo niente.»

«Era più sicuro così. Per te. Per noi. Per le uova. Tu eri nascosta in bella vista, pronta per il giorno in cui saremmo tornati. Josi ti vuole bene e ti ha cresciuta, no? Ma non te l'ha detto, così che fossi al sicuro anche nel caso avessero tradito lei. Ha reclutato Nestan alla nostra causa. Tutti e due hanno protetto il tuo segreto.»

Milla era sconvolta, mentre assimilava la verità. Dopo un po', sentì la presa di Kara allentarsi man mano che si addormentava. Rimase là seduta e guardò Kara riposare, incurante del torcicollo, incurante del dolore pulsante sul fianco per aver sostenuto il peso di Kara contro la costola incrinata.

Era sua nonna. Ora aveva una famiglia.

Dopo tutto quel tempo, sapeva da dove veniva.

«Tu discendi da Karys Blutempesta? Non ci credo!» la voce di Rosa tremava per l'eccitazione e la meraviglia.

Milla la fissò, senza riuscire a parlare.

Non cambiava niente in realtà: Kara era sempre gravemente malata. Karys era morta, proprio come i suoi genitori. Aveva lasciato Josi e Nestan a combattere. La sua città era ancora in guerra. Ogni secondo passato lontano da Iggie la feriva più di quello che avrebbe pensato possibile. E stavano ancora navigando verso l'ignoto, contando sul fatto che avrebbero ritrovato Vigo e Tarya.

Eppure, eppure...

Cambiava tutto.

Aveva una famiglia, anche se disgregata. Era amata. Era sempre stata amata. Sapeva chi era! Finalmente.

Milla si rannicchiò accanto a Kara. Si raggomitolò contro il corpo addormentato di sua nonna e si addormentò, aggrappata a lei.

Quando raggiunsero Sartola, Kara non respirava più. Se ne era andata prima del cambio della marea.

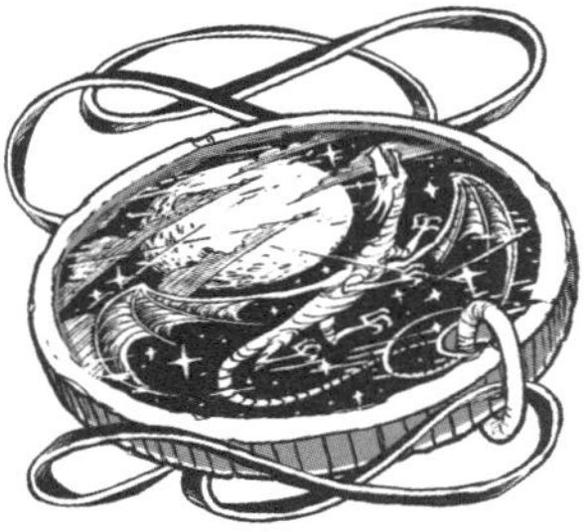

CAPITOLO QUARANTADUE

Seppellirono Kara accanto a Serina. Carlo, lo zio di Vigo, pronunciò l'elogio funebre.

«Così è come rendiamo testimonianza. Così è come guariamo» disse Carlo in Sartolan. «Rendiamo onore a Kara, figlia di Karys Tempesta. I nostri antenati hanno combattuto gli uni contro gli altri, ma oggi in loro nome formiamo una nuova alleanza.»

«Riposa nella terra, Kara Oltremare» disse poi Milla, usando il nome che aveva trovato nei documenti di Kara. Barcollò, ma le amiche la sostennero: Tarya le stringeva la mano sinistra, Rosa la destra. «Il tuo lavoro è compiuto» continuò. «Hai dedicato la vita ai draghi di Arcosi. Sono sopravvissuti grazie a te. Ti ringraziamo per il tuo coraggio.» Non era abbastanza, ma era la verità.

Heral e Petra volavano in cerchio nel cielo limpido sopra di loro, ma Milla non riusciva a guardarli. La mancanza di Iggie era come un macigno che le pesava sulla schiena. Ogni momento che passavano separati era come una mano invisibile che aggiungeva un altro masso, e un altro ancora, finché il peso minacciò di schiacciarla.

Erano in una striscia di terra stretta ed erbosa che si allungava come un dito puntato verso l'acqua verdeazzurra che lambiva le coste di Sartola. Il sole era caldo e luminoso e i colori così vividi che le facevano male agli occhi. Tutto attorno a loro, erano disposte le elaborate lapidi in marmo delle famiglie nobili Sartolan, una piccola città dei morti. Ma sotto i raggi del sole, con fiori gialli che demarcavano i sentieri, farfalle arancioni che volteggiavano tra i boccioli e lo sciabordare in lontananza delle onde, era un luogo di pace e Milla sperò che a Kara sarebbe piaciuto.

Milla fissò l'orizzonte, dove Arcosi era appena visibile come una pallida cunetta, con piccole spirali di fumo che si alzavano a sporcare il cielo. Josi era ancora viva laggiù? E Nestan?

«Staranno bene» sussurrò Tarya, indovinando i suoi pensieri. «Josi è una che se la sa cavare. Mio padre è un combattente. Il duca ha bisogno di Isak e Belara. Staranno bene finché non li raggiungeremo.» E poi aggiunse, sottovoce: «Ho bisogno di crederci. È l'unica cosa che mi impedisce di prendere Heral e tornare là a incendiare il palazzo oggi stesso...»

Quando la cerimonia terminò, Milla andò da Vigo. Poteva vedere il suo stesso dolore riflesso nei suoi occhi. «Mi dispiace di non esserci stata quando hai seppellito tua madre.» Gettò timidamente le braccia attorno al suo amico e lo abbracciò, sorpresa della forza con cui lui ricambiò l'abbraccio.

«Non riesco ancora a crederci» disse il ragazzo con il viso affondato tra i suoi capelli. «Non riesco a credere che sia là sotto. Non è stupido, dopo tutto quello che è successo? Ho visto il suo corpo. L'ho portata in braccio. L'abbiamo seppellita due giorni fa. Ma continuo a pensare che da un momento all'altro mi sveglierò e sarà stato solo un brutto sogno, e lei sarà lì ad accarezzarmi la testa, come quando ero bambino.»

«Lo so.» Milla si scostò, guardando con gli occhi gonfi il suo viso rigato di lacrime.

«Questa è per te» disse Vigo, mettendole qualcosa in mano e richiudendole le dita. «La indossava sempre. È uguale alla collana di mia sorella che ti aveva regalato.»

«Me l'hanno rubata.»

«Lo so. È per questo che vorrebbe che tu avessi questa, adesso.»

Lei abbassò lo sguardo. Nel palmo teneva una catenina d'argento con un pendente a forma di pesce: identica a quella che Serina le aveva dato.

Provò a dire grazie, ma la parola fu soffocata dalle lacrime.

«Dispiace anche a me, Milla. Hai perso tua nonna, nel giorno stesso in cui l'hai conosciuta veramente... Gliela faremo pagare, a mio padre» disse Vigo, asciugandosi gli occhi. «Lo zio Carlo ha un esercito grande quasi come il suo. Ma mio padre non ha il suo drago. Non ancora. E noi ne abbiamo due. Quattro, quando salveremo Belara e Iggie.»

Il cuore di Milla diede un sussulto a quelle parole.

Era stata la prima cosa che aveva detto a Tarya e Vigo: «Quando possiamo andare a salvare Iggie?»

Gli altri draghi avevano presentito il suo arrivo. Avevano portato i due ragazzi al porto di Sartola, già affollato di Arcosi in fuga, proprio quando la *Dolphin* aveva attraccato. Avevano trovato Milla che piangeva sul corpo di Kara.

Tarya aveva cercato di tirarla via.

«Indietro, signora! Non vedi che sta piangendo una persona cara?» Rosa le aveva tolto la mano dalla spalla di Milla, mettendosi tra loro.

«E tu chi sei?» aveva chiesto con irritazione Tarya.

Rosa si era preparata a fronteggiarla, pronta allo scontro. «La sua amica Rosa» aveva risposto secca. «Chi sei tu?»

«La sua amica Tarya.»

Erano alla pari: entrambe alte, entrambe forti, entrambe combattive.

«Il che ci rende alleate...» Tarya aveva fatto un passo indietro, sorridendo a denti stretti. «Dai, portiamo tutti dentro al sicuro, e Milla potrà avere tutto il tempo che le serve...»

Rosa era rimasta per un lungo momento in silenzio, mentre squadrava l'altra da capo a piedi. «Va bene...» aveva detto infine. «Ma io rimango con lei.»

Milla aveva vegliato il corpo di sua nonna per tutta la notte. Rosa e Tarya erano rimaste con lei, in una tregua imbarazzata.

Avevano avvolto Kara in un prezioso abito di seta blu, in onore di sua madre Karys e il suo drago Cato. L'avevano deposta con tutti gli onori in una fredda cripta di marmo sotto il palazzo di Sartola, circondata da gigli e candele.

Milla aveva tenuto in mano gli oggetti appartenuti a Kara che aveva trovato nel suo mantello: aveva tenuto indosso i propri segreti, per tutto il tempo. C'era una piccola fortuna in monete d'oro cucite nel tessuto, una mappa che mostrava dove era nascosto il resto del tesoro di Rufus, in una cantina segreta a Villa Aureo. E la chiave. Se la girò e rigirò tra le dita, sentendone il peso e la forma, finché non divenne calda.

«È dove hai trovato quella moneta, l'anno scorso» le aveva detto Tarya. «Ti ricordi? Deve essere caduta dal gruzzolo.»

«Villa Aureo! Ecco perché Kara si era nascosta là. Ma certo. Doveva appartenere a suo padre, Gallus. Devono avere nascosto lì l'oro, prima di andarsene. Karys e Gallus avevano intenzione di tornare.»

Gli occhi di Milla si erano soffermati sulla figura avvolta nella seta davanti a lei. Sembrava così piccola per contenere Kara, con tutta la sua energia e il suo spirito indomito.

«Che cosa farai con quell'oro?» le aveva chiesto Rosa. «È tuo, adesso. Tu sei l'erede al ducato di Arcosi.» I suoi occhi erano scuri e indecifrabili. «Dovrei dire, Vostra Grazia.»

«Non essere assurda!» si era affrettata a rispondere Milla; il modo in cui la stavano guardando la metteva a disagio. «E non è mio.»

«Sì che è tuo» aveva detto Tarya. «Fammi tornare ad Arcosi e te le riporto. Lo posso fare stanotte, se vuoi.»

«È l'oro di Sartola» aveva risposto Milla. «Rubato durante la grande guerra di fuoco: fuso per ricavare le monete di Rufus. È denaro sporco di sangue. È corrotto.» Non voleva averci niente a che fare. «È come se fosse maledetto e non voglio attirare una disgrazia su di noi.»

«Ma tu puoi redimerlo, adesso» aveva detto Rosa.

«Carlo dice che non può permettersi una guerra. Ma tu sì» aveva concordato Tarya, continuando il ragionamento. «Usa quel denaro, paga i suoi soldati, e potremo riprenderci Arcosi. Potremo riprenderci Iggie. E mio fratello. E le uova. Kara non ha detto che i draghi hanno bisogno di vivere in città? Facciamolo per loro...»

Milla aveva fissato la fiamma ondeggiante delle candele, lottando contro la tentazione. Rivoleva Iggie più di ogni altra cosa. Passava ogni momento libero a pensare a come fare irruzione nella Sala del Drago e riprenderselo. Era questa la strada giusta? Non era abituata a prendere decisioni che avrebbero avuto conseguenze su centinaia, forse migliaia di altre persone.

Che cosa avrebbe detto Kara? Era il suo oro, in realtà.

D'un tratto, Milla seppe cosa avrebbe voluto sua nonna. Avrebbe voluto che i draghi di Arcosi appartenessero alla città. Qualsiasi altro uovo, in futuro, avrebbe dovuto schiudersi nella piazza del mercato, come una volta.

Le erano tornate alla memoria le parole della profezia.

Di tempesta sei figlia, tre volte rinata,
E del mare con te rechi il segno,
La quarta stagione pressoché terminata,
Dell'alba nuova la chiave avrai in pegno.

Karys Blutempesta. Era forse lei la figlia della tempesta? La sua bisnonna. Karys. Kara. Kamilla. Milla. Tre volte rinata. E la fine dell'estate era alle porte, ossia quattro stagioni dopo la nascita di Iggie. Era questa l'alba nuova che stavano aspettando? Strinse in mano la chiave.

Con un brivido, aveva sentito qualcosa cambiare dentro di sé.

Aveva preso la sua decisione e aveva parlato all'aria fredda e profumata, come se pronunciasse un giuramento: «Userò l'oro per finanziare la nostra guerra. E a Carlo verrà offerta la sua parte. Riconquistiamo la nostra casa. C'è solo una condizione...»

«Quando partiamo?» chiese ora Milla, sbattendo le palpebre alla luce del sole, quando si voltarono per lasciare la tomba di Kara. «Non posso restare lontana da Iggie ancora per molto.»

«Prima dell'alba. Hai visto cosa stava facendo mio padre...» rispose Vigo. «Se non agiamo subito, non rimarrà molto di Arcosi.»

Si avviarono verso il palazzo di Sartola attraverso i giardini che si estendevano fino al cimitero. Alte palme facevano ombra sui sentieri e, sulla destra, in una grossa fontana circolare gorgogliava un'acqua limpida dal gusto puro e fresco ma che, aveva constatato Milla, mancava del distintivo sapore metallico dell'acqua di Arcosi.

Era tutto così diverso lì: il territorio si estendeva lungo lussureggianti catene montuose e basse pianure ai loro piedi. Erano quasi arrivati al palazzo, costruito molto al di sopra della città e dei paesini circostanti, per avere un'ottima visuale e accorgersi di pericoli in avvicinamento. La luce del sole riluceva sulle pallide cupole – alcune che ancora riportavano i segni dei danni causati dal fuoco – e una brezza leggera soffiava tra le finestre finemente intagliate, che sembravano pizzo trasformato in pietra.

«È così bello, qui!» esclamò Milla.

Rosa le strinse il braccio. «Non te l'avevo detto?» Guardò in basso, verso la città dove i suoi genitori e altre famiglie avevano cercato rifugio.

«Sei tentata di rimanere?»

«Devo ammetterlo, è un sollievo essere in un posto dove tutti assomigliano a noi e parlano come noi, e nessuno ci appiccica addosso dei contrassegni. Ma no, Milla. Arcosi è la mia casa, e io combatterò per riaverla.»

«Stessa cosa.» Thom era dietro di loro, vicino a Luca. «È fuori questione! Devo tornare da mio padre. Sono con voi. Io vado a casa.»

«Sì. Tarya e io siamo d'accordo. Anche se questa è la casa di mia madre» disse Vigo, «e dei suoi antenati, da migliaia di anni.»

Sapere del suo lignaggio aveva ancora un che di pericoloso

per Milla, incendiario come la polvere da sparo. Ci girava attorno con cautela. Ma un giorno, se avessero vinto quella battaglia, si sarebbe seduta nella biblioteca del palazzo e avrebbe letto ogni libro, ogni frase, ogni parola mai scritta su Karys Blutempesta e la sua famiglia.

«Mio padre ha sempre odiato il fatto che mia madre conoscesse le sue origini e ne fosse fiera. La faceva sentire inferiore, continuamente, quando nessun altro ascoltava» disse Vigo gelido e furente. «Dentro di sé, sa che non è un duca. Non ha più diritto a governare di qualsiasi altro. Ecco perché ha costruito quell'esercito. Ha sempre avuto paura che qualcuno arrivasse e gli portasse via tutto.»

«Bè, facciamo avverare il suo incubo peggiore» disse Tarya.

Milla guardò i volti attorno a lei: Thom, Luca, Carlo, Rosa, Tarya e Vigo.

«Olvar ha ragione, in un certo senso» disse. «Nessuno di noi ha il *diritto* di governare. Come può qualcuno chiamare me Vostra Grazia? Sono la stessa persona che ero quando mi davate ordini.»

«Cosa vuoi dire?» domandò Vigo.

La stavano tutti ascoltando.

Era interessante per lei vedere come ora succedesse più spesso.

«Solo che, se vinciamo» parlò con fiera determinazione, «i draghi dovranno appartenere a tutti. Le nuove uova dovranno schiudersi davanti a tutti. Dovremo fare le cose diversamente. O che senso avrebbe combattere?»

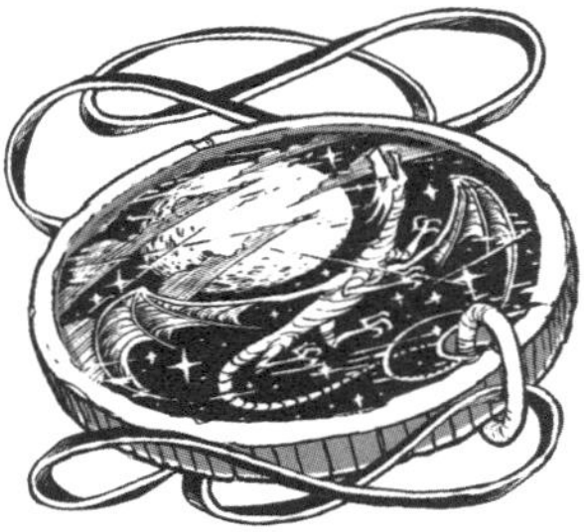

CAPITOLO QUARANTATRÉ

«Svegliati» Tarya scosse Milla, illuminata dalla luce della lampada che teneva sotto il suo viso.

Milla si infilò impacciata i vestiti che le avevano prestato, tutti blu. Finalmente, la separazione era quasi finita. Entro la fine della giornata, sarebbe tornata con Iggie o sarebbe morta nel tentativo di raggiungerlo. In ogni caso, voleva vestirsi con i suoi colori.

«Sei pronta?» le chiese Tarya mentre le abbottonava l'armatura sul busto. Con le ferite che si stavano ancora rimarginando, Milla non era abbastanza forte per indossare un'armatura completa, come quella dell'amica.

«Sono pronta fin dal giorno in cui ho lasciato Iggie» rispose rendendosi conto di non aver mai visto Tarya tanto calma o concentrata. Era nata per la battaglia.

«I vostri strumenti, Vostra Grazia» disse Tarya con un sorriso, passandole dei lunghi grimaldelli e un pugnale affilato che Milla rinfoderò nella cinta.

«Piantala con queste stupidaggini.» Le diede un colpetto con il gomito. «Sono Milla, e lo sono sempre stata.» Infilò nella cinta anche i grimaldelli. Aveva sognato Iggie in catene. Faceva fatica a crederci, ma voleva essere preparata al peggio.

«Vieni qui» disse Tarya, stringendola in un goffo abbraccio con le due armature che si scontrarono.

«Se mi succede qualcosa» disse Milla, «ti prenderai cura di Iggie? Gli troverai qualcuno in gamba a cui legarsi? Sembrava che Rosa gli piacesse.» Riuscì a malapena a pronunciare le parole.

«Sssh. Non succederà. Ma sì. Naturalmente. Tu farai lo stesso con Heral?»

Milla si scostò e si guardarono nel cerchio di luce dorata della lanterna. «Sai che lo farò. Sei mia sorella.»

Per un lungo momento, si fissarono negli occhi.

E poi fu ora.

Si trovarono con Heral su un tratto in piano dei tetti del palazzo; la luna piena gettava chiazze di luce bianca attorno a loro. Tarya si avvicinò al drago per prima, accarezzandolo e controllando che fosse tutto a posto. «Milla?» chiamò infine.

Milla sapeva che stava per succedere. Racimolò le forze e andò da loro.

«Ehi, Heral» disse tendendogli la mano aperta perché l'annusasse. Non era colpa di Heral se lei e Iggie erano stati separati. Non era colpa sua se lo confrontava continuamente con lui, notando tutte le differenze tra loro: la testa più grossa, il collo più curvo, il carattere più irrequieto.

Il drago rosso emise un brontolio accompagnato da un sibilo di aria calda, poi sfiorò la fronte di Milla con il naso.

Capiva. Heral le stava dicendo che lo sapeva.

«Grazie.» Si sentiva come se le stesse scoppiando il cuore, tanto era doloroso il suo desiderio di essere con Iggie. Ma ricacciò indietro le lacrime e salì in groppa a Heral dietro a Tarya, spostando la faretra di lato, per non schiacciare le frecce.

Si alzarono in volo. Si lasciarono dietro le luci del palazzo e ben presto Sartola non fu altro che una manciata di puntini luminosi, non più chiari delle stelle. Con il suo riflesso chiaro e tremolante sulla superficie del mare, la luna piena faceva loro da guida.

All'inizio, le due ragazze parlottarono fra loro, in cerca di rassicurazione, ma quando Arcosi si fece più grande e poterono contare le luci del porto, si zittirono.

Aguzzando la vista sul mare sotto di loro, Milla distinse delle ombre più scure tra le onde. Eccole! Le navi di Carlo, come ombre tra le ombre, forme sottili dirette al porto.

A est, il cielo cominciò a schiarirsi.

Vigo e Thom sarebbero atterrati con Petra sul molo frangiflutti. Con il drago a fronteggiare le guardie, Thom avrebbe avuto il comando di quella parte dell'operazione: conosceva la zona come nessun altro.

Man mano che si avvicinavano, altre luci si accesero lungo la muraglia. In sé non c'era niente di inconsueto. Ma poi si accesero e si spensero tre volte: il segnale che i soldati di Carlo erano sbarcati. Vigo e Petra avrebbero creato un diversivo, mentre un piccolo drappello di soldati scelti, al comando di Thom, avrebbe attaccato le porte della città. Gli altri avrebbero aspettato, pronti a muovere verso il palazzo, guidati da Rosa, che conosceva i passaggi segreti dell'isola quasi bene quanto Milla.

Fino a quel momento, tutto stava procedendo come avevano pianificato durante le notti passate a studiare le mappe di Arcosi che avevano disegnato Milla e Rosa e che mostravano tutti i sentieri nascosti, fino alla porta d'ombra.

Tarya lasciò che il vento li trasportasse verso ovest e poi Heral si avvicinò all'isola da nord, volando in cerchio. Si abbassò, passando rasente sulle scogliere e poi, con un ultimo scatto, atterrò nei giardini del palazzo.

Milla strinse la mano di Tarya e sussurrò: «Buona fortuna.» E un attimo dopo stava smontando dalla groppa di Heral prima che lui si alzasse in volo di nuovo.

Milla rotolò su se stessa e si nascose tra i cespugli. Aspettò, all'erta, pronta a cogliere qualsiasi segnale di pericolo. Il cuore le batteva così forte, che non riusciva a sentire nient'altro. Non era il momento di avere paura. Iggie era là, che l'aspettava. Pensare a lui le diede il coraggio di muoversi, un'altra ombra nelle fredde ombre blu dell'alba, che scivolava attraverso la porta segreta della Sala del Drago per evitare le guardie.

Socchiuse la porta, appena per poterci passare, e rimase in ascolto, a lungo, nascosta dietro l'arazzo.

Sbirciò dietro il pesante tessuto.

Là, raggomitolato sul posatoio, c'era un solo drago.

La testa bassa. Le pallide squame blu che luccicavano debolmente.

Iggie.

Era lì!

Il suo drago era vivo.

Una grande gioia divampò in lei.

Ci fu un gran fracasso nella sala, un forte clamore e un lamento. Iggie l'aveva vista. Il drago perse il controllo, nel disperato bisogno di andare da lei, ma qualcosa lo stava bloccando. Sembrava legato al posatoio per una delle zampe posteriori.

Era in catene, e il cappio era tenuto insieme da un enorme lucchetto.

Sentì un tonfo al cuore.

«Sssh! Buono, Ig! Sono qui, sono io» Uscì dall'ombra e si avvicinò, con le mani tese, all'erta.

Alla luce fioca della stufa, riuscì a vedere il morso del metallo affondato nella carne dove aveva tagliato le squame esterne, e il sangue che gli colava sul piede. Era arrivata preparata, ma vederlo così la sconvolse più di quello che aveva immaginato.

Le squame erano troppo pallide. Gli occhi verdi, che osservavano ogni sua mossa, avevano perso un po' del loro fulgore. Gli si potevano contare le costole. Ma era vivo.

Gli corse incontro e gli gettò le braccia al collo, stringendo finalmente a sé la sua bella testa, inspirando il suo odore di affumicato e sangue e braci.

«Oh, amore mio. Il mio Ig. Il mio drago.» Strizzò forte gli occhi, ma le lacrime le scesero comunque copiose sulle guance.

Aaaark! Il saluto di Iggie era il suono più dolce del mondo. La fece quasi cadere a furia di strofinare la testa contro la sua, di darle colpetti, di agitare ogni parte del suo corpo per darle il benvenuto.

Lei fece scorrere le mani lungo le sue squame, il collo, il dorso, e le costole troppo sottili. «Stai bene? Oh, Ig. Devi mangiare. Devi vivere.»

Aaark, aaark, aarrrk, le rispose lui.

«Ho così tante cose da raccontarti. Ma adesso, sta' fermo.» Prese i grimaldelli dalla cinta e gli accarezzò il fianco, fin giù verso la zampa, per fargli capire cosa intendeva fare. Tenendo a freno le proprie emozioni, si inginocchiò per liberarlo da quella odiosa catena. Infilò piano il grimaldello nella serratura e cercò il meccanismo. Con un suono secco e metallico, si aprì e la catena cadde a terra inerme.

Iggie era libero! Il cappio gli aveva lasciato una bruttissima ferita, ma almeno era libero.

«Riesci a camminare?» gli chiese, indietreggiando e ripulendosi i vestiti dal suo sangue.

Iggie buttò indietro la testa e lanciò un grido di dolore.

Milla lo abbracciò, cercando di sostenere il suo enorme peso. «Che cosa ti hanno fatto?» Si maledisse per non essere arrivata prima. Cosa c'era di più importante di lui?

Poi una voce parlò alle sue spalle.

«Milla. Sei tornata.»

CAPITOLO QUARANTAQUATTRO

«Isak!» Milla si voltò su se stessa, tenendo una mano su Iggie dietro di lei.

Per un lungo momento, si fissarono.

Isak si gettò su di lei.

Milla si tenne pronta, incerta di cosa avrebbe fatto.

Un attimo dopo, la stava abbracciando. «Oh, Milla! Sei viva. Non lo sapevo. Quando Serina è stata uccisa, ho pensato... Nessuno mi diceva niente.»

Milla lo strinse forte, con le gambe improvvisamente molli per il sollievo.

Lui si scostò, guardandola bene in faccia. «Tarya? Vigo? Dimmi, mia sorella sta bene?» chiese.

«Sta bene.» Alla luce fioca della stufa, riuscì a vedere quanto malconci e sporchi fossero i vestiti del ragazzo, ora. C'era una crepa su un lato degli occhiali nuovi, ma il suo volto era diverso. Era di nuovo vivo.

«Sta più che bene» si corresse. «È in missione. Vedrai. Siamo venuti a riprenderci l'isola.»

«Bene.» disse impetuoso Isak. «Milla, mi dispiace così

tanto. Mi sbagliavo sul duca Olvar.»

Milla si bloccò. Per la prima volta, pensò a Belara. Gettò uno sguardo in fondo alla sala, dove il letto di Isak era vuoto, con la tenda gialla strappata.

«Che cosa ha fatto? Lei dov'è?» chiese.

Gli occhi di Isak si riempirono di lacrime, ma con cupa determinazione prese a parlare molto in fretta. «Ricordi quello che ci avevi raccontato sul duca pazzo di Arcosi? Quello che ha ucciso suo cugino?»

«Rufus?» fece Milla, sbigottita.

«Il duca ha trovato il suo diario» disse Isak. «Me l'ha fatto vedere.» Faticava a trovare le parole. «Terrificante... il delirio di un... pazzo omicida... orrendo. Non riesco neanche a...»

Milla ricordò l'ultima parte della storia di Kara. «Cosa diceva?»

«È successo qualcosa al duca Olvar dall'ultima volta che l'hai visto. Forse leggere quel diario ha peggiorato le cose. Le uova sono in ritardo: non si sono ancora schiuse. Lui è diventato... *strano*.» Isak si passò la mano su capelli unti, sollevandoli in piedi. «Non dorme. Non mangia. Non sente ragione.»

«Dimmelo, Isak. Cosa ha fatto a Belara?» lo spronò Milla.

«Il duca Olvar ha trovato delle istruzioni sul diario di Rufus. Veleni. Per le persone.» Isak esitò. «E per i draghi.»

Milla si portò la mano alla bocca. Si sentiva il cuore pesante come un macigno. Si appoggiò al suo drago, facendolo indietreggiare.

«Ha avvelenato Belara.» La voce di Isak uscì in singhiozzi. «Gliel'ha messo nell'acqua. E quando si è spostata dalle uova per bere...»

«Non dirmi che...» Milla non riuscì a pronunciare la parola.

«Morta? No.» Scosse la testa, il suo tono era amaro, adesso. «Non ancora. Lui ne ha ancora bisogno, non dimenticarlo. L'effetto del veleno è durato mezza giornata. È nel palazzo, nel salone. In catene.» Isak incontrò il suo sguardo, confuso per la vergogna. «E, Milla, l'ha fatto anche con Iggie. Lo ha fatto addormentare. Era l'unico modo in cui potevano incatenarlo.»

Iggie, avvelenato? Ecco spiegato quel terribile senso di vuoto, in prigione, quando aveva cercato di comunicare con lui, di sentire il loro legame, e non c'era niente.

Si voltò e appoggiò la testa al torace squamoso del drago, gettandogli le braccia attorno al collo. «Oh, Iggie. Mi dispiace così tanto.» Le lacrime scorrevano veloci, ora, trasformandosi in vapore allo sbuffo caldo che Iggie le stava soffiando tra i capelli. «Ero in prigione. Non potevo venire da te. E poi Kara ha avuto bisogno di me. Ma, oh, non me ne sarei dovuta andare. Mi dispiace tanto.» E continuò a sussurrargli quelle cose, ancora e ancora, raccontandogli tutto, finché non si sentì invadere dal suo perdono e tutto fu di nuovo come doveva essere.

Infine, si girò verso Isak. «Come ha osato?» chiese.

Il suo umore era cambiato. Ora sentiva la rabbia montare dentro di lei come lava incandescente. «Forza, Iggie, devo portarti al sicuro.» Voleva montargli in groppa e portarlo via volando. Lo controllò dappertutto, per assicurarsi che potesse farlo.

Lui la fissò con quei suoi penetranti occhi verdi, abbassando la testa e aprendo le ali. Quelle si spiegarono, con un fruscio, ancora fiere, ancora perfette. Le sbatté due volte, sollevando la segatura in una nuvola pallida. Milla starnutì.

«Ho capito» disse. «Non puoi camminare, ma puoi volare!»

Iggie ringhiò, lanciando scintille in aria.

«Allora andiamo!»

«Per favore, Milla.» La voce di Isak la bloccò. «Devi aiutarmi. Ho bisogno di riavere il mio drago. Non sai come sono stati, questi ultimi mesi.»

Milla tornò sulla difensiva. Ma si morse le labbra e aspettò.

«Non posso avvicinarmi a Belara. Non posso nemmeno aiutarla» stava dicendo. «Le uova si sarebbero dovute schiudere, ormai. Se non lo fanno, il duca darà la colpa a lei. Se si schiudono, non ne avrà più bisogno.»

«Il duca non farebbe del male a un drago...» disse lentamente Milla, ma aveva il sangue di Iggie sulle dita e seppe che non era vero.

«Dobbiamo portare via Belara. Con il tuo aiuto, ce la possiamo fare. Il duca pensa ancora che io gli sia fedele. Per favore, Milla. Mi aiuterai?»

Milla stette per un momento con la testa appoggiata al petto di Iggie, mentre gli chiedeva di capire perché non sarebbero subito scappati via da lì.

«Va bene» disse infine. «E c'è qualcos'altro che devi sapere. Il duca non è l'unico ad avere scoperto dei segreti sul passato. Kara è morta. Prima di morire, mi ha detto una cosa importante.»

Ascoltandosi l'un l'altro, pensando in fretta, Milla e Isak elaborarono un nuovo piano.

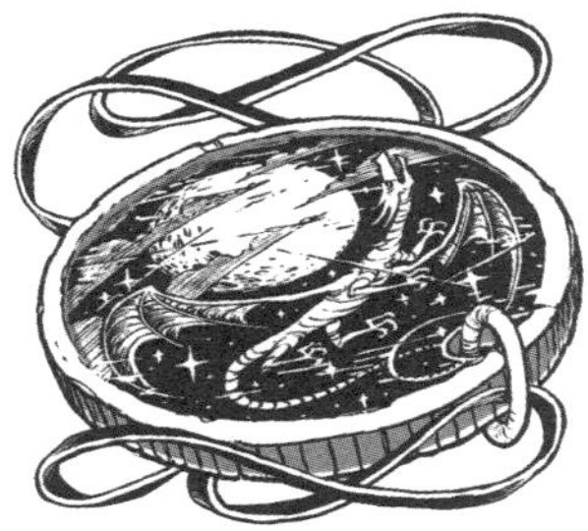

CAPITOLO QUARANTACINQUE

Isak uscì per primo. Quando Milla sgusciò fuori dalla porta segreta della Sala del Drago, era pieno giorno e non era possibile sfuggire all'orrore della battaglia.

Rimase nascosta e osservò.

Quella era opera sua. Era venuta meno alla promessa che aveva fatto a Serina: aveva rivelato l'esistenza della porta d'ombra.

I soldati di Sartola, nelle loro uniformi verdi, la varcarono in fila indiana e attraversarono i giardini di corsa, in silenzio, senza incontrare resistenza. Tutti gli uomini del duca erano ammassati al portone principale, aspettandosi un attacco dal basso.

Dalla direzione opposta, venne il possente rumore del battito di enormi ali.

Milla alzò lo sguardo e vide Heral volare preparandosi a colpire.

«Fuoco!» urlò Tarya:

Heral aprì la bocca e sputò una fiammata sul portone, incendiandolo. Poi prese quota, muovendosi in cerchio.

Il fuoco divorò il legno. Dal punto in cui era, Milla riusciva a sentire il calore.

Gli uomini del duca fuggirono dalle torri di guardia e si riversarono nei giardini.

Tarya li stava aspettando.

Il sole nascente si rifletteva sul suo elmo, l'armatura e le squame rosso sangue di Heral. Tarya scagliò le frecce più velocemente che mai, incoccandole una dopo l'altra, senza quasi lasciare il tempo alla precedente di colpire l'obiettivo. Combatteva con un arco leggero, di fattura Sartolan, e frecce con impennaggio bianco. Aveva assicurato alle spalle di Heral delle faretre di riserva. La sua mira era implacabile, sostenuta dalle fiammate del drago.

Vigo era dietro di lei, su Petra, reduce dalla battaglia nella città bassa. Insieme, i quattro erano inarrestabili, e lavoravano con una simmetria letale. Fendettero le forze del duca, lasciando dietro di loro una scia di cenere e corpi, per spianare la strada ai soldati di Carlo.

Poi arrivò l'ondata dei soldati di fanteria Sartolan che attaccarono sia dall'interno che dall'esterno del portone nello stesso momento. Il rumore crebbe e si propagò come onde. L'odore di sangue, le urla e i lamenti ricordavano a Milla il giorno del macello, solo che quelle erano persone.

Si chinò, in preda a conati di vomito.

«Unitevi a noi! Lasciate Olvar e combattete con gli alleati, Arcosi e Sartolan insieme!» gridò Tarya, buttando giù delle fasce verdi da mettere al braccio per chiunque fosse pronto a cambiare fazione.

Tarya si aspettava che Milla portasse Iggie al sicuro e aspettasse il via libera. Ma Milla aveva dato a Isak la sua parola. Avrebbe rischiato che il suo drago corresse un pericolo per salvare Belara.

Avanzò furtivamente, facendo cenno a Iggie di seguirla. «Pronto, Ig? Riesci a volare?» Gli montò in groppa e poté toccare con mano quanto peso aveva perso in quegli ultimi giorni.

Trattenne il fiato mentre lui prendeva lo slancio e saltava, facendo forza sulle cosce possenti e sbattendo forte le ali per guadagnare quota.

«Sei un drago coraggioso.» Lo spronò in avanti. «Così.»

Sorvolarono la battaglia, attirando l'attenzione.

«Giù!» urlò, abbassandosi per schivare una freccia nera.

Virarono bruscamente a destra. Le si rivoltò di nuovo lo stomaco, ma si strinse forte, mentre Iggie lottava contro un'improvvisa folata di vento. «Forza, Iggie» lo incitò dolcemente, sentendo quanto fosse debole. «Sei il figlio di Cato. Ce la puoi fare. Ci siamo quasi!»

Lui sfruttò una corrente ascensionale e planò verso il palazzo, con le sue arcate in pietra che parevano costole di un enorme drago e le sue quattro torri alte e fiere.

«Atterra» disse a Iggie, indicando il cortile con il mosaico del drago nero.

Lui toccò terra goffamente, con un lamento.

Milla trasalì, al suo dolore e al proprio. Si rotolò giù e gli chiese: «Riesci a camminare con me?» Teneva un occhio sul portone di ingresso, aspettandosi un attacco, ma non venne nessuno.

Iggie sussultò e ripiegò le ali. Avanzò zoppicando verso di lei, con la testa bassa, e sbuffi di fumo a ogni passo.

«Lo so, lo so...» lo consolò. «Ma conosci il nuovo piano. Andiamo a salvare Belara.» Si alzò sulle punte e premette la fronte contro la sua, cercando di trasmettergli tutto il suo amore e la sua forza.

Iggie ringhiò sommessamente.

Milla andò all'enorme portone a due battenti e lo spinse. Si spalancò. Il vasto atrio con la sua elegante scalinata era buio e deserto. I domestici dovevano essere scappati, come aveva immaginato Isak.

«Avanti, Ig, da questa parte.» Non riusciva a sopportare di vedere il suo drago che, per obbedirle, doveva camminare con quell'andatura goffa e strascicata.

Sbatté forte le palpebre, abituandosi alla penombra.

Isak era già arrivato.

«Pronta?» scandì con le labbra, correndo verso di lei.

Erano lì, insieme, sulla soglia del palazzo. Milla sostenne lo sguardo di Isak, sperando con tutto il cuore di aver fatto bene a fidarsi di lui, sperando che sarebbero riusciti nell'impresa.

Lei annuì. «Svelto, prendi la mia mano.»

Isak lo fece.

«Adesso, concentrati sul nostro piano» sussurrò Milla. «Su tutto quello di cui abbiamo parlato. Invia i tuoi pensieri a Belara, siamo abbastanza vicini. Io lo dirò a Iggie e Iggie lo comunicherà a Heral e Petra. I quattro draghi insieme dovrebbero essere sufficienti a fermarli.»

«Sei sicura?» seminascosta dall'oscurità, l'espressione di Isak era di cupa determinazione.

«È quello che ha detto Kara. *I draghi sapevano. Lo sanno sempre*. E Petra e Heral sono venuti ad accogliermi su Sartola. C'è una connessione tra noi. Possiamo sfruttarla.»

Chiuse gli occhi e si mise in comunicazione con Iggie. Anche se aveva appena iniziato a identificare quel legame, si rese conto che esisteva da prima che lui nascesse. Un filo delicato e invisibile che li legava per la vita. Gli trasmise tutto l'amore, e il coraggio, e i dettagli del loro piano, confidando che lui avrebbe fatto il resto e avrebbe chiamato in aiuto Heral e Petra.

Iggie brontolò impaziente, grattando per terra con gli artigli.

Milla aprì gli occhi e seppe che il suo drago aveva capito. «Facciamolo. Nasconditi qui finché non ti chiamiamo.»

Iggie emise un suono gutturale, ma ripiegò strette le ali, attraversò l'atrio e si rannicchiò nell'ombra, sotto la scalinata.

Isak annuì e fece cenno a Milla di andare avanti.

La ragazza tirò un profondo respiro, ignorando l'improvviso tremito delle gambe, e si avviò.

«Ho preso Milla!» urlò Isak, spalancando la porta del grande salone. «Voleva rubare il suo drago, ma l'ho catturata, Vostra Grazia.» La sua voce le arrivava nell'orecchio, aspra e forte.

La trascinò dentro la sala.

Lì era dove tutto aveva avuto inizio per Milla e Iggie. Sarebbe stato lì che sarebbe finita?

Come l'altra volta, un grande fuoco scoppiettava nel focolare. La luce del mattino filtrava dalle alte finestre. Un tappeto color cremisi copriva il pavimento. Un enorme letto era stato posto al centro della stanza, dove prima c'era stato il tavolo. Il baldacchino di velluto spesso e nero lo rendeva il nido perfetto per Belara e le sue uova.

«Ah, Milla» disse una voce. «Ci chiedevamo quando ti saresti unita a noi.» Il duca Olvar si allontanò dal nido, venendo verso di lei.

Non appena la guardò, Milla sentì il coraggio scemare e avvizzire. Si sentiva un'impostora. Poteva anche essere la discendente di Karys Blutempesta. Poteva anche avere ereditato una fortuna in oro. Ma quando il duca Olvar la guardava dall'alto in basso, si sentiva davvero piccola. Proprio come quella bambina spaventata nascosta tra i rami di un arancio, incapace di muoversi.

D'un tratto, si ritrovò le braccia torte dietro la schiena. Isak la spinse in avanti, e le costole incrinate le fecero più male che mai.

«Lasciami andare!» sibilò. Vide dei puntini neri davanti agli occhi e si sforzò di non svenire. Si accorse che il ragazzo le aveva sfilato il pugnale dalla cinta e lo aveva gettato a terra. Pensò a Iggie, nascosto proprio lì fuori, e gli mandò dei pensieri rassicuranti. Sperò che avesse capito tutto quello che gli aveva detto: che era tutta una finzione e che Isak era ancora loro amico.

«Penso io a lei. Concentratevi sul resto, Vostra Grazia.» Isak allentò un poco la pressione. «Arrenditi...» le mormorò nell'orecchio, spingendola di forza al centro del salone.

Era così convincente, che Milla si chiese se non fosse un'altra trappola.

In quel momento, Richal Finn entrò a grandi passi nella stanza, si tolse l'elmo e salutò il duca. «Vostra Grazia, porto notizie.»

Isak le aveva detto che Finn era un uomo del duca. Lo era sempre stato. Lei scacciò lo sgomento e la rabbia, resistendo all'impulso di frugare nella memoria in cerca dei segnali del suo tradimento.

«Finn?» chiese Milla, fingendo di non sapere che era un traditore. «Cosa ci fai qui?»

Lui la ignorò. «Vostra Grazia, dovete ascoltarmi. Le vostre forze sono state sopraffatte» disse. «Dobbiamo andarcene, subito.»

«Non essere sciocco!» ribatté secco Olvar. «Non possiamo rinunciare proprio adesso. Dobbiamo aspettare che le uova si schiudano.»

«Vostra Grazia, la situazione è cambiata: vostro figlio e i Sartolan saranno qui a momenti.»

«Il tempismo non potrebbe essere peggiore» ribatté il duca. «Non vogliamo distrazioni, non il giorno della schiusa.» I suoi occhi azzurro pallido erano iniettati di sangue e i capelli una massa disordinata e unta, appiattita sul cuoio capelluto.

La sua voce aveva una nota forzata che spaventò Milla ancora di più. Da quanti notti non dormiva?

«I piccoli sarebbero dovuti già nascere a quest'ora. La luna piena è stata ieri notte. Che i nostri calcoli fossero sbagliati, Isak?» Olvar andava avanti e indietro vicino al letto.

«No, no. Non può essere, Vostra Grazia» rispose Isak. «Ne abbiamo già parlato. Li abbiamo rivisti due volte.»

«Ho sentito dei colpi dall'interno! *Si schiuderanno*, da un momento all'altro.» Il duca Olvar guardò le tende di velluto, come se dirlo l'avrebbe fatto succedere. «Questo è il nostro momento. E io non me ne vado. Dobbiamo aspettare.»

«Ma per quanto, Vostra Grazia?» chiese Finn. «Ci saranno addosso. Poi i nuovi draghi apparterranno ai vostri nemici. Avete aspettato così tanto. Queste uova sono vostre... volete perderle ora?»

Milla capì che quelle parole avevano avuto effetto.

«Certo che no!» disse Olvar. «Ma che scelta abbiamo? Non le voglio lasciare.»

«Potremmo portarle con noi, Vostra Grazia. Tenerle al caldo.»

«Potrebbe funzionare, se ci portiamo anche dell'acqua sorgiva...» Olvar si aggrappò a quelle parole come un uomo sul punto di annegare. «Ci servirà un ostaggio.» Indicò Milla con un cenno della testa. «Così potremo richiedere un passaggio sicuro... per noi e per le uova.»

Finn sguainò la spada.

«Non vi offriranno un passaggio sicuro!» disse Milla. E Iggie non li avrebbe mai fatti uscire. *Ancora un po'*, pensò rivolta a lui.

«Sta' zitta!» disse Isak. Ma allentò quasi del tutto la pressione sulle sue braccia. «Pronta?» le sussurrò nell'orecchio.

Era arrivato il momento. Milla tese ogni singolo muscolo e aspettò. Dovevano scegliere l'attimo perfetto.

Finn gridò: «Non ci rimane quasi più tempo, Vostra Grazia.»

«Tu occupati del drago» ordinò Olvar. «Io prendo le uova.»

«Va bene» rispose Finn. «La distraggo io. Vostra Grazia può prendere la borsa!»

Milla la vide: la bellissima bisaccia di seta che un tempo aveva contenuto l'uovo di Iggie e gli altri tre era appesa a una sedia vicino al focolare.

«Ascoltami, Finn.» Olvar andò a prenderla. «Devi uccidere la madre. Lascia perdere la ragazza finché non l'avrai fatto.»

«*Uccidere* il drago?» Finn stette un attimo in silenzio, avvicinandosi al nido di Belara con la spada sguainata e un'espressione inorridita, ma disse soltanto: «Sì, Vostra Grazia.»

Olvar prese la borsa e andò verso il nido.

«*Adesso!*» sibilò Isak.

Adesso! Comunicò Milla a Iggie con il pensiero.

Isak si gettò in avanti e fece inciampare il duca. Olvar finì disteso sul pavimento, sempre tenendo la borsa.

Milla afferrò una sedia e la gettò contro Richal Finn, mirando il braccio che brandiva la spada.

Lui barcollò, ma non cadde.

In quel momento, Iggie balzò attraverso la porta, scagliandosi su Finn e scaraventandolo a terra con la sua coda possente.

Finn si dimenò, imprecando e sputando, tenendo ancora stretta la spada, anche se non poteva liberarsi dal peso di Iggie che lo stava immobilizzando.

Milla gli saltò addosso. Lo attaccò con i grimaldelli, colpendogli la mano. Il metallo sottile penetrò nella pelle, disarmandolo.

Milla gli prese la spada, pesante ed estranea, e si alzò in fretta.

Finn imprecò con disprezzo. «Pensi di poter combattere, adesso? Dimentichi che ti conosco.» Mollò brutalmente un calcio a Iggie, proprio sulla gamba lesa.

La ferita si aprì, fino a scoprire l'osso, che baluginò debolmente. Milla fu presa da un forte senso di nausea.

Iggie gridò dal dolore e si ritrasse, un istinto di difesa che permise a Finn di liberarsi.

Milla sollevò la spada, ma il braccio le tremava. Avrebbe resistito fino all'ultimo respiro.

Con la coda dell'occhio, vide che Olvar si era rialzato e stava affrontando Isak.

«Non mi fermerai adesso!» stava urlando. «Avrò il mio drago.»

Milla si sentì in preda alla disperazione. Il piano non aveva funzionato. Gli altri draghi non avevano sentito Iggie. Come aveva fatto a credere di potere vincere contro il duca?

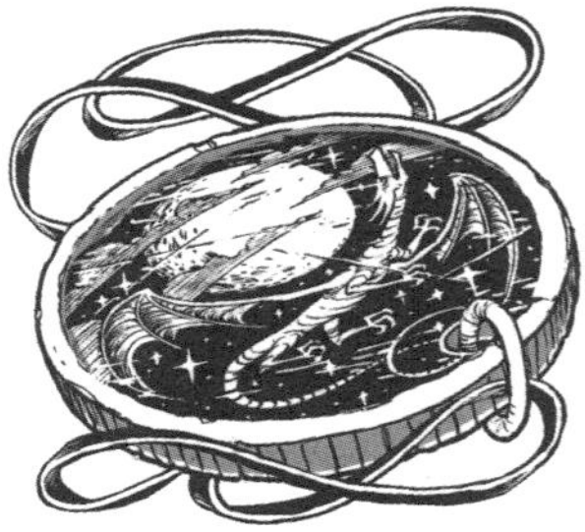

CAPITOLO QUARANTASEI

Improvvisamente, la stanza piombò nelle tenebre, come se una nuvola avesse oscurato il sole.

Poi, con un fragore, esplose di luce e rumore. Le enormi finestre andarono in frantumi. Tutti si gettarono a terra. Milla lasciò cadere la spada e rotolò sotto il letto. Guardò su.

Attraverso i vetri rotti, vide Heral volteggiare in aria, con sorprendente padronanza. Poi fece irruzione, con le zampe in avanti, come un uccello da preda, spezzando il telaio della finestra come se fosse fatto di legnetti e atterrando proprio di fronte a lei. Sbatté le enormi ali ruggendo.

«Indietro!» urlò Tarya dal dorso di Heral, con una freccia puntata sul duca Olvar. «Sta' lontano da mio fratello!» Il suo viso era macchiato di sangue secco, ma Milla intuì che non fosse suo.

Avanzò carponi verso Iggie, tagliandosi i palmi e le ginocchia sui vetri rotti sparsi sul pavimento.

«Ig» gemette. Le sue mani trovarono gli artigli neri, le zampe blu, scivolose per il sangue che gli usciva dalla ferita. Si tirò in piedi, aggrappandosi a lui, una mano dopo l'altra, sentendo le sue ginocchia nodose, il torace ampio, le folate calde e fumose del suo respiro.

Aark, fece Iggie, per farle capire che stava bene.

Milla si appoggiò contro di lui, con gratitudine.

«È finita» urlò Tarya.

L'equilibrio si era spostato. Milla era fiancheggiata dai suoi amici, Isak vicino al nido e Tarya e Heral davanti alla finestra.

Olvar si bloccò, con la bisaccia vuota ancora in mano.

Finn si era rialzato. Fece un passo verso il nido, calpestando con uno scricchiolio il vetro rotto, per poi bloccarsi quando Tarya mirò a lui.

Uno strano rumore ruppe la tensione, facendoli sussultare tutti. Arrivava da dietro le tende di velluto.

Un trafelato tac-tac-tac, come di un gatto che stesse dando la caccia agli uccelli.

Tutti stettero in ascolto.

Poi arrivò: il lieve rumore di un guscio che si rompeva.

Il duca Olvar fu il primo a reagire. Si lanciò verso il letto, spingendo via Isak, e scostò le tende lasciando filtrare la luce sul nido.

Belara era incatenata, come lo era stato Iggie. Indebolita dal lungo periodo di cova, era rannicchiata su un lato, per dare alle uova aria e spazio. I gusci luccicavano debolmente alla luce del giorno: uno era di un arancione chiarissimo, come un'albicocca, ma spruzzato di puntini verdi, l'altro era bianco, come una pergamena, a striscioline nere, come se qualcuno ci avesse scritto sopra.

«Belara!» la chiamò Isak.

Ma, allo stremo delle forze, il drago dorato aveva occhi solo per le sue uova.

Il duca Olvar cadde in ginocchio davanti a quello color albicocca. Se non fossero intervenuti, ci sarebbe stato presto un cucciolo di drago in cerca di un essere umano a cui legarsi.

«No!» gridò Milla. «Non ci riuscirai. Non dopo tutto quello che hai fatto.» Sentì il coraggio tornare. «I tuoi uomini hanno ucciso Serina. Kara è morta. La città è semi-distrutta... Questa non sarà la tua ricompensa.»

Ma Olvar non la stava ascoltando. Era il momento che aveva aspettato per tutta la vita.

Una grossa crepa ruppe l'uovo in due. Si sarebbe aperto da un momento all'altro.

«Via di lì!» tuonò una nuova voce dalla soglia. Erano Vigo e Petra, seguiti da un drappello di soldati Sartolan.

«Arrestate mio padre!» ordinò.

«No!» implorò Olvar, in ginocchio. «Lasciate che veda il drago. Per favore! Lasciatemelo solo vedere...»

Milla si ricordò improvvisamente della notte in cui era nato Iggie. Si sentì in imbarazzo a quell'inversione di ruoli. Non aveva supplicato anche lei di restare e vedere la schiusa del suo drago? E il duca non l'aveva forse fatta restare? Proprio quando avrebbe avuto bisogno di essere forte, provò pietà per lui.

Gli uomini di Vigo si avvicinarono.

In un attimo, tutto cambiò.

Olvar vide svanire la sua ultima possibilità. La sua faccia era distorta da una furia omicida.

«No! Se non posso averlo io, non lo avrà nessuno!» Il duca raccolse la spada di Finn dal pavimento cosparso di vetro e la sollevò in alto, pronto a calarla sulle uova.

«No!» urlò Milla in avvertimento.

Isak era il più vicino.

Si scagliò con tutto il suo peso su Olvar e lo spinse via. La lama affondò nella colonna del baldacchino. Il duca Olvar spinse indietro Isak. Poi estrasse la spada dal legno con entrambe le mani.

Milla osservava da in fondo alla stanza. Sembrava un sogno ricorrente, dove ogni azione era orribilmente rallentata e deliberata, e si svolgeva con spaventosa inevitabilità. Doveva fare qualcosa.

Raggiunse Iggie con il pensiero, per i suoi amici, per i loro draghi. Sentì il legame che li legava tutti, fremente di forza e di vita. Vide dei filamenti di luce colorata – blu, gialla, rossa e verde – levarsi in un turbinio da ciascun drago e ciascun cavaliere. Una connessione che li avvolse, come un arcobaleno. Milla comunicò un'ondata di amore e protezione e la vide passare da lei, come sfolgorante fuoco blu, a Iggie e Belara e Heral e Petra.

Il duca Olvar liberò la spada. La alzò di nuovo.

Mraaa! ruggì Iggie.

I draghi sapevano. Lo sanno sempre.

Trovando nuova forza, Belara si alzò, cominciando a sprigionare calore... Il suo petto dorato si accese di un arancione incandescente.

«State indietro!» gridò Milla. «State indietro!»

Tutti, eccetto Olvar e Finn, obbedirono.

E Belara difese le sue uova. Investì il duca Olvar con un'enorme fiammata. Olvar ebbe la peggio, ma anche i vestiti di Finn presero fuoco. Cadde a terra con un grido tremendo.

Milla afferrò il bordo del tappeto, vi avvolse il corpo in fiamme di Finn e lo rotolò avanti e indietro per spegnere il fuoco.

«Hai impedito che l'incendio si propagasse» disse più tardi Vigo, mentre medicava le mani ustionate di Milla nella Sala del Drago. «Come facevi a sapere cosa fare?»

«A lavorare in cucina, si impara a domare le fiamme» rispose Milla. «E tuo padre?» chiese, anche se si sentiva la gola secca e scorticata.

Era appoggiata a Iggie: per prima cosa avevano curato la sua zampa. Scoprì di non poter stare lontana dal suo drago, neanche per un momento.

Lui scosse la testa.

Milla sentì solo un senso di intorpidimento. «E Finn?»

«Potrebbe sopravvivere. Era lui la spia nella Casa Gialla» disse Vigo. «Mio padre dubitava della lealtà di Nestan: pagava Finn per avere informazioni. Così quando quell'uomo ha portato le uova, Finn era là, pronto a colpire, e a rubarle. Solo che lui le aveva nascoste prima, come sai.»

Milla mise insieme i pezzi: quindi Finn aveva ucciso Josiah. Era lui l'assassino incappucciato. Doveva aver fatto il giro attorno alla Casa Gialla e si era arrampicato sul muro del cortile dell'addestramento, usando Tarya come alibi. Solo Milla e Tarya, infatti, sapevano che era arrivato in ritardo all'addestramento quel giorno. Rabbrividì, con una sensazione di gelo improvviso al pensiero che era stato sempre là, vicino alle persone che amava, come un serpente sotto il letto. Gli aveva perfino affidato Iggie.

Socchiuse gli occhi e si abbandonò contro il drago, tenendo tese le mani ferite. «L'hai vista?» mormorò. «Hai visto la luce? La connessione tra noi? Come un arcobaleno.»

«Quale luce?» Vigo aggrottò la fronte preoccupato. «Intendi il fuoco?»

Perché lui non l'aveva vista? Era luminosissima. Ma

sussurrò: «Non importa...» ripromettendosi di chiederlo a Isak e Tarya più ardi.

«È finita» disse con decisione Vigo. «Adesso siamo al sicuro.» Legò delicatamente i lembi della fasciatura.

Lei lo osservò, ricordandosi di quello che le aveva detto Serina su come suo figlio aveva medicato le sue ferite. Non le aveva chiesto come aveva fatto a procurarsele. Non ne aveva avuto bisogno.

«Che cosa facciamo adesso?» chiese al suo amico. Il compito che li aspettava sembrava smisurato.

«Buffo. Stavo per chiederti la stessa cosa...»

Il portone della Sala del Drago si aprì e Tarya entrò, sottobraccio a Isak. Si era ripulita la faccia dal sangue. «Mio padre ha mandato un messaggio: lui e Josi sono vivi. Arriveranno presto. Rosa e Thom sono con Simeon: feriti, ma non gravemente.»

Milla scoprì che il sollievo era più travolgente della paura. Affondò la guancia nel dorso squamoso di Iggie per nascondere le lacrime.

«Eravamo arrivati alla domanda più importante» sentì Vigo dire ai gemelli. «Che cosa facciamo adesso?»

«Per i piccoli di drago o per l'isola?» chiese Tarya con un tremolio nella voce.

«Entrambe le cose.»

«Belara sta curando i suoi cuccioli molto bene, ma loro hanno bisogno delle persone. I libri dicono che il legame deve avvenire entro una settimana» disse Isak. «Possono aspettare di più dei nostri, perché la loro mamma è viva. Allora, ti va di organizzare una Cerimonia della Schiusa, Milla?»

Milla lo guardò attraverso le lacrime. Singhiozzò, si tirò su a sedere e si asciugò gli occhi con la manica, cercando di non bagnarsi le ustioni. Tarya gli aveva raccontato tutto?

«Voglio dire, giù nella piazza del mercato, naturalmente» si affrettò ad aggiungere. «Come ci ha detto Kara.»

Iggie approvò con un brontolio e Milla sentì scemare un po' la paura. «Come in passato?»

Isak annuì e arrossì. «Stavolta, inviteremo tutta l'isola.»

«È ora di fare le cose diversamente» disse Tarya.

«Troveremo il modo, insieme.» Vigo prese Tarya sottobraccio. «E useremo i vecchi libri come guida.»

Stettero tutti e tre in fila, ad aspettare.

Iggie emise un grugnito impaziente, così forte e profondo che Milla se lo sentì rimbombare nella cassa toracica.

Sorrise ai suoi amici attraverso le lacrime salate che le bruciarono la pelle ustionata. «Va bene. Mettiamoci al lavoro.»

Epilogo

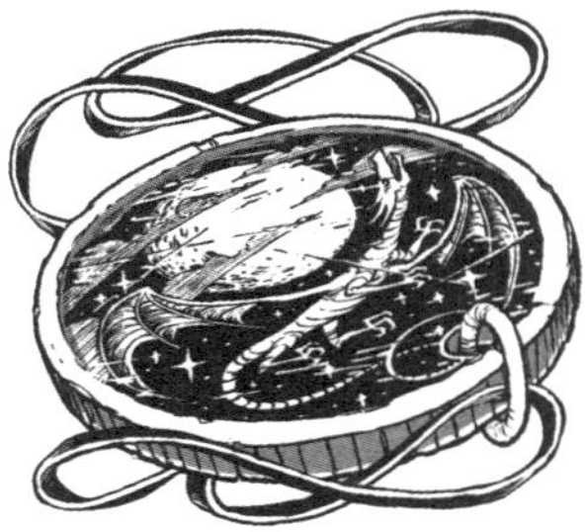

Un anno e mezzo dopo

La seconda Cerimonia della Schiusa cadde in una calda mattina di primavera. L'aria era limpida e fresca. Da tutte le sei uova proveniva già un entusiastico picchiettio. Sotto lo sguardo vigile di Petra e Heral, con un'intera guarnizione di soldati nelle loro nuove uniformi, le uova furono trasportate lentamente nella piazza del mercato, in una carrozza speciale.

Milla era in prima fila, dietro Iggie, pronta ad ascoltare. Aveva aiutato Vigo a scrivere il suo discorso, ma lo vide mescolare e rimescolare nervosamente i fogli di pergamena. Tra i suoi consiglieri eletti, lei poteva anche essere la più fidata, ma provava ancor un misto di nervosismo ed eccitazione. Giocherellava irrequieta con la collana d'oro che portava al collo. Il pendente era l'unione dei due che aveva perso: da una parte un pesce e, dall'altra, il profilo di un drago e della luna piena.

Allungò l'altra mano, toccando Iggie per calmarsi. Le sue squame blu pavone luccicavano; Milla aveva passato tutta la mattina a lucidargliele. Il calore del sole penetrò nel tessuto della sua giubba blu.

Il giovane duca avanzò nel grande spazio dove le uova aspettavano deposte sui loro cuscini, circondate dai sei draghi di Arcosi, attorniati a loro volta da un folto pubblico.

«Cittadini di Arcosi, ospiti di Sartola» Vigo fece un cenno con la testa a tutta la folla. «Vi do il mio più caloroso e sincero benvenuto alla nostra Cerimonia della Schiusa.»

Milla vide sua zia Josi e Nestan tra la gente.

Josi stava sollevando Joe, il suo vivacissimo bambino, per fargli vedere lo spettacolo. Adesso che aveva imparato a camminare, non stava fermo un attimo. Aveva gli occhi dello stesso azzurro chiaro di suo padre Nestan, e una zazzera di capelli neri a spazzola, come la coda di un'anatra.

«Uovo?» chiese forte Joe. «Uovo?»

Milla rise, felice che la tensione fosse stata allentata dal suo cuginetto. Aveva un cugino! Joe era il legame tra la sua famiglia e quella di Tarya e Isak, e lei lo adorava.

«Via!» Joe si divincolò dalla presa di Josi. Trotterellò verso la sua sorellastra, Tarya, che lo prese in braccio.

«Sì» gli sussurrò lei. «Uova! Hai ragione. Si schiuderanno oggi. Ecco perché siamo tutti qui.» Sollevò Joe in alto e gli mostrò la folla che si era raccolta tutta attorno, fin sulle strade che sovrastavano la piazza del mercato, in una sorta di anfiteatro di decine di file, così che tutti potessero vedere. «E li vedi quei ragazzi e quelle ragazze grandi?»

Milla guardò la fila di agitatissimi adolescenti, vestiti con i loro abiti più belli. Metà erano Arcosi, metà Sartolan, tutti tra gli undici e i diciotto anni. Tutti i ragazzi dell'età giusta, di entrambe le città, avevano il diritto di partecipare. Quel giorno ce n'erano trenta, tra cui Rosa e Thom.

Rosa aveva un'aria nervosa. Milla le fece l'occhiolino e lei le restituì un sorriso incerto. Thom teneva lo sguardo fisso sulle uova.

«Buona fortuna» mimò Milla con la bocca.

«Loro sono gli Aspiranti. Sei di loro – non sappiamo chi

– stabiliranno un legame con i nuovi nati.

Dopodiché, i sei piccoli sarebbero tornati nella Sala del Drago, nei giardini del palazzo, accompagnati dai loro prescelti. E una volta in grado di volare, ci sarebbe stato un altro edificio pronto per loro. Un edificio che odorava ancora di legno appena tagliato e vernice fresca: la Scuola dei Draghi di Arcosi, dove i cavalieri avrebbero addestrato i loro draghi.

«Uova?» disse ancora Joe.

«Sì, Joe. Uova di drago! Quando si saranno schiuse, i piccoli sceglieranno i loro cavalieri. Come me e Heral.» Tarya li indicò uno per uno, girando loro attorno. «Come Vigo e Petra. Isak e Belara. Milla e Iggie. Luca e Caithas. Lanys e Ravenna.»

Milla ricordò quella prima Cerimonia della Schiusa, lì, nella piazza del mercato, tra le macerie. Ricordò l'agitazione all'idea di invitare tutti e il sollievo di Vigo quando i draghetti, Caithas e Ravenna, avevano scelto due persone di due provenienze diverse: una Sartolan e una Norlander. Era stato un aiuto per il processo di riconciliazione e di ricostruzione della città.

A essere onesta, non riusciva ancora a credere che Ravenna avesse scelto Lanys. Di tutte le persone sull'isola? Sospirò. Non poteva nemmeno evitarla: i draghi non lo permettevano. Così si scontravano ancora, con deprimente regolarità. Milla stava cercando con tutte le forze di rispettare il modo in cui Lanys e il suo draghetto nero facevano di testa loro, ci provava davvero. Senza grandi risultati.

Milla vide Isak scambiare un'occhiata con il suo nuovo amico Luca e l'affetto e il senso di rassicurazione che i due si trasmettevano.

Tutti aspettavano in perfetto silenzio. Avevano atteso

tanto una nuova nidiata – l'anno precedente non c'erano state uova – e quando alla fine era arrivata, era stata numerosa. Lei lo aveva preso come un segno di buon auspicio: che la pace sull'isola sarebbe durata.

Milla accarezzò Iggie, trasmettendogli un'ondata di affetto.

Lui alzò la testa, e con un sommesso *aaark?* Le chiese se andava tutto bene.

«Sto bene» sussurrò lei. «Siamo pronti.»

Quella mattina, si era svegliata in lacrime da un sogno molto vivido. Immaginava che sarebbe stata l'ultima volta che avrebbe mai sognato di Karys Blutempesta. Aveva tutta l'aria di un addio, ed era grata di avere avuto la possibilità di salutarla.

Karys era seduta sulla sabbia asciutta, al limitare della spiaggia, e affondava i piedi tra i granelli caldi e dorati. Strizzò gli occhi per guardare il mare, dove avevano ancorato la loro barca, che danzava nell'azzurro scintillante. Amava tanto quella baia. Sarebbe stata dura dirle addio. Non ancora, si disse. I draghi devono guarire. Noi dobbiamo guarire. Aspettiamo ancora un pochino.

Aelia e Cato stavano riposando al sole, vicino alle caverne. Sarebbero usciti a caccia al crepuscolo, quando nessuno avrebbe potuto vederli.

Chiuse ancora gli occhi e con una mano si accarezzò pigramente la pancia. Si alzò la gonna, lasciando che i raggi del sole cadessero sulla forma tondeggiante del pancione. Da dentro, sentì un colpetto di risposta contro la mano. Da dentro e da fuori allo stesso tempo: conosceva già quel bambino.

«Ah! Vieni a sentire, Gallus. È forte, questo bimbo. Ecco, metti la mano qui. Lo senti?»

E lui sentì: Karys vide un sorriso incredulo illuminargli il viso.

«L'ho sentita! Davvero. Karys, è incredibile. Nostra figlia è forte.»

«Come fai a sapere che è una bambina? Potrebbe essere un maschio!» lo stuzzicò, ma sentiva che aveva ragione. Era una figlia. La figlia del drago. L'avrebbe chiamata Kara. Chiuse gli occhi e pregò che arrivasse il giorno in cui Kara sarebbe potuta tornare ad Arcosi, su un drago suo.

Milla avrebbe voluto che Kara potesse assistere. Era contenta di non aver avuto così tanta gente attorno, quando aveva stretto il suo legame con Iggie. O forse, in quel momento, non avrebbe fatto alcuna differenza. Osservò le facce degli Aspiranti: alcuni erano calmi, altri sembravano terrorizzati, uno o due stavano sorridendo orgogliosi e salutavano le loro famiglie tra la folla.

Cr-r-aa-ck! Il primo uovo si aprì in due.

Apparve un nasino, che spinse via la parte superiore dell'uovo. Poi il guscio cadde completamente, scoprendo una creaturina bagnata che si dimenava tutta.

«Ohhh!»

Centinaia di persone trattennero il fiato all'unisono.

I ragazzini scattarono in avanti, nonostante fossero stati addestrati. Petra ringhiò, pronta a farsi avanti, e loro indietreggiarono. A cerimonia finita, avrebbe raccolto i piccoli sotto di lei per tenerli al caldo e al sicuro. I prescelti avrebbero vissuto con loro nella loro nuova casa.

Isak fece cenno ai ragazzi di avvicinarsi: «Venite avanti,

Aspiranti. Ricordatevi quello che avete imparato alle prove, o sarete esclusi.»

Milla li osservò mettersi in fila e fissare il nuovo nato. Si sedettero in un cerchio perfetto attorno ai cuscini su cui erano posate le uova; ciascuno alla stessa distanza degli altri, in perfetta uguaglianza.

Chi sarebbe stato, si chiese, guardando i loro volti pieni di speranza, sperando in Rosa o Thom.

«Potete chiamarlo sottovoce. O cantare. O fischiare. Come vi suggerisce il vostro cuore» ricordò loro Isak. Serio ma gentile, era la persona giusta per essere il primo Guardiano dei Draghi ufficiale di Arcosi, con il compito di addestrare gli apprendisti. Lui e Belara volavano insieme, ora, ma Isak aveva messo in chiaro che non avrebbe mai combattuto.

Con uno sbadiglio e un lungo respiro, il piccolo drago si stiracchiò. Come Caithas, il drago color albicocca e lime di Luca, anche lui era di due colori: il dorso rosso e la parte inferiore gialla.

Isak gli lanciò un pezzo di pollo.

Il piccolo ringhiò e diede un morso alla carne, scuotendola avanti e indietro.

Una ragazzina rise più forte degli altri. Doveva avere più o meno undici anni, con lucide trecce castane che le cadevano sulla schiena, un largo sorriso con due belle fossette e degli occhi che brillavano birichini.

Fa che sia lei! pensò Milla. Le ricordava se stessa, quando non aveva niente e voleva tutto.

La bambina prese un piffero dalla tasca del vestito e suonò un trillo di tre note. Poi si fermò e stette in ascolto.

Il drago alzò la testina e ripeté dolcemente le stesse tre note.

E Milla vide il loro legame appena nato: un nastro di fuoco

cremisi e giallo che si levava danzando da tutti e due. I due lembi si incontrarono in aria e si unirono, più forti ora, passando dall'una all'altro.

Nessun altro sembrava visualizzare il legame del drago come Milla: qualche domanda discreta lo aveva dimostrato. Non sapeva cosa volesse dire, così aveva deciso di tenerlo segreto, per il momento.

La bambina allungò la mano, chiamando: «Charo?»

Il drago trotterellò impacciato verso di lei e le salì in braccio. Lei chinò la testa, sussurrandogli qualcosa con le lacrime agli occhi.

Gli altri ragazzi si accasciarono, delusi.

«Non lasciatevi scoraggiare!» disse Isak. «Ce ne sono ancora cinque, oggi. Siate pazienti e ascoltate il vostro cuore. Presto, avremo una nuova nidiata. Presto, la Scuola dei Draghi sarà di nuovo piena.»

Milla pensò a Kara e sussurrò: «Ce l'hai fatta. I draghi sono tornati per sempre.»

Iggie approvò con un brontolio.

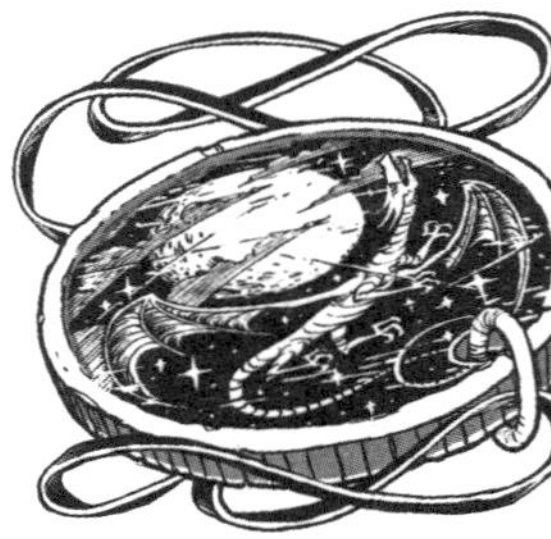

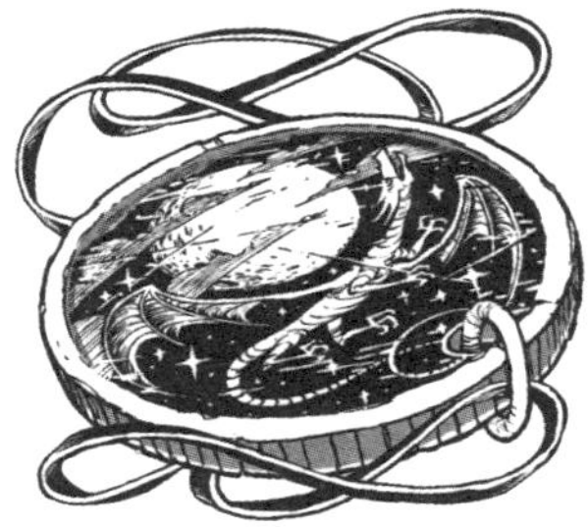

RINGRAZIAMENTI

Ci sono voluti quasi cinque anni e molte, molte, bozze per scrivere questo libro, quindi ci sono molte persone da ringraziare.

Grazie alla mia splendida editor Rosie Fickling, che ha lavorato moltissimo con me. Se tu non lo avessi amato tanto e non ci avessi creduto così profondamente, questo progetto non avrebbe raggiunto il traguardo.

E tutti alla David Fickling Books (questa volta in ordine alfabetico): Bronwen Bennie, Cecilia Busby, Jasmine Denholm, Phil Earle, Caro Fickling, David Fickling, Alison Gadsby, Anthony Hinton, Sabina Maharjan, Simon Mason, Carolyn McGlone, Bella Pearson. Mi ritengo fortunata a lavorare con tutti voi.

Grazie a Angelo Rinaldi e a Paul Duffield per le magnifiche illustrazioni che abbelliscono la copertina e le pagine di questo libro. Il vostro talento mi lascia incantata.

Grazie al mio agente Ben Illis, che mi sostiene da anni.

Un grandissimo ringraziamento a Tara Guha, per aver organizzato la residenza letteraria dove è iniziata questa storia e per aver letto decine di bozze nel corso del tempo. E agli altri amici del gruppo di scrittura: Sally Ashworth, Brianna Bourne, Sarah Smith: grazie per i vostri commenti e il vostro incoraggiamento.

Grazie a Sophie Anderson e a sua figlia Nicky per aver letto e avermi dato il loro parere quando più ne avevo bisogno e in particolare per la meravigliosa recensione! Grazie a Francesca Chessa per essere stata la mia *beta reader* e per i consigli sui nomi italiani: *Grazie mille!* Agli altri scrittori della BIA, Lu Hersey, Karen Minto e Kirsten Wild: grazie per aver letto la storia e avermi mandato il vostro prezioso riscontro. E a Tiffany Murray, grazie per averla letta tanto tempo fa: alla fine, ha visto la luce.

Grazie ai miei colleghi della Newcastle University, in particolare ad Ann Coburn e Tara Bergin, con cui è stato un onore insegnare e parlare di scrittura; alla dottoressa Lucy Pearson e alla dottoressa Aishwarya Subramanian per aver accettato di leggere il manoscritto. E alla meravigliosa e bravissima Chloe Daykin, grazie per l'amicizia, il sostegno e molte e-mail e telefonate che hanno preservato la mia sanità salute: siete le compagne perfette in questo viaggio letterario!

Grazie a tutti i miei amici, specialmente ad Angela, Helen, Jennie e Kirsty per gli anni di incoraggiamento e le chiacchierate ai pranzi del venerdì. Grazie alla mia adorata famiglia: in particolare a Molly per aver dipinto così meravigliosamente l'isola di Arcosi, e ad Hanna per aver letto la storia tante e tante volte, per dirmi esattamente quello che pensavi e per aver realizzato una versione *Minecraft* dell'isola. Grazie CK, per tutto quello che hai fatto, perfino a immaginare la geologia di questo mondo: cosa avrei fatto senza di te?